LINDA JANSMA

Doelwit

DE CRIME COMPAGNIE
CRÈME DE LA CRIME

Omslag Studio 100% en Cunera Joosten
Boekverzorging Michiel Niesen, ZetProducties, Haarlem
Foto omslag © Mark Owen, Trevillion Images
Foto auteur © Vicky Keulen, Photogravics.nl

NUR 305

Meer informatie over De Crime Compagnie op www.crimecompagnie.nl

Ter nagedachtenis aan

KHADIJA

1987 ~ 2008

'Life is eternal, and love is immortal'

R.W. Raymond

*

'Sometimes people do the wrong things for the right reasons.'

Leroy Jethro Gibbs

NCIS, season 9, episode 5 '*Safe Harbor*'

VRIJDAGNACHT 17 AUGUSTUS 2012

Pas als hij naast mijn bed staat merk ik hem op. Tenminste, ik denk dat het een hij is, maar zeker weten doe ik het pas als hij razendsnel boven op me springt en zijn vingers om mijn keel klemt. Omdat ik uit een diepe slaap ontwaak, ben ik te laat om mezelf te verdedigen en terwijl ik voel hoe zijn hand mijn luchtpijp dichtdrukt, probeer ik te schreeuwen, maar het lukt me niet. Ik hoor een zacht gegorgel en besef dat ik degene ben die dat geluid voortbrengt.

Ik voel paniek oplaaien, begin ongecontroleerd om me heen te trappen – wat weinig uithaalt – en richt mijn blik gejaagd op het silhouet boven me. In het donker zie ik niet meer dan het glinsterende wit van zijn ogen, maar toch herken ik ze.

Hij!

De paniek maakt plaats voor woede. Zonder er verder bij na te denken grijp ik zijn pols vast en terwijl ik nog steeds wild tegenstribbel, probeer ik zijn hand om mijn keel los te wrikken. Hij is sterk, heel sterk, maar toch lukt het me om de wurgende greep een beetje losser te krijgen, waardoor ik wat zuurstof naar binnen kan zuigen. Dan trek ik mijn rechterbeen omhoog en plant met kracht mijn knie in zijn rug, waardoor hij naar adem hapt. Hij schiet naar voren en moet mijn keel loslaten om in evenwicht te blijven. Ik reageer meteen, gooi met een smak mijn voorhoofd tegen zijn neus, waardoor hij met een rauwe kreet zijn handen naar zijn gezicht brengt. Bloed sijpelt tussen zijn vingers door en met een venijnige stomp gooi ik hem van me af. Ik rol me onder hem vandaan, van mijn bed af, zodat ik met een harde klap op mijn buik op de vloer terechtkom. Haastig draai ik me om, wil opkrabbelen, maar ik ben te laat. Hij duikt van het bed af, boven op me, waardoor alle lucht uit mijn longen geperst wordt, en klemt opnieuw zijn handen om mijn keel.

'Sterf, leugenachtige hoer,' sist hij me toe. 'En zij is de volgende, hoor je me!'

Ik trap woest om me heen, deels om los te komen, deels om hem te schoppen, maar het heeft geen zin. Mijn benen steken half onder mijn bed, waardoor ik niet opnieuw mijn knie tussen zijn nieren kan planten. Mijn ogen beginnen te tranen, mijn longen lijken te barsten, branden genadeloos in mijn borst, en net als ik besef dat het me niet gaat lukken om los te komen, hoor ik een huiveringwekkend gekrijs, gevolgd door een schreeuw. Het silhouet boven me schiet met een ruk overeind. De druk op mijn keel verdwijnt en gierend hap ik naar adem om zo veel mogelijk lucht binnen te krijgen, waardoor ik meteen in een hoestbui beland. Tranen lopen over mijn wangen, terwijl ik op mijn kont achteruit schuif, tot ik met mijn rug tegen de muur zit. In een wazige mist zie ik hoe mijn kat Bruce zijn nagels diep in de schouders van mijn schreeuwende belager heeft gezet en weigert los te laten, waardoor de man woest met zijn armen om zich heen maait.

Haastig veeg ik mijn ogen droog, grijp in een reflex datgene wat het dichtst in mijn buurt is, krabbel overeind en haal uit. Er klinkt een rauwe kreet als ik de man tegen zijn heup raak. Op hetzelfde moment pakt hij Bruce in zijn nekvel, trekt hem van zijn arm los en smijt hem ruw opzij, op mijn bed. Ik mep nogmaals met al mijn kracht, hoor dan luid gevloek, of althans, dat denk ik, want echt verstaan doe ik het niet. Het volgende moment voel ik een harde stomp tegen mijn borst, waardoor ik achterover op mijn bed tuimel zodat Bruce blazend opzij schiet. Als ik weer overeind ben gekomen, is mijn slaapkamer leeg.

Mijn hart gaat nog steeds wild tekeer. Ik kijk naar de shinai, mijn kendowapen, die ik nog steeds stevig in mijn linkerhand geklemd houd, en richt dan mijn blik op Bruce. Hij lijkt niets te mankeren en terwijl ik mijn pijnlijke keel betast, kruipt hij spinnend tegen me aan. Pas als ik zijn warme lijf tegen mijn blote been voel, besef ik wat er is gebeurd en begin ik ongecontroleerd te beven. Hij wilde me vermoorden. Nog steeds. Na zoveel jaar. En Bruce heeft mijn leven gered. Een kat. Míjn kat. Onvoorstelbaar.

Ik slik een paar keer om het rauwe gevoel in mijn keel kwijt te raken en denk dan met een schok aan zijn woorden.

En zij is de volgende.

Jezus! Ik duik over mijn bed heen en grijp de telefoon van het nachtkastje.

VRIJDAG 11 APRIL 2008

'Mevrouw Van de Werff?'

Snel maakte ik nog even de laatste zin van het dossier af en keek toen op. 'Leila,' zei ik met een glimlach naar het meisje dat in de deuropening van mijn kamer stond. 'Wij hebben toch geen afspraak, of wel?'

Aarzelend schudde ze haar hoofd. 'Ik wist eigenlijk niet zeker of ik hier wel naartoe zou komen,' zei ze zacht.

'O?' reageerde ik met opgetrokken wenkbrauwen. 'Heb je problemen?'

Ze haalde haar schouders op, een gebaar dat ik vaak zag bij scholieren die eigenlijk niet goed wisten of ze hun problemen met mij moesten delen of niet. Een vertrouwenspersoon klonk voor hen allemaal wel mooi, maar vaak waren ze er helemaal niet van overtuigd dat ze me ook werkelijk konden vertrouwen. En het was al lang geleden dat ik Leila bij me op de kamer had gehad. Voor het laatst zo'n twee jaar geleden, toen ze was doorgestuurd door haar mentor, omdat ze een blauw oog had, waarover ze niets kwijt wilde. Ook tegen mij had ze volgehouden dat ze tegen een kastdeur was opgelopen, en dat was al meer dan ze aan haar mentor had verteld. Na die ene keer had ik haar nooit meer gezien.

Ik klapte het dossier dicht en stond op. 'Kom even zitten,' zei ik en ik maakte een uitnodigend gebaar naar het rode tweezitsbankje in de hoek van mijn kantoor.

Leila keek even over haar schouder, voordat ze toch verder naar binnen kwam en plaatsnam.

'Wil je wat drinken?' vroeg ik, terwijl ik de deur sloot die zij had laten openstaan.

Ze schudde haar hoofd. 'Ik heb niet veel tijd,' zei ze zacht. 'Ik... mijn broer wacht.'

'Je broer?' Ik pijnigde mijn hersens om me Leila's broer te herinneren.

'Hij staat buiten. Hij haalt me altijd met zijn auto van school.'

Ik ging op de stoel tegenover haar zitten en staarde haar aan. 'Elke dag?'

Ze antwoordde niet, keek me aan met haar donkere, bijna zwarte ogen, waarin ik ineens een onmetelijke triestheid ontdekte.

'Ben je daarom hier?' vroeg ik voorzichtig.

Weer kwam er geen antwoord. Ze boog haar hoofd, waardoor haar lange, pikzwarte krullen langs haar gezicht vielen, terwijl haar handen rusteloos over de stof van haar rok wreven. Toen keek ze weer op en blonken er tranen in haar ogen. 'Ik ben bang,' fluisterde ze.

Nu was ik het die zweeg. Ik keek naar haar gezicht, de licht getinte gave huid, haar grote ogen, waarin nu behalve triestheid ook angst flikkerde.

'Bang,' herhaalde ik uiteindelijk, omdat ik niet goed wist wat ik anders moest zeggen.

Ze knikte.

'Waarvoor?' vroeg ik.

Ik zag haar slikken en pas na een paar minuten reageerde ze. 'Kent u Thomas?'

'Thomas Withuizer? Uit 5H2?'

'Ja. Hij...' Ze begon te blozen en vervolgde toen: 'We mogen elkaar erg graag.'

Ergens begon me iets te dagen, maar helemaal begrijpen deed ik het nog niet. 'Je bedoelt dat je niet met hem mag omgaan?'

Ze knikte nogmaals.

Ik bekeek haar van top tot teen. Best modern gekleed, in een lichtblauwe spijkerrok met daarop een fleurig gekleurd shirtje. Blote voeten in donkerblauwe instappers. Haar haren los, met krullen tot op haar schouders, uit haar gezicht gehouden door een witte haarband. Oké, ze had geen specifiek Nederlands uiterlijk, maar dat had ík ook niet. Als dochter van een Turkse moeder en een Nederlandse vader werd ik regelmatig nageroepen met woorden als 'kutmarokkaan' of 'tyfusturk'. Allemaal vanwege mijn uiterlijk: getint, donkere ogen en lang zwart haar, dat ik meestal in een staart droeg. Maar ik was niet islamitisch. En Leila ook niet.

Toch?

'Mogen ze hem niet?' vroeg ik en ik hoorde zelf hoe belachelijk die vraag klonk.

Leila glimlachte triest en boog haar hoofd. 'Ik ben al aan iemand anders beloofd,' zei ze.

Nu zakte mijn mond echt open. 'Hoezo, aan iemand anders beloofd?' En dan, voorzichtig: 'Jij bent toch geen moslim?'

Ze hoefde me alleen maar aan te kijken om me te laten beseffen dat het antwoord ingewikkelder in elkaar stak dan ja of nee. Ze droeg geen hidjab, een hoofddoek, een toch wel belangrijk kenmerk van een praktiserende moslimvrouw.

'Jezidi,' zei ze met een klank in haar stem alsof ze zich ervoor schaamde. 'Ik ben een jezidi.'

Sprakeloos staarde ik haar aan. Natuurlijk wist ik wat een jezidi was; hele verhalen vertelde mijn moeder vroeger over 'het vervloekte volk' uit het noorden van Turkije. Koerden, die zichzelf geen moslims vinden en geen deel uitmaken van het islamitische geloof. Wat ze wel geloven is nogal onduidelijk. Het geloof bevat elementen van allerlei richtingen: christelijke, islamitische, heidense, noem maar op. En wat mijn moeder óók had verteld was dat jezidi's endogaam zijn. Je wordt geboren als jezidi, je kunt niet tot het geloof toetreden. Er bestaat een streng kastenstelsel, waarbinnen het trouwen ook strikt en traditioneel geregeld is, en toen ik daaraan dacht, begreep ik Leila's probleem.

Ik liet me met mijn rug tegen de leuning van mijn stoel vallen, terwijl de stilte om ons heen steeds drukkender werd. Een jezidi. Juist.

Leila leek nerveuzer te worden. Ze keek elke tien seconden naar de deur van mijn kamer en uiteindelijk stond ze op. 'I-ik moet weg,' zei ze. Haar stem trilde, toen ze vervolgde: 'Mijn broer... Als ik niet snel buitenkom, gaat hij me zoeken.'

Ook ik stond op en liep om de tafel heen. 'Hoe oud ben je, Leila?' vroeg ik. 'Zeventien?'

Ze knikte en keek vervolgens weer schichtig naar de deur. Toen richtte ze haar ogen weer op mij. 'I-ik dacht dat u het zou begrijpen.' Ze blikte naar mijn gezicht, mijn zwarte haar, en ik begreep wat ze bedoelde.

'Ik ben geen moslim, Leila,' zei ik.

'Dat weet ik,' reageerde ze. 'U bent vrij.' Ze glimlachte, pakte haar tas van de vloer en liep naar de deur.

'Leila...'

Zwijgend keek ze om, met haar hand op de deurkruk.

Ik zei: 'Zullen we hier maandag in de lunchpauze verder over praten?'

Haar antwoord was een amper waar te nemen knikje.

VRIJDAGNACHT 17 AUGUSTUS 2012

Met een ruk trek ik de deur open en sleur hem nog net niet naar binnen. 'Waar bleef je nou?' Het klinkt boos, maar eigenlijk ben ik blij hem te zien.

'Lieve schat, ik moet wel helemaal uit Doetinchem komen, weet je nog wel?'

Zwijgend kijk ik links en rechts de door straatlantaarns schaars verlichte gracht af, voordat ik de deur sluit en hem voorga naar de kleine woonkamer.

'Ik wist niet dat je op een boot woonde,' zegt hij, terwijl hij me volgt en tegelijkertijd om zich heen kijkt.

'Het is nu niet echt het moment om over mijn huis te discussiëren,' zeg ik gejaagd. '*Hij* was hier, Ben. Hij probeerde me te vermoorden!' En nog voordat hij kan reageren: 'Is Leila veilig?'

Hij knikt. 'Martha is bij haar. Samen met twee agenten van de Amsterdamse politie.'

Opgelucht zucht ik. Sinds ik hem ruim anderhalf uur geleden belde, heb ik doodsangsten uitgestaan. Niet alleen voor mezelf, maar vooral voor Leila. En de kleine. Ze had niet opgenomen toen ik haar belde en ik kon ook niet naar haar toe, hoewel ze nog geen tien minuten hiervandaan woont. Stel dat hij zich buiten schuilhield? Hij zou me kunnen volgen en zo achter haar adres komen. Als hij dat nog niet weet, tenminste. Hij weet ook waar ik nu woon. Hoe is hij daar trouwens achter gekomen?

'Heb je wat gezien buiten?' wil ik weten. 'Hém?'

Hij schudt zijn hoofd. 'Judi...' begint hij met die klank in zijn stem waar ik me vroeger ook al aan ergerde. 'Weet je heel zeker dat hij het was?'

Even strijden boosheid en verontwaardiging om het hardst. 'Die stem herken ik uit duizenden, Ben,' zeg ik. 'Hij heeft...' Ik buig mijn hoofd, kan niet verder praten en knijp mijn handen uit pure onmacht tot vuisten. Dan kijk ik weer op. 'Hij was het. Honderd procent zeker!'

'Hoe is hij binnengekomen?'

'Via het luik in de keuken.' En als ik zijn blik zie: 'Ja, dat had ik afgesloten. Hij heeft het slot geforceerd.'

'En jij hebt niets gehoord?' vraagt hij. 'Dat is niets voor jou. Vroeger...'

'Vroeger is verleden tijd,' val ik hem in de rede. 'Dus bespaar me dat historische gezever.'

Hij lacht, loopt naar de andere kant van de kamer en werpt een blik mijn slaapkamer in. Ik zie hoe zijn ogen op mijn shinai vallen, die naast mijn bed op de grond ligt, en met opgetrokken wenkbrauwen kijkt hij weer om naar mij.

'Ik moest me verdedigen,' verontschuldig ik me.

Waarom doe ik dat eigenlijk?

'Je hebt hem daarmee geslagen?'

Ik knik.

Hij buigt zich wat voorover alsof hij een cobra bekijkt en zegt: 'Wat is het voor ding?'

'Een shinai. Mijn kendowapen. Nadat Bruce hem aanviel, was dat het eerste wat ik voorhanden had.'

'Bruce...' herhaalt hij, terwijl hij om zich heen kijkt. 'En Bruce is...?'

'Mijn kat,' vul ik aan. Ik wijs naar de enorme, ruim tien kilo wegende Noorse boskat, die boven op de boeken in mijn kast ligt en vergenoegd zijn vacht likt, alsof hij weet dat hij een heldendaad verricht heeft.

'Vernoemd naar Bruce Springsteen?'

Ik grijns hem cynisch toe. 'Bruce Lee.'

Ben knikt zwijgend. Dan laat hij zich op de leuning van mijn bank zakken en kijkt naar me op. 'Hoe is hij achter jouw verblijfplaats gekomen, Judi?'

'Hoe weet ik dat nou?' zeg ik. 'Iemand bij jullie moet zijn mond voorbijgepraat hebben.'

'Iemand? De enigen die wisten waar jij en Leila naartoe gingen zijn Martha en ik.'

Ik kijk hem aan, zwijgend. Het is waar. Behalve hij en zijn partner weet niemand dat Leila en ik naar Amsterdam zijn gevlucht. 'Misschien heeft iemand het in het dossier gelezen?'

Hij schudt zijn hoofd. 'Het staat niet in het dossier. Dat hebben we eruit gelaten. Het hoort niet, maar het leek Mart en mij beter om te doen alsof we niet wisten waar jullie naartoe waren verhuisd.'

Opnieuw zwijg ik en denk aan wat hij en Martha voor ons gedaan hebben, nadat we bedreigd waren door Leila's broer. We hebben gevochten voor ons recht om te leven waar en hoe we wilden, maar het was tevergeefs. Om veilig te zijn moesten we onze vertrouwde omgeving achterlaten, verkassen naar de andere kant van Nederland, en mochten we zelfs onze vrienden, en in mijn geval ook mijn familie, niet eens vertellen waar we heen gingen. Het was moeilijk, maar het is ons gelukt. Alleen de prijs die we ervoor betaald hebben was veel te hoog.

'Ik wil naar haar toe,' zeg ik.

'Niet verstandig,' reageert hij. 'Dat weet jij ook.' Hij knikt naar de telefoon die ik op mijn salontafel gegooid heb. 'Als je haar wilt spreken, dan kun je haar beter bellen.'

Natuurlijk heeft hij gelijk. Dat hij hém buiten niet gezien heeft, wil nog niet zeggen dat hij er ook werkelijk niet is. Hij wist zich altijd al goed verscholen te houden, als hij wilde. Die les heb ik vier jaar geleden op een harde manier geleerd. En hier langs de Prinsengracht in Amsterdam zijn genoeg plekken vanwaaruit hij me ongezien kan bespieden. Ik huiver bij dat idee en om het gevoel van onbehagen te laten verdwijnen, graai ik mijn telefoon van de tafel en druk het snelkiesnummer van Leila in. Terwijl ik luister hoe de telefoon overgaat, staar ik zwijgend naar Ben, die naar mijn kleine keuken loopt. Ik hoor hem rommelen in de kastjes en wil net vragen wat hij zoekt, als Leila de telefoon opneemt.

'Judi,' verzucht ze. 'Ik ben zo blij dat ik je stem hoor.' En voordat ik wat kan zeggen: 'Ben je oké?'

'Ja hoor,' zeg ik. 'Bruce heeft hem de deur uitgejaagd.'

'Bruce?'

Ik lach, eigenlijk van de zenuwen die nu pas naar buiten komen. 'Bruce heeft hem de schrik van zijn leven bezorgd. Hij zette zijn klauwen vol in zijn armen en rug. Ik wist niet dat hij zó fel kon zijn.'

Ook Leila lacht nu, maar ik hoor hoe geforceerd het klinkt.

‘Waarom nam je de telefoon eerder niet op?’ vraag ik.

‘Ik sliep.’ En na een korte stilte, als ik niet reageer: ‘Het is midden in de nacht, Judi. Ik was moe. Cem wilde niet slapen, waardoor ik pas laat in bed lag. Ik heb de telefoon niet…’

‘Het is goed, Leila,’ onderbreek ik haar. ‘Je hoeft je niet te verdedigen. Niet tegenover mij. Ik was gewoon ongerust, dat is alles.’

Ze zwijgt en bijna verbeeld ik me dat ik haar roffelende hart kan horen. Want dat dat roffelt als een idioot weet ik wel zeker. Angst is een emotie die niet zomaar verdwijnt, vooral niet als die zo zit ingebakken als bij haar. Zelfs ik ben bang, terwijl ik toch echt mijn mannetje wel weet te staan. Oké, met een beetje hulp van Bruce dan. Maar ook ik ben inmiddels bekend met dat allesoverheersende angstgevoel, dat ik in de afgelopen drieënhalf jaar dan wel diep heb weten weg te stoppen, maar dat door het minste of geringste in no time weer naar de oppervlakte komt.

‘Hoe is het met Cem?’ vraag ik. ‘Is hij erg geschrokken?’

‘Cem is drie, Judi. Hij snapt er niks van. Maar hij vindt het wél reuzespannend dat er twee politieagenten in ons huis zijn.’

Ik grinnik, als ik denk aan het kleine jochie, met zijn zwarte krullen en zijn glinsterende, groene ogen. De ogen van zijn vader. Natuurlijk vindt hij dat spannend. Gelukkig maar. Dat voorkomt tenminste dat hij bang wordt, want als er één ding is wat ik niet wil, is dat hij in dezelfde angst moet opgroeien als zijn moeder.

‘Volgens Martha is het beter als we elkaar even niet opzoeken,’ klinkt Leila’s stem zacht.

‘Dat klopt,’ zeg ik. En dat zal best moeilijk zijn. Drieënhalf jaar lang, vanaf de dag dat we wegvluchtten uit ’s-Heerenberg, zien we elkaar dagelijks. Eerst uit een gevoel van veiligheid, surrogaat natuurlijk, maar later omdat we elkaar haarfijn aanvoelden, alsof we zusters waren. En misschien is dat ook de beste omschrijving: Leila en ik zijn als zussen, met eenzelfde verleden.

Ze zegt niets.

‘Het is noodzakelijk voor onze veiligheid, Leila,’ zeg ik. ‘Voor

Cems veiligheid. We weten niet of Tarik weet waar jij woont. Ik denk eigenlijk van niet, anders was hij vast niet eerst bij mij gekomen. En juist daarom zou elkaar nu ontmoeten het domste zijn wat we kunnen doen.'

'Dat weet ik,' fluistert ze. En na een korte stilte: 'Cem zal je missen.'

'Het is maar voor even,' beloof ik. 'Ben gaat kijken of Tarik nog in 's-Heerenberg is.'

Bij het horen van zijn naam steekt Ben zijn hoofd om de hoek van de keuken en kijkt me met opgetrokken wenkbrauwen aan, waardoor zijn blauwe ogen nog groter lijken dan ze al zijn.

'En als hij gewoon daar is, dan kunnen we onze volgende stap bepalen.'

'Mogen we elkaar wel bellen?'

'Natuurlijk,' zeg ik, al zou het misschien verstandiger zijn om zelfs telefonisch contact te vermijden. Maar dat kan ik niet. Ik moet regelmatig haar stem horen om te weten dat alles in orde is. 'Geef Cem een dikke knuffel van me, oké?'

Ze snuft zachtjes ter bevestiging en als even later de verbinding verbroken is, moet ik een dikke prop in mijn keel wegslikken. Tijdens mijn leven vóór Leila – want daaruit bestaat mijn leven tegenwoordig: de tijd voor, en de tijd met Leila – heb ik nooit kunnen vermoeden dat ik ooit zo bezorgd zou kunnen zijn om iemand die geen familie van me is. Ik was een flierefluiter van de bovenste plank, *happily single*, had tegenover niemand verplichtingen behalve mijn baas, de directeur van de middelbare school waar ik als vertrouwenspersoon werkte, en ik stond vol in het leven. O, wat een contrast met tegenwoordig. Nu nader ik elke straathoek met wantrouwen, loop ik snel door als een auto plotseling langs de stoeprand stopt, schrik me te pletter als iemand iets over straat schreeuwt. Niets doe ik meer zonder me af te vragen of het wel veilig genoeg is. Voor mij, voor Leila. Zelfs na drieënhalf jaar nog.

'Koffie?' klinkt Bens stem en voor de tweede keer verschijnt zijn hoofd met het korte blonde haar om de hoek van de keuken.

'Doe maar,' zeg ik. 'Dan pak ik de fles whisky wel.'

Hij grinnikt en verdwijnt weer. Gerinkel van bekers en lepeltjes vertelt me dat hij alles gevonden heeft wat hij zocht. Het is gek, maar zijn aanwezigheid geeft me een rust die ik in tijden niet gevoeld heb en vanaf het moment dat hij over mijn drempel stapte, is de angst die altijd en overal aanwezig is, gezakt tot een niveau dat ik bijna verwaarloosbaar zou noemen, als de ongerustheid over Leila en Cem er niet geweest was. Ik kijk naar Bruce en adem even diep in, wat Bruce doet besluiten zijn plaats op de boeken te verlaten en na een lange, lome rek waarbij al zijn poten aan de beurt komen, naar me toe te komen. Soepel springt hij naast me op de bank en duwt zijn brede kop met de lange snorharen tegen mijn arm.

'Je bent een held, weet je dat?' fluister ik hem toe. Zijn geknor wordt steeds luider en uiteindelijk pak ik hem op en leg hem ruggelings in mijn arm, terwijl ik met mijn andere hand zijn buik kriebel.

'Die kat heeft het maar getroffen,' zegt Ben. Met twee grote bekers in zijn hand komt hij de kamer binnenlopen en zet ze op de tafel. 'Nog steeds alleen suiker?'

Ik knik.

'Dat was me al duidelijk,' reageert Ben. 'Je hebt geen koffiemelk in je koelkast staan.'

'Je kunt ook gewone melk nemen,' zeg ik vermoeid. Alsof koffiemelk, of eigenlijk het ontbreken ervan, nu zo belangrijk is.

'Nah, het is goed zo,' sust hij.

Ik zet Bruce naast me op de bank en als ik mijn beker koffie pak, merk ik dat ik nog steeds rondloop in mijn slaapshirt: een oud T-shirt met voorop een grote print van Snoopy. Het ding is vrij kort en gek genoeg voel ik me er ineens niet prettig in. Meteen zet ik mijn beker weer neer en haast me naar mijn slaapkamer om mijn badjas over mijn shirt aan te trekken.

'Judi,' zegt Ben, als ik even later weer op de bank plof en voor de tweede keer mijn beker koffie pak. 'Ik wil dat je goed nadenkt.

Heb jij, of Leila, contact opgenomen met iemand van vroeger?'

Ik hoef er niet over na te denken. 'Nee,' antwoord ik.

'Met iemand anders? Je ouders?'

'Die wonen in Fontgombault, Ben. En ja, die bel ik elke week. Op zondag.'

'En weet je zeker dat zij...'

'Ja, heel zeker,' onderbreek ik hem.

Hij zegt niets meer, kijkt me alleen maar aan, totdat ik het ben die uiteindelijk mijn blik neersla. Ik trek mijn benen naast me op de bank en zeg: 'Mijn ouders zijn het probleem niet. De hele familie Rashukan heeft hen nog nooit gezien. Ze weten niet eens van hun bestaan.' Ik neem een slokje van mijn koffie en vervolg dan: 'En Leila heeft niemand meer waarmee ze contact kan opnemen.'

'Iemand moet Tarik, of Leila's ouders hebben ingelicht,' stelt Ben na een korte aarzeling. 'Hoe komen ze anders aan jouw adres?'

'Precies,' zeg ik. 'Míjn adres. Niet Leila's adres, maar het mijne. Vind je dat niet gek?'

'En het wás Tarik?'

Ik voel zijn knellende handen weer om mijn nek en huiver. 'Van zijn tenen tot zijn kruin,' zeg ik stellig.

Peinzend fronst Ben zijn wenkbrauwen, waardoor er twee rimpeltjes op zijn neusbrug verschijnen. Een aanblik die ik nog van vroeger ken en die aangeeft dat hij diep nadenkt. Uiteindelijk schudt hij zijn hoofd en mompelt: 'Ik kan ook niemand bedenken op bureau Doetinchem die ook maar iets zou kunnen weten.'

'En het dan ook nog eens doorvertelt,' vul ik aan.

Er valt een stilte en ongemerkt kijk ik naar Bens gezicht. De blauwe ogen in het smalle gezicht passen precies bij zijn blonde haren. Eigenlijk is hij ontzettend knap.

Bens blik vangt de mijne en net als ik betrapt mijn ogen wil neerslaan, houdt hij zijn nog halfvolle beker koffie omhoog en vraagt: 'Waar blijft die whisky nou?'

Ik staar hem aan. 'Ik dacht dat jij nooit dronk als je nog moest rijden.'

'Wie zegt dat ik vannacht nog terug naar Doetinchem ga?'

'En Spock dan?' wil ik weten.

'Spock is vorig jaar overleden,' zegt hij. 'Zijn hart gaf het op.' En op mijn meewarige blik: 'Hij is dertien geworden, Juud. Da's een hele leeftijd voor een Saarlooswolfhond.'

'Dan zal het wel stil zijn bij je thuis,' zeg ik zacht. Ik werp een blik op Bruce, die zich vlak achter me op de leuning van de bank heeft opgerold en diep in slaap is. Het idee dat ik hem ooit zal moeten missen veroorzaakt nu al een knoop in mijn maag.

Hij grinnikt. 'Ik heb een alternatief gevonden.'

'Een alternatief?' vraag ik lachend. En terwijl ik de fles whisky uit het dressoir pak: 'Vertel op. Ik ben een en al oor!'

ZATERDAG 12 APRIL 2008

Zodra ik vanuit de kleedkamer de deur van de zaal opentrok, viel de doodse stilte als een deken over me heen. Heel even hield ik mijn adem in, toen ik midden in de ruimte een jonge knul in een zwart gewaad een *iaido*-oefening, oftewel een *kata*, zag uitvoeren. Hij zat op de specifieke manier geknield en net toen ik zacht de deur achter me sloot, suisde zijn *bokuto* kort, maar met een felle slag omlaag, voordat hij hem terug in de schede stak en opkeek naar Yoshi, de *sensei*. Yoshi's blik bleef even op mij rusten, voordat hij me kort toeknikte en zich toen weer tot zijn leerling richtte. Ik wist meteen wat hij tegen hem ging zeggen: 'Je *Noto* deugt niet'. Waarna hij de jongen uitlegde dat hij zijn lichaam te veel gebruikte tijdens het in de schede terugplaatsen van zijn oefenzwaard.

'Geen training vandaag?' vroeg Yoshi, toen hij een minuut of tien later naast me op de bank langs de muur kwam zitten. 'Of zit je *dogi* in de was?' Hij grijnsde me toe op zijn eigen aparte manier, waar ik hoe dan ook om moest glimlachen. Hij deed me soms aan mijn vader denken. Hoewel ze in alles van elkaar verschilden, zowel qua uiterlijk – mijn vader, de lange blonde Nederlander en Yoshi, de kleine Japanse onderdeur met de pikzwarte piekharen – als qua karakter, hadden ze beiden eenzelfde soort uitstraling, vooral als ze lachten.

'Wat is er, *on'nanoko*,' zei hij, toen ik geen antwoord gaf.

'Hoezo?' vroeg ik. Natuurlijk had hij alweer door dat mijn gedachten heel ergens anders waren dan bij kendo of iaido. En dat was ook begrijpelijk. Yoshi kende me al vanaf het moment dat ik als zevenjarige zijn *dojo* betrad. Aan de hand van mijn vader, die al jarenlang bevriend was met de alleenstaande Japanner. En sinds die dag had ik er een tweede vader bij. Sensei werd papa Yoshi, en papa Yoshi werd uiteindelijk Yoshi. Hij was het die me had opgevangen toen mijn ouders naar Fontgombault in Frankrijk verhuisd waren omdat ze genoeg hadden van de toch wel prominent aanwezige discriminatie van mijn moeder. Al kon je je geen Hollandser vrouw voorstellen dan zij, die een moord deed voor boerenkool met worst en die je kon wakker maken voor een nieuwe haring met uitjes. Mijn moeder. De liefste vrouw van de hele wereld.

'Ze is volgende week jarig, hè?' klonk Yoshi's stem zacht, alsof hij zelfs wist wat ik dacht.

Ik gaf geen antwoord, knikte alleen maar.

Yoshi zweeg even. Toen zei hij: 'Waarom neem je niet een week vrij en zoek je hen op?'

'Ik werk op een school, Yoshi. Ik kan niet zomaar vrij nemen. De vijfentwintigste heb ik weer een week vakantie.'

'En dan ga je naar hen toe?'

'Dat weet ik nog niet,' zei ik schouderophalend.

Hij zuchtte. 'Hoelang heb je hen al niet gezien? Een halfjaar?'

'Zoiets. Maar ze wonen toch op zo'n acht uur rijden hiervandaan. Je denkt niet 's morgens bij het opstaan: "Goh, laat ik eens bij mam en pap op de koffie gaan".'

‘Ook een weg van duizend mijlen begint met een eerste schrede,’ zei Yoshi zacht.

Ik kon er niets aan doen dat ik moest grinniken. Iedereen kent wel de geijkte Japanse wijsheden, maar ze worden pas écht wijs als een Japanner ze tegen je zegt.

‘Ik zal erover denken,’ reageerde ik, terwijl ik opstond. Ik knikte naar het groepje jongelui dat geduldig stond te wachten en vervolgde: ‘Je leerlingen hebben je nodig.’

Hij bewoog niet, keek alleen peinzend naar me op. ‘Ben je er dinsdagavond?’ wilde hij uiteindelijk weten.

‘Waarom?’ vroeg ik. En onderweg naar de deur: ‘Kun je niet zonder mijn hulp?’

Hij glimlachte. ‘Je bent *renshi*, of je bent het niet.’

‘Ik heb niet de graad van rokudan behaald om jouw hulpinstructeur te worden,’ zei ik.

Nog steeds glimlachend keek Yoshi me aan. Gelukkig wist hij heel goed dat ik hem alleen maar plaagde. Kendo was mijn leven. Of eigenlijk, het was mijn maníér van leven. Zelfbeheersing, alles onder controle. Ook buiten de dojo. Het liefst zag Yoshi me opklimmen tot de graad van hachidan, de *hanshi*, oftewel ‘meester’. Maar voorlopig zat dat er niet in. Daarvoor moest ik nog twee graden doorlopen en aangezien er voor elke graad een minimumleeftijd stond, moest ik nog vier jaar wachten voordat ik examen mocht afleggen voor de zevende dan. Als ik zesendertig was.

Ik zwaaide naar Yoshi. ‘Tot dinsdag,’ zei ik poeslief. ‘Sensei.’

ZONDAG 19 AUGUSTUS 2012

Het is nog stil op de Prinsengracht als ik ’s morgens kort na halfnegen de deur van mijn woonboot opendoe en even snel van links naar rechts kijk. Niet dat ik bang ben, niet écht tenminste, maar ik weet wel graag waar ik aan toe ben en als Tarik me opwacht, wil ik voorbereid zijn. Al ben ik dat al vanaf het moment dat hij na zijn aanval mijn huis uit vluchtte.

Ben was tot zaterdagochtend bij me gebleven. We hebben lang gepraat, over van alles, over Spock, Bruce, zijn bevordering tot hoofdinspecteur die niet door was gegaan, kendo, sportschieten, en natuurlijk over mijn huidige werk als motorrijinstructeur. Hij had hartelijk gelachen om de totale tegenstelling met mijn vroegere werk als vertrouwenspersoon op een zwarte middelbare school, iets waar ikzelf wat minder lol om heb. Voor mij voelt het alsof ik jaren voor niets gestudeerd heb en nu vastzit in een baan die niet voelt als werk, maar vooral als noodzakelijk kwaad. Oké, ik hou van motorrijden, doe het al sinds mijn zeventiende, maar toch. En aangezien de koelkast zich nog altijd niet vanzelf vult, heb ik min of meer van mijn hobby mijn beroep gemaakt. Al maak ik liever ritjes wanneer ik dat wil, en niet volgens schema. Dus erg grappig vond ik Bens plezier niet. Waar ik wel om moest grinniken was het feit dat Ben een relatie heeft. De in mijn ogen verstokte vrijgezel heeft zijn hond vervangen door een meisje. Nou ja, een meisje is het natuurlijk niet meer. De foto die hij me liet zien, toonde een knappe vrouw van een jaar of vierendertig, zo'n vijf jaar jonger dan Ben, met een dikke bos blond haar tot op haar schouders. Maar dat was nog niet alles, want Lisa, zoals ze heet, heeft een dochter van vijf. En voor mij is dat volkomen hilarisch, omdat Ben totaal niets met kinderen heeft. Dat is tenminste de indruk die ik vier jaar geleden kreeg. Hoewel ik me natuurlijk ook kan vergissen. Hoe goed ken ik hem tenslotte? Slechts enkele weken hadden we echt met elkaar te maken, voordat Leila en ik moesten verkassen. En al heb ik het gevoel dat ik hem al veel langer ken, mede door de intensiteit waarmee het contact verliep, het is natuurlijk te kort om precies te weten hoe hij in elkaar steekt. Maar dat zijn hart op de juiste plek zit en dat hij gáát waarvoor hij staat is een ding dat zeker is. Lisa kan zich geen betere vader voor haar kind wensen.

Met mijn voet hou ik Bruce tegen die nog snel naar buiten wil schieten, en duw hem terug. 'Vanmiddag weer,' zeg ik en sluit haastig de deur. Ik blijf staan als ik vanaf het loopplankje op de kade stap en kijk daar nog een keer om me heen. Bij de Noorderkerk zie ik een paar mensen lopen. Toeristen, te zien aan hun korte broeken en mouwloze shirts. Zelf draag ik dat ook, wat ook wel nodig is. De afgelopen dagen steeg het kwik genadeloos richting de dertig graden en ook vandaag zou het weer flink heet worden.

Mijn blik blijft rusten op het oude gietijzeren straattoilet een aantal meter verderop. Een prima plek om je te verbergen, vooral ook omdat het vervloekte ding vlak bij mijn woonboot staat. Maar op het eerste gezicht is het ding leeg en dus schud ik die paranoïde gedachte van me af, steek de weg over en loop naar links de Prinsengracht op. Het is drukker dan anders, maar dat komt waarschijnlijk omdat gisteravond het jaarlijkse Prinsengrachtconcert werd gehouden.

Na nogmaals om me heen te hebben gekeken, zowel voor als achter me, zet ik in een rap tempo koers naar Nielsen. Ik heb best honger en ik heb geen zin om mijn zondagse ontbijt daar voor Tarik op te geven. Toch merk ik algauw dat ik meer dan anders op mijn hoede ben. Ik voel de alertheid weer zoals drieënhalf jaar geleden en vraag me af of ik niet eerder wakker had moeten worden. Ben heeft gelijk, vroeger was me dat niet gebeurd. In die periode leefde ik uitsluitend op adrenaline en deed amper een oog dicht. In tegenstelling tot nu. Na drieënhalf jaar begon ik eindelijk weer een beetje rust te vinden en pas sinds een paar maanden slaap ik weer echt goed. Bovendien, ik ben toch geen Jedi, die zelfs in zijn slaap alles hoort wat er om hem heen gebeurt? Tot drieënhalf jaar terug deed ik dan wel aan kendo, maar dat wil niet zeggen dat ik daardoor mijn slaap kan beïnvloeden. Al zou ik op dit moment niets liever willen.

Na een minuut of vijf passeer ik net de Egelantiersgracht, als mijn mobiel overgaat. Ik weet niet waarom, maar het geluid laat me enorm schrikken, waardoor ik meteen een stuk langzamer ga lopen. Snel neem ik op en mijn hartslag daalt onmiddellijk als ik Bens vertrouwde stem hoor.

'Met mij,' zegt hij. 'Alles goed? Heb je een beetje geslapen?'

'Amper,' reageer ik. 'Maar dat was meer door de warmte.'

Hij grinnikt. Dan komt hij ter zake: 'Ik heb navraag gedaan naar Tarik...'

'En?' vraag ik, terwijl ik midden op de Prinsengracht blijf stilstaan.

'Hij was op een bruiloft.'

'Wát?' roep ik, waardoor een jong stelletje dat een paar meter voor me loopt, verschrikt achteromkijkt.

'Een vriend van hem trouwde. Er zijn tientallen mensen die beamen dat hij van vrijdagmiddag tot gistermorgen op het feest was. En zich daar flink heeft bezat.'

Ik druk mijn mobiel tegen mijn andere oor en wrijf met mijn hand door mijn haar. 'En die tientallen mensen, dat zijn zeker allemaal vrienden van hem?'

Bens zwijgen zegt mij genoeg. Ze dekken hem, dat is duidelijk. 'En nu?' vraag ik.

'Nu niets,' zegt Ben. 'We kúnnen niets.' En na een korte stilte: 'Je weet toch wel zeker dat het Tarik was die...'

'Wie trouwde er?' onderbreek ik hem.

Hij zucht. 'Maakt dat wat uit?'

'Huwelijken worden bij jezidi's al heel vroeg bekonkeld,' zeg ik. 'Als meisjes een jaar of tien, twaalf zijn worden ze al aan een man gekoppeld.'

'Ja, en?'

Ja, wat eigenlijk?

Nu ben ik het die zucht. 'Ik hoopte eigenlijk dat het bekenden van Leila zouden zijn.'

'Die kans is best groot,' geeft Ben toe. 'Misschien dat de bruid een vriendin van haar is. Maar Leila kan haar moeilijk bellen om te vragen of ze de waarheid spreekt. Je weet zelf hoe het gaat binnen die kringen.'

En of ik dat weet. Vooral de vrouwen worden geacht te zwijgen en te doen wat manlief hun opdraagt. Daar zal deze bruid geen uitzondering op zijn. Behalve het feit dat het levensgevaarlijk voor Leila is als ze contact zou opnemen, zou die nieuwbakken echtgenote echt niets loslaten, uit angst zelf het slachtoffer te worden.

'Waar ben je nu?' vraagt Ben.

'Op weg naar Nielsen om te ontbijten,' reageer ik. En dan: 'Heb je Tarik zelf gesproken?'

'Ja, hoezo?'

'Dan kan ik dus veilig naar Leila en Cem.'

Het blijft even stil. 'Zou je dat wel doen?' klinkt het uiteindelijk. 'Stel dat het niet Tarik was, maar een vriend van hem die jou...'

'Uitgesloten,' val ik hem ik de rede. 'Ik heb hem herkend, Ben! Bovendien, dit gaat om eerwraak en dat is een familiekwestie.'

'Hm,' hoor ik hem brommen. 'Daar zou ik niet te veel van uitgaan.'

'Wat moet ik dán, Ben?' roep ik vertwijfeld. 'Mijn hele leven mezelf opsluiten op mijn boot?'

'Dat zeg ik toch niet?' reageert Ben. Hij zwijgt even en vervolgt dan: 'Ik bedoel... wees alleen voorzichtig, oké? Ik vertrouw die gozer voor geen meter.'

'Dan ben je niet de enige,' zeg ik. 'Maar zelfs Tarik kan niet op twee plaatsen tegelijk zijn.'

'Pas toch maar op,' waarschuwt Ben. 'Je weet het maar nooit. Als hij wél een vriend stuurt, of een neef.'

Onwillekeurig moet ik glimlachen. Hoewel hij natuurlijk gelijk heeft, geloof ik niet dat Tarik het aan een ander zal overlaten. Het heeft niet voor niets te maken met eer. Al is het dan de eer van de familie en niet van Leila.

'Ik zal heel goed oppassen,' stel ik hem daarom gerust.

'Ga niet naar Leila als het niet écht nodig is,' zegt Ben. 'Vermijd gewoon even alle contact. Dat is veiliger. We hebben de Amsterdamse politie ingelicht, maar veel kunnen zij ook niet doen.'

Zoals altijd. Eerst moet er een dode vallen willen ze ingrijpen.

Dat was vier jaar geleden ook al het geval. Als ze eerder actie hadden ondernomen, dan was het nooit zover gekomen. En hadden ze nog geleefd. Maar ook toen 'konden ze niets doen' omdat bedreigen niet strafbaar is. Of althans, de bedreiging die Leila en ik – voorál ik – ervoeren. Dat die bedreiging uiteindelijk was geëscaleerd, hadden ze niet kunnen voorzien. Zij niet. Als ze maar geluisterd hadden. Als ze alleen maar geluisterd hadden.

'Oké?' klinkt Bens stem.

De serieuze klank weerhoudt me om te glimlachen. 'Oké,' zeg ik dan.

MAANDAG 14 APRIL 2008

'Judi!'

De stem schalde door de straat op het moment dat ik van mijn motor – een zwarte Suzuki Intruder C800 – stapte en mijn helm afzette. Ik keek om en zag haar op me af komen.

'Jasmine,' zei ik. 'Wat doe jij hier?'

'Nou zeg, is dat een manier om je zus te begroeten?'

Ik grinnikte. 'Jammer, meis, maar ik heb hier geen koffie met een gevulde koek om je welkom te heten.'

Ze stompte tegen mijn arm. 'Doe normaal,' zei ze. Ze hees haar schoudertas wat verder omhoog en streek met een elegant gebaar een pluk van haar halflange zwarte haar achter haar oren. Dat was een gewoonte van haar, al sinds ze een klein meisje van zes was. Ik was vijf jaar ouder en haar complete tegenbeeld. Zij een jong dametje, ik een wildebras, een halve jongen. Maar wat uiterlijk aanging leken we sprekend op elkaar. Soms wisten mensen ons niet eens uit elkaar te houden. Wel als we naast elkaar stonden, maar als we ieder apart ergens kwamen, dan zag je de twijfel op de gezichten en hoorde je ze bijna denken: is dit nou Judi of Jasmine?

'Ik heb een baan!' ging Jasmine in één adem verder.

'Echt?' vroeg ik. 'Waar?'

'Bij OBS De Drakenrots,' zei ze trots.

Ik staarde haar aan. 'Is dat niet die school daar verderop?' Ik wapperde met mijn hand naar rechts.

'Ja, goed hè? Groep zeven, precies wat ik wilde.'

'Wat geweldig!' riep ik. Ik legde mijn helm op het zadel van mijn motor en omhelsde haar. Ze was al langere tijd op zoek naar werk, nadat ze na een reorganisatie op de vorige basisschool waar ze werkte, op straat was komen te staan. En nu had ze zomaar een baan, op nog geen halve kilometer afstand van de middelbare school waar ik werkte.

'Wanneer begin je?' vroeg ik.

'Na de komende voorjaarsvakantie. De leerkracht die nu groep zeven heeft, gaat verhuizen naar België. Haar man heeft daar een baan gekregen.'

'Mazzelkont,' zei ik met een lachje.

'Hoe laat ben je vanmiddag klaar?' wilde Jasmine weten. 'Dan gaan we het vieren.'

'Rond vier uur, denk ik. Maar als het later wordt laat ik het je weten.' Ik legde mijn Suzuki aan een zware ketting en knipte het slot dicht.

'Vanavond eten bij het Raedthuys?' vroeg Jasmine.

'Prima idee,' bevestigde ik.

Haastig liep ik door de nog stille gangen van de school. Om negen uur had ik een afspraak met een leerling uit 3V1. Mara, een bijna onbereikbaar meisje, dat me uit eigen beweging had opgezocht, twee jaar geleden, vlak na de zomervakantie. Ik kende haar wel, uit mijn tijd dat ik nog voor de klas stond. Ik had altijd al het idee gehad dat er iets met haar was, maar kon nooit echt contact met haar krijgen. Totdat ze op een dag in mijn kamer stond. Er waren vervolgens meerdere gesprekken nodig om uit haar te krijgen wat haar eigenlijk dwarszat: haar vader misbruikte haar, al sinds haar achtste. Op het moment dat ze me dat vertelde, had ze al een paar maanden een vriend, die van het misbruik afwist en die haar probeerde over te halen om aangifte te doen. Die vriend zat niet op onze school, maar ze had een foto laten zien: een grote stevige knul met diverse tatoeages en piercings. De aangifte was er gekomen en de vader was opgepakt, waardoor ze nu alleen met haar moeder woonde. Maar ook dat was niet ideaal. Mara's moeder dronk te veel en als ze in een slechte bui was, moest Mara eraan geloven.

Met een plof liet ik me even later op mijn bureaustoel vallen. Uit mijn tas haalde ik een plastic bakje met aardbeien en zette het naast mijn telefoon. Nu alleen nog koffie en mijn werkdag kon beginnen. Ik wilde net opstaan om naar de lerarenkamer te gaan, toen ik Hans, mentor van een paar bovenbouwklassen, in de deuropening van mijn kamer zag staan. Met zijn armen over elkaar leunde hij tegen de deurpost.

'Ze is er weer,' zei hij. 'Romy. En ze is bezopen.'

'O ja?' vroeg ik.

Hij knikte. 'Ik ben niet de enige die het opvalt, Judi. Er zijn meerdere leraren die er ook last van hebben. Ze is alwéér een paar keer naar huis gestuurd, maar ze trekt zich er niets van aan.' Hij kwam wat verder de kamer in lopen, tot vlak voor mijn bureau, en vervolgde: 'Ze moet geschorst worden. Dat is de enige oplossing.'

'Geschorst?' herhaalde ik.

Hij knikte. 'Het zou veel beter zijn.'

'Voor jou ja,' zei ik.

'Voor haar ook. Ze moet gewoon van school.'

Ik dacht aan het gezette meisje, dat vanwege haar gewicht bijna dagelijks gepest werd. Ik had al vele gesprekken met haar gevoerd, haar duidelijk gemaakt dat ze niet minder dan anderen was, dat ze een leuk smoeltje had, met prachtige ogen. Maar het leek wel of ik niet tot haar doordrong. Vaak ging het goed, maar soms raakte ze depressief en zocht ze haar heil in de alcohol uit haar vaders drankenkast.

'En jij denkt dat dat helpt?' vroeg ik.

Hij zweeg even, maar haalde uiteindelijk zijn schouders op. 'We hebben alles geprobeerd. De andere leerlingen raken van slag door haar gedrag.'

Ik zuchtte diep. 'Wat verwacht je nou dat ik zeg, Hans? Schop haar maar van school? Zoiets? Dat is de oplossing niet.' Ik trok mijn agenda naar me toe, keek er even in en zei: 'Stuur haar naar huis om haar roes uit te slapen. Ik bel haar wel om weer een afspraak te maken.'

Hans fronste zijn wenkbrauwen, maar net toen hij zijn mond opende om wat te zeggen, verscheen in de deuropening een jongeman die ik niet kende.

'Judi van de Werff?' vroeg hij.

Ik stond op. 'Dat klopt,' zei ik en ik wierp Hans een blik toe die hij maar al te goed begreep. Heel even hielden zijn ogen die van mij vast, maar toen draaide hij zich om en verliet zonder te groeten mijn kamer.

'Kan ik iets voor u doen?' vroeg ik aan de jongeman, terwijl ik achter mijn bureau vandaan kwam.

'Ik wil graag weten of mijn zus afgelopen vrijdag bij jou moest komen.'

Ik liet mijn ogen peilend over de knul gaan. Een jaar of vierentwintig. Niet onknap, kort donker haar, met gel naar achteren gehouden, getinte huid, glinsterende ogen. Van nature, of van ingehouden woede?

'Jij bent de broer van Leila?' vroeg ik. Als die snotneus mij kon tutoyeren, dan liet ook ik de beleefdheidsvormen achterwege.

'Haar oudste broer,' zei hij pedant. 'En ik let een beetje op haar.' Zijn blik flitste even kort naar mijn on-Nederlandse zwarte haar en gleed vervolgens langs mijn lichaam naar beneden, voordat hij zei: 'Begrijp je?'

O, helemaal.

'Ik heb Leila inderdaad vrijdag bij me geroepen voor een gesprekje. Dat is een normale procedure voor leerlingen in de examenklas.'

Leugenaar.

Hij kneep zijn ogen tot spleetjes en staarde me aan. 'Toen ik hier op school zat, bestond er nog helemaal geen... vertrouwenspersoon.' Het laatste woord sprak hij uit alsof hij het over een hondendrol op het trottoir had.

'Het is ook een vrij nieuwe functie,' zei ik en zweeg toen. Ik had geen zin om te gaan uitleggen waarom vertrouwenspersonen op scholen tegenwoordig nodig waren. Niet aan hem, tenminste. Ik wist heel goed waarom hij hier voor me stond. Hij waakte over Leila's integriteit. Stel toch eens dat ze iets deed wat hun wetten of regels verbood? Het zou vanuit zijn oogpunt én dat van haar ouders haar kansen op een goede echtgenoot drastisch verlagen. Dat Leila zelf daar waarschijnlijk heel anders over dacht, kwam niet bij hen op.

'Waarover hebben jullie gesproken?' wilde hij weten.

Ik wachtte een moment, voordat ik antwoord gaf: 'Niets om je zorgen over te maken. Het gaat goed met Leila en ik weet zeker dat ze over twee maanden haar diploma op zak heeft.' En na een korte stilte: 'Waarom wil je dat eigenlijk weten, eh...'

Hij begreep de hint. 'Tarik,' zei hij. Toen glimlachte hij innemend en vervolgde: 'Mijn zus heeft nogal wat vervelende ervaringen met... jongens gehad. Ik let een beetje op haar. We hadden afgesproken dat ik haar van school zou halen en ze kwam bijna een kwartier te laat naar buiten. Je snapt dat ik me zorgen maakte.'

'Maar ik ben geen jongen,' zei ik. 'Ik neem aan dat Leila je vertelde dat ze bij mij was geweest?'

'Ja, natuurlijk.' Het klonk alsof hij niet anders verwacht had.

'Nou dan,' zei ik. 'Waarom twijfel je daaraan?'

Opnieuw die innemende glimlach. 'Ik wil het gewoon zeker weten. Leila durft het niet altijd te zeggen wanneer ze is lastiggevallen. Ik bescherm haar. Dat begrijp jij toch wel?'

'Nee, eigenlijk niet,' reageerde ik meteen. 'Leg eens uit?'

Hij was zo overdonderd door mijn reactie, dat hij blijkbaar

even niets wist te zeggen, maar voordat hij zich weer bij elkaar geraapt had, vervolgde ik: 'Leila is zeventien en kan heel goed op zichzelf passen. Ze hoeft echt geen bescherming meer van haar broer. En dat begrijp jíj toch wel?' Ik glimlachte vriendelijk tegen hem.

De uitdrukking op zijn gezicht sprak boekdelen: hij was het er niet mee eens. Hij zei niets, wierp een blik door het raam naar buiten, voordat hij zijn ogen door mijn kamer liet gaan.

'Onze familie is heel hecht,' zei hij toen. 'Wij geven om elkaar. Wij houden tradities in ere en iedereen weet dat. Leila ook.'

'Niemand zegt ook dat dat niet zo is,' reageerde ik. 'Maar ik begrijp niet zo goed wat geven om elkaar en het in ere houden van tradities met elkaar te maken hebben. Wat het met Leila te maken heeft.'

'Leila hoort bij onze familie,' zei hij. 'Vergeet dat niet.'

Zijn ogen boorden zich in die van mij en ik wilde net opmerken dat dat geen verklaring was voor de connectie tussen die twee zaken, toen hij zich omdraaide en mijn kamer verliet. Een tijdlang staarde ik naar de nog openstaande deur en de lege gang daarachter en betwijfelde of Leila straks in de lunchpauze nog wel zou langskomen.

Mijn broer Tarik. Als hij naar me kijkt word ik al bang. Het ene moment is hij de beste broer die je je kunt wensen, maar het volgende moment kan hij volledig doordraaien. Dan is hij agressief en kan hij om het kleinste dingetje gaan slaan, zodat ik daarna nog weken met blauwe plekken rondloop.

Ik zie hoe mevrouw Van de Werff me opneemt, van achter haar bureau mijn gezicht bestudeert. Wat ziet ze? Dat ik ook nu met veel meer make-up dan anders rondloop, om de blauwe plekken die Tarik me bezorgde te verdoezelen? Want vorige week was het weer zover. Hij wilde naar de film, en omdat hij niet alleen wilde, vroeg hij mij mee. Zoals hij wel vaker doet. Het leek me een leuk verzetje, al hou ik meestal niet van de gewelddadige films die Tarik altijd uitkiest. Op het moment dat we bij zijn auto vandaan liepen, kwam er een jongen uit mijn klas voorbij. Noah. Hij lachte naar me en kwam naar ons toe om een praatje te maken. Ik merkte al dat het Tarik niet beviel. Noah stond erg dicht bij mij en toen Noah weer vertrokken was, greep Tarik me bij mijn haren en sleurde me terug naar zijn auto, schold me uit voor hoer en slet en vroeg me of ik het soms met Jan en alleman aanlegde. Iedereen in de buurt keek toe en ik schaamde me dood. Ik probeerde hem uit te leggen dat Noah gewoon een klasgenoot was, maar hij luisterde niet. In plaats daarvan sloeg hij me met gesloten vuist midden in mijn gezicht, duwde me in zijn auto, en reed naar huis, terwijl ik stilletjes huilde.

Mijn blik schiet voor de zoveelste keer naar de deur. Tarik staat buiten op me te wachten. Hoe langer ik wegblijf, hoe kwader hij zal zijn. Ik kijk naar mevrouw Van de Werff en zeg zacht: 'I-ik moet weg. Mijn broer… Als ik niet snel buitenkom, gaat hij me zoeken.'

ZONDAG 19 AUGUSTUS 2012

Met mijn duim houd ik de bel lang ingedrukt en pas als de deur opengaat laat ik hem los. Het is mijn manier van aankondigen dat ik het ben en vooral Cem vindt dat geweldig.

Ik stap het smalle halletje binnen en als ik de deur achter me heb dichtgedaan, hoor ik gestommel op de trap.

'Tante Judi-i-i-i!' klinkt Cems stemmetje, voordat hij zich in mijn armen werpt.

Behendig vang ik hem op. Sinds hij kan traplopen heeft hij de gewoonte om zich vanaf de vijfde tree al te laten vallen, waardoor ik altijd op mijn hoede moet zijn als ik bij hen binnenstap.

Met Cem op mijn arm ga ik naar boven, waar Leila me staat op te wachten. Ik zie dat ze nerveus is. Haar ogen glinsteren koortsachtig en haar vingers friemelen onafgebroken aan een knoopje van haar blouse.

'Is dit niet gevaarlijk?' zegt ze meteen. 'Ik dacht dat we elkaar een poosje beter niet konden zien.'

'Tarik is thuis,' zeg ik, alsof dat een goede verklaring is waarom ik voor haar deur sta.

'Bedoel je dat niet hij maar iemand anders jou geprobeerd heeft te... te...' Ze gaat niet verder, alsof ze bang is het woord uit te spreken.

'Hij zegt dat hij op een bruiloft was, van vrijdagmiddag tot zaterdag in de ochtend.'

'Van wie?' wil Leila weten. Ze loopt voor me uit naar de keuken en pakt daar de bus koffie uit de kast.

Ik haal mijn schouders op, terwijl ik Cem op de grond zet en aan de keukentafel ga zitten. 'Dat weet ik niet. Ik heb het Ben gevraagd, maar die heeft geen antwoord gegeven. Of hij weet het zelf ook niet.'

'Hij zal het toch wel gecontroleerd hebben?' Ze laat het koffieschepje dat ze in haar hand heeft boven de filter zweven en kijkt me aan. 'Het móét Tarik zijn geweest, Judi, dat kan toch niet anders?' Ik zie haar slikken voordat ze vervolgt: 'En hoe zit het met verwondingen? Je zei dat Bruce hem had aangevallen. Dan moet hij toch zeker flink wat krassen hebben.'

Verbluft staar ik haar aan. Ze heeft gelijk. En niet alleen krabwonden van Bruce, maar ook minstens een pijnlijke neus. Mijn dekbed. Er zat bloed op. Dat moet van hém zijn! Verdomme, waarom heb ík daar niet aan gedacht, voordat ik vanmorgen de wasmachine aanzette?

Leila zet het koffieapparaat aan en komt tegenover me zitten. 'Ik ben bang, Judi,' fluistert ze, terwijl ze Cem op haar schoot trekt en hem stevig tegen zich aan houdt.

Logisch. Diep vanbinnen ben ik ook bang. Alleen laat ik het niet echt merken. Niet aan Leila tenminste.

'Hij is nu niet hier,' zeg ik resoluut.

'Moeten we nu wéér vluchten?' vraagt ze. Ze zoent Cem op zijn haren en zet hem weer op de grond. 'Ik ben bijna klaar met mijn opleiding en heb juist te horen gekregen dat ik in het ziekenhuis mag blijven werken. Ik wil niet weer weg!'

'Ik ook niet, Leila, ik ben veel te happy met mijn boot,' zeg ik. En dan, om haar gerust te stellen: 'Misschien heb ik me wel vergist en was het gewoon een inbreker die schrok omdat ik wakker werd.'

Leila kijkt me aan met een sceptische blik in haar ogen. 'Inbreker?' herhaalt ze na een korte stilte.

Ik knik, omdat ik bang ben dat als ik iets zeg, mijn stem verraad dat ik lieg.

'Maar er is niets gestolen, toch?'

'Nee, maar daar kreeg hij misschien de tijd niet voor,' geef ik als verklaring.

Gelul, Judi.

Even nog kijkt Leila me aan. In veel dingen is ze volwassener dan haar leeftijdgenoten van eenentwintig, maar soms is ze nog zo kinderlijk. Naïef. Net als nu. Ze knikt en grinnikt dan. 'Nou heb jij ook niet veel in je boot staan wat het waard is om gestolen te worden,' zegt ze.

‘Ho!’ reageer ik gepikeerd. ‘En wat dacht je dan van Bruce? Ze mogen alles meenemen, behalve mijn kat.’

Leila schiet in de lach en dat doet me goed. Toen we pas in Amsterdam woonden betwijfelde ik of ze ooit weer vrolijk zou kunnen zijn. Zelfs Cem kon haar niet aan het lachen maken. In plaats daarvan huilde ze vaak, en werd haar angst alleen maar groter. Angst om gevonden te worden. Angst om wat – behalve haarzelf – ook Cem zou kunnen worden aangedaan als ze ooit ontdekten waar we naartoe waren gegaan.

‘Heb je al gegeten?’ vraagt Leila.

Ik schud mijn hoofd. ‘Ik wilde naar Nielsen, maar bedacht dat jij ook vast wel een geroosterde boterham voor me hebt.’

‘Is dat alles wat je eet?’

‘En een gekookt eitje?’

Ze snuift. ‘Geen wonder dat je zo mager als een lat bent!’

‘Mager? Ik?’ Ik kijk omlaag langs mijn eigen lichaam en dan naar Leila, die niet dik, maar wel iets steviger is dan ik. Ja, naast haar ben ik misschien aan de dunne kant, maar mager?

‘Je kunt een paar *simits* van me krijgen,’ zegt Leila. ‘Op een enkele geroosterde boterham kom je de dag natuurlijk niet door.’

En zonder op mijn reactie te wachten trekt ze de keukenkast open en haalt er een papieren zak uit. Nog geen minuut later staat er een bord voor mijn neus, met daarop drie simits – traditionele Turkse broodjes. Ernaast zet ze schaaltjes met tomaat en komkommer, een pot honing, een pot jam en een kop thee.

‘Leila...’ protesteer ik, met een blik op vooral de pikzwarte thee. ‘Dat krijg ik nooit allemaal op.’

Naast me duikt Cem op. Hij zet zijn autootje waarmee hij aan het spelen was op de hoek van de tafel en klimt op mijn schoot. ‘Ik help je wel, tante Judi!’ roept hij.

‘Gelukkig,’ zeg ik, terwijl ik mijn arm om zijn middel sla en hem met zijn rug tegen me aan trek. ‘Want als het aan je moeder ligt, ga ik als een michelinmannetje naar huis.’

‘Wat is een michemannetje?’ vraagt Cem met zijn mond vol brood.

‘Een heel dik poppetje,’ zeg ik. Over hem heen reik ik onhandig naar een paar plakjes tomaat.

Leila is tegenover me gaan zitten en kijkt toe hoe ik eet. Als ze ziet dat Cem zijn hand in de honingpot stopt, grijpt ze hem bij zijn pols en veegt met vinnige gebaren zijn vingers schoon. Meteen daarna trekt ze hem van mijn schoot en zet hem op de grond. ‘Zo en nu laat je tante Judi even rustig eten.’

‘Maar ik mocht toch…’ begint Cem, maar hij zwijgt als hij de blik van zijn moeder ziet. Met een pruillip pakt hij zijn autootje weer van de tafel en verdwijnt uit de keuken.

Leila staat op, spoelt het doekje waarmee ze Cems kleefvingers heeft afgeveegd uit onder de kraan en wast haar handen. Zelfs aan haar rug kan ik zien dat ze ergens mee zit.

‘Wat is er, Leila?’ vraag ik uiteindelijk.

Er komt geen antwoord, behalve een kort schouderophalen.

Ik schuif het bord met het restant van de simits van me af. Ik wil een slok thee nemen, maar bedenk me als ik het donkere goedje in het kopje zie. ‘Ik had helemaal geen last van Cem,’ ga ik verder, terwijl ik het kopje weer neerzet. ‘Anders had ik het wel gezegd, hoor.’

‘Niemand eet rustig met een kind op schoot,’ zegt Leila.

‘Wat een onzin,’ werp ik tegen. ‘Ik had zelf toegestemd dat hij bij me kwam zitten. Schuif niet de schuld op die jongen, Leila.’

Ze slaat haar blik neer en begint weer aan het knoopje van haar blouse te friemelen. Dan kijkt ze op en zegt: ‘Ik vertrouw het gewoon niet. Of eigenlijk vertrouw ik Tarik niet. Je kunt zeggen wat je wilt, en er grapjes over maken, maar dat was geen gewone inbraak op jouw boot.’

Dus toch niet zo naïef als ik dacht.

‘Tarik zat in ’s-Heerenberg,’ merk ik op. ‘Híj kan het niet geweest zijn.’ Ik hoor zelf hoe zwak het klinkt. Had ook ik niet tegen Ben gezegd dat ik zeker wist dat het Tarik was? En moet je me nu horen. Hypocrisie van de ergste soort.

‘Al zeggen ze dat hij die nacht aan de beademing in het Slingeland Ziekenhuis lag, dan nog ben ik niet overtuigd.' Met fonkelende ogen kijkt ze me aan. 'Ik ken hem langer dan jij, Juud. Mijn hele leven al. Ik weet hoe hij is en hoe hij denkt. Hij is een pitbull. Hij heeft gezworen om de familie-eer te verdedigen en zal zich in jou, in mij, vastbijten, totdat hij...' Haar stem hapert.

'Totdat hij wat?' wil ik weten. 'Totdat hij hetzelfde doet als met Khadija?'

Ze zwijgt. Ik weet dat de herinnering aan Khadija haar pijn doet. Misschien was zij ook wel de reden dat Leila uiteindelijk de knoop doorhakte en besloot te vluchten. Terwijl Khadija echt de enige niet is geweest.

'Hij is ertoe in staat,' zegt ze zacht. Opnieuw kijkt ze me aan. 'Stel nou dat hij hier met iemand anders was en dat Tarik alleen is teruggegaan. Dan kan iemand jou in de gaten hebben gehouden en je zijn gevolgd...'

Ik schud mijn hoofd. 'Voordat ik vertrok heb ik goed om me heen gekeken. Er was niemand in de buurt. Behalve een paar toeristen. Zoals altijd.'

'Misschien was het wel een van hen. En...'

'Natuurlijk niet!' val ik haar zwakjes in de rede.

'... weten ze nu waar ik woon. Waar Cem woont.'

Ik ga er niet meer tegenin. Niet omdat ik niet weet hoe ik moet reageren, maar meer omdat alles wat ik nu zou zeggen uit leugens zou bestaan. Ook ik ben bang dat ze ons gevonden hebben. Dat we niet meer veilig zijn. Ik weet zeker dat het Tarik was die me vannacht aanviel. Ik probeer dan wel van alles te verzinnen om die wetenschap af te zwakken, tegenover Leila, en oké, ook tegenover mezelf, maar ik weet dat dat een farce is. Na drieënhalf jaar zijn we weer terug bij af. En het ergste is dat ik niet weet wat we moeten doen. Wéér vluchten? Wéér een andere verblijfplaats zoeken, een nieuw leven opbouwen? En dan? Hoelang zal het duren voordat hij ons voor de tweede, nee, de derde keer gaat vinden? Hoelang voordat hij krijgt waar hij op uit is: Leila's dood.

'Wat moeten we doen, Judi?' klinkt Leila's stem zacht.
Ik kijk haar aan en schud mijn hoofd. 'Dat weet ik niet.'

MAANDAG 14 APRIL 2008

Met een harde klap gooide ik de deur van mijn huis achter me dicht en deed het licht aan. Het felle schijnsel van de lamp verblindde me even. De post die ik bij binnenkomst uit de bus had gehaald, legde ik op het tafeltje. Rekeningen. Alleen maar rekeningen. En o ja, een brief dat ik vijf miljoen euro had gewonnen. Heerlijk. Kon ik eindelijk gaan rentenieren op een tropisch eiland.

Ik hing mijn jas aan de kapstok, schopte mijn schoenen uit en liep door naar de keuken. Mijn oren tetterden nog na van de verhalen die Jasmine tijdens het eten over me had uitgestort. Ze was zo enthousiast geweest over haar nieuwe baan, dat ze nergens anders over kon praten. Dat ik er niet echt mijn aandacht bij had gehad, leek ze niet te merken. En zolang ik op de juiste momenten 'o' of 'echt' of 'ja' zei, hoefde ik niet bang te zijn dat ze gepikeerd zou vragen of het me allemaal soms niet interesseerde. Want dat deed het echt wel. Alleen zat ik een beetje met Leila in mijn maag. Zoals ik al verwacht had, was ze niet op onze afspraak gekomen. Ik was na de pauze naar het lokaal gelopen waar ze les zou hebben, maar toen bleek dat ze helemaal niet op school was en daar maakte ik me toch wel ongerust over.

Diep in gedachten trok ik een keukenkastje open en haalde de *cezve*, een pannetje om Turkse koffie te zetten, tevoorschijn. Maar toen ik de koffie pakte besloot ik dat ik geen zin had om te wachten tot de koffie kookte, en dus zette ik de cezve terug en maakte een beker cappuccino met mijn – bijna gloednieuwe – Senseo. Vijf minuten later had ik mijn kleren verruild voor een joggingbroek en wit T-shirt en kroop ik met mijn cappuccino en mijn laptop op de bank.

Jezidi toetste ik in het balkje van Google, nadat ik de computer had opgestart. Ik kreeg ruim vierduizend resultaten. Natuurlijk, ík wilde eens wat informatie opzoeken. Hoe kon ik dan denken dat het simpel zou zijn.

De bovenste link was van Wikipedia. Misschien goed om mee te beginnen. Ik klikte erop en las aandachtig de vrij lange tekst met uitleg over de jezidi's, waarvan ik het meeste al wist. Het kwam allemaal op hetzelfde neer als mijn moeder altijd verteld had, behalve dan misschien het stukje over de oorsprong van het woord. Maar dat kwam hoogstwaarschijnlijk omdat ik geen woord Koerdisch sprak, net zomin als mijn moeder.

Ik nam een slokje van mijn koffie, klikte de pagina van Wikipedia weer weg en liet mijn ogen over de volgende links gaan. Ik bleef steken bij een site die over religieus begraven ging en nieuwsgierig gemaakt door de zin 'Voor de moslims verloor hij door deze keuze de genade van God, werd een gevallen engel en...' klikte ik op de link. Ik kwam op een funeraire website waarop werd verteld over een begraafplaats in Hannover die een speciale afdeling had waar jezidi's ritueel konden worden begraven.

Hannover?

Ik haalde even kort mijn wenkbrauwen op voordat ik verder las. Er was een heel stuk gewijd aan de religie zelf en ik kwam dingen te weten die ik nog niet wist. Bijvoorbeeld waarom jezidi's duivelaanbidders werden genoemd. Volgens de tekst kwam dat doordat een jezidi Malek Tawus als belangrijkste van de zeven aartsengelen ziet. Maar volgens een moslim staat Malek Tawus gelijk aan de duivel, *Shaytan*. God had namelijk aan de zeven aartsengelen gevraagd te knielen voor Adam, maar Malek Tawus had dat geweigerd. Voor een moslim verloor hij daarmee de genade van God, maar volgens een jezidi was die vraag een test van God en was hij daarvoor glansrijk geslaagd. Hij werd de leider van de aartsengelen, de zogenaamde Pauw-engel, en als zodanig afgebeeld. Niet zo gek dus dat jezidi's ook wel het volk van de pauw worden genoemd. Het klonk als een lieflijke beschrijving en je zou niet denken dat dit volk al eeuwenlang vervolgd en afgeslacht werd.

Na een aantal foto's van grafzerken volgde er nog een stukje over het kastenstelsel van de jezidi's en hun geloof in reïncarnatie waar ik niet zoveel aan had.

Veel méér vond ik niet. Uiteindelijk kwam ik op de Duitse versie van Wikipedia. Daar las ik dat de meeste Europese jezidi's in Duitsland wonen, en dat er een grote groep in Emmerich leeft.

Emmerich.

Dat was hier net aan de andere kant van de grens. Zou Leila daar ook vandaan komen? Of familie hebben? Hier in 's-Heerenberg woonden er niet veel, een handjevol slechts, net als in de omliggende dorpen en steden.

Nadenkend nam ik nog een slok koffie en schoof mijn laptop naast me op de bank. Waar was ik eigenlijk mee bezig? Ja, met mijn werk. Ik was geen type dat alles losliet zodra de schooldeuren achter me dichtvielen. Maar wat dacht ik te vinden? En liep ik niet een beetje te hard van stapel? Leila was een jezidi, dat had ze me verteld. Maar verder? Dat haar broer op haar lette. Dat kon, dat was vrij gewoon in bepaalde culturen. Het hoefde niets te betekenen.

Ik dacht weer aan haar broer, Tarik. Zijn ogen hadden me helemaal niet aangestaan. Hij was een heethoofd, dat had ik allang door. En dat waren gevaarlijke types, vooral in zulke culturen. Als iets hen niet zinde, zaten hun handen algauw erg los. Ik was er ook van overtuigd dat Leila's blauwe oog twee jaar geleden niet was veroorzaakt door een deur. Maar zíj was wel de laatste die dat zou toegeven. Wat dat betrof had die Tarik gelijk: het was familie. En nu had Leila een vriendje dat niet tot haar eigen geloofsgroep behoorde en waren ze daar bij haar thuis blijkbaar niet blij mee. Dat was bij moslims zo en ook bij jezidi's. Vooràl bij jezidi's. Die trouwden alleen met iemand van hun eigen geloof. Maar verder? Waren ze daar net zo streng als traditionele moslims? Daar had ik helemaal niets over op internet gelezen. Ik wierp een schuine blik op mijn laptop. En gek genoeg verwachtte ik het daar ook niet te vinden. Misschien dat... Heel even aarzelde ik of ik dat wel wilde, maar greep toen toch de telefoon en toetste het nummer in Frankrijk in.

ZONDAG 19 AUGUSTUS 2012

'Had hij krassen?'

'Krassen?' Bens stem klinkt verbaasd. 'Hoe bedoel je, krassen?'

Ik verplaats mijn mobiel van mijn rechter- naar mijn linkeroor. 'Tarik is te grazen genomen door Bruce. Hij moet op zijn minst zijn opengehaald. Op zijn rug, of zijn armen.'

'Op zijn rug?' Het blijft even stil aan de andere kant van de lijn, voordat Ben vervolgt: 'Hoe moet ik dat hebben kunnen zien, Judi? Hij liep niet in zijn blootje.'

Dat was natuurlijk waar. 'En zijn neus dan?' vraag ik. 'Mijn dekbed zat onder het bloed van mijn kopstoot. Het zou me niets verbazen als die neus van hem flink gezwollen, en misschien zelfs wel gebroken is.'

Even verwacht ik gegrinnik te horen, maar dat blijft uit. 'Judi...' klinkt het dan, niet echt geërgerd, maar wel een tikkeltje ongeduldig. 'Als ik daar ook maar iets van had gezien, dan was hij linea recta voor verhoor mee naar het bureau gegaan. Maar niets wees erop dat hij gevochten had. Zijn gezicht zag er puntgaaf uit.'

'Wat heb ik daar nou aan!' roep ik, terwijl ik bij café De Blauwe Pan de hoek omsla en de Westerstraat in loop.

Nu lacht Ben wel, al is het niet vrolijk. 'Niets,' zegt hij. 'En wij ook niet.' En dan, serieus: 'Ik had hem nu ook liever achter slot en grendel, Juud, geloof mij maar.'

De toon in zijn stem laat me dat inderdaad geloven. Ik zwijg, steek de straat over en als ik tussen de geparkeerde auto's tussen de twee rijbanen doorloop, zeg ik: 'En wat moeten we nu?'

'Ik weet het niet,' reageert Ben. 'Zolang verschillende mensen zeggen dat Tarik vrijdagnacht op die bruiloft was, beginnen we niets. Ook de politie Amsterdam niet.'

Het liefst zou ik nu ergens heel hard tegenaan schoppen om mijn frustraties kwijt te raken, al zou dat geen fluit oplossen. 'We moeten dus gewoon maar weer afwachten?' vraag ik knarsetandend.

De stilte aan de andere kant vertelt me dat dat inderdaad het enige is wat we kunnen doen.

'Blijven jullie hem in de gaten houden?' wil ik tot slot weten.

'Uiteraard,' zegt Ben. 'Zodra wij hier vermoeden dat hij er ook maar aan dénkt om jullie kant uit te gaan, lichten we onze collega's in Amsterdam in.'

'En mij, mag ik hopen.'

Ik hoor dat hij glimlacht. 'En jou, natuurlijk.'

MAANDAG 14 APRIL 2008

Het duurde niet lang voor de telefoon werd opgenomen met een zacht: 'Oui?'

'Mam,' zei ik. 'Met mij. Judi.'

'Judi!' Het klonk enthousiast als altijd. 'Papa en ik hadden het net over jou.'

'Over mij?' vroeg ik. 'Waarom?'

'Nou ja, we hebben je al een poosje niet gezien.' En na een korte stilte: 'We missen je.'

Jullie zijn zelf naar Frankrijk verhuisd, hoor.

Ik dacht het in een flits, maar zei het niet. 'Ik jullie ook,' reageerde ik dus. En het was niet zo dat ik dat niet meende. Ik miste hen echt, maar hoewel ik de reden begreep, had ik het hun diep in mijn hart altijd kwalijk genomen dat ze mij en Jasmine hier hadden achtergelaten. En dat wist ze. Zij én mijn vader. Het was niet voor niets dat we op de dag voor hun vertrek hooglopende ruzie kregen.

'Jullie lopen gewoon weg voor problemen in plaats van ze aan te pakken!' had ik tegen mijn moeder geschreeuwd, toen ze uitlegde dat ze hoopte in Frankrijk een rustiger leven te krijgen en niet meer met de angst om te worden uitgescholden de straat op hoefde.

'Hoe had je gedacht dat we die moesten aanpakken dan?' was de vraag van mijn vader geweest. Hij had me aangekeken met die doordringende blik, die hij vroeger ook al gebruikte om aan te geven dat ik moest oppassen met wat ik zei.

'Ja, weet ik veel!' riep ik. 'Negeren? Wat kan het jullie schelen wat er achter jullie rug om over jullie gezegd wordt?'

'Wat er achter mijn rug over me gezegd wordt interesseert me niet,' zei mijn moeder zacht. 'Het gaat erom dat ik me soms bedreigd voel, Judi.'

Ik snoof luid. 'Blaffende honden bijten niet, mam,' zei ik.

'Totdat er eentje is die uit de groep breekt en het wel doet.' Ze keek me aan en in haar ogen zag ik vastberadenheid, maar ook een tikkeltje angst en ik wist dat ze deze keuze niet zomaar gemaakt had. Maar toch kon ik me er niet bij neerleggen.

'En dus laten jullie mij en Jasmine hier achter,' zei ik. 'Op een plek waar jullie jezelf niet eens veilig voelen.'

'Judi,' kwam mijn vader nu en het klonk als een lange zucht. 'Jullie zijn hier opgegroeid. Je moeder niet.'

'Maakt dat verschil?'

'Dat denk ik wel. Ondanks het feit dat je moeder al jaren in Nederland woont, blijft ze van oorsprong een Turksc vrouw.'

'Ze draagt niet eens een hidjab!' wierp ik fel tegen.

Ik zag zijn ogen donker worden, een teken dat hij zijn geduld begon te verliezen, maar het kon me niets schelen. Ik begreep het gewoon allemaal niet. Waarom lieten ze hun dochters zomaar achter? Niet dat ik zo graag met hen mee zou willen, maar zij zorgden wel voor een enorme afstand tussen ons, terwijl ons gezin altijd zo hecht en innig was geweest. En die band zag ik verloren gaan in die achthonderd kilometer die ons voortaan van elkaar zou scheiden en dat deed me pijn. Ik was die middag dan ook woedend weggelopen en alhoewel ik na een paar uur alweer was teruggegaan om het goed te maken, had ik die pijn altijd met me meegedragen.

'Jasmine belde vanmiddag nog,' hoorde ik mijn moeder zeggen. 'Ze is dolblij met haar nieuwe baan. Heb je het al gehoord?'

'Tot in de kleinste details,' zei ik lachend. 'We hebben vanavond gegeten bij het Raedthuys. Om het te vieren.'

Ook mijn moeder lachte nu. 'Haar mond stond zeker niet stil?'

'Alleen om er een hap eten in te schuiven,' verklaarde ik.

Er viel een korte stilte, die ik uiteindelijk doorbrak door te vragen: 'Mam, wat weet jij van jezidi's?'

'Jezidi's?' Het klonk verbaasd.

'Ja, ik weet natuurlijk wel wat het zijn, en zo, maar eigenlijk wil ik wat meer weten.'

'Waarom?'

'Nou ja.' Ik aarzelde. Doorgaans sprak ik nooit over mijn leerlingen en hun problemen, maar in dit geval zou ik toch iets over Leila moeten vertellen. Ik kende mijn moeder langer dan vandaag. Als ik het niet deed, bleef ze doorvragen totdat ik méér had losgelaten dan me lief was.

'Je hebt toch niet wat met een jezidische jongen, hè?' klonk het plotseling scherp.

Ik glimlachte. 'Nee mam. Ik heb met niemand wat. Er is alleen... ik heb een jezidisch meisje op school. Ze heeft problemen.'

'Problemen? Wat voor problemen?' En voordat ik kon reageren: 'Meng je niet in strubbelingen van jezidi's, Judi. Daar komt alleen maar narigheid van.'

'Mam...' begon ik. 'Het is mijn werk. Daarom bel ik je ook. Ik wil weten hoe het zit met relaties bij jezidi's. Leila, dat is dat meisje, zei dat ze iets met een jongen uit een andere klas had en dat...'

'Is hij ook een jezidi?' onderbrak ze me.

'Nee, hij is...'

'Dan is het gedoemd te mislukken. Jezidi's zijn endogaam. Ze trouwen alleen met hun eigen soort. En aangezien je als jezidi geboren wordt en het niet kunt worden, zal het einde verhaal zijn voor hen.'

'Dat weet ik allemaal wel,' zei ik. 'Ik wil graag weten wat er zou kunnen gebeuren als Leila toch doorzet met deze jongen.'

Het bleef even stil, een stilte die me een tikkeltje ongemakkelijk deed voelen en die me een vreemde prikkeling op mijn rug bezorgde.

'Als Leila een verstandig meisje is, dan zorgt ze dat ze met hem breekt,' zei mijn moeder uiteindelijk.

'Hoezo?' vroeg ik. 'Wat gebeurt er anders? Schoppen ze haar dan op straat, of zo?'

'Nee, Judi,' zei ze zacht.

Hoewel mijn moeder zich op vele honderden kilometers afstand bevond, zag ik haar staan, met de telefoon tegen haar oor gedrukt en een trieste blik in haar ogen.

Natuurlijk wist ik wat ze bedoelde. De verhalen die ze mij in mijn jeugd vertelde, waren voldoende om te begrijpen dat op straat geschopt worden nog wel het minst erge was wat Leila zou kunnen overkomen. En daar wist mijn moeder alles van. Vijfendertig jaar geleden vluchtte zij uit Alaçat, een dorpje in het Turkse district Çankırı, waar ze door haar vader, mijn opa, ernstig was mishandeld omdat ze volgens hem had geflirt met een Nederlandse man. Die man was mijn vader, die daar in het dorp was vanwege een fotoreportage die hij als freelancefotograaf maakte voor het tijdschrift *Elsevier*. En natuurlijk had mijn moeder met hem geflirt. Hij was toen al een knappe man, met een krachtig gebruind gezicht en een mooi lang en stevig lichaam. Maar dat deed er niet toe. Als mijn oma niet tussenbeide was gekomen, had mijn moeder het niet overleefd. Ze vluchtte met mijn vader naar Nederland en van het een kwam het ander. Ze trouwden, mijn moeder raakte zwanger en een jaar later belandde ik in de wieg die mijn vader met liefde in elkaar had getimmerd van oud steigerhout.

Ik wist dat mijn moeder geen moment spijt had gehad van haar beslissing om met mijn vader mee te gaan naar een ver land waar ze amper het bestaan van wist. Ze had zich aangepast en naar mijn idee was ze redelijk gelukkig. Maar ook wist ik dat ze haar familie, haar moeder, haar broers en zusjes, haar grootouders, nog elke dag miste. Als geen ander begreep ze de gevolgen voor meisjes die in opstand kwamen, omdat ze het zelf had meegemaakt. En misschien daarom wilde ze het liefst voorkomen dat zij dezelfde heimwee zouden voelen die haar nog dagelijks kwelde.

'Ze kunnen haar vermoorden,' zei ik zacht. Het was geen vraag. Natuurlijk niet. Vanaf het moment dat Leila me had verteld dat ze een jezidi was en een oogje had op Thomas Withuizer, voelde ik al dat haar leven in gevaar was. Een gevoel dat nog eens versterkt werd door het bezoek van haar broer Tarik. Ik wist zeker dat als Leila met Thomas verder wilde, ze niet op steun van haar familie hoefde te rekenen. Sterker nog, ze zouden haar met harde hand dwingen zo snel mogelijk met de door haar ouders uitgekozen man te trouwen. En als ze zich zou blijven verzetten, dan zou ze de familie-eer bezoedelen. Met alle gevolgen van dien.

Ik ben bang. Het waren Leila's eigen woorden geweest. En God wist dat ze redenen had om bang te zijn.

'Judi...' De stem van mijn moeder klonk bezorgd. 'Ik weet dat het je werk is. Maar alsjeblieft, pas goed op. Als ze erachter komen dat jij haar helpt, kun jij ook hun doelwit worden.'

Ik lachte. Niet omdat ik wat ze zei zo leuk vond, maar meer omdat ik niets anders wist te doen. 'Maak je over mij maar geen zorgen,' zei ik. 'Je weet dat ik heel goed mijn mannetje kan staan.'

'Ja,' zei ze. 'En juist dat maakt je overmoedig.'

Overmoedig. Hoe vaak had ze niet gezegd dat ik dat was? In mijn kindertijd zeker wel elke week een keer. En overmoedig was ik geweest. Iedereen in de buurt kende Judi. Judi die alles durfde. Judi die nooit de gevolgen van haar daden van tevoren overzag. Die eerst deed en dan pas dacht. Het was ook de reden dat elke prille relatie gedoemd was te mislukken. Behalve het feit dat jongens me te bijdehand en te zelfstandig vonden, wist ik ook nooit wat ze van me verwachtten. Met het gevolg dat ze er al na korte tijd de brui aan gaven.

Ik wilde mijn moeder net vragen hoe het verder met haar en mijn vader ging, toen ze zei: 'Wil je papa nog spreken?'

'Zo meteen. Vertel me eerst eens hoe het met je gaat.'

'Goed,' verklaarde ze. 'Ik wilde alleen maar eens dat het zomer werd. Al die regen...'

Ik glimlachte. Dat was het enige waar ze nooit aan had kunnen wennen: regen. De herfststormen die ze in Nederland zo verfoeid had, waren geen verleden tijd geworden toen ze met mijn vader naar Frankrijk vertrok. Ze konden daar op het platteland zelfs nog heftiger zijn dan in 's-Heerenberg.

'Dat komt gauw genoeg,' zei ik.

'Ik hoop het.' Er klonk wat gekraak over de lijn en toen hoorde ik haar stem weer: 'Hier is je vader. Kom je gauw weer eens een paar dagen logeren?'

'Ik kijk wel,' zei ik vaag. 'Binnenkort misschien.'

Ze zweeg en ik haatte mezelf om mijn afstandelijkheid.

MAANDAGMIDDAG 20 AUGUSTUS 2012

Opgelucht duw ik de helm van mijn hoofd, klem hem onder mijn arm en verschuif met mijn vrije hand mijn paardenstaart terug op zijn plaats. Dit was mijn laatste les van vandaag en dat is maar goed ook. Ik kijk mijn leerling na en schud nog net niet mijn hoofd. Ik heb geen idee hoe deze jongen ooit zijn motorrijbewijs gaat behalen. Na ruim tien lessen lijkt hij nog steeds het verschil niet te weten tussen links en rechts, wat ook vandaag weer had geleid tot hachelijke situaties. Met het gevolg dat ik nu echt wel toe ben aan een biertje.

Ik wil net het kantoor van de rijschool waar ik werk binnengaan, als mijn mobiel overgaat. Een afgeschermd nummer, zie ik op het display.

'Judi van de Werff,' meld ik, terwijl ik met mijn heup de deur van het pand openduw.

Het blijft stil aan de andere kant.

'Hallo!' roep ik.

Nog steeds hoor ik niets en schouderophalend verbreek ik de verbinding. Alsof ik niets beters te doen heb. Maar ik ben de gang nog niet door, of mijn mobiel zoemt opnieuw. En weer zie ik dat de beller zijn nummer heeft afgeschermd. Zou dit iemand anders zijn, of...

Het voordeel van de twijfel. Ik kan niet anders, want het zou zomaar een leerling kunnen zijn die afbelt, of een afspraak wil verzetten.

'Judi,' zeg ik dit keer kort.

Weer geen reactie. Ik hoor iemand zacht ademhalen, wat me nu doet beseffen dat het niet iemand is die een verkeerd nummer gedraaid heeft en heel even vraag ik me af of het misschien Tarik is. Maar dat idee vind ik toch wat te ver gaan. Het is gewoon een ordinaire hijger, dat kan niet anders.

'*Get a life, loser!*' roep ik en verbreek verontwaardigd de verbinding. Kloothommel.

Ik heb het nog niet gedacht, of weer zoemt mijn telefoon. Woede laait op en dit keer neem ik meteen op met: 'Wat moet je nou van me!'

Geen antwoord. Wel hoor ik dit keer vaag muziek op de achtergrond, die ik herken. Het is een kinderliedje. Sterker nog, het is een Koerdisch kinderliedje en meteen staan al mijn zintuigen op scherp.

Hij is het!

'Tarik?' vraag ik voorzichtig.

Geen antwoord.

'Tarik, als jij het bent, zeg dan wat.'

Het enige wat ik hoor is het zacht gezongen kinderliedje. Het doet me denken aan mijn jeugd, de stem van mijn moeder. Ik zie haar nog zitten in de schommelstoel, met Jasmine in haar armen, zacht wiegend, en ik hoor haar zingen, alsof ze vlak naast me staat. Dan wordt de verbinding verbroken en luister ik stomverbaasd naar de ingesprektoon.

'Slecht nieuws?' klinkt een stem achter me.

Ik draai me om en nog steeds een beetje verbouwereerd staar ik naar Maria, de receptioniste van de rijschool. In haar hand houdt ze een mok thee.

'Nee hoor,' reageer ik. 'Het was... ik denk... eh... verkeerd verbonden, of zo.'

'Je kijkt anders alsof iemand je zojuist iets volkomen onverwachts verteld heeft,' zegt ze glimlachend.

Niet verteld, wel laten horen.

Het moet Tarik zijn, besef ik weer. Dat kan niet anders. Wie anders zou zo ziek zijn om me te bellen en dan een Koerdisch kinderliedje te laten horen? Om me te laten weten dat hij mij, óns, gevonden heeft. Ik kijk Maria na, die doorloopt en verderop achter haar balie plaatsneemt. Maar toch klopt er iets niet. Waarom zou hij mij op stang willen jagen met een kinderliedje? Hij weet donders goed dat ik weet dat hij het was, laatst op mijn boot. Waarom dat dan nog eens benadrukken? Om me angst aan te jagen? O, vast. Maar dan nog, met een kinderliedje?

Dan ineens schiet het door me heen.

Cem!

O Jezus!

Ik wacht geen moment langer, keer om en ren zonder op de verbaasde blik van Maria te letten de rijschool uit, ondertussen het snelkiesnummer van Leila intoetsend op mijn mobiel. Op het moment dat ik mijn motor bereik, is de telefoon al zeker vijf keer overgegaan, maar is er niet opgenomen. Verdomme! Ik kijk op mijn horloge en zie dat het tien over halfzes is. Dan zit ze vast in de auto naar het kinderdagverblijf. Of ze is van daar al onderweg naar huis. En als ze autorijdt, neemt ze uit principe haar telefoon niet op. Heel bewonderenswaardig, maar op dit moment kan ik haar daar wel om vermoorden.

Neem nou op!

Na nog een aantal keren te zijn overgegaan, schakelt hij door naar de voicemail en gejaagd schreeuw ik dat ze Cem geen moment alleen mag laten. Daarna verbreek ik de verbinding, stap op mijn motor en scheur weg. Niet meer dan tien minuten kan het me kosten om bij haar appartement te komen.

Snel rijd ik even later langs het Westerpark en draai ik de Nassaukade op, in de richting van Leila's huis. Verdomme. Ik heb het gevoel dat we drieënhalf jaar terug in de tijd zijn. Het was ook te mooi om waar te zijn. Hoe hebben we kunnen denken dat Tarik ons nooit zou vinden? Hij is net een bloedhond, die zijn prooi opjaagt tot hij geen kant meer op kan en wíj zijn de prooi. En nu is het moment gekomen dat we wéér nergens heen kunnen, dat we wéér moeten vluchten, al weet ik dat Leila dat, net als ik, niet wil. We hebben hier ons leven opgebouwd na alles wat er gebeurd is, en dat wéér opgeven is iets waar we allebei liever niet aan denken. Maar nu ik vermoed dat Tarik op Cem uit is, moeten we maatregelen nemen. Op wat voor manier dan ook.

Pas als ik vanaf de kade de brug naar de Marnixstraat oversteek, hoor ik de sirenes. Nog geen twee tellen later suist er een ambulance op topsnelheid voorbij en op de een of andere manier bezorgt het schelle geluid dat de wagen voortbrengt me kippenvel. Waarom dat is, besef ik als ik mijn motor de Westerstraat indraai. Blauwe zwaailichten en rondlopende politieagenten beheersen het straatbeeld vlak voor de brede steeg waar Leila en Cem wonen. Mijn hart verkrampt als ik van mijn motor spring en naar het afzetlint ren dat voor de Tichelstraat is gespannen, maar terwijl ik mijn helm afruk en opzij gooi, weet ik al dat ik te laat ben.

WOENSDAGOCHTEND 16 APRIL 2008

Het was stervenskoud toen ik rond kwart voor acht bij mijn werk aankwam. Het had de afgelopen nacht een paar graden gevroren en hoewel ik geen hekel aan kou had, vond ik dat het nu lang genoeg winter was geweest. Het was verdorie al half april! Absurd gewoon dat in deze tijd van het jaar zelfs mijn leren motorkleding me niet helemaal warm kon houden.

In het parkje voor de school stonden al enkele leerlingen. Eén van hen was Thomas Withuizer, de jongen waar Leila gek op was. Ik zag de schittering in haar ogen weer voor me toen ze over hem vertelde. Niet gek. Stapelgek. Ik wist zeker dat het niet zomaar een bevlieging van haar was. Over Thomas kon ik niet oordelen, omdat ik die nog nooit gesproken had, maar hij leek me een serieuze jongen en ik kon me niet voorstellen dat zijn relatie met Leila er een van de vluchtige soort was. Maar hoe dan ook piekerde ik nog steeds over haar. Net als afgelopen maandag had ze ook gisteren de lessen niet bijgewoond en ik betwijfelde of ze er vandaag zou zijn. Ik begon me af te vragen of haar bezoek aan mij haar in de problemen had gebracht. Het zou me eerlijk gezegd niet eens verbazen en juist daarom zat het me niet lekker.

Gisteren had ik zelfs tijdens de kendotraining mijn gedachten er niet bij gehad. Normaal gesproken maakte kendo mijn hoofd leeg, waardoor ik me beter kon concentreren, maar dit keer was dat me niet gelukt. In mijn onoplettendheid had ik een paar keer een pijnlijke slag van Yoshi moeten incasseren en na de derde keer had hij me bijna naar huis gestuurd, wat ik gelukkig had weten te voorkomen door te beloven dat ik me niet meer zou laten afleiden door mijn gedachten. Ik hield van kendo, voelde me op mijn gemak in de dojo, en moest er niet aan denken de hele avond alleen thuis te zitten, terwijl ik mijn tijd liever bij Yoshi doorbracht.

Met mijn helm onder mijn arm geklemd liep ik snel naar de deuren van de school om maar zo vlug mogelijk in de warmte te komen. Ik zag Thomas' blik toen ik langsliep, een blik die het midden hield tussen aarzeling en een soort terughoudendheid die niet bij hem paste. Inmiddels had ik de deur van de school al opengetrokken, maar besloot toen om niet naar binnen te gaan. Ik liet de deur weer dichtvallen, draaide me om en liep terug, het parkje in, in de richting van het groepje jongens.

'Thomas,' begon ik, zodra ik binnen gehoorafstand was.

Hij wierp een vluchtige blik om zich heen, om daarna bijna verontschuldigend zijn schouders naar zijn vrienden op te halen en naar me toe te slenteren.

'Thomas,' herhaalde ik. 'Weet jij waar Leila is?'

Weer haalde hij zijn schouders op. 'Ziek?' probeerde hij.

Ik keek hem aan, zwijgend. Waarschijnlijk wist hij niets over het gesprekje dat Leila en ik hadden gehad, en al helemaal niet over het feit dat ze me verteld had dat ze stiekem met elkaar omgingen.

'Weten ze het op de administratie niet?' vroeg hij.

'O, daar weten ze vast wat haar ouders hebben doorgegeven,' gaf ik toe. 'Maar dat is niet precies wat ik wil weten.'

Nu was hij het die me aanstaarde.

'Thomas, Leila is vorige week bij me geweest,' zei ik. 'Ze heeft me verteld dat ze jou heel graag mag en ik neem aan dat dat wederzijds is?' Het was eigenlijk geen vraag, eerder een constatering, maar toch wachtte ik op een bevestiging. Die kreeg ik in de vorm van een aarzelend knikje.

'Leila is nogal bang voor haar broer, begreep ik,' ging ik verder.

'Doodsbang,' beaamde Thomas. Hij keek over zijn schouder om zich er nog eens extra van te vergewissen dat Tarik niet toevallig achter hem stond, en richtte zijn blik toen weer op mij. 'Tarik terroriseert haar,' zei hij toen. 'Overal waar ze naartoe gaat, wil hij met haar mee. Het liefst zat hij ook nog achter in het klaslokaal als we les hebben.'

Precies wat ik al verwacht had.

'Hij haalt en brengt haar altijd en wil exacte tijden weten hoe laat ze ergens moet zijn en hoe laat ze weer klaar is. En als ze dan eens een paar minuten later bij zijn auto is, dan kan ze klappen verwachten.'

Ik staarde hem aan. 'Een agressief mannetje dus,' flapte ik eruit, te laat beseffend dat ik dit soort dingen niet tegen leerlingen behoorde te zeggen.

'Leila en ik gaan nu al een paar maanden met elkaar om,' vertrouwde Thomas me toe, zonder aandacht te schenken aan mijn ongepaste opmerking. 'En de enige momenten dat we samen kunnen zijn, zijn de pauzes en de tussenuren. In de pauzes moeten we zelfs nog oppassen dat haar broer niet in de buurt is. Hij komt ook weleens zomaar even langsrijden.'

'Zomaar?' herhaalde ik.

Thomas knikte. 'Dat zegt hij altijd tegen Leila. Dat hij dan toevallig langsreed. Hij werkt hier namelijk in de buurt, maar het is wel héél toevallig dat het dan altijd in de lunchpauze is.'

Ik zweeg even. Het was nog erger dan ik dacht. Dat het vaker voorkwam dat oudere – en soms zelfs jongere – broers hun zussen in de gaten hielden, wist ik wel. Maar het leek er in dit geval op dat Tarik er zijn levenswerk van maakte om Leila continu te controleren. Ik vroeg me af wat hij dacht te doen als ze straks met haar opleiding klaar was. Ze wilde de verpleging in, herinnerde ik me. Hoe zou hij het oplossen als ze in wisseldiensten ging werken? Haar midden in de nacht controleren op de afdeling? Haar elke keer halen en brengen naar het ziekenhuis? Ik zag hem voor me, met die grijns om zijn lippen, en besefte dat dat misschien helemaal niet zo ondenkbaar was.

'Je hebt haar na afgelopen vrijdag niet meer gesproken?' wilde ik weten.

Hij schudde zijn hoofd. 'Buiten schooltijd is het praktisch onmogelijk dat we elkaar spreken of ontmoeten. Af en toe belt ze mij met haar mobiel, maar alleen als ze zeker weet dat het helemaal veilig is. Ik veronderstelde dat ze in het weekend niet kon bellen omdat ze te veel in de gaten werd gehouden.' Zijn blik werd intenser en ik las de bezorgdheid die erin oplichtte. 'Ze is gewoon ziek, toch?' vroeg hij onzeker.

Even aarzelde ik. Ik betwijfelde of ze gewoon ziek was. Wie weet wat die broer van haar zich in zijn hoofd had gehaald toen ze vrijdag wat later uit school was gekomen. Ik had dan wel haar verhaal bevestigd dat ze bij mij was geweest, maar de vraag was of hij dat geloofde.

'Natuurlijk,' stelde ik Thomas gerust. 'Er heerst al een poosje een nare griep. Ze voelt zich vast te beroerd om te bellen.'

Ik zag hem opgelucht inademen en hoopte maar dat hij zich niet ging afvragen waarom ik hém vroeg of hij iets van Leila wist, terwijl ik hem net wijsmaakte dat ik ervan overtuigd was dat ze ziek was.

'Ze zal vandaag of morgen wel weer op school zijn,' zei ik daarom. Ik glimlachte nog even naar hem en draaide me toen van hem weg. Zo, daar was ik goed mee weggekomen.

'Mevrouw Van de Werff...' klonk het achter me.

Toch niet.

Even sloot ik mijn ogen, voordat ik me naar hem omdraaide.

'Als u...' Hij likte kort over zijn lippen en vervolgde toen: 'Als u haar ouders spreekt, dan... dan zegt u toch niks over ons, hè?'

Thomas Withuizer, jij bent absoluut niet gek, schoot het door me heen. Hij wist donders goed wat er aan de hand was. En ook dat ík niet zomaar geloofde dat Leila een griepje had.

Nogmaals glimlachte ik naar hem. 'Wat leerlingen mij vertellen, is vertrouwelijk, Thomas. Dat blijft altijd tussen ons.'

Hij gaf geen antwoord, keek me alleen maar aan. Toen knikte hij kort en was hij het die van me wegliep.

Peinzend staarde ik hem na, voordat ik me weer omdraaide en naar de deuren van de school liep. Met elke stap die ik zette nam mijn ongerustheid over Leila toe en toen ik door de gang naar mijn kamer liep, had ik mezelf al voorgenomen om vanavond op ouderbezoek te gaan. Ik wilde met eigen ogen zien dat Leila in orde was.

MAANDAGMIDDAG 20 AUGUSTUS 2012

Rillend van emoties zit ik op een stoel in Leila's keuken. Haar appartement is vergeven van de politieagenten en mannen in witte pakken. Wat er precies gebeurd is, weet niemand. Behalve dat buren rond halfzes geschreeuw hadden gehoord. Er had lawaai geklonken als van een hevig gevecht en dat bleek het ook te zijn geweest toen de politie uiteindelijk arriveerde. Meubels waren omvergetrokken, er lagen kapotte stoelen; pannen en bekers lagen verspreid door de keuken, evenals allerlei andere huisraad. Leila lag in de keuken, in een grote plas bloed, met een gezwollen gezicht en vier messteken in haar borst. En Cem... Cem was weg.

Met de rug van mijn hand veeg ik de tranen van mijn wang. Hier ben ik altijd bang voor geweest. Al sinds die eerste keer dat Leila in mijn kamer op school verscheen. Elke dag opnieuw verwachtte ik dat Tarik haar te grazen zou nemen. Maar Cem... Ik heb altijd gedacht dat als Tarik Leila ooit zou vinden en haar zou ombrengen, hij ook Cem zou vermoorden. Maar in plaats daarvan heeft hij hem meegenomen naar... ja, waar naartoe, eigenlijk? Zijn ouders? Willen ze hem zogenaamd beschermen en binnen hun eigen kringen opvoeden? Als een jezidi dus? Sinds Leila ervandoor ging, heeft ze afgedaan voor haar familie. Is ze ongeschikt bevonden als dochter en echtgenote, en al helemaal als moeder. Sterker nog: voor haar familie zijn zij en haar zoon al jaren dood. Tenzij... Ik denk aan drieënhalf jaar geleden, het ziekenhuis, Cems geboorte, wat er daarna allemaal gebeurde en schud mijn hoofd.

Nee. Onmogelijk.

'Mevrouw Van de Werff?'

Het is een mooie diepe stem met een donker timbre die me doet opkijken. Ik knipper mijn tranen weg en kijk op naar de eigenaar ervan: een man, niet veel ouder dan ik, met een smal gezicht, donkere ogen en een bos zwarte krullen. Mijn blik blijft hangen op het litteken dat van de zijkant van zijn neus naar beneden loopt, tot vlak voorbij zijn rechter mondhoek. Gek genoeg tekent dat litteken zijn gezicht allerminst, behalve dan misschien op een positieve manier. Alsof het bij hem hoort. De man is niet in uniform maar draagt een spijkerbroek met daarop een lichtblauw overhemd en een zwart jack, dat openhangt. Hij gaat tegenover me aan de tafel zitten, de plek waar Leila gistermorgen ook zat, en kijkt me bezorgd aan.

'Gaat het wel met u?' vraagt hij.

Natuurlijk niet! wil ik roepen, maar doe het niet. Uiteraard niet. Ik ben toch al een minkukel in de omgang met mannen, laat staan met een wildvreemde. En dus knik ik, in plaats van te zeggen dat zijn vraag de stomste is die ik in eeuwen gehoord heb.

Hij zegt niets, wacht blijkbaar op mij. Na een paar minuten adem ik even diep in en zeg: 'Ik had met haar mee gewild.'

'Naar het ziekenhuis?'

'Ja. Maar ik was te laat. De ambulance was al weg.' Ik kijk naar hem op. 'Hij reed vlak langs me, maar ik wist niet dat Leila... dat zij...' Ik zwijg.

'Iemand zal u straks wel even naar het ziekenhuis brengen,' zegt hij na een korte stilte. 'Voorlopig kunt u daar toch niets doen.'

Voor de tweede keer knik ik, omdat dat de enige reactie is die ik kan geven. Hij heeft gelijk. Leila is in goede handen. Ze zullen alles doen om haar te redden. Ik kijk naar het verspreid liggende keukengerei, het bloed dat overal op lijkt te zitten. Naar de mannen in witte pakken en huiver. Ze moet het halen. Dat moet. Dat is ze me verplicht. Voor haar ben ik naar het andere eind van Nederland verhuisd. Ze kan me nu niet in de steek laten. Tranen wellen weer op.

'Ze is een vriendin van u?' klinkt de stem van de man na een korte stilte.

'Meer dan dat,' zeg ik zacht. 'Ik beschouw haar als mijn jongere zusje.' Ik kijk hem aan en vervolg: 'Hij heeft Cem.'

'Cem? De zoon van mevrouw Rashukan?'

Ik knik.

'En wie heeft hem volgens u?'

Verward staar ik hem aan. Ik dacht dat de politie Amsterdam van de hele zaak afwist? Dat had Ben toch gezegd? 'Tarik,' verklaar ik, een tikkeltje verontwaardigd. 'Leila's broer.' Ik ga rechtop zitten. 'Wie bent u eigenlijk?'

'Sorry,' zegt hij. 'Mijn naam is Wolf...'

Wolf?

'... Brenning. Recherche Amsterdam.' Hij kijkt over zijn schouder naar de mannen in de witte pakken en richt zijn blik dan weer op mij. 'Zullen we hier weggaan? Dan kunnen mijn collega's hun werk hier afmaken.'

Nog voordat ik antwoord heb gegeven, is hij al opgestaan en pakt hij me met een rustige beweging bij mijn arm. Ik protesteer niet – iets wat ik onder normale omstandigheden zéker gedaan zou hebben – en sta eveneens op, waarna hij me zwijgend de keuken uitleidt.

'U moet me even bijpraten,' zegt hij even later, als we aan het einde van de gang bij de deur naar de trap zijn aanbeland. 'Klopt het dat uw vriendin, Leila, al eerder is aangevallen?'

Bijna wil ik tegen hem uitvaren en vragen of ze hier bij de Amsterdamse politie hun werk wel serieus nemen, maar besef op tijd dat hij misschien helemaal niets weet over ons verleden in 's-Heerenberg. Dat hij waarschijnlijk vluchtig is ingelicht, vlak voordat hij hiernaartoe werd gestuurd. Dus weet ik me te beheersen en terwijl ik even mijn ogen sluit, zeg ik: 'Leila is in onze vorige woonplaats regelmatig mishandeld. Door haar broer.' Ik kijk naar hem op. 'Ze werd verliefd op de verkeerde jongen. Of althans, dat vond haar familie.'

Wolf Brenning knikt. ‘En uiteindelijk is ze naar Amsterdam gegaan?’

‘We zijn samen hiernaartoe gevlucht, dat klopt.’

‘En wat is uw relatie met mevrouw Rashukan?’ wil hij weten. ‘Buiten jullie vriendschap?’

‘U vraagt zich af waarom ik met haar meeging?’

Hij kijkt me afwachtend aan.

‘Ik heb haar geholpen toen het bij haar thuis uit de hand liep,’ zeg ik. ‘Dat stelde de familie Rashukan, en dan voornamelijk Tarik en zijn vader, niet echt op prijs.’

‘Dat begrijp ik,’ zegt hij. ‘Maar u had ook ergens anders naartoe kunnen gaan. Waarom samen?’

‘Dat… kwam zo uit,’ zeg ik na een korte stilte.

Er komt geen reactie en ik staar door de gang naar de keuken, die nog steeds vol staat met witte pakken, en betwijfel of hij het werkelijk begrijpt. Vier jaar geleden begrepen ze ook niet waartoe Tarik in staat was. Zijn handen waren gedoopt in bloed. Toen al, en nu nog steeds. Maar niemand lijkt te zien hoe gevaarlijk hij is. Zelfs Ben niet.

Ben.

Die was ik helemaal vergeten! Hij moet weten wat er gebeurd is. Hij moet Tarik arresteren!

‘En Cem,’ klinkt de stem van Wolf Brenning weer. ‘U denkt dus dat Tarik Rashukan…’

‘Ik moet bellen,’ onderbreek ik hem, terwijl ik haastig mijn mobiel uit mijn zak trek en openklap.

‘Ho even,’ zegt Brenning. Hij legt zijn hand over mijn mobiel en duwt hem omlaag.

Ik voel boosheid opkomen. Die vent staat hier maar vragen te stellen. Ondertussen kan Cem al mijlenver hiervandaan zijn.

Met een ruk trek ik mijn hand onder die van hem vandaan en kijk kwaad naar hem op. ‘Ik ga de rechercheur bellen die ons drieënhalf jaar geleden in ’s-Heerenberg heeft geholpen,’ bijt ik hem toe. ‘Of is dat verboden?’

‘U bedoelt Ben van Vliet? Die hebben we al ingelicht.’ En als ik hem verwonderd aanstaar: ‘Hij is onderweg.’

Mijn woede maakt plaats voor achterdocht. ‘U weet van Ben?’

Hij knikt, maar nog voordat ik kan reageren, zegt hij: ‘De melding dat er op dit adres gevochten werd, kwam iets meer dan anderhalf uur geleden bij de meldkamer binnen. Er was een waarschuwing aan het adres gekoppeld, dat er bij calamiteiten onmiddellijk moest worden ingegrepen en dat er contact opgenomen moest worden met Ben van Vliet in Doetinchem.’

Even nog kijk ik hem aan, maar dan verdwijnt mijn achterdocht en sla ik lichtelijk beschaamd mijn ogen neer.

‘En daarom ben ik nu hier,’ klinkt het zacht.

Ik voel zijn hand op mijn schouder, maar verder zwijgt hij.

‘Het spijt me,’ zeg ik uiteindelijk. ‘Ik ben mezelf niet.’

‘Dat begrijp ik,’ reageert Brenning. Zijn stem klinkt vriendelijk, totaal niet geïrriteerd. Ik kijk weer op en zie zijn donkere ogen me bezorgd opnemen.

‘U moet erg geschrokken zijn,’ stelt hij.

Met moeite zet ik mezelf aan tot een glimlachje. ‘Nogal ja.’

‘U had geen idee dat de broer van uw vriendin haar verblijfplaats ontdekt had?’

‘Jawel,’ zeg ik. ‘Een paar dagen geleden is er bij mij ingebroken en heeft hij geprobeerd me te vermoorden.’

Brenning reageert niet zichtbaar op die mededeling. Hij werpt me een nadenkende blik toe en vraagt dan: ‘En hebt u daar aangifte van gedaan?’

Ik haal mijn schouders op. ‘Niet persoonlijk, als u dat bedoelt. Ik heb Ben gebeld, omdat ik bang was voor de veiligheid van Leila en Cem.’

Cem...

Met een ruk kijk ik op naar Brenning. ‘Jullie zijn Cem toch wel al aan het zoeken, hè?’ vraag ik dringend.

‘Hij is vast de straat op gevlucht,’ stelt Brenning me gerust. ‘Dat gebeurt vaker. Een grote groep agenten doet op dit moment buurtonderzoek en ze kijken allemaal naar hem uit.'

Ik schud mijn hoofd. 'Dat is tijdverspilling. Cem is niet gevlucht. Hij is drie! Tarik heeft hem meegenomen. Bij hem moeten jullie zijn!'

'Dat is niet...' begint Brenning, maar ik onderbreek hem met: 'Hij belde me vanmiddag op. Tarik. Hij liet me een kinderliedje horen.'

'Een kinderliedje?'

Ik knik. 'Koerdisch. Leila's familie is Koerdisch. Daarom weet ik dat hij het was. En toen besefte ik dat hij op Cem uit was en ben ik meteen hiernaartoe gereden.'

Brenning schudt zijn hoofd. 'Wacht even,' zegt hij. 'Ik ben bang dat ik het niet meer volg.' Hij kijkt op zijn horloge. 'Weet u, ik breng u zelf wel even naar het ziekenhuis en onderweg vertelt u mij precies wat er allemaal gebeurd is.'

'En Cem dan?' vraag ik.

'Ik ga nu opdracht geven om zijn verdwijning als een mogelijke ontvoering te behandelen.' Brenning gebaart naar een man in een regenjas en praat vervolgens zacht met hem. Ik kan niet horen wat hij zegt, maar het idee dat er nu eindelijk iets gaat gebeuren, maakt me rustiger dan ik de afgelopen paar uur ben geweest.

'Gaat u mee?' klinkt even later Brennings stem. Hij legt zijn hand tegen mijn rug en duwt me zacht maar resoluut in de richting van de trap.

WOENSDAGAVOND 16 APRIL 2008

Een klein appartement. Dat was het eerste wat me opviel toen ik voor de deur van het huis stond waar Leila en haar familie woonde. Net als ik woonden ze in 's-Heerenberg, maar in tegenstelling tot mijn huis – een vrijstaande kleine villa, overgenomen van mijn ouders toen ze naar Frankrijk vertrokken – woonden zij in een flatje op tweehoog, in een smalle straat midden in het centrum.

Ik keek omhoog naar de ramen met de dikke vitrages ervoor. Een bekend verschijnsel binnen veel Turkse en Marokkaanse gezinnen: alles buitensluiten.

Of binnenhouden…

Mijn blik ging weer naar de zeegroene voordeur van het appartement. Zes jaar geleden had ik hier niet zomaar kunnen aanbellen zoals ik nu van plan was. Ik werkte toen nog als docent biologie en had daarnaast op verzoek van de schoolleiding ook de functie van vertrouwenspersoon op me genomen. Ik deed dat graag, omdat ik al eerder gemerkt had dat leerlingen, en dan vooral de meisjes, mij meer vertrouwden dan hun eigen mentor. Waarom dat zo was, wist ik niet. Wat ik wel wist, was dat ik na een aantal jaren tijd tekortkwam. Het eerste jaar ging het nog wel; ik had toen niet meer dan tien, twaalf leerlingen per jaar die hulp zochten, meestal met lichte problemen als spijbelen, faalangst, depressies. Het jaar daarna werden het er vijftig, het jaar daarna tachtig en na een jaar of vier had ik van bijna dertig procent van alle meisjes een dossier. De school werd zwarter, de problemen namen toe, vaak specifiek veroorzaakt door de verschillende culturen. Ik redde het niet meer met mijn gecombineerde baan. En omdat ik weigerde half werk af te leveren – vaak werd ik tijdens een lesuur weggeroepen en kon ik het doceren dus niet in praktijk brengen zoals ik wilde – zette ik de directie voor het blok. Als ze mij als vertrouwenspersoon wilden aanhouden, dan was het gedaan met lesgeven. Ik wilde volledig beschikbaar zijn voor de kinderen die mijn hulp nodig hadden. Ik moest hen kunnen opvangen, ze mochten nooit bij een lege kamer komen zodat ze weer vertrokken en hun problemen met zich meenamen. Het kon niet meer zomaar even tussendoor.

De directie stemde toe, zij het met tegenzin, en vanaf toen kreeg mijn werk een andere betekenis. Ik was niet meer die docente biologie die ook af en toe luisterde naar problemen, maar ik werd de hulpverleenster. De vriendin. De vrouw die altijd tijd had. Die deuren kon openen die anders gesloten bleven. Afspraken kon maken met artsen en instellingen die psychische hulp boden. Met klinieken die maagdenvlieshersteloperaties uitvoerden. De vrouw die meisjes liet controleren op soa's, die onderdak regelde in opvanghuizen. De vrouw die luisterde, troostte en adviseerde.

Maar die verandering bracht ook een nadeel met zich mee. Mijn collega's in het lerarenteam vonden dat ik de goede naam van de school in gevaar bracht met mijn geregel en begonnen me te mijden. Ik werd gedoogd, meer niet. Ze vonden me een zwaar op de hand liggende zeurkous die altijd moeilijk deed, terwijl ik alleen maar al die meiden die mij als hun laatste strohalm zagen, zo goed mogelijk wilde begeleiden. Maar daarvoor ging ik dan ook wel tot het uiterste, schoof werktijden, regels en voorschriften regelmatig terzijde als de situatie dat vereiste. En nee, dat maakte me niet populair. Maar het maakte me wel vasthoudender, waardoor ik nu weer, zoals al enkele keren eerder, op de stoep stond bij het huis van een leerlinge die ik onder mijn hoede had.

Met mijn vinger op de bel aarzelde ik toch even. Vaak mochten ouders niet weten dat hun dochter met mij praatte. De vuile was buiten hangen was uit den boze en soms kon het zelfs levensgevaarlijk zijn als ze wisten dat hun dochter mij had opgezocht. Aan de andere kant was Leila's broer bij mij op de kamer geweest. Dus er was er eentje binnen de familie die wist dat ik met Leila gesproken had. En ik had het vermoeden dat de ouders het dan ook wel zouden weten. Zolang ik maar niet in details trad over wat Leila en ik besproken hadden, moest het geen kwaad kunnen. Ik kwam hier tenslotte alleen maar om te vragen hoe het met Leila ging. Dat was bijna normaal te noemen; iemand had afgelopen maandag telefonisch aan de receptie doorgegeven dat Leila ziek was, dus waarom zou ik dan niet even naar haar welzijn informeren? Het enige waar ik – een beetje – mee zat was

Tarik. Niet dat ik bang voor hem was, verre van dat, ik had wel vaker te maken met agressieve familieleden van allochtone meisjes. Maar met Tarik was het anders. Ik had hem slechts één keer gezien en hoewel ik meestal nijdig en vol onbegrip werd bekeken door vaders en broers, was de blik van Tarik van een andere soort geweest. Niet kwaad, maar gevaarlijk. Levensgevaarlijk.

Ik ademde even diep in, drukte toen op de bel en wachtte.

MAANDAGMIDDAG 20 AUGUSTUS 2012

Het is stil in de ruime sedan, waarin Wolf…

Wolf?

… Brenning me naar het ziekenhuis brengt. Hij is net vanaf de Nassaukade de Jan van Galenstraat ingereden en ik weet dat hij wacht tot ik begin te praten. Alleen… het kan niet meer dan tien minuten rijden zijn naar het Sint Lucas Andreas, hoe wil hij in vredesnaam dat ik in die korte tijd de afgelopen vier jaar samenvat?

'U zei dat uw vriendin Koerdisch is,' begint Brenning, terwijl hij afremt voor een verkeerslicht.

'Dat klopt,' zeg ik. Ik kijk opzij, maar Brenning houdt zijn blik strak voor zich uit gericht. Mijn ogen blijven weer rusten op het litteken op zijn wang en ik vraag me af hoe hij eraan komt. Is hij misschien ooit aangevallen door een crimineel met een mes? Of is hij geslagen door een maffioso met een boksbeugel? Gevochten met een Siberische tijger? Bij die laatste gedachte schiet ik ongewild in een kort, zenuwachtig lachje.

Nu kijkt hij wel opzij, waardoor ik acuut ophoud met mijn gegrinnik. 'Sorry,' mompel ik snel. 'Binnenpretje.'

Ik zie zijn mondhoeken lichtjes opkrullen. 'Uw vriendin werd verliefd op de verkeerde jongen, vertelde u,' gaat Brenning verder. 'Hebben we het hier over eerwraak?'

'In zijn zuiverste vorm,' zegt ik, weer helemaal serieus. 'Vier jaar geleden is Tarik begonnen zijn zuster, en later ook mij, op te jagen en daar is hij nooit mee gestopt.' Ik kijk van hem weg, staar door het raampje naar buiten en mompel: 'Misschien dat het nu eindelijk voorbij is. Nu hij haar dan toch te grazen heeft genomen.'

'Als hij dat gedaan heeft, dan...' begint Brenning, maar ik kap hem af met een verontwaardigd: 'Natuurlijk heeft hij dat gedaan! Wie anders?'

'Als hij dat gedaan heeft,' herhaalt Brenning, 'dan komt hij daar echt niet mee weg.'

'Ha,' zeg ik met een cynisch lachje. 'Zijn vrienden zullen wel weer beweren dat hij op een bruiloft was.' Ik kijk opzij, zie zijn opgetrokken wenkbrauwen en mompel: 'Laat maar.'

'De vader van Cem,' begint Brenning. 'Hij woont niet bij uw vriendin?'

Een vraag die ik had kunnen verwachten. Maar ook een vraag waar ik liever niet uitgebreid op inga. 'Nee,' zeg ik. 'Die woont in 's-Heerenberg. Maar hij heeft hier niets mee te maken.'

Brenning kijkt opzij, bestudeert me peinzend. Zijn zwijgen vertelt me dat hij door heeft dat ik mijn antwoord niet verder ga toelichten. En ook dat hij niet gaat aandringen. Voor nu althans. Want dat hij erop terug gaat komen is me duidelijk. Ik zie het aan zijn blik.

'Hoe bent u bij deze zaak betrokken geraakt?' vraagt hij even later, terwijl hij optrekt en de kruising met de Willem de Zwijgerlaan oversteekt. 'U bent, en neem me niet kwalijk dat ik dat zeg, toch een flink stuk ouder dan uw vriendin. Zij is eenentwintig, toch?'

Ik knik, zwijgend, niet wetend of ik me nou beledigd moet voelen of niet.

'En u bent, wat? Vierendertig?'

'Zesendertig,' verbeter ik. 'Ik was vertrouwenspersoon op Leila's school in Doetinchem. Daar leerde ik haar kennen.' En dan, zachter: 'En dus ook Tarik. Ik wilde dat dat nooit gebeurd was. Hij heeft alles verziekt. Leila's leven. Mijn leven.'

Brenning zwijgt, net als ik. Als hij enkele minuten later de sedan op het terrein van het ziekenhuis parkeert, kan ik mijn nieuwsgierigheid niet meer bedwingen en kijk opzij. 'Heet u echt Wolf?' vraag ik.

Hij vangt mijn blik en glimlacht. 'Ik heet echt Wolf,' bevestigt hij.

WOENSDAGAVOND 16 APRIL 2008

Het duurde een poosje voordat ik de zoemer hoorde waarmee het openen van de deur gepaard ging. Ik stapte het halletje in en zag de smalle trap die naar boven leidde. Zachtjes sloot ik de deur achter me, maar voordat ik een voet op de eerste tree had gezet, hoorde ik de trap kraken. Ik blikte omhoog, het halfduister in, en zag Tarik. Hij stond halverwege de trap en keek op me neer.

'Wat kom je hier doen?' vroeg hij.

Ik bleef beneden staan en zei: 'Ik wil graag weten hoe het met Leila is.'

'Goed,' zei hij. 'Naar omstandigheden. Ze heeft griep.'

Dit schoot niet op. Natuurlijk zei hij dat ze griep had. Wat moest hij anders zeggen? Misschien was het ook wel zo en maakte ik me voor niets zorgen.

'Ik wil haar graag even zien,' probeerde ik.

'Waarom?'

'Omdat... ik wat werk van school bij me heb. Ze moet straks examen doen, het zou niet goed zijn als ze achteropraakte.' Om mijn woorden kracht bij te zetten trok ik de grote leren tas die over mijn schouder hing wat naar voren. Niet dat daar werk voor Leila in zat, maar het zag er wat geloofwaardiger uit.

Het bleef even stil, maar uiteindelijk zei hij: 'Kom boven.'

Het voelde gek genoeg als een overwinning en snel liep ik de trap op. Daarna volgde nog een tweede trap en uiteindelijk kwam ik uit in een klein portaaltje, waar Tarik bij een halfgeopende deur stond. 'Ik ga haar eerst vragen of ze zich wel goed genoeg voelt om je te zien,' zei hij en hij verdween naar binnen zonder op antwoord te wachten.

Het duurde een minuut of vijf – te lang naar mijn mening – voordat Tarik weer verscheen. 'Ze wil je wel even zien,' zei hij. De toon van zijn stem deed me vermoeden dat hij er niet blij mee was, maar dat hij het toestond omdat hij geen andere keus had.

Ik volgde hem het appartement in. We liepen een gang door, waarop vier deuren uitkwamen die allemaal gesloten waren. Ik vroeg me af waar de ouders waren, maar dat bleek overbodig. Zodra Tarik een van de deuren had opengeduwd, betraden we een kleine woonkamer, waar Leila op een groene bank zat, tussen haar ouders in. Er waren nog een paar jonge kinderen tussen de leeftijd van zes en een jaar of dertien in de kamer, en op de bank, aan de andere kant van de moeder, ontdekte ik een meisje van niet veel ouder dan tien. Ze leek op Leila en heel even schoot door me heen dat Leila er op die leeftijd vast precies zo had uitgezien.

Leila's moeder stond op. Ze gaf me geen hand, maar keek me aan en vroeg: 'U koffie?'

Ik knikte. Niet omdat ik zo'n trek in koffie had, maar meer omdat ik eigenlijk te verbaasd was om nee te zeggen. Ik had verwacht dat ze me het liefst zo snel mogelijk weer zagen vertrekken, maar het aanbieden van koffie wees op het tegenovergestelde. Of zouden ze me willen misleiden? Dat idee schudde ik van me af. *Niet zo achterdochtig, Judi!* wees ik mezelf terecht.

De vrouw verdween uit de kamer en mijn blik ging van Leila naar haar vader, die met een strak gezicht naar me opkeek.

'Leila ziek,' zei hij na een korte stilte. Zijn stem klonk betrekkelijk vriendelijk, maar zijn ogen vlamden. Hij leek op Tarik. Of eigenlijk leek Tarik op hem en ik voelde dat ze beiden niet blij waren met mijn komst.

Ik keek naar Leila, die met neergeslagen ogen naast haar vader zat. Ze had haar handen tussen haar knieën geklemd en zag er bleek uit, voor zover ik dat kon zien tussen de lange haren door die langs haar gezicht omlaag vielen. Opnieuw richtte ik mijn blik even op Leila's vader en toen op Tarik, voordat ik naar voren liep en me naast haar op de bank liet zakken.

'Voel je je alweer een beetje beter?' vroeg ik haar zacht, terwijl ik voorzichtig een pluk van haar haren achter haar oor schoof.

Ze knikte, maar keek niet op, wat mijn achterdocht deed aanwakkeren. Ik probeerde dat niet te laten merken en schoof nog wat dichter naar haar toe.

'Je moet de groeten hebben van je klasgenoten,' zei ik, om maar wat te zeggen. Ik kon moeilijk vragen of haar broer haar weer geslagen had, iets waar ik de afgelopen dagen constant aan had lopen denken. Het gebeurde zo vaak. Ze mochten met niemand praten. Niemand vertellen wat ze werkelijk voelden, wat ze wilden, of wat ze van het leven verwachtten. Deden ze dat wel, dan zaten daar consequenties aan vast. En dat wisten ze. Het was ook de reden dat ik hen altijd prees als ze ondanks hun angst tóch de stap durfden te zetten om met me te komen praten.

'Denk je dat je snel weer naar school kunt?' vroeg ik uiteindelijk.

Ze haalde haar schouders op, net toen haar moeder binnenkwam met een dienblad in haar handen. Ze zette het midden op de lage tafel en keek eerst naar haar man, voordat ze de kopjes begon vol te schenken.

'U Turks?' vroeg Leila's vader ineens.

Met opgetrokken wenkbrauwen keek ik hem aan en hij herhaalde zijn vraag, terwijl hij zijn blik over mijn zwarte haren en mijn gezicht liet gaan, om te eindigen bij mijn donkere ogen.

'Turkse vrouwen hebben respect,' klonk Tariks stem, nog voordat ik kon antwoorden, 'die kleden zich respectvol.' Waarmee hij waarschijnlijk refereerde aan mijn strakke motorkleding.

Ik negeerde hem en glimlachte tegen Leila's vader. 'Mijn moeder komt uit Turkije,' verklaarde ik.

Zijn ogen vernauwden zich, voordat ik besefte wat ik had gezegd. Voor hem was het ongetwijfeld onvoorstelbaar dat iemand van hun geloof, of dat nou een moslim was of een jezidi, met iemand van buiten hun gemeenschap trouwde. En toch had ik min of meer gezegd dat mijn moeder dat gedaan had.

Ik besloot er niet verder op in te gaan, hoewel ik sterk de neiging had mezelf te verdedigen, hoe onnodig dat ook was. Ik kwam hier tenslotte voor Leila en niet om uitgehoord te worden over mijn privéleven, maar weer was Tarik me voor. Hij liet zich met zijn schouder tegen de deurpost vallen, sloeg zijn armen over elkaar, en zei: 'Wij zorgen voor elkaar. Als gezin, als familie. Wij hechten aan tradities.'

En jij en je slet van een moeder niet. Hij zei het niet, maar ik hoorde het tussen de regels door. Alles wat niet aan de regels van zijn geloof voldeed was verdorven en werd veroordeeld.

Leila's vader knikte instemmend. 'Leila goede dochter,' zei hij. 'Leila straks een goede man krijgen.'

Voor het eerst reageerde Leila. Ze wierp me van opzij een korte blik toe, waardoor ik de blauwe streep onder haar oog zag. Ik had gelijk, ze was geslagen. En ze was als de dood dat ik iets liet doorschemeren over Thomas. Of zouden ze dat al weten? Was Tarik erachter gekomen? Ik verwierp dat idee. Als dat zo was, zat Leila hier nu niet met alleen een blauw oog. Dan zou ze vast erger zijn toegetakeld.

'Leila zal ongetwijfeld een lieve en toegewijde man krijgen,' zei ik koeltjes. 'Maar dat is nu nog niet aan de orde. Toch?' Ik keek van Tarik naar zijn vader en weer terug naar de moeder, die me een klein kopje koffie toeschoof en er een glaasje water naast zette.

'Nee, nee,' zei de vader. En toen, met nadruk: 'Nóg niet.'

'Leila moet eerst haar eindexamen maar eens halen,' ging ik verder, terwijl ik mijn blik verplaatste naar Tarik, die nog steeds tegen de deurpost geleund stond. Zijn ogen waren constant op mij gericht en voor het eerst sinds ik hier binnen was, bezorgde dat me een ongemakkelijk gevoel. Hij keek op dezelfde manier naar me als vorige week en nogmaals besefte ik dat die jongen gevaarlijk was. En dat het misschien beter was als ik vertrok.

Ik schoof een stukje naar voren op de bank, pakte het kopje koffie en dronk het zoete goedje in twee slokken naar binnen. Mijn slokdarm verkrampte bijna door de sterkte van de koffie en snel nam ik een slokje water om de bittere nasmaak weg te spoelen.

'Kom,' zei ik zo luchtig mogelijk. 'Dan ga ik maar weer eens.'

Ik stond net op, toen Tarik zei: 'Had je niet nog schoolwerk voor mijn zus?'

Bijna viel ik weer terug op de bank, toen ik besefte dat hij donders goed wist dat dat een smoes van me was geweest. Ik zag het aan zijn glinsterende ogen, terwijl hij wachtte op mijn reactie. Maar het was Leila die me redde. Ze keek op, glimlachte naar haar broer, en zei zacht: 'Dat hoeft niet. Ik ga morgen toch weer naar school.'

De uitdrukking op Tariks gezicht veranderde en ik vermoedde dat Leila, zodra ik weg was, vast weer de gevolgen moest dragen van haar opmerking. Maar ik wist dat ik daar nu toch niets aan kon veranderen en dus schraapte ik mijn keel, hees de band van mijn tas over mijn schouder en knikte de ouders van Leila toe.

'Dank u wel voor de koffie,' zei ik tegen de moeder.

Ze antwoordde niet, lachte niet, beantwoordde op geen enkele manier mijn dank. Ze keek me alleen maar aan.

'Leila morgen weer op school,' benadrukte de vader nog eens, toen ik door de kamer richting Tarik bij de deur liep.

'Dat is fijn,' reageerde ik.

Heel even bleef Tarik staan, breeduit, maar hij liet me uiteindelijk toch door naar de gang. Hij volgde me naar de deur, die hij bijna hoffelijk voor me opentrok, en zei toen: 'Ik hoop dat je tevreden bent?'

In het portaal draaide ik me naar hem om en zei: 'Ik ben blij dat het weer beter gaat met Leila,' maar ik wist dat het geen antwoord was op zijn vraag.

Hij knikte even, nog steeds met die glinsterende ogen. 'En het blijft goed met haar gaan, zolang niemand zich met onze familie bemoeit.' Vrijwel meteen daarna stapte hij achteruit en sloot zachtjes de deur.

Ik stond daar, onbeweeglijk, terwijl zijn woorden nog nagalmden in mijn oren. Lag het aan mij, of klonk dat nou als een dreigement?

Mevrouw Van de Werff is nog niet weg, of Tarik komt dreigend voor me staan. Ik durf niet naar hem op te kijken, bang dat hij mijn blik als provocerend opvat.

'Dat heb je goed gedaan, Leila,' zegt hij.

Ik weet niet of hij het meent. Soms krijg ik geen hoogte van hem, dan zegt hij dingen op een manier die me een ongemakkelijk gevoel geeft en ik weet dan niet goed of ik op mijn hoede moet zijn of niet. Meestal wacht ik af, en hou ik rekening met het ergste.

Dit keer grijpt hij me bij mijn haren en trekt mijn hoofd achterover, zodat ik recht in zijn fonkelende ogen moet kijken. Ik verwacht een klap, maar die komt niet. Hij lacht alleen maar. Vanuit mijn ooghoeken zie ik mijn broertjes en mijn zusje Najima naast mijn moeder op de bank zitten. Ze kijken toe wat Tarik doet, zonder te bewegen. Niet voor het eerst. En vast ook niet voor het laatst. Ze weten niet beter.

'Heel goed gedaan,' klinkt Tariks stem weer. 'Zo ken ik je weer.'

Kennen? Hij heeft me nooit gekend. Ik doe wat ik doen moet om te overleven. Het zou ongeveer gelijkstaan aan zelfmoord om in het bijzijn van mijn familie te zeggen dat ik helemaal niet ziek ben, maar dat ik in elkaar ben geslagen door mijn broer en dat mijn gezicht zo gezwollen was dat ik me niet op school kon vertonen.

'Niemand heeft zich te bemoeien met onze familie,' zegt mijn vader nu. 'Ik waarschuw je, Leila. Zorg dat die vrouw zich niet in onze zaken mengt, anders ga je niet meer naar school. Je tante Hatice in Duitsland zou jouw hulp goed kunnen gebruiken met al haar zoons.'

Ik wil zeggen dat hij dat niet kan doen, dat ik volgende maand examen doe, en dat ik helemaal niet naar tante Hatice in Duitsland wil, maar Tariks hand trekt meedogenloos aan mijn haren. Het doet pijn en onwillekeurig krimp ik ineen. Mijn blik schiet naar mijn moeder, maar zij doet niets. Ze zit kaarsrecht op de bank, haar gezicht afgewend.

'Heb je me begrepen, Leila?'

Met mijn hoofd nog steeds achterovergetrokken, knik ik.

MAANDAGAVOND 20 AUGUSTUS 2012

Urenlang zitten we nu al in de wachtkamer van het ziekenhuis. Alles wat er vier jaar geleden gebeurd is heb ik intussen aan Wolf Brenning verteld. En ook dat Tarik op mijn woonboot geweest is en geprobeerd heeft me te vermoorden, al kan ik dat nog steeds niet bewijzen. Een enkele keer belde Brenning naar zijn collega's om te vragen of er nieuws was over Cem, maar blijkbaar is hij zo ongeveer van de aardbodem verdwenen, waardoor Brenning nu overweegt om een AMBER Alert uit te zenden.

'En dan?' vraag ik, terwijl ik vermoeid met mijn hand over mijn voorhoofd wrijf. 'Wat gebeurt er als er zo'n Alert is uitgezonden?'

'Dan is het niet meer alleen de politie die naar hem uitkijkt, maar ook een groot deel van de bevolking. Het vergroot de kans om hem te vinden aanzienlijk.'

Ik geef geen antwoord. Niet omdat ik niets weet te zeggen, maar omdat ik betwijfel of een AMBER Alert ervoor kan zorgen dat Cem gevonden wordt. Als hij werkelijk in handen is van Tarik, dan zien we hem waarschijnlijk nooit meer terug. Ik staar naar de punten van mijn laarzen en denk aan Leila. Hoe moet ik haar in godsnaam vertellen dat Cem weg is, als ze straks weer wakker is? Even sluit ik mijn ogen. Áls ze weer wakker wordt.

'Judi!'

De vertrouwde stem van Ben doet me opkijken. Hij staat in de deuropening van de wachtkamer, zijn regenjas open, zijn haren lichtelijk in de war, maar verder zoals altijd. Zonder iets te zeggen sta ik op, hij loopt op me af, waarna ik hem omhels en stevig vasthoud.

'Hij heeft haar te pakken,' fluister ik, met mijn gezicht in zijn nek. 'Na al die jaren is het hem eindelijk gelukt.'

'Judi,' zegt Ben. 'We hebben Tarik…'

'Hebben jullie hem opgepakt?' onderbreek ik hem, terwijl ik mijn hoofd optil en hem aankijk.

'We hebben hem...' begint hij opnieuw, maar ik laat hem weer niet uitpraten.

'En Cem? Hebben jullie Cem ook?'

'Judi...' Ben legt zijn handen op mijn schouders en zoekt mijn blik. 'Tarik heeft Cem niet. Hij...'

'Natuurlijk wel!' val ik hem voor de derde keer in de rede. 'Wie anders moet dit gedaan hebben?'

Ben schudt zijn hoofd. 'Tarik was...'

'Laat me raden,' zeg ik en ik vervolg cynisch: 'Hij was op het cruciale moment op een bruiloft!'

'Hij zat bij ons op het bureau,' verklaart Ben.

Dit keer ben ik te verbouwereerd om te reageren. 'Wát?' vraag ik uiteindelijk.

'Hij deed aangifte van diefstal. Blijkbaar is zijn auto gestolen.'

Ik hap naar adem. Zijn auto gestolen? Dat ouwe blauwe wrak? *Bullshit!*

'En dat geloof jij?' wil ik weten.

'Er is weinig te geloven,' zegt Ben. 'Tarik was op het tijdstip dat Leila werd overvallen op een plaats waar we moeilijk omheen kunnen.'

'Dan heeft hij een van die vriendjes van hem opdracht gegeven om het te doen,' zeg ik, tegen beter weten in. Want als het om eerwraak gaat, is het een familiekwestie. En vooral Tarik hecht veel waarde aan tradities; hij zou nooit uit handen geven wat hij volgens de regels zelf hoort te doen.

Niemand reageert en totaal verbijsterd laat ik me terugzakken op mijn stoel. Maar als Tarik er niets mee te maken heeft, wie dan wel? Wie heeft Leila dan neergestoken? En Cem meegenomen? Wie was het dán die mij probeerde te wurgen? Dat was Tarik, dat weet ik honderd, nee, duizend procent zeker. Het was zíjn stem, het waren zíjn ogen. Onweerlegbaar.

'Judi...' Ben gaat naast me zitten en legt zijn arm om mijn schouder. Ik wil hem eerst van me af schudden, maar besef dan dat hij er ook niets aan kan doen. Als er bewijzen zijn dat Tarik niet hier was, dan staat ook Ben machteloos.

'Judi, hoe is het met Leila?' Zijn stem klinkt zacht, bijna schuldig. Alsof hij er de oorzaak van is dat dit gebeurd is, alsof het zijn schuld is dat Tarik de dader niet kan zijn.

Ik haal mijn schouders op. Tranen prikken plotseling achter mijn ogen. Het is al erg genoeg dat ik haar straks moet vertellen dat Cem weg is, maar dat ik dan ook nog moet zeggen dat niemand weet wie hem heeft en dat het Tarik niet geweest kan zijn, doet mijn maag samenknijpen van ellende.

'Ze zijn haar nog aan het opereren,' antwoordt Brenning in mijn plaats.

Ben kijkt op, verbaasd, alsof hij nu pas doorheeft dat er nog iemand in de kamer is.

'Wolf Brenning,' zegt Brenning, terwijl hij naar ons toe komt lopen. 'Recherche Amsterdam.'

Ben staat op en pakt de naar hem uitgestoken hand van Brenning. 'Ben van Vliet. U bent belast met het onderzoek?'

'Er is nog geen team samengesteld, als u dat bedoelt.'

'Maar u bent bij de eerste onderzoeken betrokken, toch?' wil Ben weten.

'Ik was inderdaad op de plaats delict. Ik heb mevrouw Van de Werff opgevangen en hiernaartoe gebracht.'

Ben zwijgt, alsof hij Brenning op waarde wil schatten. Na een kort moment knikt hij, wil wat zeggen, maar wordt gehinderd door een arts die de kamer komt binnenlopen.

'U bent hier voor mevrouw Rashukan?' vraagt hij.

Ik sta op en knik. 'Hoe is het met haar?'

'Haar toestand is nog kritiek, maar ze heeft de operatie goed doorstaan.' Hij werpt ons alle drie een blik toe en vervolgt dan: 'Ze had zware inwendige bloedingen die we bijtijds hebben kunnen stoppen. Dat komt waarschijnlijk allemaal wel goed. Waar ik me echter zorgen om maak is de zwelling in haar hoofd. Ze heeft zware klappen gehad, misschien wel schoppen, waardoor de hersenen zijn gezwollen en tegen de schedel drukken. Om die druk te verlichten hebben we een opening gemaakt, maar dat is geen garantie dat de druk gaat afnemen. Voorlopig houden we haar in een kunstmatige coma om te zien hoe het zich ontwikkelt.'

De woorden van de arts moeten even tot me doordringen. Ik voel een dikke prop in mijn keel die ik maar met moeite kan wegslikken, maar uiteindelijk lukt het me om de vraag te stellen die constant door mijn hoofd spookt: 'Ze… ze komt er toch wel bovenop?'

'Dat is moeilijk te zeggen. Ze is nog lang niet buiten levensgevaar. We zullen moeten afwachten. De eerste achtenveertig uur zijn cruciaal. Als ze die goed doorkomt, dan zal de kans op herstel aanzienlijk stijgen. Al moeten we ook serieus rekening houden met het feit dat de hersenen beschadigd kunnen zijn. Maar daar is nu nog niets over te zeggen.'

'Mag ik haar zien?'

'Een paar minuten,' zegt de arts. Hij gebaart naar de deur en met lood in mijn schoenen volg ik hem even later de gang door. Ben loopt vlak achter me, maar Wolf Brenning is in de wachtkamer achtergebleven. Ik vraag me af waarom. Omdat hij haar niet kent? Vindt hij misschien dat het niet gepast is? Ik weet het niet, maar ik weet wel dat ik het waardeer.

Hoewel de arts me waarschuwt niet te schrikken, ben ik geschokt als ik even later naast Leila's bed sta. Ze ligt niet in een eigen kamer, maar op een grote zaal. De bedden zijn gescheiden door gordijnen en worden omringd door diverse apparatuur die piept, suist of plopt. Ook Leila ligt aan allerlei draden, buisjes en zuignappen. Een monitor boven haar bed pulseert op de regelmaat van haar hartslag. Een kastje met daarop een cilindervormige koker zuigt op en neer om haar via een buis in haar mond van zuurstof te voorzien, diverse slangetjes zitten met tape op haar armen en schouders vastgeplakt. Haar ogen zijn gesloten, en hoewel haar huid getint is en onder de blauwe plekken en schaafwonden zit, ziet ze bleek. Haar zwarte haren zijn niet te zien door een dikke laag verband dat om haar hoofd gewikkeld zit.

Onwillekeurig sla ik mijn hand voor mijn mond. Ik voel me misselijk worden van zowel de aanblik van mijn zwaar gehavende vriendin, als van de lucht van ontsmettingsmiddel, die de hele ruimte lijkt te beheersen. Dan voel ik Bens hand op mijn schouder. Hij knijpt, hard, om me meteen daarna beet te pakken en stevig tegen zich aan te drukken.

'Ze mag niet doodgaan, Ben,' fluister ik. 'Ze is de enige die ik nog heb!'

Ben antwoordt niet, wrijft alleen maar troostend over mijn rug.

VRIJDAGOCHTEND 18 APRIL 2008

'Hoe gaat het met je?'

Het Marokkaanse meisje tegenover me op de bank, Isra, haalde haar magere schouders op. 'Gewoon. Goed.'

'Goed? Klote dus,' verbeterde ik. Het klonk hard, maar het was soms de enige taal waarmee ik tot bepaalde meiden doordrong. En Isra was daar eentje van.

Isra zei niets, staarde strak naar de vloer.

'Wat zou je doen, als je je zo voelde?'

Voor de tweede keer haalde ze haar schouders op.

Ik probeerde haar blik te vangen maar ze keek van me weg. Een slecht teken. Voorzichtig schoof ik wat naar voren op mijn stoel, pakte haar handen en draaide ze om. Krassen ontsierden haar polsen en onderarmen. Verdomme. Ze was weer bezig. Anorexia en zelfmutilatie gaan vaak samen en Isra had een verleden met beide, aangevuld met een zelfmoordpoging.

Zachtjes wreef ik met mijn duimen over haar handen en zei: 'Wat hadden we nou afgesproken, Isra?'

Geen reactie.

'Je zou me bellen als je je weer zo rot voelde. Meteen, weet je nog wel?'

Nog steeds kwam er geen reactie.

'Had je ze weer?' vroeg ik. 'Die gedachten dat het je allemaal niet meer kan schelen? Dat je niet verder meer wilt, omdat je je zo somber voelt?'

Mijn woorden sloegen bij haar in als een bom. Emoties ontploften in een stortvloed van tranen die ineens over haar wangen rolden. Haar lichaam schokte, terwijl ze niet in staat was enig geluid voort te brengen.

'Hé meisje toch,' zei ik zacht. Ik ging naast haar op de bank zitten en sloeg mijn arm om haar schokkende schouders. Ze liet het toe en drukte zich tegen me aan, waarna de stille tranen overgingen in snikkend huilen.

Na een minuut of vijf kalmeerde ze weer en met een betraand gezicht keek ze naar me op, voorzichtig glimlachend.

'Je bent een kanjer,' fluisterde ik tegen haar. 'Echt waar. En laat niemand jou iets anders wijsmaken! Niemand, hoor je wat ik zeg?'

Isra knikte.

'En samen kunnen we ervoor zorgen dat je je weer beter gaat voelen. Dat weet je toch?'

Nogmaals knikte ze.

'Het zal niet gemakkelijk zijn, maar we gaan er hard aan werken. Jij en ik. Samen.' Voorzichtig schoof ik een pluk haar uit haar gezicht en vervolgde: 'Beloof me dat je je niet gek laat maken, oké?'

Ze reageerde er niet op.

'En geen gekke dingen doen, hè?'

Er kwam weer geen antwoord, maar ik wist dat ze er nu voorlopig weer tegen kon. Zoals al die keren eerder dat ze hier was komen uithuilen. Want dat was het enige wat ze bij mij zocht: een schouder. Natuurlijk kon ik nog langer met haar praten, maar bij Isra werkte dat niet. Zodra ze was uitgehuild, voelde ze zich beter, die ervaring had ik inmiddels wel met haar. Het was alleen zo jammer dat het altijd maar tijdelijk was.

Ik stond op van de bank en ook Isra kwam overeind, terwijl ze met een snelle beweging de tranen van haar wangen wreef. Toen omhelsde ze me vanuit het niets en hield me een kort moment stevig vast.

'Dinsdag zie ik je weer,' zei ik. 'Maar als er iets is, dan kom je eerder hè? Het maakt niet uit wanneer.'

Zonder antwoord te geven en zonder te groeten liep Isra de kamer uit, terwijl ik haar peinzend nakeek. Dat ging nog moeilijk worden met dat meisje. En vragen of de docenten tussendoor een oogje op haar hielden, misschien zelfs af en toe met haar wilden praten, had ook geen zin. School is om te leren en niet voor psychische hulp, kreeg ik altijd te horen. Het maakte me zó boos.

Met een zwaar hart ging ik achter mijn bureau zitten en trok het dossier van Isra naar me toe. Maar ik had amper twee zinnen opgeschreven, toen een beweging bij de open deur van mijn kamer me deed opkijken.

'Leila,' zei ik verrast. Meteen stond ik op en liep om mijn bureau heen naar haar toe. 'Wat fijn dat je er weer bent!'

Natuurlijk had ik haar sinds mijn bezoek bij haar thuis al eerder gezien, toen ik gisteren langs het lokaal was gelopen waar ze op dat moment les had. Ik wist niet waarom, maar ik had met eigen ogen willen zien dat ze werkelijk weer op school was.

'Wil je thee?' vroeg ik, terwijl ik haar voorzichtig bij haar arm pakte en naar de bank leidde.

Ze schudde haar hoofd. 'Ik heb zo weer les,' zei ze.

Ik keek naar haar gezicht, naar de blauwe streep onder haar oog, die ze subtiel onder wat make up had verborgen, en checkte automatisch of er sinds de avond dat ik haar thuis had gezien geen beurse plekken waren bijgekomen. Maar dat was niet zo.

Leila liet zich op de bank neerzakken, klemde haar handen tussen haar knieën en staarde naar de grond, zwijgend. Ze was doodsbang, dat kon ik aan alles merken. Ik ging op het lage tafeltje schuin voor haar zitten en zocht haar blik, maar nadat ze me heel even kort had aangekeken, sloeg ze haar ogen weer neer.

'Leila,' zei ik zacht, terwijl ik me voorover boog om haar blik te vangen. 'Ik weet dat je ontzettend bang bent om met me te praten, en ik vind het daarom ook zo dapper van je dat je naar me toe bent gekomen.' Met mijn duim aaide ik voorzichtig over de blauwe plek op haar wang. 'Heeft hij dit gedaan?'

Ze knikte. 'Ik was te laat bij de auto. Hij wilde weten waarom.'

'En toen heeft hij meteen geslagen?'

'Thuis. Ik had gezegd dat ik voor een gesprek moest komen. Bij u.'

'Dat heb je heel goed gedaan,' prees ik haar. En toen, nadrukkelijk: 'Ik zal nooit tegen jouw familie, tegen wie dan ook, vertellen wat wij hier bespreken. In ieder geval niets wat jij niet wilt. Jij bepaalt dat, begrijp je me?'

'Hij geloofde me niet.' Nu keek ze wel op. 'Hij dacht dat ik loog.'

'En toen sloeg hij je?'

'Slaan, schoppen. Hij schold me uit, voor slet. Hij zei dat hij wel wist wat ik allemaal deed. Dat ik me moest schamen en dat ik schande over de familie bracht.'

Uiteraard.

Ze wreef wat van haar lange haren achter haar oor en vervolgde: 'Ik dacht dat hij me misschien met Thomas gezien had. In de pauze, toen ik met hem had staan praten. Maar dat bleek niet zo te zijn. Ik bleef volhouden dat ik bij u was geweest, het was toch de waarheid? Uiteindelijk heeft hij me aan mijn haren naar mijn kamer gesleurd en me daar opgesloten. Hij zei dat hij het ging checken. Of ik werkelijk hier was geweest.'

Ze zweeg weer en sloeg haar ogen neer, alsof ze zich schaamde voor wat ze me net verteld had.

'En je ouders?' vroeg ik zacht. 'Je moeder? Doet zij niets als je broer zo tekeergaat?'

'Mijn moeder doet alles wat mijn vader wil. Ik ben haar lievelingsdochter, zegt ze altijd. Haar mooie, knappe dochter. Zolang ik maar doe wat er van me verwacht wordt.'

'En dat is?' vroeg ik, niet omdat ik het antwoord niet wist, maar omdat ik duidelijkheid wilde hebben over de situatie bij haar thuis.

Nu glimlachte ze, zij het een beetje cynisch. 'Eigenlijk niets. Luisteren. Mij aan de regels houden. Niet met vreemde mannen praten. Gehoorzamen.' En toen, zachter: 'Trouwen met een verre neef die zij voor me regelt.'

'Noem dat maar niets,' zei ik. 'En nadat ik weer weg was, is er toen nog iets gebeurd?'

Ze schudde haar hoofd. 'Niet echt. Mijn vader was boos. Hij vindt dat de school zich te veel met privézaken bemoeit. Hij heeft ook liever dat ik niet meer ga. Naar school.' Ze keek op. 'U moet niet meer langskomen. Echt niet. Mijn vader... hij is in staat om me van school weg te houden als u nog een keer komt. Hij wil niet dat vreemde mensen zich met ons bemoeien.'

'Er bestaat nog altijd zoiets als de leerplichtwet,' zei ik droogjes. 'Hij kan je echt niet zomaar thuishouden zonder dat er een ambtenaar op de stoep komt te staan.'

'Hij heeft familie,' ging ze verder, 'in Duitsland. Hij heeft al eens eerder gedreigd me daarnaartoe te sturen.'

Ik zag de paniek in haar ogen. Paniek die ik herkende van al die andere meisjes die ook met zulke dreigementen te maken hadden. Meisjes van wie sommigen ook daadwerkelijk verdwenen, die werden teruggestuurd naar Marokko, Turkije, of waarheen dan ook.

'Hé,' zei ik zacht en ik dwong haar om me weer aan te kijken. 'We doen hier niets wat jij niet wilt. Nooit. Jij bent de baas, altijd. Dat moet je niet vergeten. Begrijp je dat?'

Ze knikte.

'En als jij niet wilt dat ik je thuis opzoek, dan doe ik dat niet meer, oké?'

Opnieuw knikte ze.

'Wil je echt geen thee?' vroeg ik.

'Ik moet naar scheikundeles,' zei ze. En toen, blozend: 'Thomas is er ook.'

Ik glimlachte. 'Wel je hoofd erbij houden, hè? En niet alleen maar naar hém kijken.'

‘Echt niet,’ zei ze. ‘Ik heb scheikunde nodig als ik verpleegster wil worden.’

Ik stond op en trok haar overeind. ‘Zie ik je volgende week weer? Niet na school, maar maandag, het tweede uur? Dan weet niemand bij jou thuis dat je met mij praat.’

Leila aarzelde, maar knikte toen toch. ‘Maandag, tweede uur,’ herhaalde ze. Ze keek me nog even aan met haar donkere ogen en liep toen snel mijn kamer uit.

MAANDAGAVOND 20 AUGUSTUS 2012

Het is al laat en stikdonker als Ben me bij mijn woonboot afzet. Nadat we bij Leila geweest waren, hadden Ben en Wolf nog een hele poos met elkaar gesproken, op plastic stoeltjes bij een koffieautomaat. Ik had erbij gezeten, maar amper een woord opgevangen van waar ze het over hadden. Dat Leila het gespreksonderwerp was, was duidelijk. En wie weet hadden ze het ook wel over mij, over wat er drieënhalf jaar geleden gebeurd is, over mijn rol in het geheel. Het kon me eigenlijk niet schelen. Ik had alleen maar kunnen denken aan die eerste keer dat Leila in mijn kamer was verschenen. Een jong meisje nog, zo vol dromen en verwachtingen, waarvan ze wist dat ze waarschijnlijk nooit zouden uitkomen. En toch had ze gevochten om haar eigen leven te kunnen leiden, met Cem, die meer voor haar betekende dan wie dan ook. En nu? Nu vocht ze weer voor haar leven. Alleen op een andere manier.

‘Weet je zeker dat ik niet moet blijven?’ vraagt Ben.

Ik schud mijn hoofd. ‘Ik wil nu even alleen zijn,’ zeg ik, zonder naar hem te kijken.

‘Doe alles goed op slot, oké?’

‘Natuurlijk.’

‘Ik had liever dat je met mij mee naar een hotel ging,’ klinkt zijn stem.

Nu kijk ik wel om.

'Misschien komt hij terug voor jou,' oppert hij.

'Wie?' vraag ik fel. 'Het was Tarik toch niet? Dat zei je zelf.'

Hij zwijgt en ik heb meteen spijt van mijn felheid. Dat Tarik op het moment dat Leila werd aangevallen in Doetinchem op het politiebureau was, daar kan hij ook niets aan doen.

'Het spijt me,' zeg ik zacht.

'Geeft niet,' reageert hij. 'Ik snap het wel.'

Ik stap uit de auto en draai me naar hem om. 'Ze zoeken Cem toch wel?'

'Iedereen kijkt naar hem uit,' zegt hij. 'Er is vanavond nog een AMBER Alert uitgezonden. Iemand moet gezien hebben wie hem heeft meegenomen.'

Tarik, wil ik zeggen, maar doe het niet. Diep vanbinnen weet ik zeker dat hij het was, maar mijn verstand zegt me dat het onmogelijk is. Zelfs hij kan niet op twee plaatsen tegelijk zijn.

'Gaat het echt wel?' vraagt Ben.

Ik knik. 'Ik ben gewoon moe.'

'Probeer wat te slapen,' zegt hij. 'Leila is in goede handen.'

Leila wel, maar Cem...

'Dat weet ik,' zeg ik.

Ben glimlacht. 'Dan zie ik je morgenochtend.'

'Is goed.' Ik stap achteruit en gooi het portier van zijn auto dicht. Pas als hij is weggereden, vraag ik me af waarom hij eigenlijk naar een hotel gaat en niet terug naar Doetinchem. Maar ik ben te moe om er lang over na te denken. Terwijl ik vanaf het loopplankje op mijn boot stap, besef ik ineens dat mijn motor nog bij Leila's appartement staat. Morgenochtend maar even ophalen. Nu snak ik eerst naar een échte kop koffie, in plaats van dat afwaswater in het ziekenhuis.

Bruce ligt languit op de bank als ik binnenkom. Hij tilt zijn kop op, gaapt ongegeneerd en besluit dan om maar overeind te komen. Hij rekt zich uit en als ik mijn sleutels op het tafeltje naast de telefoon leg, springt hij op de leuning van de bank en duwt spinnend zijn kop tegen mijn arm. Door dat kleine gebaar van liefde lijkt het alsof ik ontplof. Alsof ik nu pas besef wat er allemaal gebeurd is, begin ik ongecontroleerd te trillen en happend naar adem laat ik me op de bank zakken. Kou trekt door mijn hele lichaam. Ik zou willen huilen, schreeuwen, alle boeken uit mijn kast willen trekken of gewoon iets kapot smijten, maar zo ben ik niet. Nooit geweest en het enige wat ik nu doe, is Bruce vastgrijpen, hem stevig tegen me aan drukken en mijn gezicht in zijn dikke vacht verbergen.

Niet veel later vindt Bruce het welletjes. Met zijn voorpootjes duwt hij zich van me af en begint te wringen om los te komen. Ik laat hem gaan, en sta dan op om koffie te maken. Ik voel me nog steeds door en door koud, maar eenmaal in de keuken besluit ik dat ik het van koffie niet warm ga krijgen. Ik pak een fles bourbon uit de kast, giet er wat van in een glas en sla het in één keer achterover. Het spul brandt in mijn keel, een gevoel dat me goed doet. Zo weet ik weer dat ik leef en zonder er verder bij na te denken, schenk ik nog een flinke laag in en drink het in één keer op. Na het derde glas voel ik me misselijk worden. Mijn hoofd begint pijn te doen en net als ik besef dat ik die fles bourbon terug in de kast moet zetten, gaat mijn telefoon. Eigenlijk heb ik geen zin om hem op te nemen. Het zal Ben wel weer zijn.

Of het ziekenhuis…

Met een klap zet ik de fles op het aanrecht en haast me naar de telefoon. Ik graai hem van het tafeltje, laat me tegelijkertijd op de bank vallen en zeg: 'Judi van de Werff.'

Eerst hoor ik niets, maar dan klinkt zacht het kinderliedje dat ik vanmiddag ook al hoorde. Kippenvel kruipt over mijn armen, als ik nu ook kinderstemmetjes hoor. Niet vlak bij de telefoon, maar verder weg. Op de achtergrond klinkt geroezemoes, waardoor ik het gevoel krijg dat de beller midden in een speeltuin staat, of in ieder geval in een ruimte waar meerdere mensen – kinderen – zich bevinden.

'Cem?' fluister ik.

Er komt geen antwoord. Ik hoor zacht gemompel, en meteen daarna de ingesprektoon.

'Cem!' Dit keer schreeuw ik het zo hard, dat Bruce van schrik opspringt, met zijn oren in zijn nek. Maar de verbinding is verbroken.

Woedend smijt ik de telefoon naast me op de bank. Zie je wel? Het is die klootzak van een Tarik! Wie anders zou zo ziek zijn om me te bellen en me dit te laten horen? Ze moeten hem opnieuw oppakken en aan de tand voelen. Ik heb geen idee hoe hij het voor elkaar heeft gekregen, maar het móét Tarik zijn geweest!

Ik graai mijn telefoon weer naar me toe en open de contactenlijst. Ben moet naar zijn collega's bellen en zeggen dat ze naar het huis van Tarik gaan. Ze moeten daar...

Dan bedenk ik dat ze dat nooit gaan doen. Tarik heeft een alibi. Sterker nog: een sluitend alibi. Op grond van mijn vermoedens – hoe zeker ik er ook van ben – zullen ze Cem nooit bij Tarik gaan zoeken.

Ik druk de contactenlijst weer weg en gooi de telefoon terug op de bank. Bruce, die blijkbaar door heeft in wat voor stemming ik verkeer, kruipt tegen me aan, vouwt zijn pootjes onder zijn buik en begint met dichtgeknepen ogen te spinnen, waardoor er een ongekende rust over me neerdaalt. Ik leg mijn hand op Bruce' rug en kroel door zijn ruige vacht. Wat nu? Wat moet ik doen? Niet werkeloos blijven toekijken in ieder geval. Nooit. Tarik heeft Cem, dat kan bijna niet anders. Maar waarom belt hij me dan om me dat te laten weten? Simpel. Hij wil me pijn doen. Hij zou me blijven opjagen, heeft hij me ooit beloofd. En die belofte heeft hij waargemaakt, maar blijkbaar heeft hij er iets aan toegevoegd. Hij wil me raken door het liefste en het enige wat ik bezit van me af te nemen. Leila en Cem. Vooral Cem. En hij weet dat de politie niets kan doen. Daar heeft hij zelf voor gezorgd. Voorzichtig kom ik overeind. De aanval is de beste verdediging. Jasmines woorden als een leerling van haar gepest werd. Zorg dat je niet in de slachtofferrol geduwd wordt, want dan is het te laat. Vier jaar lang waren Leila en ik het slachtoffer. Als je dat tenminste zo kunt noemen. En Leila is eraan ten onder gegaan. Bijna. Wil ik dat ook? Nooit.

De aanval is de beste verdediging...

Oké Jasmine, jij je zin. Met een ruk sta ik op, graai mijn sleutels van het tafeltje en werp Bruce, die me verwonderd aankijkt, een strijdlustige blik toe. 'Ik ga Cem terughalen,' zeg ik tegen hem.

ZATERDAGAVOND 19 APRIL 2008

Zweet liep in straaltjes van mijn nek langs mijn rug en wrong zich tussen mijn huid en het zwarte gewatteerde jack van mijn kendo-uniform. Ik schoof mijn helm (geen helm, maar *men*, verbeterde Yoshi me altijd) van mijn hoofd en glimlachte naar mijn oude leermeester, ervan overtuigd dat ik vast een compliment zou krijgen. Ik had me dit keer ook goed kunnen concentreren. Niet zelden nam ik de ellende die ik dagelijks op school hoorde en meemaakte met me mee naar huis, maar ik kon het tijdens de kendoles altijd goed loslaten. Of misschien hielp kendo me wel om het los te laten.

Ik wist me in ieder geval meestal wel goed te concentreren, maar nadat Leila die eerste keer bij me op de kamer was geweest, had ze constant in mijn gedachten rondgespookt, en al helemaal nadat ik haar thuis had opgezocht. Ik had het niet vertrouwd. Er had iets dreigends in dat huis gehangen, een sfeer die ik wel vaker was tegengekomen in gezinnen van dezelfde afkomst, maar nooit zo prominent als in het huis van Leila's familie.

Het feit dat Leila me gisteren had opgezocht had me iets vrijer doen ademhalen. Ze was terug op school, dat was één, én ze had het aangedurfd om met mij te komen praten. Niet dat ze al haar problemen in mijn kamer op tafel had gelegd, maar ik wist nu in ieder geval hoe het ervoor stond. Wat de onderlinge verhoudingen binnen haar familie precies waren.

Nu was het natuurlijk niet zo dat ik aan die verhoudingen ook maar iets kon veranderen. Wie dacht ik te zijn om me met de tradities en de daaruit voortvloeiende eergerelateerde – ik haatte dat woord – gebruiken van een geloofsgroep te bemoeien, waar ik zelf niet toe behoorde? Ik was een buitenstaander en zelfs Leila besefte dat alleen dat al voldoende was om door haar familie met achterdocht bekeken te worden.

'Je linker-*jodan* deugde niet,' zei Yoshi, terwijl hij naar voren stapte.

Ik fronste mijn wenkbrauwen. 'Hoezo niet?'

Yoshi's blik was genoeg om me mijn ogen te laten neerslaan. Zo sprak je niet tegen je sensei. Zélfs niet als hij meer een vader dan een leermeester was.

'Je linkerhand was niet precies in een rechte lijn met je linkervoet,' zei Yoshi, zonder ook maar een spoortje verwijt in zijn stem. 'De hoek van je shinai was dus niet goed.' Hij maakte een korte beweging met zijn hand. 'Nog een keer.'

Ik slaakte nog net geen diepe zucht. Maar protesteren deed ik niet. Dat was mijn eer te na. En dus trok ik mijn men weer over mijn hoofd en startte opnieuw met de oefening.

'Beter,' zei Yoshi na afloop. 'Maar ik kan merken dat je er nog steeds niet helemaal bij bent met je hoofd.'

'Ik was niet afgeleid,' wierp ik tegen.

'Als dat zo was, dan had je de oefening wel perfect uitgevoerd.'

Daar kon ik weinig tegen inbrengen.

Hij glimlachte naar me. 'Het is niet erg,' zei hij, op de geduldige toon die me zo vertrouwd was. 'Daarom oefenen we ook. Je komt er wel.'

Ik gaf geen antwoord. Wanneer zou ik 'er komen', als ik niet eens in staat was om mijn problemen voor een paar uur buiten te sluiten? Al dacht ik zelf blijkbaar dat dat een fluitje van een cent was. Ik legde mijn men op de bank en ging ernaast zitten, nog steeds zwijgend.

'On'nanoko,' zei Yoshi zacht. 'Trek het je niet zo aan. *Saru mo ki kara ochiru.*'

Nu was ik het die glimlachte. Zelfs apen vallen uit de boom. Eén van zijn geliefde uitspraken om duidelijk te maken dat je niet bang moest zijn om te vallen en weer op te staan. Figuurlijk dan.

Yoshi kwam naast me zitten. 'Heb je je moeder nog gesproken?' vroeg hij.

Ik knikte. 'Gisteren nog. Voor haar verjaardag.'

'En heb je gezegd dat je haar en je vader volgende week opzoekt?'

'Dat staat nog helemaal niet vast,' zei ik.

'Ze zou het fijn vinden. En je vader ook.'

'O, vast,' reageerde ik.

'Misschien zou ik wel meegaan.'

Verbaasd keek ik opzij. 'Meegaan? Naar Frankrijk?'

Hij leunde met zijn hoofd tegen de muur achter ons en keek me aan. 'Ik heb je vader al een paar jaar niet meer gezien. En als hij niet naar Nederland komt, dan moet ik overwegen naar Frankrijk te gaan. Voordat we allebei te oud zijn om waar dan ook naartoe te gaan, behalve het bejaardenhuis.'

Zijn woorden deden me in de lach schieten. 'Als jij werkelijk mijn vader wilt opzoeken, dan kan dat geregeld worden.'

'Volgende week?'

'Je hebt haast?'

'Ik ben bijna achtenzestig, on'nanoko.'

'En dan al aan het bejaardenhuis denken!' zei ik plagend.

Zijn ogen schitterden en ik wist dat ik om was, terwijl ik geenszins van plan was geweest naar Fontgombault te gaan. Maar dit kon ik Yoshi toch niet weigeren? Yoshi, mijn tweede vader, mijn *chichi*. Dat hij het plan om mee te willen vast al veel eerder had opgevat en me daarom richting Frankrijk had gepusht, liet ik maar in het midden.

'Ik bel mama morgen wel om de logeerkamer in orde te maken,' zei ik uiteindelijk.

Hij gaf geen antwoord, klopte alleen maar vaderlijk op mijn knie, en glimlachte.

MAANDAGNACHT 20 AUGUSTUS 2012

Hoe verder ik over de A12 naar het oosten rijd, hoe meer ik het gevoel krijg dat ik op oorlogspad ben. Ergens weet ik dat dat niet goed is. *Je zult niet gestraft worden voor je woede, wel dóór je woede.* Yoshi's wijze raad als ik als kind weer eens kwaad was, op mijn ouders, mijn zus, de wereld. Op mezelf. Ik was in mijn jeugd niet gemakkelijk, altijd tegen de draad in. In tegenstelling tot Jasmine, die volgens mij de modeldochter was voor iedereen die dacht dat meisjes makkelijker op te voeden waren dan jongens. Pech voor hen, want hoewel ik ook een meisje was, gedroeg ik me als een jongen. Mijn vader vond het geweldig. Voor hem was ik de zoon die hij zo graag had willen hebben. Ik zwierf hele dagen op straat, haalde kattenkwaad uit, en ging een partijtje matten met de jongens uit de buurt echt niet uit de weg.

Tijdens de eerste jaren dat ik onder Yoshi's hoede was, werd dat minder. Ik was in die periode nog steeds geen volgzaam lammetje, maar ik wist me beter te beheersen en zat niet altijd meteen op de kast als iemand iets zei wat me niet beviel. Ik leerde om de controle over mezelf te behouden, en jarenlang heb ik daar profijt van gehad. Tot nu. Tarik heeft iets aangewakkerd wat lang in mijn onderbewuste verborgen heeft gelegen: zuivere woede.

Met mijn voet schakel ik terug als ik bij het knooppunt Velperbroek de afslag naar Arnhem zie. Heel even aarzel ik, maar dan rem ik af en volg de weg die ik jaren geleden zó vaak gereden heb, dat ik zelfs nu het idee heb dat ik er gisteren nog geweest ben. Als vanzelf stuur ik mijn motor door de bijna verlaten Arnhemse straten en na een minuut of tien besef ik dat ik onwillekeurig bij de dojo van Yoshi aanbeland ben. Hoewel, onwillekeurig... Het is de enige plek in de stad waar ik zo veel herinneringen heb liggen, dat het hierheen rijden niet bepaald onwillekeurig genoemd kan worden.

Ik zet de Suzuki in z'n vrij en duw met mijn voeten door tot ik langs de stoeprand sta. Daar trap ik de standaard omlaag en stap af. Dan richt ik mijn blik op het gebouw waarbinnen twintig jaar van mijn leven ligt. Mijn ogen beginnen ineens hinderlijk te prikken en koppig adem ik even diep in om het melancholieke gevoel dat me overvalt te verjagen. Ik denk aan Yoshi. *Tranen verdunnen verdriet*, zei hij ooit tegen me. Yoshi. Lieve, verstandige Yoshi. Kon ik nu maar even met hem praten. Ik staar omhoog naar de ramen boven de dojo, het woongedeelte. Alles is donker, maar dat is ook logisch. Het is midden in de nacht. Respectabele mensen liggen op dit tijdstip in bed en slapen de slaap der onschuldigen, een gedachte die me plotseling doet afvragen wat ik hier eigenlijk doe. Ik laat mijn ogen langs de gevel gaan, voordat ik ze laat rusten op de deur waardoor ik zo vaak naar binnen ben gegaan. Herinneringen schieten door me heen. Ik denk aan Leila, Jasmine. Aan Cem. En nogmaals aan Yoshi, die me, als hij me hier zag staan, zou proberen over te halen terug naar huis te gaan. Wat misschien beter zou zijn. Maar de aanblik van Leila, haar smalle lichaam in dat belachelijk grote ziekenhuisbed, verbonden met ontelbare slangetjes en beplakt met allerlei soorten tape en zuignappen, doet opnieuw mijn woede oplaaien. Woede over wat Tarik gedaan heeft. Nu en drieënhalf jaar geleden. Hij is te ver gegaan.

Met grote stappen loop ik terug naar mijn motor die even later brullend start. Dat de halve buurt nu waarschijnlijk rechtop in bed zit, doet me niets. Ik stap op, schakel en rijd de straat uit, terug naar de A12. Over een halfuur kan ik in 's-Heerenberg zijn.

DONDERDAG 24 APRIL 2008

De markt stond al bijna helemaal vol met kooplui en voornamelijk huisvrouwen, toen ik mijn voordeur uitstapte. Op het parkeerterrein, een tiental meter verderop, was geen plek meer vrij. Zoals altijd op donderdag. Ik wierp een blik op mijn horloge en zag dat het tien over tien was. Een belachelijke tijd, voor mijn doen. Maar gisteravond was het nogal laat geworden. Ik was pas na tweeën mijn bed ingerold. Meestal kan ik er wel goed tegen en stap ik na vijf uur slaap net zo fris en fruitig mijn bed uit als na een nacht van tien uur. Dit keer echter had ik de wekker niet gehoord en was ik pas om kwart voor tien wakker geschrokken.

Ik besloot om te kijken of de warme bakker zijn kratten al op zijn kraam had uitgestald zodat ik een paar verse broodjes kon meenemen voor de lunch. Ik was nu toch al laat. Gelukkig had ik voor vandaag een dossierochtend gepland, waarop ik wat achterstallig administratief werk kon afmaken. Er stonden geen afspraken in de agenda, dus waarom zou ik het er niet van nemen?

De afgelopen nacht had het flink geregend, gezien de plassen die zich overal gevormd hadden. Het was niet koud, maar wel nevelig, en gretig snoof ik de vochtige lucht op. Ik hield van dit mistige weer. Het was dan altijd alsof de wereld een stukje intiemer was dan anders. Geluiden klonken gedempter, en dat gaf me een behaaglijk gevoel. Ik schoof de rits van mijn leren jack wat omhoog en stak de weg over. Ik wrong me tussen de geparkeerde auto's op het parkeerterrein door en kreunde toen ik mijn buik wel erg ver moest inhouden om mezelf tussen twee autospiegeltjes door te werken. Waarom moest ik altijd de kortste weg nemen? Waarom niet gewoon over de stoep langs de huizen?

Je bent een juffertje ongeduld! Ik hoorde het mijn vader weer zeggen. Gelukkig had ik het niet van een vreemde; hij was net zo ongeduldig als ik. Grinnikend liep ik langs het oude kanon en stak de weg over.

'Môgge, Judi!'

Glimlachend zwaaide ik naar Lennert, die bezig was de plastic bakken met bloemen in zijn kraam in nette rijen te zetten.

'Geen fresiaatjes?' riep hij me na.

Ik draaide me half om, maar bleef doorlopen. 'Vanmiddag misschien,' zei ik.

'Zal ik een bossie apart houden?'

‘Ik weet niet of ik op tijd terug ben om ze op te halen,’ reageerde ik, achteruitlopend.

‘Dan leg ik ze wel voor je deur!’

Als antwoord stak ik mijn hand in de lucht en draaide me weer om, om bijna pardoes boven op Wout te botsen.

‘Ho,’ zei hij, terwijl hij me bij mijn bovenarmen pakte.

‘Sorry,’ mompelde ik. ‘Ik keek niet uit.’

Hij glimlachte breeduit. ‘Geen probleem, hoor. Ik weet wel iets vervelenders om tegenop te lopen. Een lantaarnpaal, bijvoorbeeld.’

Ik staarde hem aan, waardoor hij acuut mijn armen losliet. ‘Vergelijk je me nou met een lantaarnpaal?’ vroeg ik.

‘Je weet wel beter, Judi,’ zei hij knipogend.

O, dat zeker. Nooit van zijn leven zou Wout me op wat voor manier dan ook kwetsen. Daarvoor betekende ik in zijn ogen te veel voor hem. Al sinds de middelbare school zat hij achter me aan. Op de een of andere manier had hij het idee opgevat dat hij gek op me was. Verliefd. Wilde zijn leven met me delen. Het waren de woorden die hij letterlijk gebruikt had. Maar wat ik ook zei of deed, ik kon hem niet aan zijn verstand brengen dat die gevoelens niet wederzijds waren. Niet omdat hij lelijk was, of zo, maar Wout was gewoon te… te gewoon. Te degelijk. Te saai. Hij had niets wat me aantrok in hem. Ik had het op diverse manieren tegen hem gezegd, vriendelijk, onvriendelijk, zelfs ronduit bot. Het had geen effect gehad. Hij bleef achter me aan lopen als een puppy achter zijn nieuwe baas. Soms leek het wel of hij me stalkte; dan dook hij op de raarste momenten, op de raarste plekken op. Maar omdat ik wist dat hij totaal ongevaarlijk was – hij was gewoon van mening dat blijven proberen misschien ooit effect zou hebben – liet ik hem zijn gang gaan.

‘Ben je vrij vandaag?’ vroeg hij.

‘Verslapen,’ gaf ik als antwoord.

Hij lachte. ‘En dan haast je je niet naar je werk, maar gaat gezellig boodschappen doen op de markt?’ En toen ik mijn mond al opende om hem van repliek te dienen: 'Niet dat dat mijn zaken zijn, hoor.'

Als je 't maar weet, wilde ik zeggen, maar deed het niet. 'Ik moet door,' zei ik, terwijl ik opzij stapte om langs hem heen te lopen.

'Ik wandel even met je mee,' zei hij en hij draaide zich om. 'Ík ben namelijk wel vrij deze week.'

'Ik heb geen tijd om te wandelen,' zei ik. 'Ik ga alleen een paar broodjes halen en dan moet ik naar mijn werk.'

Hij leek mijn geërgerde toon niet op te pikken en glimlachte breeduit naar me. 'Dat maakt niet uit.'

Ik zei niets meer en liep verder de markt op, naar de andere kant van het plein waar de kraam van bakkerij 't Stoepje stond. Wout moest moeite doen om me bij te houden en omdat ik geen rekening met hem hield, moest hij van tijd tot tijd mensen ontwijken die ons tegemoet liepen.

Uiteindelijk bleef ik staan en draaide me naar hem om. 'Wout, je hebt vakantie,' merkte ik op. 'Waarom ga je niet iets leuks doen?'

Hij stopte vlak voor me en glimlachte – alweer. 'Niets leukers dan in jouw gezelschap vertoeven.'

Ik rolde met mijn ogen. 'Ik weet dat je dat leuk vindt,' zei ik. 'Maar je hebt er niets aan. Niet nu. Ik ga zo...'

'Niet nu?' vroeg hij. Het klonk gretig en meteen wist ik dat ik de verkeerde woorden gebruikt had.

'Nu niet, nooit niet,' zei ik. 'Ik heb geen...'

'Ik ben morgen jarig,' onderbrak hij me. 'Zullen we samen iets gaan drinken?'

'Nee, Wout,' zei ik, de woorden duidelijk articulerend. 'Dat zullen we niet.' Ik wreef met mijn hand over mijn voorhoofd en sloot kort mijn ogen. 'Luister,' vervolgde ik toen. 'Ik blijf het herhalen: het wordt niets tussen ons. Jij bent net zomin mijn type als ik het jouwe.'

'Dat zeg jij,' reageerde Wout. 'Maar wat niet is, kan nog komen, toch?'

Ik wendde mijn blik af, omdat ik niet goed wist wat ik nog meer moest doen om hem te laten inzien dat hij geen kans maakte. En net toen ik weer naar Wout wilde kijken om te zeggen dat hij zich nu eindelijk eens op iemand anders moest gaan focussen, zag ik hem. Tarik. Op nog geen vier meter afstand. En hij keek naar me, met een flauw lachje om zijn lippen. Alsof hij het allemaal wel grappig vond.

Zelf vond ik het allesbehalve grappig. Op de een of andere manier voelde ik me begluurd. Niet zoals door Wout, die ik ook weleens betrapt had terwijl hij naar me stond te kijken, maar zoals door een jager die zijn prooi bestudeert. Ik had geen idee waarom ik dat zo voelde. Wat had ik uiteindelijk met Tarik te maken, behalve dan dat ik met zijn zus over hem gesproken had?

Leila was opnieuw bij me geweest, op maandag, tijdens het tweede uur. En ook gisteren had ze weer bij me op de bank gezeten. Het was alsof ze begon te begrijpen dat ik er voor háár was. Alsof ze doorkreeg dat ze me kon vertrouwen. Ik wist zeker dat ze nog lang niet alles verteld had wat zich in haar leven afspeelde; dat had tijd nodig. Zoals bij de meeste meisjes die bij me kwamen. Gisteren had ze me over Thomas verteld. Over hun stiekeme afspraakjes, haar angst dat Tarik of haar vader het ooit zou ontdekken. Over de bruiloft van haar nichtje komend weekend. Dat bruiloften in hun familie haar steeds meer begonnen tegen te staan, dat ze het systeem wel een beetje doorhad. Bruiloften waren één grote huwelijksmarkt en ze werd misselijk van de manier waarop zij tijdens die feesten bekeken werd, door de mannen, de vaders, de broers. Ze probeerde er altijd onderuit te komen, maar dat lukte vaak niet. Zoals dit keer. Het was haar nicht en ze was verplicht er mee naartoe te gaan.

Met moeite wist ik mijn blik los te weken van die van Tarik. 'Ik moet gaan,' zei ik tegen Wout. Ik draaide me om en haastte me bij hem vandaan. Ik hoefde zijn ogen niet te zien om te weten dat hij me verbaasd nastaarde, maar het kon me niet schelen. Ik wilde hier weg. Weg van de drukte en weg van al die mensen, die me ineens op mijn zenuwen werkten. Maar vooral weg van Tarik.

Bij 't Stoepje kocht ik snel twee witte tijgerbollen en met de zak onder mijn arm liep ik achter de kramen langs terug naar mijn huis. Automatisch keek ik nog even achterom toen ik de parkeerplaats overstak en liet mijn ogen tussen de marktkramen dwalen. Wie zocht ik eigenlijk, vroeg ik mezelf af. Wout? Of Tarik? Ik huiverde toen ik hen beiden zag. Ze stonden met elkaar te praten, vlak bij de bloemenkraam van Lennert. En ze keken naar me. Lachend.

MAANDAGNACHT 20 AUGUSTUS 2012

In 's-Heerenberg parkeer ik naast café De Peer, schuin tegenover het oude klooster. Het is vanaf hier niet ver naar het appartement van de Rashukans en terwijl ik de Emmerikseweg afloop, vraag ik me af of ze er nog steeds wonen. Stel dat ze inmiddels verhuisd zijn?

Het is doodstil in het dorp. Er is geen mens op straat. Het pand van de Lidl, met zijn geveltjes als kasteelmuren, ligt er donker bij. Een zachte wind ruist door de bomen langs de stoeprand. Hun wortels hebben de stenen lichtjes omhoog geduwd, waardoor ik in de schaarse verlichting van de straatlantaarn moet uitkijken dat ik niet struikel.

Een stukje verderop doemen de appartementen op en meteen zie ik dat in dat van de familie Rashukan licht brandt, van achter de vitrages die er vier jaar geleden ook al hingen.

Zie je wel? schiet het door me heen. Ze hebben alles te maken met wat er met Leila gebeurd is. En ze hebben Cem. Daarvan ben ik overtuigd en het feit dat ze op zijn, om deze tijd, bevestigt dat alleen maar.

Op het moment dat ik de weg wil oversteken, naar de voordeur van het appartement, gaat mijn mobiel en haastig trek ik het ding uit mijn broekzak. Na een snelle blik op het display zie ik dat het Ben is en laat ik daar nou net geen zin in hebben. Niet nu, in elk geval. Wat wil hij trouwens van me? Dat er iets met Leila is, geloof ik niet. Dan zou het ziekenhuis míj bellen, de eerste contactpersoon, en niet hem. Ik druk hem weg en stop de mobiel weer terug in mijn zak.

Maar ik ben nog maar amper aan de overkant, of mijn mobiel piept opnieuw. Een sms. Met gefronste wenkbrauwen kijk ik weer op het display en open het berichtje van Ben.

Waar ben je?

Dat gaat je geen fluit aan. Ik tik op beantwoorden en toets in:

In bed. Probeer te slapen.

Met een zachte *woesj* verdwijnt het berichtje de digitale snelweg op. Het duurt niet lang voordat er antwoord komt:

Ik sta voor je deur, wilde nog even met je praten. Waar ben je?

Shit. Da's andere koek. Natuurlijk kan hij er nooit helemáál van uitgaan dat ik niet thuis ben, maar de herhaling van zijn vraag waar ik uithang zegt me genoeg. Hij weet donders goed dat ik niet in mijn bed lig.

Ik besluit niet meer te reageren, sluit het berichtenvenster af en loop door naar de deur van het appartement. Gek genoeg voel ik geen angst. De enige aan wie ik kan denken is Leila. En Cem. Aan de angst die dat kereltje moet voelen. Het is niet alleen het feit dat hij zomaar is meegenomen door voor hem vreemde mensen, maar ook dat hij naar alle waarschijnlijkheid gezien heeft wat ze met zijn moeder gedaan hebben. Woede laait weer op en zonder nog verder na te denken, plaats ik mijn vinger op de bel, waarnaast nog steeds de naam Rashukan staat, en druk hem hard in. Net als ik altijd bij Leila doe, hou ik hem zeker tien seconden vast. Dat ze er maar lekker van mogen schrikken.

Ondanks – of misschien wel dankzij – mijn lang aanhoudend gebel, duurt het maar een kort moment voordat de deur openspringt. Ik kijk even naar links en naar rechts, en stap dan naar binnen, het halletje in. Het is er donker, net als de vorige keren dat ik er was en dan ineens schiet het door me heen.

Stel nou dat Tarik hier niets mee te maken heeft?

Het idee verwerp ik bijna meteen. Het moet wel. Wie anders heeft baat bij de dood van Leila? Wie anders zou Cem meenemen?

Maar stel nou, stel nou een héél klein beetje, dat hij het níét was? Dan plaats ik mezelf hier in een enorm kwetsbare positie. Mijn hele veiligheid die we de afgelopen drieënhalf jaar hebben bewerkstelligd is dan in één klap naar de haaien. Is dat het risico waard? Ik denk aan twee dagen geleden, voel die handen weer om mijn keel, mijn onvermogen om adem te halen, de benauwdheid. Dat waren zíjn handen. Van Tarik. Sinds die nacht ben ik al niet veilig meer. En dat zal ik ook nooit meer worden als ik het niet hier en nu tot een halt roep. Bovendien moet ik Cem terughalen. Leila zou het me nooit vergeven als ik...

'Ja?' klinkt een vrouwenstem van boven. Leila's moeder.

Ik geef geen antwoord, maar loop uiterst kalm de trap op. De woede sluimert nog steeds diep in mijn lichaam, woede die ik wonderbaarlijk genoeg in toom kan houden. Nóg wel.

De vrouw boven ziet me verschijnen in het zwakke licht dat in het portaaltje brandt. Haar ogen vernauwen zich en haar gezicht verstrakt. Iets wat ik niet verwacht had. Wat wel? Dat ze bang zou zijn? Om haar man zou gillen als ze mij zag? Geen idee. Maar niet dat ze als een betonblok boven aan de trap zou blijven staan en me de toegang zou versperren. Dat leek me meer iets voor Tarik.

'Waar is je zoon?' vraag ik.

Ze antwoordt niet.

'Tarik,' verduidelijk ik, het feit bedenkend dat ze drie zonen heeft.

'Tarik niet hier,' reageert ze.

'Dat vroeg ik niet,' zeg ik. 'Waar is hij? Waar is Cem?'

Haar donkere ogen kijken me doordringend aan. 'Niet hier. Tarik weg, met vrienden.'

'Met vrienden?' herhaal ik.

Ze knikt kort.

'En Cem?' vraag ik, terwijl ik vanaf de bovenste tree het portaaltje instap en haar zodoende een stukje achteruit dwing. 'Heeft hij hem meegenomen of is hij nog bij jullie?'

'Cem?'

'Cem, ja. Jullie kleinzoon!' Met mijn schouder duw ik haar opzij en met drie grote stappen sta ik bij de deur van het appartement. Maar verder dan de drempel kom ik niet. Hij is klein, meneer Rashukan, klein maar breed, en met zijn lichaam vult hij zowat de hele deuropening van post tot post.

'Jij hebt mijn dochter meegenomen,' zegt hij. Het klinkt niet eens verwijtend, maar meer alsof hij een statement maakt.

'Ik heb niemand meegenomen,' ontken ik. 'Leila koos ervoor om uit jullie familie te stappen.'

'Door jou.' Weer die toon, alsof hij tussen neus en lippen door even meedeelt dat zijn fiets is gestolen.

Ik staar hem aan, zie zijn ogen die voor mijn gevoel tot in mijn ziel kijken. 'O God,' fluister ik dan. 'Dit was jullie bedoeling, hè? Ik heb Leila van jullie afgepakt en nu nemen jullie Cem daarvoor terug.'

'Cem?' Hij klinkt net zo verbaasd als zijn vrouw.

'Jullie kleinzoon,' zeg ik. 'Leila's zoon.'

Hij schudt zijn hoofd. 'Ik weet niets van kleinzoon. Leila bestaat niet meer voor ons. Zij dood.'

Woede laait op. 'Dood?' werp ik hem in het gezicht. 'Ja, bijna wel. Maar dat was altijd al jullie bedoeling, hè?' Ik ga vlak voor hem staan en vervolg: 'En Tarik heeft daarvoor gezorgd. Hoe kunnen jullie? Hoe kunnen jullie je eigen dochter zoiets aandoen?'

'Wij niets gedaan,' zegt hij ergerlijk kalm, terwijl hij me achteruit duwt. 'Dat hebben wij ook tegen politie gezegd. Leila al vier jaar dood voor ons. En voor Tarik. Tarik op vakantie naar familie. Hij ook niets gedaan.'

Het volgende moment schuift zijn vrouw langs me heen het appartement in en wordt vlak voor mijn neus de deur dichtgedaan.

Ziedend van woede, maar tegelijkertijd ook lichtelijk verward, staar ik naar het zeegroene hout. Hoe kúnnen ze! Hoe kunnen ze hun dochter, hun eigen vlees en bloed, doodverklaren? Wat zeg ik? Niet alleen doodverklaren, maar zelfs hun zoon op haar afsturen om hun vervloekte eer te verdedigen door haar met messteken om te brengen. En dan doodleuk zeggen dat ze nergens vanaf weten.

Boos hef ik mijn vuist en beuk een paar keer hard op de deur. 'Ik weet dat jullie Cem hebben!' schreeuw ik. En terwijl ik nog wat harder sla: 'Doe open!'

Maar de deur blijft potdicht en binnen klinkt er geen enkel geluid. Het schrale licht van het portaallampje floept uit en in het donker staak ik mijn getimmer op de deur. Dit heeft geen zin. Ze doen toch niet meer open en als ik niet oppas staan hier straks een paar politieagenten voor mijn neus omdat de buren het alarmnummer hebben gebeld.

Op de tast schuifel ik door de duisternis terug naar de trap en loop voorzichtig naar beneden. Ergens bij de onderste tree glijdt mijn voet weg en met een klap smak ik achterover.

'Au,' is het enige wat ik uiteindelijk kan uitbrengen. Ik krabbel overeind en zachtjes vloekend zoek ik met mijn hand de buitendeur. Als ik even later op straat sta, ben ik nog steeds woest. Met een loeiharde klap smijt ik de deur achter me dicht. Het kan me niets schelen dat de hele buurt het hoort en het liefst had ik ook nog eens onder het raam gaan staan schreeuwen om Cem. Maar met dat laatste bereik ik niets. Geen fluit. Geen zak.

Ik trek met een ruk mijn leren jackje recht en werp een laatste blik omhoog naar het – nog steeds – verlichte raam van het appartement. Heel even zie ik de vitrages bewegen. Ze houden me dus in de gaten. Waarom? Kijken ze gewoon of ik wegga, of kijken ze waar ik naartoe ga? Het boeit me eigenlijk ook niet. Maar als ze denken dat ze van me af zijn, dan vergissen ze zich. Ik zál uit hen krijgen waar Cem is. Op wat voor manier dan ook.

Ik draai me om en steek de weg over, in de richting van café De Peer. In de verte zie ik de naderende lampen van een auto en een kort moment ben ik er bijna zeker van dat het Tarik is, die door zijn ouders is ingelicht. Maar de schommelende lichtbundels slaan nog voor de Lidl af naar rechts en het vage geluid van de motor sterft weg.

Terwijl ik de straat uitloop zakt mijn woede enigszins en vraag ik me af of het heel misschien mogelijk is dat Tarik op eigen houtje bezig is. Dat zijn ouders inderdaad nergens vanaf weten. Het klonk gemeend, toen ze vroegen wie Cem was. Maar daarnaast kwam er ook geen andere reactie. Geen verraste blikken, geen interesse in het feit dat ze een kleinzoon hebben. Bijna alsof ze dat allang wisten en het hun geen donder kan schelen.

In de verte zie ik café De Peer opdoemen. Maar ook nadert er voor de tweede keer een auto, dit keer met hoge snelheid. Nog voordat ik me kan afvragen welke debiel het in zijn hoofd haalt om zo hard te rijden in een dorp, stopt de wagen langs de stoeprand en stapt Martha uit. Haar halflange blonde haar hangt los langs haar gezicht, waaruit ik kan opmaken dat ze in alle haast is vertrokken. Vroeger droeg ze het altijd in een staart, net als ik. Nog nooit heb ik haar met losse haren gezien, net zomin als ik haar ogen ooit zo boos heb zien schitteren als nu.

'Ben zei al dat je hiernaartoe was,' bijt ze me toe.

Ik open mijn mond om te reageren, maar ze is me voor: 'Wat doe je hier, Judi?'

De woede, die inmiddels alweer een heel stuk gezakt was, laait weer op. 'Wat ik hier doe? Cem terughalen, wat anders?'

'Cem is hier niet,' zegt ze. Ze knikt de straat in. 'Denk je nou heus dat wíj daar nog niet geweest zijn?'

'Dat zal me een rotzorg zijn!' roep ik. 'Tarik was volgens jullie toch op het bureau? Wat kunnen jullie verder dan nog doen?'

'En wat kun jíj doen, Judi?' vraagt Martha scherp.

Ik geef niet meteen antwoord, adem even diep in, om mijn van nijd bonkende hart tot bedaren te brengen. Dan zeg ik: 'Ik zit niet gebonden aan een hele lijst met stomme regeltjes, zoals jullie.'

'Maar daarom kun je niet zomaar midden in de nacht bij mensen binnenvallen!' snauwt ze. 'Net als ieder ander heb ook jij je aan de wet te houden!'

'De wet?' herhaal ik. En dan, met stemverheffing: 'De wét?' Zonder om te kijken wijs ik achter me. 'Denk je dat zíj zich daar iets van aantrekken? Zíj hebben Leila neergestoken! Zíj hebben Cem ontvoerd. Niet ik!'

Martha zwijgt en even kijken we elkaar alleen maar aan. Vervolgens zucht ze diep en wrijft even snel met haar hand over haar voorhoofd. 'Je begrijpt het niet, Judi. Het is allemaal een stuk ingewikkelder dan je denkt.'

'Leg het me dan uit!' schreeuw ik haar toe. En terwijl ik mijn eigen stem hoor breken, herhaal ik zacht: 'Leg het me verdomme dan uit.' Ik sla mijn hand voor mijn mond en voel dan de tranen over mijn wangen lopen.

Zonder iets te zeggen slaat Martha haar armen om me heen en trekt me tegen zich aan. 'Het is goed,' fluistert ze. 'Gooi het er maar uit.'

'Het is allemaal net als toen,' zeg ik met mijn hoofd tegen haar schouder. 'En weer kan niemand iets doen.'

'Dat is niet waar, Judi,' zegt Martha zacht. 'Het is niet net als toen. Leila leeft nog.'

'Ja,' fluister ik. 'Maar hoelang nog?'

'Dat weten we niet.' Martha pakt me bij mijn schouders en zoekt mijn blik. 'Maar Leila is een vechter. Ze zal niet zomaar opgeven. En dat mag jij ook niet.'

Ik wrijf de tranen van mijn gezicht, beschaamd dat ik me zo heb laten gaan, en zeg: 'Dat doe ik ook niet.'

'Laat ons gewoon ons werk doen,' gaat Martha verder. 'In Amsterdam hebben ze een team samengesteld dat met de zaak is belast en Tarik wordt door hen scherp in de gaten gehouden.'

'Ik dacht dat hij op vakantie was,' zeg ik. 'Tarik bedoel ik. Dat zei z'n moeder.'

'Voor zover we weten zit hij bij familie in Emmerich.' Ze zwijgt abrupt, alsof ze plotseling beseft dat ze dat beter niet had kunnen zeggen, maar vervolgt dan toch: 'En ook daar houden we een oogje op hem.'

Dus doe geen gekke dingen.

Ze zegt het niet, maar het is duidelijk dat ze dat met haar laatste woorden bedoelt.

'Ga naar huis, Judi,' klinkt het na een korte stilte. Martha legt een hand op mijn schouder. 'We hebben contact met die rechercheur in Amsterdam. Brenning. Als er nieuws is, over Cem, of wat dan ook, dan hoor je dat meteen van hem. Of van ons. Oké?'

Ik reageer niet, omdat ik eigenlijk niet zo goed weet in hoeverre ze meent wat ze zegt.

'Vertrouw me,' zegt Martha zacht. 'Het komt wel goed. Echt.'

Mooie woorden. Alleen stellen ze me niet gerust. Want hoe kan ze daar zeker van zijn? Maar toch knik ik, terwijl ondertussen mijn gedachten alweer mijlenver afdwalen. Of eigenlijk geen mijlen, eerder een paar kilometer. Naar Emmerich om precies te zijn. Waarom is Tarik nu ineens naar familie over de grens? Naar mijn mening om maar één reden: omdat hij Cem ergens moet onderbrengen. En waar kan dat beter dan bij familie? Blijkbaar heeft de politie dat niet door, maar mij houden ze niet voor de gek. Cem is daar. Dat weet ik zeker. En ik mag me dan nu braaf naar huis laten sturen, ze zijn nog niet van me af. Nog lang niet.

DONDERDAG 24 APRIL 2008

De hele dag was ik niet echt met mijn hoofd bij mijn werk. Ik dacht steeds terug aan Tarik, hoe hij daar samen met Wout had gestaan, lachend. Waar kenden ze elkaar van? Waar hadden ze het over gehad dat zo lollig was? Over mij? En zo ja, wat was er dan te vertellen? Wout wist best veel van mij en mijn privéleven. Niet dat hij tot in details wist hoe mijn leven in elkaar stak, of dat ik een moedervlek op mijn linkerbil had (wat ik natuurlijk niet heb), maar wel andere dingen. Over mijn familie. Mijn jeugd. En het zat me niet lekker dat al die informatie bij Tarik terecht kon komen.

Door de snel invallende duisternis reed ik de straat in en zette mijn motor in de garage. Naast het matje voor de voordeur lag iets opgerold in papier en ik glimlachte. Fresia's. Lennert was het niet vergeten.

Ik sloot de garagedeur af, pakte de bloemen op en ging naar binnen. Op de mat lagen wat enveloppen en een krant. Ik legde alles samen met de bloemen op het lage kastje langs de lange muur en schopte daarna meteen mijn schoenen uit. Die rotdingen deden de hele dag al pijn en gek genoeg deed dat me nog meer verlangen naar mijn vakantie volgende week. Niet dat ik op mijn kont kon blijven zitten. Naast de paar dagen die ik in Frankrijk zou doorbrengen, moest ik ook een begin maken met het schilderen van de buitenboel.

Ik pakte een flesje Palm uit de koelkast en wipte met een opener de kroonkurk eraf. Terwijl ik een slok nam, haalde ik de post en de bloemen uit de hal. Bij de post zat niet veel bijzonders, dus gooide ik het op de stapel enveloppen die al op de eettafel lag. Vervolgens liep ik met de bloemen naar de keuken en pakte ze uit.

Het waren drie bosjes, twee gele en een witte, die hij bij elkaar in het pakketje gestopt had. Tussen de bloemen zat een vodje papier, waarop stond: 'Veel plesier er mee!'. Opnieuw glimlachte ik. Heerlijke kerel, die Lennert.

Ik had net de bloemen in een vaas gezet en het afval in de container in mijn achtertuin gegooid, toen ik de voordeur hoorde.

'Judi! Joehoe!' klonk Jasmines stem, gevolgd door de klap waarmee ze de deur dichtgooide.

'Kan het nog harder?' vroeg ik, terwijl ik mijn hoofd om de hoek stak.

Bepakt en bezakt stond mijn zus in de hal. Diverse tassen aan haar arm, een stuk of drie in haar hand, haar sleuteletui had ze tussen haar tanden geklemd.

'Jezus,' zei ik en ik liep op haar af om wat van haar over te nemen. 'Wat heb jij nou allemaal bij je?'

'Wat dingetjes voor mam en pap,' legde ze uit, nadat ze haar sleutels op het kastje had gelegd. 'En ik heb pide van de markt meegenomen. En kalfsvlees. Ga ik iskender voor ons maken.' En terwijl ze de keuken inliep: 'Jij hebt toch wel uien en knoflook in huis? Want die heb ik niet meegenomen.'

Ik volgde haar. 'Voor ons?' vroeg ik.

'Ja, gezellig toch? Ik was in de buurt.' Ze zette een paar van de tassen op het aanrecht en trok uit een ervan een plastic bakje. 'Hier,' zei ze, en ze schoof het naar me toe. 'Dat zijn die olijven die je zo lekker vond.'

'Jasmine...' begon ik, zonder naar het bakje te kijken. 'Ik had wel andere plannen kunnen hebben!'

'Heb je die dan?'

'Nou, nee, maar...'

'Nou dan!' Ze opende het bakje olijven en hield het me voor. 'Neem een olijf,' zei ze met een lachje.

Ik kon niet anders dan ook lachen. Dit was Jasmine ten voeten uit. Die leefde niet met de dag, nee, die leefde met de minuut. Doen wat je leuk vindt, niet uitstellen. En ik moest toegeven, het was natuurlijk wel gezellig, een beetje aanspraak. Elke dag opnieuw kwam ik thuis in een doodstil huis. De enige beweging die er te bespeuren viel, was het zwemmen van de betta's in mijn aquarium, en het enige geluid het zoemen van de pomp die hun water zuiverde. Ik had weleens overwogen een kat te nemen, maar tot nu toe was het er nooit van gekomen.

'Wil jij de pepers snijden?' doorbrak Jamines stem mijn gedachten.

'Nee,' zei ik, terwijl ik de laatste slok uit mijn flesje Palm dronk. 'We gaan eerst even zitten met een wijntje. Al dat gehaast vind ik maar niks.' Ik trok de koelkast open en haalde er een fles rosé uit. Jasmine pakte twee glazen uit de kast en even later zaten we samen aan de eetbar.

'Hoe zit het met je baan?' vroeg ik. 'Is alles al geregeld?'

Jasmine maakte een geruststellend gebaar met haar hand, terwijl ze een slokje rosé nam. 'Zit helemaal goed,' zei ze. 'Ik ben zelfs al een paar keer meegelopen met groep zeven. Geweldig leuke klas.'

'Dat is mooi,' zei ik. 'Wanneer begin je ook alweer? Maandag over een week?'

'Ja, na de voorjaarsvakantie. Wel jammer dat het zo midden in het jaar is.'

'Waarom?' vroeg ik.

'Nou ja, voor de kinderen meer dan voor mij, natuurlijk. De overgang is nu zo abrupt.'

'Dat is het ook aan het begin van een nieuw schooljaar.'

'Natuurlijk niet, Juud,' zei ze. 'Dan gaan de kinderen al naar een nieuwe klas en krijgen ze sowieso een nieuwe juf of meester.'

'O ja,' zei ik. En toen met een lachje: 'Aanvaard mijn nederige excuses. Ik zat met mijn hoofd bij middelbare scholieren.'

Jasmine grinnikte even. 'Toch wel leuk dat we allebei in het onderwijs terecht zijn gekomen.'

'Nou, in mijn baan is er weinig sprake van onderwijs,' zei ik.

'Vind je dat niet jammer?' Jasmine draaide de voet van haar glas tussen haar vingers rond en keek me aan. 'Ik bedoel, je hebt nu een heel ander contact met je leerlingen.'

'Anders, ja. Intensiever,' zei ik. 'Ik leer de meisjes nu veel beter kennen dan in de klas.'

'Zijn het alleen meisjes?'

'Meestal wel,' zei ik. 'Je moet niet vergeten dat het voornamelijk allochtonen zijn. En meisjes hebben in dergelijke culturen vaak problemen waarmee ze thuis niet hoeven aan te komen. Vaders, broers, soms moeders, kunnen hun het leven aardig zuur maken.'

'Hm,' zei Jasmine na een slok wijn. 'Ik sprak vandaag nog iemand op de markt van wie de zus blijkbaar bij jou op school zit.'

'Tja,' zei ik. 'Daar kijk ik niet echt van op. Een aantal leerlingen van het lyceum woont hier ook in het dorp.'

Ze zette haar glas neer en vervolgde: 'Je was bij hen thuis geweest, toen ze ziek was, zei hij.'

Hij?

Tarik!

Ik was meteen op mijn hoede. 'Leila,' zei ik. En toen: 'Wat zei hij nog meer?'

'Niet veel bijzonders,' reageerde ze schouderophalend. 'Ik begreep dat hij het wel gezellig vond.'

Bijna verslikte ik me in mijn rosé. 'Gezellig?' vroeg ik, na een paar keer hoesten. 'Wat vond hij gezellig?'

'Dat je bij hen thuis was geweest.' Ze keek me met glinsterende ogen aan en lachte fijntjes. 'Volgens mij heeft hij een oogje op je.'

Ik kon nog net voorkomen dat mijn mond open zakte. Een oogje op me? Híj? Wat een onzin! Wat moest hij trouwens met Jasmine? Waarom praatte hij met haar? En…

'Hoe weet hij dat jij mijn zus bent?' vroeg ik.

'Wout was bij hem,' antwoordde ze. 'Je weet wel, die lange nerd.'

En of ik dat wist. Ze moest hen ontmoet hebben toen ik net weg was. Maar waarom zou Tarik haar laten geloven dat hij 'een oogje op me heeft'? Dat sloeg nergens op en dat wist hij ook. Nee, hij wilde me gewoon intimideren. *Ik hou je in de gaten.* Zoiets. De kwal. Als hij maar niet dacht dat hij me bang kon maken.

'Zullen we aan de iskender beginnen?' klonk Jasmines stem.

Ik schrok op. 'Ja,' zei ik uiteindelijk. 'Laten we dat doen.'

DINSDAGOCHTEND 21 AUGUSTUS 2012

Bruce verwelkomt me met luid gespin en geeft me doorlopend kopjes, en ik besef dat ik hem zijn avondeten helemaal nog niet gegeven heb. De arme ziel. Ik trek mijn leren jack uit en gooi het op de bank, om meteen daarna door te lopen naar de keuken. Bruce volgt me, zo fanatiek om mijn benen draaiend, dat ik meerdere keren bijna over hem struikel. Als hij uiteindelijk over zijn bakje gebogen staat en met kleine hapjes zijn eten naar binnen werkt, moet ik glimlachen. Hij doet alsof hij omvalt van de honger, maar denk maar niet dat hij zijn eten naar binnen schrokt. Nee hoor, altijd kat blijven. Beheerst. Alsof het niets voorstelt en het hem allemaal niets kan schelen. Maar ondertussen weet je nooit wat er in dat koppie omgaat.

In mijn slaapkamer hijs ik me in een vale joggingbroek en een wijnrood T-shirt dat ook zijn beste tijd gehad heeft. Op mijn wekker zie ik dat het bijna halfvijf is. Moe ben ik niet, hoewel ik de hele nacht op pad ben geweest, maar ik weet nu al dat ik over drie uur niet fris en fruitig bij mijn eerste leerling voor de deur kan staan. Mijn gevoel zegt van wel, maar mijn verstand raadt het af. De hele dag in het verkeer, terwijl ik geen oog heb dichtgedaan, is niet verantwoord. Misschien is het beter als ik een paar dagen verlof opneem.

In de keuken maak ik een beker koffie en kruip ermee op de bank. Ik trek mijn benen onder me en nestel me onder de roze plaid die altijd over de leuning hangt en inmiddels onder de kattenharen zit. Met mijn handen om mijn beker geklemd kijk ik naar Bruce, die op zijn gemak richting de boekenkast loopt, via de stoel die er schuin voor staat op de vierde plank springt en zich languit op de boeken installeert. Ondertussen denk ik aan Martha, aan haar hulp drieënhalf jaar geleden. Het had haar bijna het leven gekost, iets wat ik niet kan vergeten.

Ik neem een slokje van mijn koffie. De bitterzoete smaak doet me goed, helpt me mijn gedachten te ordenen. Want wat ik nu moet doen, is me nog niet helemaal duidelijk. Aan de politie overlaten, zei Martha. En dan? Net als de vorige keer? Toen niemand iets kon doen, met alle gevolgen van dien? Gevolgen die nooit meer teruggedraaid kunnen worden? Dat vertik ik. Tarik mag niet winnen. Dit keer niet. Vooral niet omdat Cem erbij betrokken is.

Cem.

Ik zie zijn donkere ogen voor me, de krulletjes in zijn zwarte haar, zijn guitige lach, en moet een dikke prop wegslikken. Ik heb het geweten. Al drieënhalf jaar lang. Dat er ooit een dag zou komen dat Cem de prijs moest betalen. Maar dit keer ga ik niet toekijken hoe alles wat me lief is mee de afgrond in wordt getrokken. Ik moet een plan hebben.

Ik schrik wakker van zacht gekraak. Alles doet me pijn als ik beweeg, en ik besef dat ik op de bank in slaap ben gevallen. Bruce ligt opgerold tegen me aan, met zijn staart over zijn neus geslagen.

Voorzichtig kom ik overeind, strek gapend mijn stijve benen en hoor het dan nogmaals. Het gekraak. Nu is krakend hout op een woonboot – en in het bijzonder mijn woonboot – niets vreemds, maar dit gekraak is anders. De loopplank! Er is iemand op mijn boot! Ook Bruce lijkt het te horen. Hij tilt zijn kop op en staart naar het raam, met zijn oren belachelijk ver naar voren.

Geruisloos schuif ik de plaid opzij en laat me van de bank glijden. Buiten hoor ik nu zachte voetstappen tot vlak voor mijn deur. Mijn hart begint als een razende te kloppen en haastig kijk ik om me heen. Ik moet iets hebben om me te verdedigen! Maar net als ik naar de keuken wil rennen om een mes te pakken, hoor ik de voetstappen weer. Dit keer verwijderen ze zich. De loopplank kraakt weer zachtjes en dan zie ik door het raam een schim voorbijlopen. Of eigenlijk zie ik niet meer dan twee benen in een donkere spijkerbroek op de kade.

Ik denk niet verder na, sprint naar de deur en trek hem open.

Op de loopplank word ik verblind door de opkomende zon die reflecteert in een raam van de Noorderkerk. Met mijn hand boven mijn ogen zie ik nog net de donkergroene auto, die wegspurt, en aan het einde van het plein linksaf de Noordermarkt oprijdt en achter de kerk verdwijnt.

Te laat. Verdomme. En door die felle zon heb ik ook het kenteken niet kunnen zien. Teleurgesteld draai ik me om en loop terug, terwijl ik me afvraag wie het geweest is en wat hij op mijn boot te zoeken had. Weer een poging om me te overvallen? Ik kijk om naar de klok van de Noorderkerk. Kwart voor zeven. En al bijna helemaal licht. Rare tijd om te proberen een woning binnen te dringen.

De loopplank is vochtig van de dauw, voel ik als ik er met mijn blote voeten overheen loop. Gauw naar binnen. En dan Ben bellen om hem te vertellen dat er opnieuw iemand op mijn boot was. Haastig stap ik mijn boot op, naar de nog openstaande deur. En dan pas zie ik het staan. Vlak naast de voordeur. Een volmaakt vierkant pakketje van zo'n twintig bij twintig centimeter, keurig verpakt in bruin pakpapier. Ik zie geen adressticker of postzegels, maar die kunnen ook aan de onderkant zitten.

Ik werp een blik over mijn schouder en kijk over het plein naar de kerk. Behalve een paar vroege toeristen is er niemand te zien. Dat pakketje moet afgeleverd zijn door die vent in die auto. Want vannacht stond het er nog niet.

Terwijl ik daar zo sta, komt Bruce naar buiten wandelen, snuffelt aan het pakje, loopt eromheen en zet dan zijn voorpoten erop om de bovenkant te inspecteren. Het bevalt hem blijkbaar en met een soepele beweging springt hij erbovenop.

'Daar pas jij niet op, dikzak,' zeg ik tegen hem. Ik duw hem van het pakketje, pak het op en neem het mee naar binnen. Bruce volgt – zeven uur is etenstijd! – en nadat ik de deur achter ons gesloten heb, loop ik naar de kamer en zet het pakje op tafel. Uit de keukenla pak ik een schaar en snijd daarmee de zijkanten van het papier open, waardoor ik het doosje dat erin zit er gemakkelijk uit kan trekken. Het is een simpel kartonnen ding met een deksel en met een gevoel van zowel nieuwsgierigheid als achterdocht klap ik het open. Wat erin zit wordt met wit papier bedekt en voorzichtig til ik het op. Vrijwel meteen voel ik het bloed uit mijn wangen wegtrekken.

Holy shit!

ZATERDAG 26 APRIL 2008

In eerste instantie had ik opgezien tegen die acht uur durende rit naar Fontgombault. Vooral ook omdat we met de van Jasmine geleende auto waren. Zelf had ik er geen. Ik hield er niet van om als een sardine in blik opgesloten te zitten. Wilde de wind om me heen voelen suizen. Maar omdat ik Yoshi moeilijk achter op mijn Suzuki kon zetten voor zo'n lange rit, leek de auto van Jasmine me een goede oplossing. Ze had er geen probleem van gemaakt, omdat ze hem op het moment toch niet nodig had.

'Het is hier mooi,' meldde Yoshi, toen we in Le Blanc kwamen en onder een hoge spoorbrug doorreden. Hij draaide zich om op zijn stoel en staarde via de achterruit nog eens naar de eeuwenoude bogen van de brug. 'Rijdt daar nog een trein overheen?' vroeg hij bijna ontdaan.

'Nee,' zei ik. 'Het spoor is een jaar of tien geleden weggehaald en nu is het een wandelpad.'

'Zonde,' zei hij, terwijl hij zich weer terugdraaide.

Zwijgend reden we de kronkelweg langs rivier de Creuze af. Overhangende rotsen en bomen maakten het donker, maar bijna overal was links wel de schittering van het water te zien.

Na een minuut of tien reden we Fontgombault binnen. Een klein dorpje dat uit niet meer dan een lange weg bestond, met links en – vooral – rechts groepjes huizen. Halverwege het dorp sloeg ik af naar rechts, en stuurde uiteindelijk de auto een opritje op naar een met klimop bedekt huis met een rood pannendak en wijnrode luiken voor de ramen, die allemaal openstonden.

'We zijn er,' zei ik tegen Yoshi, terwijl ik de motor afzette en mijn gordel losklikte. Ik stapte uit en opende het portier aan Yoshi's kant om hem te laten uitstappen en onwillekeurig moest ik grinniken. Hoewel hij al jaren in Nederland woonde, bleef het toch een vreemd gezicht om hem in een auto te zien zitten. Alsof het niet bij hem paste. Maar datzelfde gevoel had ik bij de spijkerbroek en Noorse trui die hij droeg. Ze stonden hem goed, maar ze hoorden niet bij hem.

'Judi!'

Mijn moeders stem deed me omkijken en bij de eerste blik op haar lachende gezicht besefte ik hoe erg ik haar gemist had. Ze kwam naar me toe lopen en sloeg haar armen om me heen, terwijl ze me stevig op mijn wangen kuste. Daarna draaide ze zich naar Yoshi, die inmiddels uit de auto gestapt was, en omhelsde ook hem.

'Waar is papa?' vroeg ik, om me heen kijkend.

'Even met Lara op stap.'

'De hond,' zei ik tegen Yoshi, bij het zien van zijn vragende blik.

Mijn moeder gebaarde naar de openstaande deur en zei: 'Ik heb koffie met lekkere *tarte d'abricot*!'

Ze leidde ons naar binnen in de grote woonkeuken, waar de enorme haard met hoge schouw een overheersende plaats innam. In vroeger jaren werd daarin gekookt, boven open vuur, maar nu stond er een breed zespits-kooktoestel waarop een grote kan koffie stond te pruttelen.

'Goede reis gehad?' vroeg mijn moeder, terwijl Yoshi en ik aan de lange keukentafel gingen zitten en zij ondertussen de abrikozentaart aansneed.

'File bij Parijs,' zei ik. 'Maar dat is niets geks.'

'Het was een mooie rit,' meldde Yoshi, die volgens mij in geen dertig jaar de grens over was geweest. Logisch dat hij de rit mooi vond. Mij viel het al niet meer zo heel erg op, behalve als ik het departement Indre inreed, waarin Fontgombault lag. De afwisseling van velden vol gewassen als graan, zonnebloemen en mais, met die van bossen en hoge heuvels grasland, benamen me altijd de adem en dan begreep ik weer waarom mijn ouders naar dit deel van Frankrijk waren verhuisd.

Mijn moeder zette de aangesneden taart op tafel, met een stapeltje gebaksbordjes en vorkjes. 'Nemen jullie maar een lekker stuk,' zei ze. 'Na zo'n rit zullen jullie wel honger hebben.'

Juist niet. In de acht uur dat we hiernaartoe waren gereden had ik anderhalve zak Engelse drop leeggegeten. Maar ach, een portie taart kon er natuurlijk altijd nog wel bij, dus ik pakte vier bordjes en schoof op elk ervan een groot stuk.

'Echt Frans,' zei ik tegen Yoshi, terwijl ik een bordje naar hem toe schoof.

'Ha,' klonk de stem van mijn moeder. 'Daar komt Jorg al aan!'

De eerste die vervolgens de keuken binnenschoot was Mick, de iele rode kater die de boerderij al bewoonde toen mijn ouders hem kochten en die hij sindsdien niet meer verlaten had. Het kon hem blijkbaar weinig schelen dat hij zijn onderkomen moest delen met twee mensen en een hond en hij had zich dan ook geen moment van de wijs laten brengen. Het voortdurende geblaf van Lara, een Welshfox in hart en nieren, deed hem weinig en uiteindelijk waren de twee de beste maatjes geworden. Elke dag ging hij mee op stap als mijn vader met Lara de velden in ging en inmiddels sliep hij 's nachts zelfs bij mijn ouders op bed. Als hij niet de hort op was, tenminste.

Mick leek me te herkennen en kwam luid miauwend op me af. Ik aaide hem even en tilde hem toen op mijn schoot, waar hij luidruchtig begon te spinnen en zich ondertussen in allerlei bochten wrong om zijn kopje tegen mijn arm te duwen.

De volgende die binnenkwam was Lara, gevolgd door mijn vader. Hij bleef in de deuropening staan en wierp een blik door de keuken. 'Jullie zijn toch niet zonder mij aan die taart begonnen, hè?' klonk zijn diepe stem, die een lang gemiste warmte in me deed oplaaien. Ik keek naar zijn doorgroefde gezicht, met de lach die me zo vertrouwd was. Melancholie stak de kop op toen ik me voor de duizendste keer in de afgelopen jaren afvroeg waarom ze toch zo ver weg waren gaan wonen. Waarom hadden ze daarvoor gekozen? Als kind hadden Jasmine en ik mijn vader al regelmatig moeten missen, als hij weer eens voor een fotoreportage naar het buitenland moest. Ik weet nog goed dat hij me de avond daarvoor dan altijd tegen zich aantrok en me toefluisterde dat ik goed voor mijn moeder en Jasmine moest zorgen. Natuurlijk voelde ik me dan trots, dat hij me zo'n belangrijke opdracht gaf en beloofde hem dat ik dat zou doen. Maar zelfs die 'belangrijke opdracht' had het gemis nooit minder gemaakt. Het enige waartoe het geleid had, was dat ik – zelfs nu we volwassen waren – nog steeds de sterke en onbedwingbare neiging had om voor Jasmine te zorgen.

'En hoe is het met mijn Judi?' klonk het plotseling zacht in mijn oor.

Glimlachend keek ik op naar mijn vader. Ik kon niet opstaan vanwege Mick, die zich op mijn schoot had genesteld, maar dat verhinderde mijn vader niet om mijn hoofd naar zich toe te trekken en een zoen op mijn haren te drukken. 'Ik heb je gemist, meisje.'

'Ik jou ook,' fluisterde ik.

Hij woelde nog even door mijn haar, liet me los en ging toen schuin tegenover Yoshi aan tafel zitten. Nog geen tien tellen later waren ze zo druk in gesprek, dat ze alles om hen heen vergaten.

Ik keek naar hen, terwijl ik Mick achter zijn oren kriebelde, en vroeg me af hoe die twee, ondanks hun verschillende karakters, toch zulke goede vrienden waren geworden. Het driftige en onvoorspelbare van mijn vader was duidelijk op mij overgegaan. Al was het bij mij sinds ik de dojo van Yoshi bezocht, al een heel stuk minder. Misschien kwam het door de geduldige en vriendelijke aard van Yoshi dat mijn vader – en ook ik – zich prettig voelde in zijn gezelschap. Zelfs mijn moeder leek anders als Yoshi er was. Alsof Yoshi zonder er iets speciaals voor te hoeven doen, iedereen een goed humeur bezorgde. Ik grinnikte zachtjes en staarde naar Mick, die het wel fijn vond om zo eens lekker gekroeld te worden. Ik zoende hem op zijn kopje en besloot om alles in Nederland maar eens even te vergeten en van de paar dagen bij mijn ouders te genieten. Wie wist hoelang het ging duren voor ik hen weer zou zien.

DINSDAGOCHTEND 21 AUGUSTUS 2012

Starend naar de doos op tafel zit ik met opgetrokken knieën op de bank. Mijn hartslag is inmiddels weer genormaliseerd, al voel ik nog steeds de verkramping in mijn borst die de schrik me bezorgd heeft. Ik begrijp het niet. Wie heeft dat pakketje bij mijn deur achtergelaten? Tarik? Maar waarom? Wat heeft het te betekenen?

Hij bedreigt je, Judi!

Zou kunnen. Maar waaróm? Wat wil hij van me? Hij heeft bereikt wat hij wilde: wraak op Leila. Zelfs nog meer dan dat want hij heeft Cem.

Ik spring op als de bel gaat en smijt het kussen, dat ik tegen me aan gedrukt houd, opzij. Vroeg ik me gisteravond nog af waarom hij niet gewoon naar huis ging, nu ben ik blij dat Ben in Amsterdam heeft overnacht. Hij was de eerste geweest die ik belde, nadat ik die doos – met inhoud – uit mijn handen had laten vallen.

'Ze hebben het voor mijn deur gezet,' zeg ik tegen Ben, als ik hem voor me uit de woonkamer in duw en naar de doos op tafel wijs.

'Maar wat zit er dan in?' vraagt Ben. Hij loopt naar de tafel, terwijl ik op afstand blijf staan. 'Je was zo aan het schelden op Tarik, dat je dat niet eens verteld hebt.'

Nog voordat ik antwoord heb gegeven, heeft Ben de klep met

zijn vinger al omhoog gewipt en staart hij in de doos. Ik zie hem bleek worden.

'Wat is dát in godsnaam?' fluistert hij na een kort moment.

'Wat denk je?' zeg ik, terwijl ik naast hem ga staan. 'Een bebloed poppenhoofd, dat zie je toch?'

'Ja... ja, natuurlijk. Maar wat is de bedoeling ervan?' Met een ruk trekt hij zijn vinger onder de klep vandaan, die daardoor weer dichtvalt, om me meteen daarna met een lichtelijk verwarde blik aan te kijken.

'Geen idee,' zeg ik. 'Maar ik weet wel wat het betekent. Dat Tarik gestoord is. Compleet krankjorum. Wie doet nu zoiets?'

'Tarik?' vraagt Ben ongelovig. Hij ziet nog steeds akelig bleek en met een nerveus gebaar haalt hij zijn hand door zijn haar.

'Tarik ja. Wie anders?'

'Tarik zit in Duitsland,' zegt Ben. Hij werpt nog even een schuine blik op de doos en loopt dan weg van de tafel, naar de bank, waar hij zich weer naar me omdraait.

'Eén van zijn vriendjes dan,' stel ik. 'Hij weet dat er op hem gelet wordt. Het is voor hem heel simpel om iemand anders met die doos hierheen te sturen.'

Ben staart me zwijgend aan. Zijn gezicht krijgt weer wat kleur en zijn ogen hebben weer de heldere uitdrukking die ik van hem gewend ben. 'Maar waarom zou hij zoiets op jouw stoep laten zetten?' vraagt hij uiteindelijk.

'Omdat hij stapelgek is!' Ik klap de doos open en trek het poppenhoofd er aan het blonde haar uit. 'Hij wil me gewoon laten weten dat hij met Cem kan doen wat hij wil,' roep ik, terwijl ik het met bloed – of wat het rode goedje dat erop zit ook mag zijn – besmeurde ding omhooghoud.

'Doe dat ding alsjeblieft weg,' snauwt Ben, wapperend met zijn hand.

'Hoezo?' vraag ik sarcastisch. 'Kan je tere zieltje er niet tegen?' Ik kijk hem uitdagend aan, voel me boos en opstandig, en als er één ding is waar ik nu niet tegen kan, is het wel weekhartig gedoe.

Hij kijkt met een ijzige blik terug. 'Dat ding moet naar de forensische dienst. Jouw gezwaai ermee is niet bevorderlijk voor objectieve bevindingen.'

Ik laat zijn woorden een kort moment op me inwerken, en voel me dan ineens knap belachelijk, zoals ik daar sta, met dat poppenhoofd bengelend aan het haar in mijn hand. En ook heb ik spijt van mijn harde woorden. Dat heeft hij niet verdiend. Tenslotte is het nog altijd Ben die dag en nacht voor me klaarstaat. Bovendien weet ik wel beter. Hij heeft genoeg dingen meegemaakt in zijn werk die stukken gruwelijker zijn dan een besmeurd afgehakt poppenhoofd.

'Het spijt me,' zeg ik zacht. Ik laat het hoofd terug in de doos zakken en sluit de klep. 'Ik bedoelde het niet zo.'

'Het geeft niet,' reageert hij. 'Op dit moment zijn we allebei niet helemaal onszelf.'

Ik wrijf even over mijn voorhoofd en plof op mijn bank neer. Bruce ligt languit op de rugleuning en lijkt zich van alles weinig aan te trekken. 'Ik snap er niets van,' zeg ik, terwijl ik Bruce achter zijn oren kriebel. 'Iedere keer dat er iets gebeurde, die inbraak hier, de aanslag op Leila, de doos die hier is neergezet, heeft Tarik een alibi.' Ik kijk op naar Ben. 'Hoe kan dat?'

Ben haalt zijn schouders op. 'Er kunnen twee mogelijke verklaringen zijn,' zegt hij. Hij loopt om de bank heen en komt naast me zitten. 'Eén: hij heeft vriendjes die zijn klusjes opknappen, of twee: hij heeft er niets mee te maken.'

'Het eerste,' zeg ik resoluut.

Hij kijkt me van opzij aan. 'Zei jij laatst zelf niet dat dat niet waarschijnlijk is? Dat het om eerwraak gaat en dat dat altijd binnen de familie blijft?'

Zwijgend wend ik mijn blik af. Hij heeft gelijk. Tarik heeft gezworen dat hij de eer van de familie zou herstellen. Híj was het die Leila opjoeg. Die mij bedreigde. Om Tarik moesten we vluchten, alles achterlaten en alle contacten verbreken. En dan zou hij nu zomaar het vuile werk aan iemand anders overlaten?

Nee, niets voor Tarik. Zo steekt hij niet in elkaar.

Ik kijk weer naar Ben, die me nog steeds afwachtend observeert, en vraag: 'Dus dan zou... dan zou het Tarik niet geweest zijn?' Ik hoor zelf hoe aarzelend en vol ongeloof het klinkt.

Hij antwoordt niet, maar aan zijn blik kan ik zien dat dat wat hem betreft de enige optie is.

'Maar wie dán?' vraag ik. Ik denk weer aan die nacht, die handen om mijn keel. 'Ik weet zeker dat het Tarik was die mijn boot binnendrong.'

'Ben je er misschien zo zeker van omdat je verwácht dat het Tarik was?' vraagt Ben zacht. 'Al bijna vier jaar lang ben je op je hoede voor hem. Verwacht je hem op een zeker moment voor je neus te zien staan. Je moet niet vergeten dat je ruw uit je slaap werd gehaald. Je brein kan dan rare dingen doen, zoals iets tot een onweerlegbare zekerheid bombarderen wat in feite een hersenspinsel is, ingegeven door je eigen angsten.'

Eigen angsten? Zou dat het zijn? Dat mijn angst me liet denken dat het Tarik was? Maar zijn ogen dan? Zijn stem? De woorden die hij me toefluisterde dat zíj de volgende zou zijn? Is dat ook verbeelding geweest? Had ik gedácht dat hij dat fluisterde?

Bullshit.

Ja, ik ben bang geweest. Die eerste paar maanden nadat we gevlucht waren. Maar daarna is die angst afgezakt. Oké, nog steeds ben ik op mijn hoede. Controleer elke avond of mijn deuren en ramen goed afgesloten zijn. Kijk altijd eerst rond voordat ik mijn voordeur uitstap. Maar angst? Die echte, diepgewortelde angst, zoals ik die ervoer tijdens die paar weken vóór onze vlucht, die mijn rationele denken aantast? Nee. Absoluut niet.

'Judi...' Bens stem klinkt zacht.

'Die man die mijn keel dichtkneep was géén hersenspinsel, Ben,' zeg ik.

'Natuurlijk niet,' beaamt hij. 'Je brein liet je alleen dénken dat het Tarik was.'

Woede borrelt ineens in me omhoog. Hij doet verdomme alsof

ik labiel ben, alsof ik dingen zie die er niet zijn. En net als ik hem in niet mis te verstane bewoordingen duidelijk wil maken dat hij moet oplazeren met zijn psychologische gelul, slaat hij zijn arm om me heen en zegt: 'Ik weet wat je nu denkt. Dat ik niet zo slap moet ouwehoeren. En misschien is dat ook wel zo, dat ik slap ouwehoer, maar ik zie geen andere verklaring. Tijdens de aanslag op Leila zat Tarik op het bureau. Daar hebben we...'

'Heb jij hem gezien?' wil ik weten.

'Wat?'

'Op het bureau. Tarik. Heb jij hem daar zelf gezien?'

'Nee, aangiftes worden doorgaans door de uniformdienst behandeld. Hoezo?'

'Hoe weten jullie dan zo zeker dat het Tarik was?'

'Judi...' Dit keer zegt hij het zuchtend. En als ik niet reageer: 'Hij heeft zich moeten legitimeren. Zijn naam staat op het proces verbaal, inclusief zijn handtekening.'

Nog steeds zeg ik niets. Natuurlijk weet ik ergens wel dat hij gelijk heeft, maar toch kan het er bij mij niet in. Daarnaast heb ik heel sterk het gevoel dat er iets niet klopt, maar wát, dat kan ik zo niet zeggen.

'Waarom ben je naar 's-Heerenberg gegaan, Judi?' vraagt Ben dan.

Ik kijk opzij en zie zijn blik. Niet boos of ongeduldig, maar eerder gemoedelijk. Normaal gesproken zou ik me eraan ergeren, maar gek genoeg doe ik dat nu niet. Alleen, antwoord geven op zijn vraag zie ik ook niet zitten, en dus sta ik op en zeg: 'Ik ga even koffie voor ons maken.'

Nog voor ik naar de keuken kan lopen, pakt Ben me bij mijn arm en houdt me tegen. 'Als je alles op eigen houtje doet, hoe kan ik je dan vertrouwen?'

Een kort moment kijken we elkaar aan. Dan trek ik me los en zeg zacht: 'Dat kun je niet.'

Ben zwijgt en even zie ik de teleurstelling in zijn blik. Hij wil wat zeggen, maar wordt daarin verhinderd door het geluid van de deurbel dat door de boot schalt. Twee, drie seconden voel ik de paniek in mijn lichaam rondwervelen, maar dan klinkt Bens kalme stem: 'Dat zal Wolf Brenning zijn.'

WOENSDAG 30 APRIL 2008

Dauw lag over de uitgestrekte velden achter het huis van mijn ouders. Vaalgeel wisselde af met diepgroen en in de verte staken de kale bomen, die de Benedictijner Abdij aan de rand van het dorp omringden, daar scherp tegen af. Het was net alsof de hele natuur rechtstreeks uit de wasmachine kwam. Fris en helder, met de vage geur van lelietjes-der-dalen. Al kon ik niet bedenken waar die geur vandaan kwam.

Zittend op een oude boomstam kauwde ik op een stengeltje pluimgras en staarde ik dromerig naar het bovenste puntje van de klokkentoren van de abdij. Erg hoog was de toren niet; het was slechts een klein dakje op het grotere dak, waarin de klokken hingen die ik op dat moment hoorde. De aankondiging van de mis van tien uur.

Altijd als ik bij mijn ouders op bezoek was, zocht ik de monniken op en praatte ik met hen, over van alles wat er buiten de muren gebeurde en ook wel wat er bínnen de muren gebeurde, al was dat zelden spectaculair. Nooit was ik echter ín de abdij geweest. Verder dan de binnenplaats en het schip van de kerk kwam je niet als bezoeker. IJzeren hekken sloten het koor af van de rest van de kerk en alleen monniken en lekenbroeders mochten zich daarachter begeven.

Zoals wel vaker had ik een praatje gemaakt met Antoine Forgeot, de abt, over van alles, het weer, de zware griepepidemie die de broeders geteisterd had afgelopen winter en het ontbreken van Nederlandse misboekjes in de kerk. Alledaagse dingen eigenlijk, maar het had me ontzettend goed gedaan en nu ik het puntje van de toren zo glashelder in de verte tussen de bomen uit zag steken, wist ik dat ik de rust van de abdij nu alweer miste. En had ik spijt dat ik niet met de abt over mijn bezorgdheid over Leila had gesproken. Soms kon een frisse blik van iemand die in een totaal andere wereld leefde wonderen doen. Maar ik had het niet gedurfd. Geen idee waarom niet. Misschien omdat de wereld van Antoine Forgeot wel heel erg ver van die van Leila stond? Of misschien was het wel omdat ik bang was dat de Dom het afkeurde dat Leila zich afzette tegen de tradities van haar geloof. Tenslotte zat het katholicisme ook vol met vaste gebruiken waar niet iedereen het mee eens was.

Achter me klonk zacht geluid van voetstappen door het gras. Mijn moeder. Ik hoorde het aan de tred. Ik keek niet om, maar bleef in de verte staren. Ze kwam achter me staan en gedurende enkele minuten was het stil. Maar toen voelde ik haar handen op mijn schouders en was daar toch haar zachte stem: 'Wat zit je dwars, *benim kızım*.'

Ik glimlachte. De drie dagen dat ik hier was, had ik geprobeerd mijn werk los te laten. Om niet aan de meisjes die ik onder mijn hoede had te denken, niet aan de problemen met mijn collega's die me liever weer voor de klas zagen, maar vooral niet aan Leila. Blijkbaar was dat me niet heel erg goed gelukt. Al was het altijd al moeilijk geweest om iets voor mijn moeder te verbergen. Ze wist het precies als ik ergens mee zat.

'Niets,' zei ik. 'Of eigenlijk: niets belangrijks.'

Ze zweeg even. 'Heb je problemen op je werk?' vroeg ze uiteindelijk.

Bijna schoot ik in de lach. 'Mam, mijn werk bestáát uit problemen. Van anderen. Van schoolmeisjes.'

'Dat weet ik best wel,' zei ze, terwijl ze naast me op de boomstam kwam zitten. 'Net zo goed als dat jij snapt wat ík bedoel.'

Nu zweeg ik en staarde weer in de verte. Na een poosje keek ik opzij, naar mijn moeder, die geduldig op antwoord wachtte. 'Dat meisje over wie ik laatst vertelde...'

'Die jezidi?'

'Ja. Ik ben bij haar thuis geweest.'

Mijn moeder zei niets. Vast omdat ze het een domme actie van me vond.

'Ze was al een paar dagen niet op school geweest en ik vertrouwde het niet,' ging ik verder.

Nog steeds zei mijn moeder niets en dat maakte me onzeker. Ik zocht naar woorden om haar uit te leggen dat ik problemen van een scholiere niet zomaar aan de kant kon schuiven omdat ze toevallig een jezidi was en mijn moeder liever niet had dat ik me met zulk soort mensen inliet. Het was nu eenmaal mijn werk, ik kon toch niet anders? Bovendien wilde ik dat ook niet. Leila had het aangedurfd mij om hulp te vragen. Het was mijn werk, en misschien in dit geval ook wel een persoonlijke drang, om haar die hulp te geven.

'En?' klonk mijn moeders stem zacht. 'Heeft je bezoek je gerustgesteld?'

Ik schudde mijn hoofd. 'Ik vrees dat het Leila alleen maar in de problemen heeft geholpen.'

Mijn moeder knikte begrijpend. 'Waarom ben je ernaartoe gegaan?'

'Omdat ze al een paar dagen niet op school was geweest,' herhaalde ik. 'Ik dacht dat ze haar misschien geslagen hadden, omdat ze hun verteld had dat ze met mij gesproken had.'

'Je voelde je dus schuldig.'

Het was geen vraag, eerder een vaststelling, en ik vroeg me af of ze gelijk had. Het bezoek aan Leila's huis had ik in haar dossier vermeld als werkbezoek. Om te kijken hoe het met haar ging en om te informeren wanneer we haar weer op school konden verwachten. Maar was de werkelijke reden niet omdat ik bang was dat Leila door mijn schuld mishandeld was? Dat ik dacht dat ik iets had kunnen veranderen aan de omstandigheden waarin ze verkeerde?

'Misschien wel,' zei ik zacht.

Opnieuw viel er een stilte, die alleen doorbroken werd door

het geluid van een vroege wielewaal die roepend vanuit de hoge bomen langs de moestuin omlaag het struikgewas indook.

'Dan heeft ze je hulp nodig,' zei mijn moeder uiteindelijk.

Ik keek opzij. 'Wat?' vroeg ik.

Ze glimlachte. 'Zo is het altijd al geweest,' verklaarde ze. 'Al sinds je kindertijd voel jij andere mensen haarfijn aan. Je wist vroeger altijd al te vertellen wanneer je vriendinnen thuis moeilijkheden hadden. En altijd bemoeide je je ermee en altijd kregen ze daardoor nog meer problemen, waardoor jij je dan weer schuldig voelde. Maar altijd had je gelijk.' Ze legde haar hand tegen mijn wang en vervolgde: 'En daarom weet ik dat dat meisje hulp nodig heeft. Ik had liever niet dat je je bemoeide met jezidi zaken, maar ik weet dat ik je er toch niet van kan weerhouden.'

'Het is mijn werk, mam.'

Nu lachte ze voluit, met haar hoofd in haar nek. 'Lieverd,' zei ze, toen ze me weer aankeek. 'Al was het niet je werk geweest, dan nog had je het gedaan en had ik, noch iemand anders je kunnen tegenhouden.'

'Overdrijf je nu niet een beetje?' vroeg ik, nu ook lachend.

'Ha,' zei ze, op die aparte manier die me zo lief was. 'Leer mij mijn oudste dochter kennen.' Haar lach verdween en haar ogen werden ernstig toen ze vervolgde: 'Doe wat je doen moet, benim kızım. Maar wees voorzichtig.'

'Dat is het 'm juist,' zei ik. 'Ik wéét helemaal niet wat ik doen moet.'

'Wat je hart je ingeeft,' reageerde mijn moeder zacht. 'Zoals altijd.'

Achter ons klonken de voetstappen van mijn vader, gevolgd door zijn stem: 'Wil je nog koffie voordat jullie vertrekken?'

'Lekker,' zei ik. 'Kan ik wel gebruiken voordat ik voor acht uur achter het stuur kruip.'

Mijn moeder klopte nog even een paar keer op mijn bovenbeen, voordat we beiden opstonden. 'Ik maak wel een thermoskan voor onderweg,' zei ze.

DINSDAG 21 AUGUSTUS 2012

Wolf Brenning vertrekt geen spier bij de aanblik van het bebloede poppenhoofd. 'Tja,' zegt hij, terwijl hij de klep van de doos laat vallen en zich naar ons omdraait.

Tja.

Meer niet.

'Dat is toch gestoord?' moedig ik hem aan.

'Dat zeker,' zegt hij. 'Maar aan de andere kant zegt het nog veel meer over degene die het pakketje gestuurd heeft.'

'Zoals?' vraag ik.

'Nou, bijvoorbeeld dat hij het niet aandurfde om een echt lichaamsdeel te sturen.'

Met open mond staar ik hem aan.

'Jezus,' hoor ik Ben naast me mompelen.

'Kan het nog botter?' snauw ik tegen Wolf Brenning.

'Altijd,' reageert hij. 'Maar het heeft geen zin om om de hete brij heen te draaien.' En dan: 'Er zat geen briefje bij?'

Ik schud mijn hoofd.

'Vreemd.'

'Hoezo?' vraag ik. 'We weten toch allemaal dat het van Tarik komt? Dat hoeft hij niet op een briefje te schrijven.'

'En weten we ook waarom?'

Het was dezelfde vraag die Ben ook al gesteld had, maar nog steeds had ik er geen antwoord op.

'Meestal sturen kidnappers zulke dingen om hun eisen kracht bij te zetten, maar zover ik weet zijn er in deze zaak helemaal geen eisen gesteld.' Wolf Brenning keek van mij naar Ben. 'Toch?'

Ben schudde zijn hoofd. 'Niet aan de politie in Doetinchem in elk geval.' En tegen mij: 'Aan jou?'

Heel even aarzel ik om antwoord te geven. Waarom zou ik hun vertellen dat ik gisteravond voor de tweede keer gebeld ben? Ze geloven toch niet dat het Tarik is die dit allemaal op zijn geweten heeft.

'Judi?' dringt Ben aan, als hij doorkrijgt dat ik weifel.

'Nou ja,' begin ik, terwijl ik mijn armen om mezelf heen sla en mijn blik op Bruce richt, die zich weer op de boeken in de boekenkast verschanst heeft.

'Wil je zeggen dat iemand contact met je heeft opgenomen?' Bens stem klinkt verwonderd en ik denk weer aan wat hij nog geen halfuur geleden zei. *Als je alles in je eentje doet, hoe kan ik je dan vertrouwen?* Had ik gisteravond dan wél contact met hem moeten opnemen? Zeggen dat ik weer gebeld was? En dan? Dat had toch geen fluit uitgemaakt? Mij vertrouwen? Zolang Cems leven op het spel staat vertrouw ik mezelf niet eens.

'Ik ben gisteravond nog een keer gebeld,' zeg ik tegen Wolf Brenning. 'Ik hoorde dat kinderliedje weer en later stemmen. Van kinderen, denk ik, of misschien van volwassenen. Het was in ieder geval alsof meerdere mensen, of kinderen, in één ruimte waren. Daarna werd de verbinding verbroken.'

'Jezus,' zegt Ben voor de tweede keer. En dan tegen mij: 'Ging je daarom naar 's-Heerenberg? Omdat hij je gebeld heeft?'

'Ja, wat moet ik anders, Ben?' reageer ik ongeduldig. 'Jullie geloven niet dat Tarik Cem heeft, maar vertel mij dan maar eens wie hem wél heeft! Wie heeft er in godsnaam belang bij de dood van Leila en het ontvoeren van Cem? Iemand moet hem hebben en Tarik is de enige die een plausibele reden heeft om hem mee te nemen. Dat weet jij heel goed. Maar als ik ga zitten wachten tot er iets gebeurt, is het misschien te laat.'

Zowel Wolf Brenning als Ben zwijgt. Ik zie hen een blik met elkaar wisselen en krijg daardoor het gevoel dat ze me niet serieus nemen. Maar behalve dat AMBER Alert doen zij helemaal niks, nada, noppes. Logisch toch dat ik dan zelf maar actie onderneem?

'Ik begrijp dus dat u niemand hebt ingelicht over dat tweede telefoontje?' vraagt Wolf Brenning uiteindelijk, zonder te reageren op mijn verwijtende woorden.

'Nee,' zeg ik. 'Ik ben naar 's-Heerenberg gereden om Tarik op te zoeken.'

'En wat zei die... Tarik?'

Ik haal mijn schouders op in een opstandig gebaar. 'Ik heb 'm niet gesproken.'

'Hij zit in Duitsland,' legt Ben uit. 'In Emmerich, bij familie.'

'Zijn ouders waren er wel, maar die zeggen van niets te weten,' zeg ik. 'Ook niet van Cem.'

'Hm,' mompelt Wolf Brenning. Na een korte stilte zegt hij: 'Cem is drie. Dat betekent dat hij al geboren was voordat jullie naar Amsterdam kwamen. Wisten Leila's ouders wel van het bestaan van de jongen?'

Ik voel Bens blik op me gericht en knik dan. 'Ja, dat moet wel. Leila woonde de laatste maanden voor onze vlucht niet meer thuis. Maar ze wisten dat ze zwanger was.'

'Dus feitelijk hebben ze het kind nooit gezien?'

Weer knik ik, aarzelend.

'Ik denk dat ze op de een of andere manier achter de verblijfplaats van Leila en Judi zijn gekomen en toen pas beseften dat er ook nog een kind was,' zegt Ben.

'En dus hebben ze hem meegenomen,' vult Wolf Brenning aan. 'Klinkt plausibel. Maar waarom dan die telefoontjes? Waarom dat belachelijke pakketje met dat poppenhoofd?'

'Bangmakerij?' veronderstelt Ben.

Wolf Brenning laat zich op de stoel voor de boekenkasten zakken en wrijft met zijn duim over het litteken in zijn gezicht. Hij lijkt niet door te hebben dat hij dat doet en op de een of andere manier straalt hij daardoor een soort kinderlijke onschuld uit.

'We gaan in ieder geval uw telefoon laten aftappen,' zegt hij na een korte stilte. 'Voor het geval er nog een keer gebeld wordt. Dan kunnen we zien waar dat telefoontje vandaan komt.' Hij kijkt naar me op. 'Meer kunnen we niet doen.' En dan: 'Hoe zit het eigenlijk met de vader van Cem? Gisteravond zei u dat hij niet bij uw vriendin woonde, maar in 's-Heerenberg. Is het niet mogelijk dat hij de jongen terug wil hebben?'

Ik wist het! Ik wist dat hij erop zou terugkomen!

Even ben ik van mijn stuk gebracht en richt mijn blik op Ben, die onbewogen terugstaart. 'Dat... dat denk ik niet,' zeg ik uiteindelijk. 'Hij, eh...' Ik schraap mijn keel en vervolg dan: 'Hij weet niets van Cem af.'

Wolf Brennings wenkbrauwen komen een klein stukje omhoog.

Ik slik even en zeg: 'Hij denkt dat zijn kind dood is. Een miskraam.'

'Bovendien,' vult Ben aan, 'is hij fysiek niet in staat om voor een kind te zorgen.'

Wolf Brenning laat zijn blik van Ben naar mij gaan en weer terug.

Hij denkt dat we liegen. Dat we iets verbergen.

'Zal ik eh... nog even verse koffie maken?' vraag ik, om de gevallen stilte te doorbreken. 'Daar ben ik zelf wel aan toe eigenlijk. En als jullie me niet kwalijk nemen, ik moet daarna ook even naar mijn werk bellen dat ik niet kom vandaag.'

Zonder op antwoord te wachten pak ik de telefoon van tafel en loop ermee naar de keuken. Vanuit de kamer hoor ik Wolf Brenning tegen Ben zeggen dat hij het dossier van drieënhalf jaar geleden heeft opgevraagd en vanochtend nog op zijn bureau verwacht. En ook dat er een team is samengesteld dat belast is met de zaak van Leila en Cem. Dat hij na alles wat hij gehoord heeft niet verwacht dat het een doorsnee-ontvoering is, maar dat hij het idee heeft dat er iets anders speelt. Ik hoor Ben antwoord geven, iets over Tarik en Leila's vader. Khadija.

Ik wil het niet meer horen en pak met meer lawaai dan nodig is drie schone mokken uit de kast en zet het Nespresso-apparaat aan. Ondertussen bel ik naar Maria, om te zeggen dat ze voor de komende week maar even een andere rijleraar voor mijn cliënten moet inplannen. Na een korte uitleg wat er gebeurd is, begrijpt ze de situatie en bijna in tranen over de toestand van Leila, hangt ze even later op.

Wens haar maar veel beterschap. De woorden van Maria klinken nog na in mijn oren. Hoezo beterschap? Misschien komt ze er wel nooit meer bovenop. Misschien blijft ze altijd wel in de staat waarin ze nu verkeert. Ze houden haar in coma, had die dokter gezegd. Wat nou als ze niet meer wakker wordt? Hoe moet het dan verder?

Woede borrelt op. Woede die een uitweg zoekt en met een schreeuw pak ik de suikerpot van het aanrecht en smijt hem door de keuken, waar hij aan de andere kant tegen de muur uiteenspat. Een regen van suiker dwarrelt omlaag en legt een dun laagje wit over de vloer, en over de etensbak van Bruce. De brokjes die erin zitten lijken met sneeuw bedekt en de aanblik ervan is zo vreemd, dat ik in lachen uitbarst.

'Alles goed?' klinkt het aarzelend achter me.

Ik kijk om en daar staan ze. Wolf Brenning en Ben, samen in de deuropening.

'Ja, ik... ja,' stamel ik, nog steeds lachend. 'De suikerpot... ik werd...' Ik kom niet meer uit mijn woorden. Tranen prikken ineens achter mijn ogen en omdat ik dat voor mezelf niet wil weten, draai ik me naar de etensbak van Bruce en pak hem van de vloer. 'Een ongelukje,' fluister ik, terwijl ik met mijn rug naar hen toe de brokjes de vuilnisbak in kieper. 'Niets ernstigs. De koffie is zo klaar. Ik kom eraan.'

VRIJDAG 2 MEI 2008

Ondanks het zonnetje dat de hele middag al op mijn rug scheen, was ik door en door koud toen ik met mijn blik verf en kwast van de ladder afstapte. Vooral mijn vingers voelden ijzig en zodra ik mijn boeltje had neergezet, blies ik even in mijn handen om ze op te warmen. Vervolgens keek ik omhoog, naar de door mij geschilderde kozijnen van de bovenverdieping. Zag er goed uit.

'Je hebt het maar druk,' klonk het plotseling achter me.

Ik draaide me om en staarde in het lachende gezicht van Wout.

Nee hè?

'Het zal toch moeten gebeuren,' zei ik, terwijl ik me van hem wegdraaide en het blik verf en mijn kwast weer oppakte. 'Er zijn geen kaboutertjes die het voor me doen.'

Wout kwam de voortuin inlopen en pakte de oude lap die naast de ladder lag voor me op. 'Ik wil het ook wel voor je doen,' zei hij. Hij overhandigde me de met verfvlekken besmeurde lap en keek me verwachtingsvol aan.

'Nee, dank je,' mompelde ik.

'Ik heb het hele weekend de tijd,' drong Wout aan.

'Ja, maar ik niet,' reageerde ik.

'Nou, dan komt het toch mooi uit?' zei hij. 'Kun jij doen wat je doen moet, terwijl ik de kozijnen achter schilder.'

Ik wierp hem een veelbetekenende blik toe, verdween zonder antwoord te geven in de garage en borg de spullen op. Met wat reinigingsscrub verwijderde ik de verfvlekken van mijn handen en liep toen weer terug naar buiten om de ladder op te halen.

'Dus dat is dan afgesproken?' vroeg Wout.

'Afgesproken?' herhaalde ik.

'Ja, voor het weekend. Ik ben er morgen om een uur of negen om te schilderen.'

'Wout, we hebben helemaal niks afgesproken,' zei ik. 'Jij stelde het voor en ik zei dat ik geen tijd heb.'

'Maar je hoeft me toch niet te helpen?' ging Wout onverstoorbaar verder. 'Ik red me ook wel alleen, hoor.'

Ik schoof het bovenste deel van de ladder naar beneden en trok hem bij de muur vandaan, om hem daarna opzij te laten zakken. Meteen greep Wout het andere eind beet en hielp me het gevaarte de garage in te dragen.

'Negen uur dan maar?' vroeg Wout opnieuw, toen we weer buiten stonden en ik de garagedeur dichtdeed.

Het liefst had ik hem een dreun in zijn gezicht gegeven en vervolgens zijn nimmer stilstaande mond met zijn sjaal dichtgebonden. Ik werd zo kriegel van dat aandringen.

'Nee, Wout,' zei ik, mijn woorden overdreven duidelijk articulerend. 'Welk deel daarvan snap je niet?'

'Ik wil alleen maar helpen,' drong hij aan. 'Dan kun jij...'

'Deze discussie is gesloten,' onderbrak ik hem. En zonder nog naar hem te kijken, trok ik mijn huissleutel uit mijn broekzak en liep naar de voordeur.

'Maar jij gaat morgen toch winkelen met Jasmine?' zei hij. 'Ik heb...'

Ik keek naar hem om. 'Hoe weet jij dat?' viel ik hem nogmaals in de rede.

'Dat vertelde Jasmine me. Vanmorgen. In 't café.'

Hm, dat had ze niet tegen mij gezegd, dat ze naar De Gracht ging.

'Waarom was jij er eigenlijk niet?' vroeg hij. 'Jullie zijn bijna altijd met z'n tweeën.'

'Ik was aan het schilderen, weet je nog?' zei ik. Het klonk kribbig en dit keer kwam dat niet door hem, maar door Jasmine. Waarom had ze me niet gebeld dat ze er was? Dan was ik ook even een biertje gaan drinken, in plaats van mijn vingers in een verkramping te schilderen.

'Bovendien kan Jasmine zich heel goed alleen redden,' vulde ik aan.

'Dat zei ze zelf ook, toen Tarik naar je vroeg,' zei Wout.

Ik voelde me koud worden. Tarik?

'Wat moest die van haar?' vroeg ik.

Hij haalde zijn schouders op. 'Niets. Ze zat daar gewoon wat te drinken en toen kwam hij binnen, zag haar en ging bij haar zitten.' Zijn blik werd berekenend, toen hij vervolgde: 'Hij heeft een oogje op jou, zei ze tegen me toen hij weer weg was.' En na een korte stilte: 'Is dat zo?'

'Ze kletst uit haar nek,' zei ik. Jezus, wat dacht Jasmine te bereiken met dat soort fabeltjes rond te strooien. Straks kwam het bij de verkeerde terecht en dacht in no time het hele dorp dat er een bruiloft in het verschiet lag.

'Niet dus?' vroeg Wout gretig.

'Nee, niet dus,' bevestigde ik. 'En al zou het wel zo zijn, dan heeft hij pech. Hij is mijn type niet.'

En dat was nog zachtjes uitgedrukt.

'Nee,' bevestigde Wout. 'Nee, dat is zo. Tarik zou niet echt bij jou passen.' Hij grijnsde ineens weer breeduit en begon: 'Maar wij...'

Hier had ik geen zin in. 'Ik ga naar binnen, Wout,' onderbrak ik hem weer. 'Ik heb nog een heleboel te doen.' Ik wist dat het niet aardig was, maar ik werd nu al zó lang min of meer door hem gestalkt, dat dat me eigenlijk niet meer interesseerde. En zonder nog iets te zeggen stapte ik over de drempel en sloot de voordeur achter me. Ik liet me er met mijn rug tegenaan vallen en sloot heel even mijn ogen, voordat ik mijn hoofd schudde en naar de keuken liep. Een oogje op mij. Belachelijk. Echt Jasmine weer, met haar idiote gedachtenkronkels. Het deed me denken aan een aantal jaren geleden. Ik had ongeveer de helft van mijn studie erop zitten toen ik via Jasmine Nico leerde kennen. Wij waren voor elkaar bestemd, had Jasmine constant geroepen. En hoewel me dat toen ook al irriteerde, had ik het gevoel dat ze gelijk had. Nico was absoluut niet mijn eerste vriendje, maar in tegenstelling tot al die andere jongens waar ik eerder weleens wat mee had, voelde ik me bij Nico anders. Van de onhandigheid die ik altijd tentoonspreidde in de omgang met mannen, was met Nico amper sprake. Alsof we perfect bij elkaar pasten. En ik dacht dat ik het eindelijk voor elkaar had. Maar toch was hij het die de relatie na anderhalf jaar afbrak. Hij kon me niet doorgronden, zei hij. Had het gevoel dat hij maar een fractie van me kende en was bang dat ik hem voor de rest van mijn gevoelens altijd zou blijven buitensluiten. Het had me op zijn zachtst gezegd pijn gedaan. Ik had er met hem over willen praten, willen zeggen dat hij me wat meer tijd moest geven, maar er was geen woord over mijn lippen gekomen. Ik was dichtgeslagen als een oester en had hem laten gaan. Een beslissing die eigenlijk geen beslissing was, maar die me de betekenis van spijt tot in alle hoeken van mijn lichaam had laten voelen. Sindsdien hield ik mannen op een veilige afstand. Omdat ik diep in mijn hart nog steeds bang was om net zo gekwetst te worden als toen.

Ik pakte een flesje Palm uit de koelkast en wipte de kroonkurk er aan de rand van het aanrecht vanaf. Dat had ik wel verdiend, vond ik. Terwijl ik een slok nam pakte ik mijn telefoon en toetste het nummer van Jasmine. Ik vond het niet bepaald prettig dat ze tegen iedereen vertelde dat Tarik iets voor mij zou voelen en wilde haar voor eens en altijd uit de droom helpen. Maar na zes keer overgaan, kreeg ik de voicemail.

Met een klap zette ik het flesje bier op het aanrecht, gooide de telefoon ernaast en waste de restanten van de reinigingsscrub van mijn handen. Ondertussen wierp ik een blik naar buiten, waar Wout nog steeds aan de overkant van de straat stond, dit keer in een geanimeerd gesprek met niemand minder dan Tarik zelf, die bijna constant mijn kant uit keek. Heel even hield ik mijn adem in, ik wist heel goed dat hij me gewoon probeerde te intimideren, en besloot toen dat ze het maar lekker moesten uitzoeken daarbuiten.

DINSDAGMIDDAG 21 AUGUSTUS 2012

Met een schok schrik ik wakker. In mijn hoofd hoor ik nog steeds de nagalm van het gegil van Leila en nat van het zweet trap ik het dekbed van me af en ga overeind zitten. Een nachtmerrie! Jezus, het was levensecht geweest. Wat ik precies droomde, weet ik nu al niet meer, behalve dat het afschuwelijk was.

Ik werp een blik op mijn wekker en zie dat het net iets na halfzes is. Ik ben dus een paar uur onder zeil geweest nadat Ben en Wolf Brenning vanmorgen vertrokken waren naar het bureau aan de Lijnbaansgracht om daar verder over de zaak te praten. Ik had het vermoeden dat ze mij er liever niet bij hadden en omdat ik dat zelf ook niet zo zag zitten – ik trok mijn eigen plan wel – had ik ze met een vriendelijke glimlach laten vertrekken. Met doos en al. Vervolgens had ik het ziekenhuis gebeld, om te informeren naar Leila, maar er was nog geen verandering in haar toestand.

Huiverend laat ik me weer terug in mijn kussen vallen. Nu de eerste angst van de nachtmerrie weer verdwenen is, krijg ik het koud. Zweet droogt op en zorgt voor kippenvel op mijn armen. Ik trek mijn dekbed over me heen en sluit mijn ogen. Niet omdat ik weer wil gaan slapen, maar om alles op een rijtje te zetten. Na vijf minuten geef ik het echter op, geërgerd omdat ik maar geen structuur kan aanbrengen in de gebeurtenissen van de afgelopen vierentwintig uur. Sommige dingen zijn me duidelijk, maar andere totaal niet. Bijvoorbeeld of Tarik werkelijk het herstellen van de eer van zijn familie aan een ander zou overlaten. Mijn eerste gedachte is van niet. Daar was hij vier jaar geleden veel te fanatiek voor. Of zie ik het helemaal verkeerd? Zou het hem geen donder uitmaken wie zijn zus overhoopsteekt, als de eer van de familie maar gered is?

Ik denk aan Khadija. Het was haar vader en drie van haar broers die haar hadden omgebracht. Wat had Leila daarna gezegd? Eerwraak was een familieaangelegenheid. Het werd eigenlijk altijd uitgevoerd door eerste- of tweedelijns familieleden, vader, broers. Ik probeer me de familie Rashukan voor de geest te halen en herinner me dat er buiten Tarik nog twee broertjes zijn: Nadir en Güney. Maar dat zijn toch nog snotneuzen? Veel te jong om hier iets mee te maken te hebben.

Opnieuw kom ik overeind, duw het dekbed opzij en sla mijn benen over de rand van het bed. Zo veel vragen en zo weinig antwoorden. Wie was het dán geweest? De vader? Ik denk aan het logge lichaam van de kleine, corpulente man en schiet er bijna door in de lach. Onmogelijk. Bovendien ben ik er nog steeds honderd procent zeker van dat het Tarik was die mij op mijn boot overviel. Zijn ogen, zijn handen, zijn stem, al had die fluisterend geklonken en iets hoger dan ik me herinnerde. Maar dat kon ook komen door de adrenaline die door zijn lijf had gestroomd.

En andere familie? Een opa? Dat is tenslotte ook tweedelijns familie, maar toch kan ik me dat niet voorstellen.

Ik wrijf over mijn voorhoofd en kijk naar Bruce, die nog diep in slaap aan het voeteneind van mijn bed ligt. Soms wilde ik dat ik met hem kon ruilen. De hele dag slapen en nergens aan hoeven denken behalve aan een gevuld etensbakje.

Nadat ik mezelf naar de douche heb gesleept en daar tien minuten onder heb gestaan, trek ik een jeans en een overhemdblouse uit mijn kast en kleed me aan. Het bezoekuur op de intensive care begint om halfzeven en ik wil niet te laat zijn. Bovendien wil ik eerst even langs de afdeling lopen waar Leila werkt, om te vertellen wat er gebeurd is. Dan weten ze er in ieder geval van en kunnen Leila's diensten worden overgenomen. Ze zou het verschrikkelijk vinden als door haar van alles in het honderd zou lopen. Ze is zo secuur, vooral in haar werk. Ze wilde graag op de kinderafdeling werken en was van plan om zich na haar afstuderen meteen aan te melden voor de opleiding kinderverpleegkundige. Ik vraag me ineens af of ze er ooit aan zal kunnen beginnen.

Niet aan denken!

Met een ruk trek ik mijn jack van de stoel. Leila komt er gewoon bovenop. Dat moet. Ze is een vechter, dat had Martha ook al gezegd. Ik moet vertrouwen hebben.

In de keuken zet ik een bakje eten voor Bruce neer, gekookte diepvriesvis, dat al leeg is voordat ik de voordeur achter me dichttrek. Ik kijk omhoog naar de bewolkte lucht en adem even diep in. Het is benauwd. Het zal me niets verbazen als er vanavond onweer komt.

Een minuut of tien later parkeer ik mijn motor op het terrein van het ziekenhuis en besluit om meteen maar even naar Leila's afdeling te lopen. Er zit er niemand achter de balie als ik daar aankom en een beetje onwennig kijk ik om me heen. Ik heb een hekel aan ziekenhuizen. Altijd al gehad, maar drieënhalf jaar geleden is dat nog erger geworden. Het liefst zou ik er nooit meer komen, maar dat is natuurlijk onzinnig.

'Kan ik u helpen?' klinkt een jonge vrouwenstem achter me.

Ik draai me om en kijk in het gezicht van een knappe, nogal kleine verpleegkundige. Op haar naambordje staat Rachel.

'Ik... ja, ik kom, eh, voor Leila,' stamel ik. 'Dit is toch haar afdeling?'

'Ja, dat klopt,' zegt ze, terwijl ze om de balie heen loopt en een agenda naar zich toetrekt. 'Maar ze heeft nu geen dienst.'

'Dat weet ik,' zeg ik snel. 'Ik kom ook eigenlijk zeggen dat zij, eh... voorlopig niet kan komen.'

Het meisje, Rachel, staart me niet-begrijpend aan.

Ik wrijf met mijn hand over mijn voorhoofd. 'Sorry,' zeg ik zacht. 'Ik ben niet erg duidelijk, geloof ik. Leila heeft gisteravond een ongeluk gehad. Ze ligt beneden op de ic.'

Alle kleur trekt uit Rachels gezicht weg. 'Leila?' vraagt ze. 'Een ongeluk? Maar wat is er dan gebeurd?'

'Ze is... neergestoken,' zeg ik, niet wetend hoeveel ik eigenlijk kan zeggen.

'Neergestoken?' herhaalt Rachel. Ze wendt haar blik af en mompelt zacht: 'Godallemachtig.'

'Ik heb geen idee hoelang het allemaal gaat duren,' ga ik verder.

'Ze overleeft het toch wel?' vraagt Rachel.

'Dat weet ik niet,' zeg ik. 'Kunt u zorgen dat de juiste personen worden ingelicht?' vraag ik dan. 'In ieder geval de mensen die het horen te weten?'

Ze knikt. 'Ja... ja natuurlijk.'

'Fijn,' zeg ik. Ik knik haar nog even toe, voordat ik de afdeling verlaat.

Als ik bij de klapdeuren kom, klinkt Rachels stem weer. 'Mevrouw...'

Ik draai me om. Rachel loopt om de balie heen in mijn richting. 'De afgelopen weken is er een aantal keren voor Leila gebeld. Door een man. Ze nam de gesprekken wel altijd aan, maar hield ze kort. Ik had het idee dat het familie van haar was. Of misschien een hele goede vriend. Als hij nog van niets weet, zou u hem dan willen inlichten over Leila? Ik zou het niet prettig vinden als hij het nieuws van een van ons moest horen.'

Familie?

'Natuurlijk,' reageer ik, mijn verbazing zo goed mogelijk verbergend. 'Hebt u zijn naam?'

'Thomas,' zegt ze. 'Thomas Withuizer.'

ZATERDAG 3 MEI 2008

Mijn voeten deden pijn. Hoewel ik die morgen makkelijk zittende sneakers had aangetrokken. Eigenlijk had ik kunnen weten dat dat niet zou helpen. Als Jasmine wilde winkelen, dan betekende dat ook winkelen. Met andere woorden: dan sjouwden we urenlang door de stad, gingen om de drie kwartier op een terrasje wat drinken (wat mijn voeten helemaal niet erg vonden, maar wat wel erg veel tijd kostte), en elke kledingzaak werd van voren naar achter doorgespit op leuke dingen.

'Jas,' zei ik, nadat we voor de zoveelste keer ergens waren neergestreken en zij voor ons beiden een glas rosé had besteld. 'Als je het niet erg vindt, wil ik eigenlijk zo langzamerhand weleens op huis aan.'

'Ja, dat was ook de bedoeling,' reageerde ze. 'Ik wil alleen nog even kijken voor een paar nieuwe laarsjes.'

'Laarsjes?' vroeg ik. 'Jas, het is bijna zomer. Dan draag je sandalen. Of slippers.'

'Maar ik heb hele leuke gezien,' drong ze aan. Ze glimlachte tegen de jongen die onze glazen rosé op tafel zette, en nam meteen een slokje. 'En we zijn hier nu toch.'

De hele dag al, wilde ik zeggen, maar deed het niet. Jasmine was nu eenmaal Jasmine en die kreeg je niet eerder naar huis dan dat ze zoveel tassen aan haar armen had hangen, dat er geen enkele meer bij kon.

'Je vindt het toch niet erg?' klonk haar stem, terwijl ze me lichtelijk verontrust aankeek.

Ik glimlachte. 'Ik niet,' loog ik. 'Maar mijn voeten wel.'

'Jij bent helemaal niets gewend,' zei ze met een handgebaar. Ze pakte haar glas weer op en nam een tweede slokje, waarna ze haar neus optrok en vervolgde: 'De rosé bij De Gracht is stukken beter.'

Ik nam ook een slokje en proefde geen verschil. Maar dat kon ook komen omdat ik meer van bier hield. 'Deze is toch ook goed?' stelde ik.

'Ik vind 'm te zuur,' zei ze. Ze zette haar glas neer en trok een van de plastic tassen die onder de tafel op de grond stonden op haar schoot.

'Jas,' begon ik, terwijl ze in de tas begon te graaien. 'Je was gisteren ook bij De Gracht hè?'

'Dit is zo'n gaaf shirt!' meldde ze, terwijl ze een wijnrode katoenen trui uit de tas trok. En toen als antwoord: 'Ja, ik moest naar de tandarts en ben daarna nog even wat gaan drinken. Hoezo?' Ze hield de trui omhoog. 'Mooi hè? Die zou jou ook goed staan!'

'Tarik Rashukan was er ook, volgens Wout,' zei ik, zonder acht te slaan op haar laatste woorden.

Ze liet de trui op haar schoot zakken en keek me aan. 'Tarik?' vroeg ze. 'Je bedoelt die lange knul? Met die mooie wimpers?'

'Mooie wimpers of niet, bij die jongen moet je uit de buurt blijven,' antwoordde ik, iets kattiger dan ik eigenlijk wilde.

Even bleef het stil, maar toen grinnikte ze. 'Ik dacht dat hij een oogje op jou had, en niet omgekeerd.'

'Dat is onzin,' zei ik. 'En je moet ermee ophouden dat tegen iedereen te zeggen. Tarik probeert me te intimideren vanwege zijn zus.'

'Hij vraagt anders altijd hoe het met je gaat.'

'Precies. Waarom zou hij dat doen? Hij ként me niet eens. Het draait allemaal om Leila. Hij wil niet dat ik me met haar bemoei.'

Jasmines ogen begonnen te glinsteren en haar blik kreeg iets ondeugends, toen ze vroeg: 'Weet je zeker dat je niet wat in hem ziet?'

Ik staarde haar aan. 'Ik val niet op mannen die vrouwen slaan,' zei ik ijzig.

Ze schoot in de lach. 'Dat was een grapje, lieve Juud. Wout en ik zaten gewoon even te dollen toen die Tarik weer weg was. Maar je weet hoe Wout is. Die heeft de humor van een eierdop en hij dacht natuurlijk weer dat ik het meende.' Ze propte de trui weer in de tas en schoof hem over de tafel naar me toe. 'Hier, neem jij die maar. Ik denk dat hij jou beter staat dan mij.'

Ik keek naar haar zonder de tas aan te raken. 'Serieus, Jas. Beloof je me dat je bij Tarik uit de buurt blijft?'

'Lieve schat, ík zoek hem niet op. Hij komt steeds naar mij toe en wat wil je dan dat ik doe? Tegen hem zeggen dat hij moet opzouten?'

Ik zweeg, omdat ik wist dat Jasmine dat toch niet zou doen. Daar was ze te sociaal voor. Ik zuchtte diep. 'Ik wil gewoon dat je op je hoede bent voor hem,' zei ik. 'Hij is niet te vertrouwen.'

Ze pakte haar wijnglas van tafel en hief het in mijn richting. 'Maak je toch niet altijd zoveel zorgen, zusje,' zei ze. 'Je kent me toch?'

DINSDAGMIDDAG 21 AUGUSTUS 2012

Thomas...

De naam dreunt in mijn hoofd bij elke stap die ik zet. Thomas... Thomas... Thomas Withuizer... Had Leila contact met hem? Maar hoe, in godsnaam? Heeft ze hem zelf benaderd? Of hij haar? En hoe is hij te weten gekomen dat ze in het Lucas Andreas werkt?

Ik schiet zo snel door de deuren van de ic dat ik bijna een verpleegkundige ondersteboven loop. Ik mompel een excuus en loop snel door naar het bed van Leila. Ze is alleen, maar ik had ook niet anders verwacht. Wie zou haar moeten opzoeken? Ik pak een stoel en zet hem zachtjes naast haar bed en als ik ben gaan zitten kijk ik een poosje naar haar gezicht. Het ziet bont en blauw, en tegelijkertijd bleek. Mijn blik blijft rusten op haar gesloten ogen, de lange wimpers die donker afsteken tegen de huid eronder.

Voorzichtig leg ik mijn hand op die van haar. Hij voelt koud aan en zachtjes knijp ik er even in. Diep vanbinnen hoop ik op een reactie, maar natuurlijk blijft die uit. Ik kijk naar het verband om haar hoofd en vervolgens naar haar bleekroze lippen, die een klein stukje van elkaar wijken om de buis van het beademingsapparaat door te laten.

'O, Leila,' fluister ik. 'Wat verzwijg je toch allemaal voor me?' Met mijn duim wrijf ik over de rug van haar hand en vervolg zacht: 'Ik dacht dat we al onze geheimen met elkaar deelden. Zoals we dat ene nu ook al zo lang met ons meedragen.' En dan: 'Hij heeft het ontdekt, hè? En je hebt er met Thomas over gesproken.' Ik schud mijn hoofd even. 'Waarom heb je me niet verteld dat hij contact me je heeft opgenomen, Leila? Misschien hadden we dan kunnen voorkomen dat je broer… dat hij…'

Ik zwijg, hoop op een reactie die niet komt, en moet een paar keer slikken om mijn dichtgeknepen keel weer open te krijgen. Het heeft geen zin. Ze hoort me toch niet. Waarom verwacht ik hier antwoorden te krijgen? Omdat zij de enige is die ze heeft? Misschien. Feit blijft dat Cem weg is. Dat is iets wat nooit Leila's plan geweest kan zijn. Ik heb geen idee of ze Thomas werkelijk over Cem verteld heeft, en ik vermoed dat als ze had geweten dat ze daarmee haar zoon in gevaar zou brengen, ze het nooit gedaan zou hebben. Sterker nog, ik weet het zeker. En dan vraag ik me weer af of er niet een andere reden is dat ze contact heeft gehad met Thomas. En nogmaals: wie was de eerste? Nam zij contact op met hem, of hij met haar? In dat laatste geval is het verontrustend. Stel dat Tarik hem gedwongen heeft? Nee, onzin. Dat zou betekenen dat Tarik al eerder wist waar ze was. En waarom heeft hij haar dan zelf niet meteen opgezocht?

Tenzij Thomas haar wilde waarschuwen...

Maar waarom heeft ze me dat dan niet verteld?

Ik staar naar Leila's gehavende gezicht. Zij kan me op dit moment geen duidelijkheid geven. Maar Thomas misschien wel. Ik denk aan drieënhalf jaar geleden, aan het moment dat ik hem voor het laatst zag, en voel kippenvel over mijn armen trekken. Kan ik dat wel? Kan ik hem onder ogen komen na wat er toen allemaal gebeurd is? Ik sluit mijn ogen en zie Cem voor me. Kleine, lieve Cem.

Dan sta ik resoluut op. Dit is geen moment voor schuldgevoelens. Cem heeft me nodig. En als ik daarvoor de confrontatie met het verleden moet aangaan... *so be it*.

DINSDAG 6 MEI 2008

Een zacht geluid bij de deur deed me opkijken van het dossier dat ik aan het bijwerken was.

'Leila,' zei ik, terwijl ik opstond en om mijn bureau heen liep. Ik had haar sinds de vakantie niet meer gezien en vroeg: 'Hoe is het met je?'

Ze gaf geen antwoord. Alsof ze bang was dat iemand haar naar binnen had zien gaan keek ze nog even achterom de gang in, en kwam toen verder mijn kamer in, om meteen daarna de deur te sluiten. Zodra ze zich weer omdraaide zag ik aan haar blik dat er iets goed mis was.

'Leila,' zei ik nogmaals. 'Wat is er gebeurd?' Ik pakte haar bij haar arm en leidde haar naar het bankje in de hoek, waarop ik haar neerduwde. Zelf ging ik naast haar zitten en boog me naar haar toe. 'Is het thuis weer mis?'

Ze schudde haar hoofd, haalde kort haar schouders op, terwijl haar ogen nerveus alle kanten op schoten.

'Is het Tarik?' vroeg ik. Sinds hij geprobeerd had ook mij te intimideren met zijn gedrag, had ik een aardig goed beeld van hoe het voor Leila moest zijn om constant in de gaten te worden gehouden.

'Khadija,' fluisterde ze. 'Ze is weggelopen.'

Khadija?

'Je nichtje?' vroeg ik.

Ze knikte. 'Mijn beste vriendin.' Haar stem begon te trillen. 'Ze is weggelopen,' zei ze weer. 'Ze wilde niet trouwen. Ze had een vriend. Mark. Hij is ook weg.'

De bruiloft. Daar had ze me over verteld. 'Ik wist niet dat Khadija behalve je nichtje ook je beste vriendin was,' zei ik zacht.

Tranen liepen nu over haar wangen. 'Ze mogen haar niet vinden, mevrouw Van de Werff,' fluisterde ze. 'Want dan... dan...' Ze liet zich opzij vallen, met haar hoofd tegen mijn schouder.

'Sst,' suste ik en ik wreef over haar rug, terwijl ze onafgebroken snikte. Ik liet haar begaan, zei even niets meer, maar ondertussen raasden allerlei gedachten door mijn hoofd. Kon de politie niets doen? Dat meisje, Khadija, ze was amper twee jaar ouder dan Leila. Negentien. Het kon toch niet zo zijn dat haar familie haar en die Mark ongestraft kon opjagen?

'Weet je waar ze naartoe zijn?' vroeg ik, toen Leila uiteindelijk wat gekalmeerd was.

Ze schudde haar hoofd. 'Ze heeft me gebeld. Vorige week. Ze zei dat ze op een veilige plek zat.' Nu keek ze me aan, met haar betraande ogen. 'Maar waar is ze veilig? Ze is toch nooit veilig? Ze zullen haar blijven zoeken en als ze haar vinden, dan... dan...' Haar stem haperde.

'Sst,' zei ik weer, terwijl ik nog steeds over haar rug wreef. 'Een paar weken geleden zei je nog dat je zelf weg wilde,' vervolgde ik. 'Khadija wil net als jij haar eigen keuzes maken. En het is heel dapper dat ze dat nu ook gedaan heeft.'

Leila snufte. 'Ja,' zei ze. 'Dapper, maar dom. Een neef van me is een aantal jaren geleden ook gevlucht. Ze vonden hem nog geen twee weken later. Wat er met zijn vriendin gebeurd is, weet ik niet, dat hebben ze me niet verteld. Toen ik hem laatst sprak zei hij dat ontsnappen uit de familie onmogelijk was.'

'Terwijl hij het zelf ook heeft gedaan?' vroeg ik.

'Geprobeerd heeft,' zei ze zacht. 'En zie waar het hem nu gebracht heeft.'

Ik zweeg. Het was waar wat ze zei. De jongen zou inmiddels wel getrouwd zijn met een meisje dat hij helemaal niet zag zitten.

'Hé,' zei ik zacht tegen Leila. 'Khadija maakt nog een kans. Misschien vinden ze haar niet.'

Ze keek me aan met een blik waar ik koud van werd. 'Onze familie is groot,' fluisterde ze. 'En er zijn veel vrienden. Waar moet ze zich verstoppen?'

'Kunnen we de politie niet inschakelen?' vroeg ik.

'Waarvoor?' Het klonk bitter. 'Khadija is negentien. De politie zal niets doen.'

'Ik bedoel eigenlijk om te vragen of ze haar niet kunnen beschermen.'

Ze schudde haar hoofd. 'De politie doet niets. Pas als er een echte dreiging is, dan komen ze praten. Maar die dreiging is er pas, als ze weer thuis is, en thuis zal Khadija nooit tegen de politie zeggen wat er aan de hand is. Niet waar haar ouders en haar broers bij zijn.'

Verdomme. Het ging juist zo goed met Leila. Door de angst die deze gebeurtenis bij haar opriep, zou ze wel weer eens helemaal kunnen dichtslaan. Ik boog me naar haar toe en sloeg troostend mijn arm om haar heen. 'Dat is knap waardeloos,' zei ik. En na een korte stilte: 'Kun je haar misschien bellen?'

'Niet meer,' zei Leila. 'Ze belde mij met haar mobiel, maar die zou ze weggooien, zei ze. Omdat ze bang was dat ze haar daardoor zouden vinden.'

Ik wist even niet wat ik zeggen moest. Een meisje van negentien, op de vlucht en zo ontzettend bang dat ze alle banden met haar verleden abrupt verbrak. Geen wonder dat Leila over haar toeren was. Maar het ergste vond ik dat ik niet wist hoe ik haar moest helpen. Ik kon er voor haar zijn, naar haar luisteren, maar ik kon haar angst niet wegnemen. En dat haatte ik.

'Ik zal nooit kunnen ontsnappen, mevrouw Van de Werff,' fluisterde Leila. 'Ik weet dat mijn ouders in overleg zijn over mijn bruiloft. Ik wil verpleegster worden en dat vinden ze wel goed, maar als ik getrouwd ben, is het over. Waarom zou ik het dan nog gaan doen? Kan ik dan niet beter meteen maar trouwen? Dan weet ik ook niet wat ik mis.'

'Ben je belazerd?' zei ik fel. 'Jij gaat gewoon aan die opleiding beginnen!' Ik zocht haar blik. 'Je hebt je toch wel aangemeld, hè?'

Ze knikte. 'Aan het begin van het jaar al. Als ik slaag, dan kan ik na de zomer meteen beginnen in Doetinchem. In het Slingeland Ziekenhuis.'

'En ga je dan op kamers?'

Door haar tranen heen schoot ze in de lach. Het was ook een domme vraag. Natuurlijk lieten ze haar niet alleen wonen.

'Tarik?' vroeg ik. 'Hij zorgt zeker voor vervoer?'

Haar lach verdween meteen weer. 'Of mijn vader,' zei ze.

'Waar haalt Tarik eigenlijk de tijd vandaan?' wilde ik weten. 'Heeft hij geen werk?'

'Jawel,' zei ze. 'Hij is automonteur, bij de garage van mijn oom.' En na een korte stilte: 'In Doetinchem.'

Uiteraard. En al zou het niet in Doetinchem zijn, dan nog zou het geen probleem zijn als Tarik zo af en toe voor 'familiezaken' wegbleef van zijn werk. Zóals hij nu waarschijnlijk ook al deed. Het was een oom. Familie dus. Die stond helemaal achter hem en alles wat hij deed. Tenslotte was ook zíjn eer in het geding. Daarom liet hij Tarik zijn gang gaan, waardoor hij Leila in de gaten kon houden. En ik wist zeker dat hij dat tijdens haar opleiding nóg scherper ging doen.

'Misschien valt het allemaal wel mee,' fluisterde ik haar toe, terwijl ik haar opnieuw tegen me aan hield. Maar eigenlijk wist ik dat het helemaal niet allemaal mee zou vallen. Alleen kon ik dat haar toch niet zeggen?

Bruce' snuit, met de overduidelijke laat-je-me-nu-alweer-alleen-blik, jaagt een pijnlijke steek door me heen. Hij is een echt gezelligheidsdier en kruipt het liefst urenlang lekker tegen me aan. En hoewel ik dat ook liever zou doen, zoals zovele avonden hiervoor, nu gaat het niet. Ik moet naar Thomas. Vanavond nog. Niet later, niet morgen, maar nu, omdat ik het gevoel heb dat elke seconde telt. Voor Cem. Elke minuut die hij in handen is van Tarik is er een te veel en misschien kan Thomas me meer vertellen.

Op het moment dat ik de voordeur achter me dichttrek en Bruce' blik van me af probeer te zetten, gaat mijn mobiel. Natuurlijk heb ik het ding diep weggestopt in de binnenzak van mijn jack en grommend van ongeduld graai ik haastig in de diepte. Op het display zie ik dat het Ben is.

'Ben,' zeg ik meteen bij het aannemen van het gesprek. 'Is er nieuws?'

'Niet veel,' is het antwoord. 'Het poppenhoofd wordt nader onderzocht, maar het was in ieder geval geen menselijk bloed dat erop zat.'

Even val ik stil. 'Wat is het dan wel?' vraag ik.

'Dat weten ze nog niet. Het wordt onderzocht.' Een kort moment zegt hij niets, maar dan klinkt het: 'Ben je vanavond thuis?'

Ik aarzel. Moet ik hem zeggen wat ik ga doen? Met het gevolg dat hij me tegenhoudt?

Echt niet.

'Ik wil graag even alleen zijn,' lieg ik, terwijl ik mijn haar naar achteren wrijf. 'Alles op een rijtje zetten.'

'Wolf Brenning zei dat hij nog even met je wilde praten, dus je hebt kans dat hij straks voor je deur staat.'

'Praten?' vraag ik. 'Waarover? We hebben alles vanmorgen toch al doorgenomen?'

'Hij heeft het dossier doorgelezen,' zegt Ben. 'En daar heeft hij nog wat vragen over.'

'En die kan hij niet aan jou stellen? Jij en Martha hebben dat dossier toch opgesteld? Wat kan ik hem dan nog meer vertellen?'

Het blijft even stil. Dan zegt hij: 'Wolf Brenning is niet achterlijk, Judi.'

'Dat beweer ik toch ook niet?' Ik kijk naar de klok van de Noorderkerk en zie dat het even na achten is. Ik moet nog zeker anderhalf uur rijden voordat ik in 's-Heerenberg ben. Misschien iets korter, als ik de snelheidsvoorschriften aan mijn laars lap en gezien mijn *state of mind* gaat dat waarschijnlijk wel gebeuren. 'Luister Ben,' zeg ik. 'Als Wolf Brenning met mij over vier jaar geleden wil praten, dan vind ik dat prima. Maar niet vanavond.' En als er geen antwoord komt: 'Ik ga morgen wel even langs het bureau, oké?'

'Ik weet niet of Wolf dat wel wil.'

'Dan heeft hij pech,' zeg ik. Ik verwissel mijn mobiel van mijn rechter- naar mijn linkeroor en graai met de vrijgekomen hand de sleutels van mijn Suzuki uit mijn zak. 'Ik moet nu ophangen,' vervolg ik. 'Morgen ben ik weer bereikbaar.' En zonder op antwoord te wachten verbreek ik de verbinding.

Vrijwel meteen steekt het schuldgevoel de kop weer op. Arme Ben. Hij heeft zo veel op het spel gezet voor Leila en mij, het is niet eerlijk dat ik hem nu zo behandel. Maar ik kan niet anders. Als ik langer met hem had gepraat, had ik uiteindelijk beslist gezegd wat mijn plan was en ik weet zeker dat hij me dan nooit alleen had laten gaan.

Ik schuif mijn helm over mijn hoofd, stap op mijn motor en nog geen kwartier later rijd ik Amsterdam uit. Het is nog steeds warm en ik heb het gevoel dat het veel te mooi weer is voor alles wat er de afgelopen achtenveertig uur gebeurd is. Gedachten wervelen door mijn hoofd en ik denk aan vroeger, aan voordat ik Tarik voor het eerst ontmoette. Mijn leven was toen zo anders. Onbezorgd. Ik had een hele toekomst voor me. Ik hield van mijn werk, ik had een mooi huis, vrienden, familie. Ik heb nooit geweten dat alles in een fractie van enkele seconden kan veranderen. Dat je in één klap alles kwijt kunt raken.

Pas bij de afslag naar Emmerich verminder ik snelheid, neem de scherpe bocht en sla rechts af in de richting van 's-Heerenberg. Ik weet nog precies waar Thomas woont, in een klein wijkje achter het sportcentrum. Tenminste, vier jaar geleden, toen hij nog op school zat. Maar als hij inmiddels verhuisd is, zullen zijn ouders vast wel weten waarheen.

Ik rijd de Zonneweide op, en stop voor de deur van een villa van witte bakstenen. Er staat een auto op de oprit, waaruit ik opmaak dat er in ieder geval iemand thuis is en nadat ik mijn helm heb afgezet en even diep adem heb gehaald, loop ik naar de voordeur en bel aan.

Het duurt niet lang voordat er wordt opengedaan door Thomas' vader. Hij is weinig veranderd. Nog steeds de statige man, in ribbroek met lamswollen trui en luxe instappers. Als hij me ziet is hij in eerste instantie verrast, maar dan kijkt hij me achterdochtig aan.

'Mevrouw Van de Werff,' zegt hij. 'Dat is lang geleden.'

Ik knik kort. 'Meneer Withuizer. Het is inderdaad een hele poos sinds we elkaar voor het laatst zagen.'

'Drieënhalf jaar, als ik het goed heb,' zegt hij.

Nogmaals knik ik.

'Hoe is het met u?' vraagt hij.

'Het is weleens beter geweest,' zeg ik onduidelijk.

'En met... met...' Hij aarzelt.

'Met Leila,' vul ik voor hem aan. Ik haal een schouder op. 'Idem. We hebben betere tijden gekend.'

Hij kijkt me aan, met licht toegeknepen ogen, alsof hij wat ik zeg op waarde wil schatten. Ik ontwijk zijn blik niet, blijf hem recht aankijken. Even heb ik getwijfeld of ik hem moet vertellen over Leila, over wat er gebeurd is, maar ik doe het niet. Ik weet niet wat Thomas met dit alles te maken heeft en of zijn ouders, als dat zo is, erbij betrokken zijn.

'Ik heb u nooit kunnen vertellen hoe erg ik het vond wat er gebeurd is,' zeg ik uiteindelijk. 'Vooral ook omdat we niet konden blijven. Ik weet dat Leila niets liever wilde dan bij Thomas zijn. Juist toen.'

'Dat weet ik,' zegt hij. 'U hoeft uzelf niets te verwijten. En Leila ook niet. Het liep zoals het lopen moest.'

Meneer Withuizer kijkt even over zijn schouder de gang achter hem in en richt zich dan weer tot mij. 'Wilt u misschien even binnenkomen?'

'Als u dat niet vervelend vindt.'

Bij wijze van antwoord stapt hij opzij om ruimte te maken om me door te laten. 'Loopt u maar door naar de kamer,' zegt hij, terwijl hij de deur sluit.

Ik loop door en betreed de woonkamer waar ik één keer eerder geweest ben, vlak voordat alles in een stroomversnelling raakte en Leila en ik 's-Heerenberg moesten verlaten. Mevrouw Withuizer zit op de bank, een borduurwerkje in haar handen (doen mensen dat nog, borduren?) en ik zie haar wit wegtrekken zodra ze me ziet.

'Evert?' vraagt ze aan haar man, die achter me in de deuropening verschijnt.

'Niets aan de hand, Sandra,' zegt hij. 'Mevrouw Van de Werff komt...' Hij kijkt naar mij, dit keer met een vragende blik in zijn ogen. 'Wat komt u eigenlijk doen?'

'Ik ben hier voor Thomas.'

Er valt een stilte. Beide ouders wisselen een blik met elkaar en dan zegt meneer Withuizer: 'Thomas woont hier niet meer.'

'Hij is vorig jaar op zichzelf gegaan,' vult zijn vrouw aan.

Dat had ik al verwacht. Zelfs op school was Thomas al een zelfstandige jongen. Zo'n type dat zich nergens door liet weerhouden, overal de zonnige kant van inzag, en net als toen bewonder ik hem om zijn doorzettingsvermogen.

'We hadden nooit gedacht dat het zover zou komen,' zegt mevrouw Withuizer zacht.

'Thomas is een doorzetter,' zeg ik glimlachend.

Ook zij glimlacht nu. 'Dat is hij zeker.'

Meneer Withuizer maakt een gebaar naar een stoel en zwijgend ga ik zitten.

'Wat wilt u van Thomas?' vraagt hij, terwijl hij naast zijn vrouw op de bank plaatsneemt.

Ja, wat wil ik eigenlijk van hem? Ik schraap mijn keel en zeg: 'Ik hoorde van Leila dat zij en Thomas weer contact met elkaar hebben.'

Ze kijken elkaar even kort aan, voordat meneer Withuizer antwoordt: 'Thomas wist toch helemaal niet waar Leila naartoe is gegaan? Volgens mij wist niemand dat hier. We… we hadden eigenlijk niet verwacht u ooit terug te zien.'

Voor de tweede keer aarzel ik. Dan zeg ik: 'Er zijn een aantal dingen veranderd. Daarom ben ik hier. Ik moet met spoed Thomas spreken.'

Mevrouw Withuizers ogen stralen ineens paniek uit. 'Hij is toch niet in gevaar?' zegt ze. 'Thomas heeft… hij zal zich nooit kunnen verdedigen!'

Ik schud mijn hoofd. 'Voor zover ik weet is er geen gevaar voor Thomas.'

'Niet voor Thomas,' herhaalt meneer Withuizer. 'Voor u wel?'

'Dat… weet ik niet,' lieg ik. En meteen lieg ik opnieuw, als ik zeg: 'Daarom ben ik ook 's avonds gekomen. Niemand weet dat ik hier ben.'

'Waar gaat het precies over?' vraagt hij.

'Dat kan ik niet zeggen,' zeg ik zacht. 'Niet omdat ik dat niet wil, maar omdat dat me beter lijkt.'

Ze aarzelen. Ik zie het aan ze. Uiteindelijk pakt mevrouw Withuizer de hand van haar man, en fluistert: 'Na alles wat er gebeurd is… toen… denk ik dat het niet meer dan fair is als we u vertrouwen.'

Meneer Withuizer knikt. 'Thomas woont aan de andere kant van 's-Heerenberg.' Hij pakt een notitieblok en pen uit de la onder de salontafel en schrijft iets op. 'Dit is zijn adres. Ik weet zeker dat hij thuis is.'

'Is dat nou lekker?'

Vragend keek ik naar Jasmine, die met een ijsje in haar hand naast me op een bankje voor ijssalon Macellaio zat. 'Dat kan ik ook aan jou vragen.'

Ze snoof. 'Ik heb gewoon vanille. Maar jij… wat was het ook alweer?'

'Cointreau. Met sinaasappel.'

'Dat bedoel ik. Dat is toch helemaal geen smaak voor een ijsje?'

'Waarom niet?' zei ik en ik likte demonstratief langzaam aan het lichtgele bolletje. Ik stak het in haar richting. 'Proeven?'

'Nee dank je,' wimpelde ze af. 'Ik hou het wel bij vanille.'

'Je gaat er niet dood aan, hoor,' drong ik aan en ik bracht het ijsje nog wat dichter naar haar toe.

'Doe weg!' riep ze lachend, terwijl ze haar hoofd afwendde.

'Wees blij dat het geen smurfenijs is,' zei ik grinnikend.

Jasmine schudde haar hoofd en hield wijselijk haar mond. Ik keek naar haar en vond dat ze er goed uitzag. Haar nieuwe baan, die inmiddels niet zo nieuw meer was, deed haar zichtbaar goed. Ze was helemaal in haar element daar op die school, dat was duidelijk. De twee jaar die ze werkloos was geweest, hadden een flinke aanslag gepleegd op haar zelfvertrouwen. Ze was humeurig geweest en had in die periode een flink aantal kilo's verloren. Maar nu… ze straalde gewoon. Haar ogen stonden helder, ze lachte weer en was gelukkig weer wat aangekomen. Dit was de Jasmine zoals ik haar graag zag.

'Smaakt het?'

Vrijwel tegelijk keken Jasmine en ik achterom. Het was Wout die achter ons stond en ons breeduit toegrijnsde.

'Ja, 't is lekker, hoor,' zei Jasmine. Ze schoof een klein stukje op om plaats te maken voor Wout, die zich naast haar op het bankje liet zakken.

'Gelukkig regent het niet zoals gisteren,' begon Wout na een korte stilte.

'Ik vind dit wel lekker weer eigenlijk,' ging Jasmine erop in. 'Ik hou niet zo van die extreme hitte. Van mij mag het zo blijven.'

'Mijn idee,' zei Wout, om meteen daarna te vertellen: 'Ik heb een nieuwe auto gekocht.'

'Wat leuk!' zei Jasmine.

'Die heb ik nodig als ik straks mijn diploma heb.'

'Diploma?' vroeg Jasmine. 'Wat voor diploma? Je werkt toch bij een bank?'

'Ik doe een deeltijdstudie,' zei hij trots. 'HBO Vastgoed en Makelaardij.'

Zowel Jasmine als ik staarde hem aan en ik bedacht dat hij met zijn drammerige geklets vast de beste in dat vakgebied zou worden.

'Je wilt makelaar worden?' wilde Jasmine weten.

Hij knikte. 'Eigenlijk al heel lang, maar het is er nooit van gekomen. Nu zag ik mijn kans. Ik moet nog drie jaar.'

'En daarom heb je nu al een nieuwe auto nodig?' vroeg ik.

Het klonk sarcastisch, dat wist ik zelf ook wel, maar hij leek het niet op te merken en zei: 'Een Audi. Niet echt nieuw, maar een occasion. Uit 2003. Ik kreeg hem voor een prikkie aangeboden door Tarik. Je weet wel. Zijn oom heeft een garage.'

Tarik, Tarik, waarom leidde elk gesprek tegenwoordig naar Tarik? Het leek wel of hij plotseling overal opdook, was het niet in persoon, dan wel in naam.

'Waar ken jij Tarik eigenlijk van?' vroeg ik, terwijl ik een stuk van mijn wafel beet. 'Jullie zijn ineens zo dik met elkaar.'

'Voetbal,' zei hij. 'Ik ben trainer bij MvR, de club waar zijn broer Güney op zit.'

'Güney,' reageerde ik. 'En wat heeft Tarik daar dan mee te maken?'

Wout grinnikte, vond het waarschijnlijk een domme vraag. 'Hij brengt hem altijd naar de training. Meestal blijft hij dan ook even kijken.'

Ik staarde hem aan. 'De trainingen zijn toch op de Boshoek?'

'Ja, meestal wel.'

'Maar da's hier vlak achter! Kan die jongen niet alleen naar de trainingen? Het is vijf minuten lopen vanaf zijn huis!'

'Wat maakt dat nou uit?' zei Jasmine. 'Misschien vindt Tarik het wel leuk om naar de trainingen te kijken.'

'Precies,' viel Wout haar bij. 'Overigens overweegt Tarik om ook te gaan voetballen.'

Ik stak het laatste stukje wafel in mijn mond, likte nog wat ijs van mijn duim en deed er het zwijgen toe, om te voorkomen dat ik weer dingen zei waar ik later spijt van zou hebben.

'In ieder geval, daar kennen wij elkaar dus van.' Wout keek achter Jasmine langs naar mij en vervolgde: 'Waarom kom je ook niet een keertje kijken? Het is altijd erg gezellig, hoor.'

'Nee, dank je wel,' zei ik meteen. 'Ik ben geen voetbalfan.'

Jasmine porde me in mijn zij. 'We kunnen samen weleens gaan,' stelde ze voor. 'Kom ik daarna bij je eten.'

'Nou, dat weet ik nog niet, hoor,' mompelde ik. Het feit dat ze bij me wilde eten was geen probleem, maar om naar dat voetbalveld te gaan en er zeker van te zijn dat we Tarik tegen het lijf zouden lopen, vond ik absoluut wat minder geslaagd. Op de een of andere manier wilde ik het liefst bij hem uit de buurt blijven, al leek me dat met geen mogelijkheid te lukken. Altijd zag ik hem wel ergens, op het terras bij De Snor, bij het oude kanon, op de markt, in de supermarkt. De laatste week, toen ik hem een aantal dagen niet had gezien, had ik gehoopt dat dat zo zou blijven, maar die hoop bleek ijdel. En langzamerhand begon ik me af te vragen of hij me ooit nog met rust zou laten. Nou was het niet zo dat hij me echt lastigviel, maar hij liet me wel altijd merken dat hij me zag. Zorgde ervoor dat ik hem óók zag. Hoe hij dat deed was me een raadsel. Hij begon me in ieder geval flink op mijn zenuwen te werken.

'En nu heb je via Tarik dus een nieuwe auto?' hoorde ik Jasmine belangstellend vragen.

Wout knikte stralend. 'Wil je er eens een ritje in maken?'
Ik zag aan Jasmine dat ze al wilde toestemmen en stond met een ruk op. 'We gaan,' zei ik tegen haar.
'O ja?' vroeg ze.
'Ja. We zouden naar de bios, weet je nog wel?'
'Maar de film begint pas om kwart over acht!'
'We moeten ook nog eten,' zei ik.
Met een verontschuldigende glimlach tegen Wout stond ze op. 'Later dan maar,' zei ze.
'Is goed,' stemde hij in. 'Voorlopig rijd ik nog wel even rond in dat karretje.'
'Dag Wout,' zei ik, terwijl ik Jasmine bij haar arm pakte en met me meevoerde.
Een paar meter verderop trok ze zich los. 'Zeg, wat bezielt jou!'
'Niets,' zei ik. 'Hoezo?'
'Kom op, je deed ronduit onbeschoft.'
'Ik wil gewoon niet dat je je te veel inlaat met die Tarik.'
'Tarik?' Ze staarde me aan. 'Hallo! Dat was Wout hoor, die naast ons zat.'
'Ja Jas, dat weet ik ook wel. Maar hij heeft contact met hem, en die auto komt ook bij hem vandaan.'
'En?'
'En wat?'
'Wat heeft dat te maken met Wout die mij een ritje in zijn nieuwe auto aanbiedt?'
'Alles!'
Er kwam geen antwoord, Jasmine staarde me alleen maar aan. Toen draaide ze zich van me weg en liep het marktplein op, in de richting van mijn huis.
'Jasmine!' riep ik.
Ze reageerde niet en haastig rende ik achter haar aan.
'Wacht nou even,' zei ik, terwijl ik haar weer bij haar arm pakte.
Weer rukte ze zich los, bleef stilstaan en keek me met een nijdige blik aan. 'Je moet eens ophouden je als mijn moeder te gedra-

gen,' zei ze vinnig. 'Ik ben dan wel vijf jaar jonger dan jij, maar ik ben volwassen. Ik mag doen wat ik wil, daar heb jij je niet mee te bemoeien.'

Ze liep weer verder en voor de tweede keer haastte ik me achter haar aan. Natuurlijk wist ik dat ze gelijk had. Op alle fronten. Ik was onbeleefd geweest tegen Wout, ook door Jasmine zo bij hem weg te trekken, en ja, ik gedroeg me soms als een overbezorgde moederkloek. Maar ze was toch mijn kleine zusje en wie anders dan ik moest haar beschermen?

'Jasmine,' zei ik en ging naast haar lopen. 'Het spijt me. Je hebt gelijk. Ik had me er niet mee moeten bemoeien.'

'Die Tarik is een obsessie van je,' zei ze, terwijl ze nog steeds stevig doorliep en ik haar met moeite kon bijhouden.

'Misschien,' gaf ik toe. 'Maar ik zie hem ook overal opduiken. Het lijkt wel of hij me stalkt.'

'Stalkt?' herhaalde ze. Ze bleef stilstaan en maaide met haar armen om zich heen. 'Kijk om je heen, Juud! Zie jij Tarik hier? Ik niet, hoor!'

Ik zei niets, omdat ik – opnieuw – wist dat ze gelijk had. En ergens irriteerde me dat. Bijna dagelijks hing Tarik wel in de buurt rond en wenste ik hem het liefst op de maan, maar nu, nu ik graag zou willen dat hij in de buurt was, zodat ik Jasmine kon overtuigen van mijn gelijk, nu was hij nergens te bekennen. Alsof hij het expres deed.

Ik zuchtte diep. 'Oké, misschien ga ik ook wel een beetje ver.'

'Kilometers,' verbeterde ze. Haar blik verzachtte. 'Maar ja, zo ben jij nou eenmaal.'

'Nou, dank je wel,' zei ik beledigd.

Ze glimlachte. 'Het is toch zo? Jij gaat altijd tot het uiterste, ziet altijd meer dan een ander en niet altijd is dat positief.'

'Je bedoelt?' vroeg ik.

'Dat je alles eens wat meer moet loslaten. Die Tarik is alweer verleden tijd. Zijn zus heeft toch examen gedaan?'

Ik knikte. De examens waren inderdaad achter de rug – de

laatste zo'n drie weken geleden – en dat betekende dat er, behalve Leila, nog meer leerlingen waren vertrokken. Nooit prettig, vond ik. Op school kon ik hen altijd nog een beetje volgen, in de gaten houden, maar zodra ze examen hadden gedaan en middelbare scholier af waren, raakte ik die controle kwijt. Natuurlijk wist ik dat sommigen van hen de weg zouden volgen die hun familie voor hen had uitgestippeld, maar toch hoopte ik dat een aantal – al waren het er maar een paar – hun eigen weg zou kiezen. Hoewel ik wist dat die kans klein was. Zo gemakkelijk was het nu eenmaal niet om te ontsnappen aan een leven tussen virtuele muren die met geen mogelijkheid omlaag te halen waren.

'Nou dan,' zei Jasmine. 'Dat meisje is nu van school, het is jouw zaak niet meer. Vergeet het.'

Ik gaf geen antwoord. Hoe moest ik haar duidelijk maken dat híj het blijkbaar anders zag? Want waarom dook hij anders nog steeds in mijn buurt op? Híj was degene die niet vergat. Bovendien, wilde ík het wel vergeten? Leila's situatie zat me nog steeds dwars. Hoe moest het verder met haar, nu ze mij niet meer had om haar hart bij te luchten? Ze had niemand om mee te praten en dat vond ik erg. Ik had al van vele meisjes afscheid moeten nemen na een examenperiode, maar nog nooit had ik me dat zo aangetrokken als bij Leila. De laatste weken voor de examens was ze regelmatig bij me geweest. Soms wel drie, vier keer in de week. Het leek alsof ze alle verloren tijd van de voorgaande jaren wilde inhalen. Ze had me verteld over de steeds inniger wordende band tussen haar en Thomas. Dat ze zo graag samen verder wilden, maar dat ze niet wisten hoe. Op die vraag had ik ook geen antwoord gehad. De enige mogelijkheid die ze hadden was weggaan. Vluchten naar waar dan ook, om daar een eigen leven op te bouwen. Maar vooralsnog wilde ze dat niet. Het was toch haar familie, zei ze. Ze kon niet zomaar weggaan. Het liefst wilde ze haar ouders alles vertellen over Thomas, maar ze durfde niet. En hoe ik ook hing aan eerlijkheid en openheid, ik kon haar alleen maar gelijk geven. Vooral vanwege Tarik. Hij zou nooit accepteren dat zijn zuster iets met een niet-jezidi was begonnen.

'... maar ja, je was altijd al een halve jongen.'

Ik had niet alles gehoord wat Jasmine zei, maar ging er toch op in en vroeg: 'Wat heeft dat er nou weer mee te maken?'

'Alles,' zei ze. 'Vroeger op school durfde niemand mij te pesten, of uit te schelden, omdat ze wisten dat als jij erachter kwam, ze de volgende dag met een blauw oog naar huis gingen.' Ze wierp me een scheef lachje toe. 'En nu doe je precies hetzelfde. Nog even en je slaat Wout een dik oog.'

Ik keek achterom, naar het bankje waar we net nog op zaten en waarvan Wout zojuist was opgestaan. Hij stak zijn hand op en zwaaide.

'Wat een onzin,' mompelde ik en ik zwaaide terug naar Wout om mijn woorden kracht bij te zetten. Toen draaide ik me weer naar Jasmine en zei: 'Maar je moet toch toegeven dat hij wel érg klef is.'

'Juud, hij vindt je gewoon leuk. Geef die jongen een kans.'

'Een kans? Waarop?'

Ze haalde haar schouders op. 'Om jouw respect te verdienen, misschien? Hij is best aardig, hoor.'

'Ik heb toch ook nooit beweerd dat ik hem níét aardig vind?' zei ik kribbig. 'Hij moet alleen niet zo om me heen hangen. Daar heb ik een hekel aan. En zullen we er nu over ophouden? Ik heb honger.'

Jasmine schoot luid in de lach. 'Ik heb je weer lekker op de kast, hè?'

'Trut,' mompelde ik, maar ik moest toch ook lachen. Ik haakte mijn arm in die van haar en trok haar mee, terwijl ik me afvroeg wat ik in vredesnaam zonder haar zou moeten beginnen.

DINSDAGAVOND 21 AUGUSTUS 2012

Het huis waar Thomas in woont is niet groot. Het staat op de hoek van een rustige straat aan het uiterste randje van 's-Heerenberg. De zijkant van het huis heeft vier grote ramen die uitkijken op een uitloper van het Bergherbos. Rust en ruimte dus, iets wat precies bij Thomas past.

Terwijl ik het brede, vrij lange tuinpad naar de voordeur oploop, bekruipt me een ongemakkelijk gevoel. Ik heb Thomas ruim drie jaar niet meer gezien of gesproken en op het moment dat we 's-Heerenberg verlieten was hij niet in staat om te beseffen wat er allemaal precies aan de hand was. Dat heeft hij naderhand allemaal van Ben en Martha moeten horen. Hoe gaat hij reageren als hij mij voor de deur ziet staan? Hoe had hij gereageerd toen hij voor het eerst weer met Leila sprak? Die onwetendheid maakt me onzeker en met een hartslag die lichtelijk verhoogd is, loop ik naar de voordeur en kijk naar de bel. Zijn naam staat erbij. *Thomas Withuizer.* Wie had ooit gedacht dat ik nog eens voor zijn deur zou staan en amper zou durven aanbellen.

Als ik mijn hand omhoog breng om op de bel te drukken, gaat de deur al open. Ik schrik ervan en automatisch doe ik een stapje achteruit, waardoor mijn voet zwikt en ik bijna achterover val.

'Nog altijd op de motor?' klinkt Thomas' stem, zonder op mijn rare capriolen te letten.

Ik wrijf wat losgeraakte haren achter mijn oor en na een korte blik op mijn Suzuki bij de stoeprand, kijk ik naar hem in de deuropening. 'Voor mij niets anders,' zeg ik.

Hij zwijgt, laat zijn ogen langs me glijden, en zegt dan: 'U bent geen spat veranderd.'

Ik glimlach. 'Jij ook niet echt,' reageer ik.

Hij lacht niet terug. Na een korte stilte zegt hij: 'Kom binnen.' Hij rijdt zijn rolstoel een stukje achteruit om me door te laten, en sluit zachtjes de deur achter ons. 'Mijn moeder belde dat u onderweg was.' En dan, als hij ziet dat ik aarzel: 'Naar links. Let niet op de rommel.'

Ik loop een ruime, lichte woonkamer binnen, met meubels van donker grenen. De bank, die tegen de muur recht tegenover een kleine flatscreentelevisie staat, is van zwart leer. Aan de andere kant van de kamer een vierkant eethoek, met ernaast een enorm bureau, waarop gedeeltelijk ontmantelde laptops, draagbare beeldschermen en allerlei andere computers staan. Overal liggen USB-sticks, kabels en cd-roms.

'Ik werk als programmeur,' klinkt het achter me. 'Computerspelletjes en zo.' Hij rijdt zijn rolstoel tot vlak naast me en vervolgt: 'Niet precies wat ik ooit hoopte te gaan doen, maar ik verdien er mijn brood mee. En niet eens slecht belegd.'

Of hij het grappig bedoelt weet ik niet, maar ik kan er in ieder geval niet om lachen. Zijn woorden klinken triest en na een korte stilte vraag ik: 'Hoe is het met je, Thomas?'

'Behalve het feit dat ik de rest van mijn leven op wielen rondrijd?' Hij kijkt naar me op. 'Goed hoor. Ik ben er al aan gewend. Bovendien is het gemakkelijk. Iedereen laat je voorgaan, in winkels, op het station, in de bibliotheek.'

Ik weet niet goed hoe ik moet reageren, kijk naar hem en zie zijn ogen die me betrekkelijk rustig opnemen. Dan slaat hij zijn blik neer en zegt: 'Sorry. Ik bedoelde het niet zo.' Hij rijdt zijn rolstoel achteruit en maakt met zijn arm een beweging naar de bank. 'Ga even zitten. Ik neem aan dat u wel een kop koffie lust?'

Ik knik, loop naar de zithoek en laat me op de bank neerzakken, terwijl Thomas geruisloos de kamer verlaat. Ik kijk even om me heen en laat mijn blik rusten op een paar foto's die naast de televisie staan. De meeste zijn van zijn ouders, maar eentje is van hemzelf, samen met Leila, en met een schok besef ik dat hij haar nog steeds niet vergeten is. Ik sta op en loop naar de foto's toe.

'Hoelang bent u al niet in 's-Heerenberg geweest?' hoor ik Thomas vanuit de keuken vragen.

Voorzichtig pak ik de foto van hem en Leila op en antwoord: 'Iets meer dan drie jaar.'

Er komt geen reactie. Aan het geluid van rinkelend aardewerk en lepeltjes te horen, is hij bezig met de koffie, en als hij een paar minuten later weer binnen komt rijden met een dienblad op zijn schoot, zegt hij: 'Het lijkt een eeuwigheid geleden.'

Ik zet de foto terug op zijn plek. 'Dat gevoel heb ik soms ook.'

Hij rijdt tot aan een kleine tafel naast de bank en schuift het dienblad erop. 'Hebt u er iets in?' vraagt hij. 'Suiker, melk?'

'Alleen een klein beetje suiker,' zeg ik, terwijl ik weer ga zitten en toekijk hoe hij een half schepje in de kleine beker gooit.

'Het is gewone Nespresso, hoor,' meldt hij, als hij met in zijn ene hand een beker zijn rolstoel met zijn andere hand behendig een stukje achteruit stuurt, zodat hij recht tegenover me komt te staan.

'Dat is toch prima?' zeg ik.

Hij glimlacht. 'Ik kan me die van u nog wel herinneren. Die u met dat pannetje maakte.'

'Met een cezve,' zeg ik. 'Daar maak je Turkse koffie mee.'

'Ja, precies. Bitter en zoet tegelijk.'

Ik neem een slokje en kan niet voorkomen dat mijn blik blijft hangen op zijn in geruite pantoffels gestoken voeten, die op de smalle steun van de rolstoel rusten.

'Ze noemen dit de Quickie,' zegt hij.

Lichtelijk verward kijk ik naar hem op.

'Deze rolstoel,' vervolgt hij. 'De Quickie. Omdat hij zo wendbaar is.' Hij grinnikt even. 'En zeg nou eerlijk, die kleuren maken me wel een stuk jonger, toch?'

Ik laat mijn ogen over de rolstoel gaan, de witte frames met de oranje accenten. In combinatie met de lage rugleuning, het ontbreken van armleuningen, en de smalle voetensteun, ziet hij er inderdaad sportief uit.

'Je bent toch nog jong?' zeg ik.

Hij grinnikt even en wijst dan naar de tafel. 'Koekje?'

Ik durf eigenlijk niet te weigeren en pak een chocoladekoekje met suiker van het schaaltje. 'Wil jij er ook eentje?' vraag ik.

Hij schudt zijn hoofd. 'Ik moet op de lijn letten,' zegt hij. 'Te weinig beweging, snapt u?'

Er valt een korte stilte, waarin we allebei van onze koffie drinken en ik met kleine hapjes mijn koekje opeet. Uiteindelijk laat hij zijn lege beker op zijn knie zakken en vraagt: 'Wat komt u doen, mevrouw Van de Werff?'

'Noem me alsjeblieft Judi,' zeg ik. 'Je bent geen leerling meer van me.'

'Oké. Judi dan.' Hij kijkt me aan, met die doordringende ogen van hem, en herhaalt: 'Waarom bent u hier? Mijn moeder zei dat er wat dingen… veranderd waren?'

Ik knik en denk dan even goed na over wat ik moet zeggen. 'Je weet waarom we hier drie jaar geleden weg moesten, hè?' begin ik uiteindelijk.

'Dat kan ik moeilijk níét weten,' zegt hij met een lachje, terwijl hij met zijn vlakke hand op het wiel van zijn rolstoel slaat.

Ik reageer er niet op. 'Hij heeft ontdekt waar we wonen, Thomas,' zeg ik. 'Hij heeft eerst geprobeerd mij te vermoorden en is daarna… heeft daarna Leila opgezocht.'

Stonden zijn ogen eerst nog rustig, nu zie ik er een zekere mate van paniek in oplichten. 'Wat heeft hij… is Leila… ze is toch wel oké?'

De blik die ik hem toewerp zegt hem genoeg. 'Is ze… is ze dood?' fluistert hij.

'Nee,' zeg ik. 'Ze ligt in het ziekenhuis. Maar het is kritiek. We moeten afwachten of ze zich herstelt.'

Hij buigt zijn hoofd en heel even denk ik dat hij huilt, maar ik kan geen tranen ontdekken. Dan zegt hij: 'Ik vond het zo erg dat ze zomaar vertrokken was. Ik bedoel, ik kon haar niet eens gedag zeggen!'

'We konden niet wachten, Thomas,' zeg ik zacht. 'Het was levensgevaarlijk om langer in 's-Heerenberg te blijven.'

‘Dat weet ik,’ zegt hij. En na een korte stilte: ‘Ik hield echt van haar, mevrouw Van de Werff. En dat doe ik nog steeds.’

‘Heb je daarom contact met haar opgenomen?’

Hij geeft niet meteen antwoord. Zijn handen bewegen rusteloos over de stof van zijn spijkerbroek en als hij uiteindelijk opkijkt, zie ik dat zijn ogen glinsteren van tranen. ‘Dat heb ik niet gedaan,’ zegt hij. ‘Ze belde mij. Een maand of twee geleden.’

Dat is iets wat ik niet echt verwacht had. Leila wist hoe gevaarlijk het was om met iemand van vroeger contact op te nemen. Waarom heeft ze dat in godsnaam gedaan?

‘Waarom?’ vraag ik zacht.

Hij haalt zijn schouders op. ‘Wist ik het maar. Ze zei dat ze me niet kon vergeten, maar eigenlijk...’ Hij aarzelt even, denkt na, en vervolgt dan: ‘Ik weet niet of dat de werkelijke reden was...’

Ik kijk naar hem, naar hoe hij een paar keer slikt om zijn emoties in bedwang te houden, en word ineens overspoeld door een gevoel van medelijden. ‘Leila was gek op je, Thomas. Waarom twijfel je daaraan?’

‘O, ik twijfel er geen moment aan,’ zegt hij. ‘Maar ruim drie jaar... waarom niet eerder?’

‘Het kon grote gevolgen hebben als ze contact met mensen uit haar verleden zou opnemen,’ leg ik uit. ‘Daar hadden Leila en ik het dagelijks over. Ze wist hoe gevaarlijk dat kon zijn. Die eerste jaren heeft angst haar waarschijnlijk tegengehouden.’ Ik zwijg even en zeg dan zacht: ‘Het feit dat ze alsnog contact met je opnam, is het bewijs van haar liefde voor jou.’

Hij geeft geen antwoord, staart naar zijn knieën. Als hij weer opkijkt, zie ik de trieste uitdrukking in zijn ogen. ‘Misschien wel,’ beaamt hij. ‘Maar dat bewijs heeft er blijkbaar wel voor gezorgd dat hij haar gevonden heeft, toch?’

‘Dat weet ik niet,’ zeg ik. ‘Hebben jullie elkaar ontmoet?’

Het lijkt of hij aarzelt, alsof hij ook hier over moet nadenken en even vraag ik me af of zijn geheugen drieënhalf jaar geleden misschien ook een optater heeft gekregen. Het zou me niets verbazen. Tenslotte had hij die avond volledig in de vernieling gelegen. Maar dan schudt hij resoluut zijn hoofd. 'Nee,' zegt hij. 'We hebben het er wel over gehad, maar zover is het niet gekomen.'

'Jullie hebben elkaar dus alleen telefonisch gesproken?'

'Een paar keer.'

'Maar jij hebt haar ook gebeld?'

Hij knikt. 'Maar alleen in het ziekenhuis. Ze heeft me nooit haar nummer thuis of haar mobiele nummer gegeven.'

Slimme Leila. Geen persoonlijke informatie geven, des te kleiner is de kans dat iemand achter je verblijfplaats komt. Maar toch had die kans erin gezeten, zelfs met deze veiligheidsmaatregel. Dat moet ze geweten hebben. Als iemand naar het ziekenhuis is gegaan en haar van daar naar haar huis heeft gevolgd... Ik kijk zwijgend naar Thomas. Zou hij...?

'Je wist niet waar ze woonde?' vraag ik, de gedachte dat hij iets met Leila's toestand te maken heeft heel diep wegstoppend.

'Nee.' Hij zegt het snel. Té snel. En meteen is de achterdocht terug. Of ben ik nu op het punt beland dat ik overal iets achter zoek? Hoe zou Thomas haar in vredesnaam moeten hebben gevolgd? Ze ging altijd met de auto naar haar werk, en bracht dan eerst Cem naar het kinderdagverblijf. Behalve als ze avond- of nachtdienst had, dan sliep hij bij mij.

'Leila vond het beter dat ik dat niet wist,' vervolgt Thomas. 'En ik heb er nooit naar gevraagd.'

Ik zie zijn ogen, met die oprechte en sympathieke blik die me vroeger altijd al zo aansprak, en kan niet anders dan blindelings geloven wat hij zegt. Maar nu de rest nog. Het belangrijkste. En moeilijkste. Ik schraap mijn keel, terwijl ik mijn lege koffiebeker op tafel zet, en kijk dan weer naar hem op. 'En Cem?' vraag ik. 'Heeft Leila je over hem verteld?'

Hij verblikt of verbloost niet bij wat ik zeg en behalve een lichte frons op zijn voorhoofd, vertoont zijn gezicht geen enkel spoortje van verbazing als hij bevestigt: 'Ik weet van Cem.'

Meer niet. En dat verbaast me. Ik had een heel andere reactie verwacht op het bestaan van de jongen. Of komt het gewoon omdat hij het al wist? Heeft hij anders gereageerd toen Leila het hem vertelde?

'Cem is weg,' zeg ik. 'Tarik heeft hem meegenomen.'

Thomas knijpt zijn ogen tot spleetjes. 'Dat is vervelend,' zegt hij uiteindelijk.

'Vervelend?' herhaal ik. 'Dat is een ramp!'

'De jongen is een halve jezidi,' zegt Thomas. 'Hij zal hem niets aandoen. Zo is hun wet.'

Onthutst staar ik hem aan tijdens de stilte die volgt. Dan zucht hij diep en vervolgt: 'Ik ken het kind niet. U kunt niet van mij verwachten dat ik meteen in paniek raak.' Het klinkt amper schuldbewust en eerlijkheidshalve kan ik het hem niet kwalijk nemen dat hij er zo over denkt. Wat heeft hij er tenslotte mee te maken? Alles wat hij liefhad verdween drieënhalf jaar geleden uit zijn leven, zonder een woord van uitleg of afscheid. Hoe kan ik van hem verwachten dat hij zich meteen weer betrokken voelt?

'Ik wil hem terug, Thomas,' zeg ik zacht. 'Dat begrijp je toch wel?'

'Dat begrijp ik heel goed. Ik kan u alleen niet helpen. Het spijt me.'

'Waarom denk je dat ik dacht dat jij me kon helpen?' wil ik weten.

Hij lacht even kort. 'Ik snap best waarom u hier bent,' zegt hij. 'Leila had contact met mij, de enige uit haar verleden. U denkt dat Tarik haar via mij gevonden heeft. En dat is misschien ook wel zo. Ik weet alleen niet hoe. U wilt antwoorden. Antwoorden die ik niet voor u heb.' Hij wendt zijn blik even af en slikt, voordat hij zacht vervolgt: 'Het doet me pijn dat Leila er zo aan toe is en ik wilde dat ik bij haar was toen ze haar huis binnendrongen. Misschien had ik wat kunnen doen. Ik had...' Zijn stem breekt.

'Je had niets kunnen doen, Thomas,' zeg ik. 'We weten allebei hoe hij is. Wie weet had je het dit keer niet overleefd.'

Hij knikt, zwijgend. Dan kijkt hij op. 'Denkt u dat ik haar mag opzoeken?'

Uit een diepgewortelde gewoonte wil ik nee zeggen, maar besef dan dat het geen donder meer uitmaakt. 'Natuurlijk mag dat,' zeg ik. 'Je weet welk ziekenhuis het is.'

Hij glimlacht. 'De taxi weet 't wel te vinden.'

Nogmaals valt er een stilte, die hij uiteindelijk doorbreekt door diep in te ademen. Dan zegt hij: 'Misschien is het beter als u nu weer gaat.'

Ik kijk naar hem, wil wat zeggen, al weet ik niet wat, maar besef dan dat hij alleen wil zijn. En hoe graag ik hem ook wil troosten, ik weet dat ik dat niet kan. Dus sta ik op, zwijgend, en loop naar de gang, terwijl Thomas geruisloos achter me aan rijdt.

'Hij heeft Leila te grazen genomen,' zegt hij, als ik buiten sta. En nadat ik me naar hem heb omgedraaid: 'Pas goed op uzelf. U weet hoe hij is.'

Ik knik, omdat ik even niets weet te zeggen. Dan glimlacht hij tegen me, rijdt zijn rolstoel een klein stukje achteruit, en sluit de deur.

Als ik even later op mijn motor ben gestapt en mijn helm wil opzetten, kijk ik nog even naar het huis. Achter het raam zie ik Thomas. Hij kijkt naar me, met een strakke blik. Ik steek mijn hand naar hem op ten afscheid, maar hij beantwoordt het niet. In plaats daarvan draait hij zich van het raam weg en verdwijnt in de donkerte van het huis.

VRIJDAG 27 JUNI 2008

Het scheelde niet veel of ik viel in slaap. Docentenvergaderingen, ik had er een bloedhekel aan. Ik keek de tafel rond, naar een groot deel van de leraren, die stuk voor stuk hun zegje wilden doen en dan vaak het liefst allemaal tegelijk en op zo luid mogelijke toon. Waarom zat ik hier eigenlijk? Niemand had me er graag bij. Ik was niet meer 'een van hen', maar een soort buitenstaander. Ik koos partij voor de leerlingen en niet voor de docenten en sommige van mijn collega's konden dat niet waarderen. Hans bijvoorbeeld. Ik lag zo vaak met hem overhoop, dat het leek alsof we getrouwd waren. Hij zag het liefst dat elke leerling die zich misdroeg van school werd verwijderd, zonder te kijken naar de oorzaak voor hun gedrag. Oké, er waren leerlingen die gewoon niet te hanteren waren, soms met reden, soms zonder, maar er was altijd wel een oplossing te vinden. Maar als het aan Hans lag schopte hij hen zonder pardon van school. Ik vroeg me af waarom hij in godsnaam het onderwijs was ingegaan. Hij paste hier niet. Hij zou beter op zijn plaats zijn in een penitentiaire inrichting. Daar zou hij zijn agressie kunnen uiten op mannen van zijn eigen kaliber. Ik zag hem al staan, uitdagende blik, de vuisten geheven, recht tegenover een brede, bebaarde, woest uitziende man en begon spontaan te grinniken.

Lucille, de lerares Engels die naast me zat, keek verbaasd opzij.

Ik staarde terug en stopte acuut met het tikken van mijn potlood op de tafel, waar ik blijkbaar onbewust mee bezig was. 'Sorry,' mompelde ik zacht, terwijl ik wat overeind ging zitten.

'Ik vind dat het genoeg geweest is,' hoorde ik Hans zeggen. 'Ze sleept de hele klas mee in haar asociale gedrag.'

'Het meisje heeft problemen, Hans,' klonk de stem van rector Bert van der Hoek. 'Ik heb van de week nog met Judi over haar gesproken. Judi gaat een aantal gesprekken met Romy voeren, zowel met als zonder haar ouders. Daarmee hopen we wat meer grip te krijgen op de problemen en haar weer terug op het goede spoor te krijgen.'

'Verspilde moeite,' zei Hans. 'Dat kind is gewoon…'

'Een kind,' onderbrak ik hem. 'Een kind dat hulp nodig heeft.' Ik keek hem strak aan. 'Maar blijkbaar zie jij dat niet.'

Er viel een korte stilte. Toen wreef hij met zijn hand over zijn stoppeltjesbaard en zei: 'Natuurlijk zie ik dat wel. Maar we hebben nou al zo veel tijd aan haar gespendeerd, waardoor...'

'Dus wij denken hier in tijdseenheden?' vroeg ik. 'Als ze over vierentwintig dagen, zestien uur, acht minuten en elf seconden niet beter meedraait in de klas, dan zetten we haar op straat. Zoiets?'

'Nu overdrijf je,' zei Hans. 'Je moet toch toegeven dat we nu al anderhalf jaar ontzettend veel geduld met Romy gehad hebben. Omdat jij bleef volhouden dat het uiteindelijk wel beter zou gaan. Maar tot nu toe zie ik daar niet veel van.'

'Misschien omdat je er zelf nogal negatief tegenover staat?' reageerde ik. 'Zodra er íéts gebeurt, sta jij al op je achterste benen. En je hoeft maar te vermoeden dat Romy ermee te maken heeft, of ze staat weer buiten de klas om zich bij Bert te moeten verantwoorden.'

'Wil je zeggen dat ik...'

'Ik wil helemaal niets zeggen,' viel ik hem in de rede. 'Behalve dat je je negatieve bril eens moet afzetten en ook de goede kanten van dat kind moet proberen te zien. En aanmoedigen.'

Ik zag hem een verontwaardigde blik naar Bert werpen, maar die negeerde hem.

'Dat is waar,' viel Marieke Blok, lerares Duits, me bij. 'Romy is heel gevoelig voor complimentjes.'

'Complimentjes moet ze verdienen,' baste Alex Dupond, de geschiedenisleraar. 'Je kunt nou eenmaal niet te pas en te onpas tegen haar roepen hoe goed ze het doet, alleen maar om haar rustig te houden.'

'Het is geen kwestie van rustig houden,' wierp ik tegen. 'Het is een kwestie van motiveren. Al zeg je maar één keer tegen haar dat ze iets goed doet, en dat zal ze heus weleens doen in een lesuur, dan is dat voor haar al een reden om zich beter te voelen. En als ze zich goed voelt, dan is ze handelbaar. Zo simpel is het. Maar...' Ik hief mijn hand toen Hans iets wilde zeggen en vervolgde: '... dat is nog geen oplossing voor het probleem: de situatie bij Romy thuis. En daarom ga ik met haar en haar ouders om de tafel zitten. Desnoods moet Romy een poosje ergens anders wonen om tot rust te komen.'

'Ja, in een jeugdgevangenis,' mompelde Hans.

'Tuurlijk,' zei ik. 'En jij bent een klootzak.'

Hans was te verbouwereerd om te reageren en hapte naar adem als een vis op het droge. Het was voor het eerst dat ik hem in het bijzijn van alle collega's een klootzak noemde. Ik zag hen allemaal naar me kijken, de een geschokt, de ander geamuseerd, maar het kon me geen donder schelen. Om precies te zijn voelde het goed. Het luchtte op en met mijn armen over elkaar geslagen liet ik me achterover in mijn stoel vallen.

Bert schraapte zijn keel, zette zijn bril op en keek op het notitieblok dat voor hem lag. 'Oké,' zei hij toen. 'Judi, ik laat het aan jou over om contact met de ouders van Romy op te nemen. Hou je me op de hoogte?'

Ik zei niets, knikte alleen maar. Ik voelde Hans' blik vanaf de andere kant van de tafel op me gericht en keek naar hem. Zijn ogen stonden woest, maar dat was ik wel gewend. Onze gesprekken eindigden altijd met een nijdige Hans. Het liefst wilde ik naar hem glimlachen en mijn duim opsteken, maar daar wist ik mezelf nog net op tijd van te weerhouden. Stel je voor dat hij zó woest werd dat hij me over de tafel heen naar mijn keel vloog? Opnieuw moest ik grinniken bij die gedachte. Ik pakte mijn potlood weer en begon een droedel te tekenen op het papier waarop de agenda van de vergadering stond, terwijl ik me afvroeg wanneer ik eindelijk naar huis kon.

DINSDAGAVOND 21 AUGUSTUS 2012

Het is al helemaal donker als ik uit 's-Heerenberg wegrijd en ik ben blij wanneer ik anderhalf uur later eindelijk de voordeur achter me kan dichtdoen. Bruce begroet me zoals altijd op zijn eigen hartelijke manier en omdat hij nu al lange tijd binnen heeft gezeten, laat ik hem via het raam naar buiten, dat ik daarna op een kiertje laat staan. Ver gaat hij toch nooit, dus met een halfuurtje zal hij wel weer terug zijn.

Ik trek mijn slaapshirt aan, bak een eitje dat ik met een boterham staand in de keuken naar binnen werk en kruip vervolgens met een flesje Palm op de bank. Ik denk aan mijn ritje naar het verleden en vraag me af wat ik er eigenlijk mee bereikt heb. Geen donder. Behalve het feit dat ik een rotgevoel heb overgehouden aan de ontmoeting met Thomas. Toch denk ik niet dat hij iets te maken heeft met de ontvoering van Cem. Behalve misschien indirect. Al weet ik niet precies hoe. Heeft hij zijn mond voorbij gepraat en tegen iemand verteld dat Leila in het Amsterdamse Lucas Andreas werkte? Maar tegen wie dan? Ik kan me niet voorstellen dat hij contact heeft gehad met Tarik. Niet na wat die hem heeft aangedaan. Tegen zijn ouders? Geloof ik ook niet. Hun verbazing dat Leila en hun zoon contact met elkaar hadden was absoluut niet geveinsd. Ze wisten er duidelijk niets van.

Ik neem een slokje bier en draai nadenkend het koele flesje tussen mijn handen. Ik begrijp er gewoon niets meer van. Wat is de werkelijke reden dat Leila contact heeft opgenomen met Thomas? Omdat ze hem niet kon vergeten? Dat is mogelijk. Leila is een gevoelig type. Het zou zomaar kunnen dat ze van het ene op het andere moment had besloten alles aan haar laars te lappen en alle veiligheidsregels te overtreden om haar eigen gemoedsrust te sussen.

Bullshit.

Ze heeft Thomas geen adres gegeven, geen privénummers, en er zijn geen persoonlijke ontmoetingen geweest. Ze was uiterst zorgvuldig te werk gegaan, dus ze wist waar ze mee bezig was. Maar waarméé dan?

Ik voel me boos worden. Waarom had ze verdomme geheimen voor me? We deelden alles met elkaar, vooral als het te maken had met ons verleden, waarom had ze dit dan voor me verzwegen? Was ze ergens bang voor geweest? Voor mij? Mijn reactie? Voor wát in godsnaam?

Met een harde klap zet ik mijn inmiddels lege flesje op de tafel en schiet overeind als er tegelijkertijd wordt aangebeld.

Onderweg naar de deur graai ik haastig mijn badjas uit de slaapkamer en knoop de band dicht, vlak voordat ik opendoe.

'Ben,' zeg ik, bij het zien van zijn gezicht.

'Er wil iemand naar binnen,' zegt hij, met een blik op Bruce, die met zijn staart omhoog kalmpjes over de drempel stapt.

'Hou jij me in de gaten of zo?' vraag ik, zonder op zijn opmerking te letten.

'Alleen de laatste paar uur,' geeft hij toe. 'Na ons telefoongesprek dat je zo abrupt afbrak, ben ik meteen hierheen gekomen. Maar je was weg.'

'Ik zei toch dat ik alleen wilde zijn?' zei ik. 'En met alleen bedoel ik ook alleen.'

'Het zit me niet lekker, Judi,' reageert hij ernstig.

Ik staar in zijn blauwe ogen, eerst nog een beetje opstandig, maar daarna lichtelijk verontrust. Ik wil net vragen wat het dan is dat hem niet lekker zit, als er achter me een harde klap klinkt. Mijn hart schiet mijn keel in en het eerste waar ik aan denk is Tarik, die voor de tweede keer probeert via het luik in de keuken binnen te komen.

'Blijf hier,' zegt Ben en hij probeert zich langs me heen naar binnen te wringen, maar ik ben sneller. Ik haast me de woonkamer in. Niets te zien. Meteen ren ik door naar de keuken, maar ook daar is alles zoals het hoort te zijn.

'Wat was het?' vraagt Ben, die achter me opduikt.

'Ik zie niets geks,' zeg ik, terwijl ik naar het luik boven de keuken reik en er even aan rammel. Nog steeds op slot.

'Ik ga buiten kijken,' zegt Ben. Meteen draait hij zich om en loopt met grote stappen van me weg.

De stilte op mijn boot overvalt me plotseling. Behalve het kabbelende water buiten is er verder niets te horen, en hoewel ik daar normaal gesproken geen last van heb, nu maakt het me nerveus. Ik ga terug de woonkamer in en zoek Bruce, die ik uiteindelijk achter een van de stoelen voor de boekenkast vind. Hij is geschrokken merk ik, en daardoor weet ik ook dat die klap hier binnen is geweest en niet buiten. Voorzichtig pak ik Bruce op en druk hem tegen me aan, waarna het niet lang duurt voor hij er weer aardig op los knort.

'Niets te zien buiten,' klinkt Bens stem na een paar minuten. 'Ook niet op het voordek, of op het dak.'

Dat had ik ook niet verwacht. Ik wil het zeggen, maar doe het niet. Ben lijkt oprecht ongerust, en als hij die ongerustheid kwijtraakt door alles te checken, dan heeft hij mijn zegen. Mijn blik valt op het raam dat ik voor Bruce open had laten staan en ik zie nu pas dat het weer dicht is.

'Heb je de ramen in je slaapkamer al gecheckt?' vraagt Ben. Hij wacht niet op antwoord, maar loopt meteen al door.

'Laat maar!' roep ik hem na. 'Ik zie al wat het was.'

Hij verschijnt weer in de deuropening.

'Het raam.' Ik gebaar met mijn hand om de boosdoener van de klap aan te wijzen. 'Het stond open. Ik denk dat het door de tocht is dichtgewaaid toen de voordeur openging.'

Opluchting trekt over zijn gezicht en bijna moet ik daar om lachen, al komt dat vast door de zenuwen. Door alle toestanden van de laatste paar dagen ben ook ik nog schrikkeriger dan anders.

'Ik schrok me rot,' verzucht Ben, terwijl hij zich op de bank laat zakken.

'Anders ik wel,' zeg ik en ik zet Bruce weer op de grond. 'Het eerste waar ik aan dacht was dat Tarik weer probeerde binnen te komen.' Ik sla mijn armen om me heen en vervolg: 'Ik begin een beetje paranoïde te worden, geloof ik.'

Ik ga naast Ben op de bank zitten en voel dat hij naar me kijkt. 'Dat is ook logisch,' zegt hij na een korte stilte. 'Ik bedoel, we dachten dat alles na ruim drie jaar een beetje bekoeld was. Maar in tijd van een paar dagen is dat gevoel volledig naar de bliksem geholpen. Leila in het ziekenhuis, Cem weg...' Hij zwijgt even en vervolgt dan voorzichtig: 'Waar was je vanavond?'

Ik kijk opzij en zie zijn bedachtzame blik. 'Hoezo?' vraag ik.

'Je bent bij Thomas geweest, hè?'

Verbluft staar ik hem aan. 'Je houdt me dus wél in de gaten,' zeg ik uiteindelijk. 'Je bent me gevolgd!'

'Natuurlijk niet,' werpt hij tegen. 'Ik ben gebeld door meneer Withuizer. Jij was aan de deur geweest, om met Thomas te praten. Je wilde niets loslaten en omdat hij zich zorgen maakte om zijn zoon belde hij mij.'

Dat had ik natuurlijk kunnen weten. Vier jaar geleden, nog voordat alles uit de hand liep, hadden Thomas' ouders het nummer van Ben gekregen. Voor als er iets was. Als ze iets niet vertrouwden. Waarschijnlijk hadden ze al die jaren geen, of amper contact met elkaar gehad. Maar dat wilde niet zeggen dat ze hem niet zouden bellen als er iets was, vooral niet als het betrekking had op Thomas. En dat kon ik me goed voorstellen.

'Leila en hij hadden contact,' zeg ik. 'Ik hoorde het van een collega van haar. Ik wilde weten waarom.'

'En? Ben je wijzer geworden?' vraagt Ben.

'Geen fluit,' zeg ik.

'Hij weet dus ook niet waar Cem is?'

Opnieuw kijk ik opzij en zie een gretigheid in zijn ogen die ik nog nooit eerder gezien heb. Waar is hij op uit? Dat ik uitzoek wat er allemaal aan de hand is, Cem vind, en dat hij vervolgens als de briljante politierechercheur gelauwerd wordt omdat hij de zaak heeft opgelost?

'Is het niet een zaak van de politie om dat uit te zoeken?' vraag ik. Het klinkt kribbig en zo is het ook bedoeld.

Er valt een stilte waarin hij me alleen maar aankijkt. Dan zegt hij: 'Wat is er met je, Judi? Je bent anders dan anders. Zo... zo...'

'Zo wat?'

Hij trekt een schouder op en vervolgt: 'Dit is helemaal niet de Judi die ik ken.'

'En wat doet jou denken dat je mij kent?'

Zijn blik verandert, wordt ineens bedroefd, en zoals wel vaker kan ik mezelf wel voor mijn kop slaan. Waar ben ik mee bezig? Het is weer net als vroeger. Ik weet gewoon niet met hen om te gaan. Mannen. Op de een of andere manier lijk ik hen altijd af te stoten. Vier jaar geleden had ik een kans gemaakt bij Ben. Een kans die ik zelf zo ongeveer verpest heb en die ik inmiddels verspeeld heb aan een vrouw met een kind. En nu? Nu ben ik nog steeds alleen met mijn eigen cynische zelf en een kat die vernoemd is naar een al lang vergeten karateheld.

Ik zucht diep. 'Ben, er is niets met me aan de hand. Ik ben van slag, dat snap je toch wel? Ik ben gewoon naar Thomas gegaan omdat ik antwoorden wilde. Had hij contact met háár gezocht of andersom? Ik was bang dat hij door Tarik benaderd was. Dat hij bedreigd werd of zo. Ik wilde zeker weten dat hij oké was.'

'En dat was hij dus.' Het is geen vraag, maar een conclusie.

Ik knik. 'Ik weet zeker dat hij niets met deze toestand te maken heeft.' En na een korte stilte: 'Thomas heeft geen greintje kwaad in zijn lichaam, Ben. Dat weet jij net zo goed als ik. En als hij ook maar iets zou weten over Cem, dan had hij allang aan de telefoon gehangen. Nog voordat ik hem opgezocht had.'

Ben zwijgt even, alsof hij daarover nadenkt, en knikt dan. 'Dat is waar. Zo was hij vroeger ook en dat zal nu wel niet veranderd zijn.'

Ik zie hoe hij naar zijn handen staart en vraag me af wat hij werkelijk komt doen. Iets zat hem niet lekker, zei hij net, maar verder is hij er niet op doorgegaan. 'En wat zit jou dwars, Ben?'

Hij staart me aan.

'Je zei dat je ergens mee zat.'

'Is dat niet duidelijk dan?' zei hij. 'Ik zit met jou. Je bent jezelf niet, je handelt impulsief, doet dingen die je beter niet kunt doen. Ik maak me zorgen om je.'

Hij slaat zijn blik neer als ik hem blijf aankijken en plotseling vraag ik me af waarom hij niet naar huis is gegaan. Waarom hij hier in een hotel zit, in plaats van bij zijn vriendin en haar dochter, en om de haverklap bij mij op de stoep staat, bij voorkeur 's avonds laat.

'Waarom ben je nog in Amsterdam, Ben?' wil ik weten. 'Is het nu niet een zaak van de Amsterdamse politie geworden?'

Zeg het... Zeg het!

Voor jou.

Maar de zo gewenste woorden blijven uit. In plaats daarvan kijkt Ben op, met fonkelende ogen. 'Waaróm?' zegt hij. 'Omdat ik me verantwoordelijk voel, Judi. Ik heb jullie hier drieënhalf jaar geleden midden in de nacht naartoe gereden. Ik heb alle sporen die jullie achterlieten gewist. Ik heb mijn uiterste best gedaan om jullie in veiligheid te brengen. En nu dit.' Hij zwijgt, staart opnieuw naar zijn handen en vervolgt dan zacht: 'Ik moet toch iets kunnen doen om het goed te maken?'

'Dus eigenlijk denk jij ook dat het Tarik is?'

Hij geeft niet meteen antwoord. 'Misschien,' zegt hij uiteindelijk, zij het aarzelend.

'En wat denkt die... die Wolf Brenning ervan? Hebben jullie het er nog over gehad?'

'Vanmorgen ja. Ik weet niet zo goed wat hij denkt. Ik krijg geen hoogte van hem.' Hij kijkt opzij. 'Ik heb mijn chef gevraagd of ik hier mocht meewerken aan het onderzoek. Bij het team van Wolf Brenning.'

'En Martha dan?' vraag ik.

'Martha houdt daar de boel in de gaten.'

'Tarik dus.'

'Tarik. En zijn familie.'

Ik wend mijn blik af, kijk naar Bruce, die eindelijk klaar is met een enorme poetsbeurt en zeg: 'Denk je dat we... dat we Cem zullen vinden?'

Hij zwijgt. Ik voel zijn ogen op me gericht en pas als ik weer opkijk, zegt hij met een stellige zekerheid: 'Natuurlijk.'

'Wist jij hiervan?'

Ik schud mijn hoofd. Maar al was het wel zo geweest, dan nog had ik niets gezegd.

'Jij was haar vriendin. Ze moet je verteld hebben wat ze van plan was.' Tarik staat voor me, met zijn handen in zijn zij. Schuin achter hem staan mijn vader en mijn oom Orhan, de vader van Khadija. Bij de deur naar de slaapkamer van mijn ouders zie ik mijn zusje Isra. Ze staat daar onbeweeglijk, haar ogen groot, alsof ze het allemaal niet begrijpt, en ook mijn kleine broertje Güney kijkt toe.

'Ze heeft me niets gezegd,' fluister ik.

Hij buigt zich naar me toe en zegt zacht: 'Ik geloof je niet.' Dan slaat hij me, één welgemikte slag tegen de zijkant van mijn hoofd, waardoor ik omtol en op de grond terechtkom.

Tranen springen in mijn ogen en terwijl ik mijn hoofd schud, kijk ik naar hem op. 'Ik wist het niet,' fluister ik. 'Echt niet.'

Ze zwijgen. Allemaal. Ik krabbel half overeind en werp mijn oom een smekende blik toe. 'Is het waar?' wil ik weten.

Hij kijkt me strak aan, zijn mond niet meer dan een dun streepje boven zijn al grijzende baard. 'Khadija is weg,' zegt hij toonloos. 'Ik heb geen dochter meer.'

'Waar is ze?' waag ik te vragen. En als niemand antwoordt: 'Waar is Khadija?'

'Khadija heeft geboet,' zegt mijn vader. 'De eer van de familie is hersteld.'

'De eer?' Paniek welt op. Ik kom overeind, veeg met de rug van mijn hand een straaltje bloed weg dat uit mijn mondhoek loopt en vervolg: 'Waar is Khadija? Waar is ze?'

Ik vergeet mijn eigen angst en stap naar voren, in de richting van mijn oom, maar ik word bij mijn arm gegrepen door Tarik. Hij brengt zijn mond vlak naast mijn oor en zegt: 'Je weet precies wat er met haar gebeurd is, zusje. En je weet het: als jij ooit zoiets doet als Khadija, gebeurt er hetzelfde met jou.'

Geschokt kijk ik opzij, in zijn ogen die kwaadaardig glinsteren.

Ik ruk me los, wil wegvluchten, naar mijn kamer, maar het is opnieuw een harde klap van Tarik, die me met mijn hoofd tegen de muur doet slaan waardoor sterretjes voor mijn ogen dansen.

'Goed zo,' hoor ik mijn oom zeggen. 'Niets door de vingers zien. Voor je het weet denken die meisjes dat ze zich alles mogen permitteren. Net als Khadija.'

VRIJDAGMIDDAG 27 JUNI 2008

Het duurde nog ruim een kwartier voordat Bert de vergadering sloot en opgelucht graaide ik mijn spullen bij elkaar. Aangezien ik dichter bij de deur zat dan Hans, was ik eerder op de gang en ik haastte me naar mijn kamer. Niet omdat ik bang was voor zijn reactie, maar omdat ik geen zin had in zijn gezeik. Ik wilde naar huis. Het was al laat en ik had nog een paar dingen te doen voordat ik daadwerkelijk weg kon.

In mijn kamer smeet ik de papieren van de docentenvergadering op mijn bureau, ging zitten en trok twee dossiermappen naar me toe. De ene was van Romy, die ik aanvulde met de informatie die tijdens de vergadering besproken was, al was dat niet veel, en de andere van een leerlinge die vanmiddag voor het eerst bij me was geweest. Er was veel met haar aan de hand, maar wat ik vermoedde, dat ze slachtoffer was van een verkrachting, had ze me nog niet verteld. Ik schreef alles op waarover we het gehad hadden en staarde daarna nog een poosje naar mijn eigen handschrift. Bert had me weleens gevraagd waarom ik niet alles in de computer zette. Makkelijker en gebruiksvriendelijk noemde hij het. Hij wel. Ik vond het onpersoonlijk, vooral als je naar zo'n scherm zat te staren als er aan de andere kant van je bureau een leerling zat. Ik was geen computerhater, deed er best veel mee, maar dossiers van leerlingen bleven bij mij papierwerk.

Vermoeid leunde ik even achterover op mijn stoel en ademde diep in en weer uit. Vanavond maar eens vroeg mijn bed in. Ik voelde me moe en bedacht dat het tijd werd voor de zomervakantie.

Ik stond op, borg de dossiers weg en draaide het sleuteltje van de archiefkast om om de laden af te sluiten. Terwijl ik mijn spullen op het bureau op een net stapeltje legde en aansluitend mijn tas van de grond pakte, hoorde ik een geluid bij de deur en ik keek op.

'Tarik,' zei ik, zowel verbaasd als ook een beetje geschrokken.

'Waar is ze?' vroeg hij. Hij kwam met grote stappen mijn kamer binnen en bleef aan de andere kant van mijn bureau staan. Zijn ogen glommen van woede en onwillekeurig deed ik een klein stapje achteruit.

Hoewel ik meteen wist dat hij Leila bedoelde, zei ik: 'Wie?'

'Doe niet of je dom bent, want dat ben je niet,' siste hij me toe. Hij zette zijn handen op mijn bureau en boog zich eroverheen. 'Jij hebt haar ertoe aangezet!'

Ik staarde hem verbluft aan, maar bleef staan waar ik stond. 'Je moet wat duidelijker zijn,' zei ik uiteindelijk. 'Wat is er aan de hand?'

Woede trok over zijn gezicht. 'Leila is weg! Waar is ze? Waar hou je haar verborgen?' Hij sloeg woest met zijn vuist op het bureau, waardoor twee pennen een stukje de lucht in vlogen. 'Vertel het me!'

'Zeg, doe eens kalm!' Ik hield een van de pennen tegen die naar de rand van het bureau rolde, en keek naar hem op. 'Je bent hier niet thuis!'

'Leila is hier vaker geweest, hè?' zei hij dreigend. Toen ik geen antwoord gaf stak hij zijn vinger naar me op en vervolgde: 'Ik wist het wel! Door jou is ze nu weg!'

'Ho even.' Ik hief mijn handen en fronste mijn wenkbrauwen. 'Ik weet niet wat jij je allemaal in je hoofd haalt, maar ik heb Leila al een hele poos niet meer gezien. Ze heeft haar diploma gehaald en daarna hebben we elkaar niet meer gesproken.'

'Zij heeft met jou over ons gepraat,' zei hij. 'Over de familie. Ik weet hoe jij bent. En wat je bent. Slet!'

Woede borrelde omhoog. Nu ging hij toch echt te ver. Ik was al boos vanwege die aanvaring met Hans en nu dit er nog eens bij kwam voelde ik mijn wangen vlammen van drift. Spinnijdig kwam ik achter mijn bureau vandaan en ging vlak voor hem staan. 'Luister eens, *orospu çocuğu*. Als je niet heel gauw maakt dat je oplazert met je beledigingen, dan zul je eens wat beleven met deze slet!'

Hij bewoog niet, maar zijn ogen stonden furieus. Op zijn voorhoofd verscheen een blauw adertje dat driftig klopte.

'Jij hebt geen respect voor tradities!' beet hij me toe. 'Je liegt tegen mijn zus en brengt haar het hoofd op hol met allerlei mooie beloftes over hoe ze haar leven kan leiden.' Hij greep me bij mijn arm vast en kneep er zo hard in dat ik het bijna uitgilde. Ik klemde mijn kiezen op elkaar en hield met moeite de tranen van pijn tegen.

'Maar zij is een jezidi,' vervolgde hij toen ijzig. 'En dat zal ze altijd blijven!'

Zijn gezicht was vlak bij dat van mij. Zo dicht dat ik de vlekjes in de pupillen van zijn ogen kon zien.

'Wat is hier aan de hand?' klonk ineens Hans' geïrriteerde stem bij de deur.

Zowel Tarik als ik gaf geen antwoord, we staarden elkaar alleen maar aan.

'Het is tijd dat je gaat,' zei ik uiteindelijk.

Zwijgend bleef hij me aankijken. Pas na een hele poos liet hij me los en liep naar de deur, waar Hans verbouwereerd opzij stapte om hem door te laten. Op de gang draaide Tarik zich nog een keer om en siste: 'Jij gaat spijt krijgen, *fahişe*. Heel erge spijt.'

WOENSDAG 22 AUGUSTUS 2012

Zodra Ben de deur uit is, doe ik alsnog de haken van het dichtgewaaide raam naar beneden. Meteen daarna loop ik mijn hele boot door om te checken of alle andere ramen, deuren en luiken ook op slot zijn. Het kan dan wel de wind zijn geweest die dat raam heeft dichtgeblazen, maar ik besef ook dat ik het Tarik wel heel gemakkelijk maak als ik ramen open laat staan.

Ik laat me op de bank zakken en trek mijn knieën op. Toen Ben weg wilde gaan had ik hem bijna gevraagd om te blijven. Alhoewel ik niet echt bang ben, voel ik me niet veilig meer in mijn eigen huis en wilde ik niet alleen zijn. Maar ik wist dat dat geen goed idee zou zijn. En dus was hij vertrokken. Naar het hotel, om zich morgen te melden op bureau Lijnbaansgracht. Bij Wolf Brenning.

Wolf Brenning.

Ik heb die man nog maar een enkele keer gezien en net als Ben weet ik niet goed wat ik aan hem heb. Nou ben ik geen geleerde in het doorgronden van een mannenbrein, maar meestal kan ik me toch wel een aardig beeld vormen van wat voor persoon ik voor me heb. Maar niet bij Wolf Brenning. Die man is een raadsel voor me.

Ik adem even diep in. En nu? Ik had Ben beloofd dat ik naar het bureau zou gaan om wat vragen van Wolf Brenning te beantwoorden, maar eigenlijk zie ik daar nog steeds het nut niet van in. Wat voor vragen kan hij überhaupt hebben? Alles staat toch in dat dossier?

Of niet?

Als er inderdaad dingen uit het dossier zijn gelaten, waarom zou ik er nu dan nog antwoord op moeten geven? Wat heeft het voor zin? Waarom gaan ze niet gewoon achter Tarik aan, in plaats van alles wat er drieënhalf jaar geleden gebeurd is te analyseren? Híj is de spil in deze zaak. Ze houden hem in de gaten, dus ze weten waar in Emmerich hij verblijft. Kwestie van binnenvallen en Cem in veiligheid brengen. Zou het werkelijk zo makkelijk zijn? Wat mij betreft wel. Pak die gozer op en smijt hem achter de tralies. Da's de enige juiste verblijfplaats voor die klootzak.

Ik aai Bruce, die tegen me aan is komen liggen, over zijn kop en gaap ongegeneerd. Het is al ver na middernacht. Tijd om te gaan slapen. Ik check nogmaals alle deuren en ramen en speciaal het luik in de keuken, en kruip dan mijn bed in. Maar hoe vermoeid ik me ook voel, het duurt zeker nog een uur voordat ik eindelijk in slaap val. Ik droom over Thomas, in zijn rolstoel, hoe hij met Cem op zijn schoot door het drukke Amsterdamse verkeer racet, terwijl Leila hen in haar auto volgt, of eigenlijk tracht te volgen, maar geen meter vooruitkomt. Ik sta zelf op de stoep, hoor Cem schreeuwen, en ren tussen geparkeerde auto's door de weg op. Dan klinkt er gepiep van remmen, ik kijk opzij en zie een blauwe auto op me af stormen, met Tarik achter het stuur. Hij grijnst, zijn ogen schitteren boosaardig. Ik sta acuut stil, als aan de grond genageld, niet in staat om nog te bewegen. Ik hoor Leila gillen terwijl de auto geen vaart mindert, en net als ik me schrap zet om de klap op te vangen, schiet ik overeind in mijn bed, nat van het zweet. Ik hap naar adem, voel mijn hart bonzen als een gek en besef dan dat het slechts een nachtmerrie was. Diep in- en uitademend schuif ik op mijn billen achteruit en laat me met mijn rug tegen de muur vallen. Wat een rotdroom! En waar slaat het op? Waar ben ik in mijn onderbewuste allemaal mee bezig?

Ik kijk op mijn wekker en zie dat het net even na halfnegen is. Toch de hele nacht doorgeslapen, besef ik. Niet dat het veel heeft geholpen. Ik voel me nog steeds alsof ik onder een wals gelegen heb en ruw ben opgeveegd.

Lusteloos schop ik het dekbed van me af en sla mijn benen over de rand van het bed. Eerst maar eens koffie. Dan beslis ik daarna wel of ik terug mijn bed in ga, of dat ik iets ga ondernemen om Cem te vinden. De politie mag dan wel naar een oplossing aan het graven zijn in het verleden, ik doe het zelf liever in het heden.

Ik sta net op van mijn bed, als de deurbel gaat. Heel even verstijf ik van schrik, maar dan neemt de irritatie het over. Wat is dat toch met al die aanloop? Het lijkt hier wel een doorgangshuis. Er is in al die jaren dat ik hier nu woon nog nooit zo vaak aangebeld als de laatste paar dagen.

Terwijl ik mijn badjas aantrek haast ik me naar de voordeur en nadat ik eerst even door het raampje ernaast gekeken heb, trek ik de deur open.

'Heb ik u wakker gemaakt?' vraagt Wolf Brenning. Zijn blik op mijn witte, enigszins smoezelige badjas drukt interesse noch nieuwsgierigheid uit.

'Nee hoor,' zeg ik. 'Ik vroeg me net af wanneer de volgende zou aanbellen.'

Zijn wenkbrauwen schieten omhoog en hij kijkt even kort opzij naar de man die naast hem staat en die ik nu pas opmerk. 'Bedoelt u dat u al bezoek hebt?' vraagt hij dan.

'Op het moment niet,' zeg ik. Ik stap achteruit en maak een uitnodigend gebaar met mijn arm. 'Het lijkt me beter als jullie binnenkomen. Er lopen al aardig wat toeristen op het plein. Ze zouden eens verkeerde gedachten kunnen krijgen.'

Ik zie Wolf Brennings linkermondhoek lichtjes opkrullen.

Nee maar, hij heeft gevoel voor humor!

Brennings collega stapt voluit grijnzend langs me heen naar binnen en volgt zijn chef – ik denk tenminste dat Brenning de hoogste in rang is – naar mijn woonkamer.

'Zal ik even koffie zetten?' vraag ik, als ze zich op de bank geïnstalleerd hebben.

'Nee, dank u,' zegt Brenning en ook zijn collega schudt zijn hoofd.

'U had zich een ritje hierheen kunnen besparen,' zeg ik, nadat ik tegenover hen in de stoel ben gaan zitten. 'Ik was juist van plan om vanmorgen naar het bureau te komen. Ben had gezegd dat u nog wat vragen voor me had.'

'Een paar maar,' zegt Wolf Brenning. Hij wijst naar zijn collega en zegt: 'Dit is trouwens Johan Vught. Hij zit ook in het team dat onderzoek doet naar de recente gebeurtenissen rondom uw vriendin en haar zoon.'

Ik geef geen antwoord, omdat ik eigenlijk niet weet wat ik zou moeten zeggen.

Na een korte stilte vraagt hij: 'U hebt geen telefoontjes meer ontvangen?'

Ik schud mijn hoofd.

'Geen vreemde pakketjes?'

Opnieuw schud ik mijn hoofd. 'Weten jullie al meer van dat poppenhoofd?'

'Niet veel,' zegt Brenning. 'Het is het hoofd van een meisjespop...'

Meisjespop?

'... met blond haar en blauwe ogen. Het is waarschijnlijk met een kartelmes van de romp gesneden.'

Ieuw.

'En dat bloed?' vraag ik.

'Dat is van een kat.'

Ik voel me verschieten en onwillekeurig kijk ik om me heen, op zoek naar Bruce. Vrijwel meteen besef ik hoe stom dat is. Bruce leefde nog toen dat pakket hier werd afgeleverd. Maar toch voel ik opluchting als ik hem op zijn vaste plek in de boekenkast zie liggen.

'Verder is er niets gevonden dat een licht zou kunnen werpen op de afzender,' gaat Brenning verder. 'Behalve de vingerafdrukken van een kind.'

'Een kind?' vraag ik. 'Van Cem?'

'Daar wordt naar gekeken. We wachten nog op de resultaten.'

'En wat doen jullie verder?' wil ik weten. 'Zijn er al plannen om hem terug te halen?'

'Daarvoor moeten we wel weten waar hij is, mevrouw Van de Werff.'

Ik snuif. 'Hebt u al eens bij Tarik Rashukan thuis gekeken?'

'Tarik Rashukan heeft een waterdicht alibi voor het tijdstip waarop uw vriendin is aangevallen en Cem is verdwenen.'

'Ja, vier jaar geleden had hij ook overal een alibi voor,' zeg ik, terwijl ik mijn blik wisselend tussen Brenning en Vught laat gaan. 'En waar is dat op uitgedraaid?'

Ze zwijgen beiden en ik kan zien dat Vught zich niet op zijn gemak voelt door mijn scherpe opmerking.

'U hebt Thomas Withuizer opgezocht,' zegt Brenning na een poosje.

Nu zwijg ik, kijk hem alleen maar aan.

'Dat vertelde Ben van Vliet me vanmorgen.'

De verraaier!

'Had u daar een reden voor?' gaat Brenning verder.

Even voel ik me ertoe geneigd me te beroepen op mijn zwijgrecht. Niet omdat ik niet wil meewerken, maar omdat ik het gevoel krijg dat ik aan een verhoor word onderworpen en daar bedank ik voor. Tenslotte ben ik nog altijd geen verdachte.

Toch?

Ik voel me misselijk worden, schraap mijn keel en zeg: 'Niet speciaal.'

Wolf Brenning wrijft gedachteloos over het litteken op zijn wang en zoals al eerder intrigeert dat me. Waar is dat litteken van? Ik staar er gebiologeerd naar en net als ik wil vragen of hij me in vredesnaam wil vertellen waar hij het heeft opgelopen, zegt hij: 'Dat geloof ik niet. Niet nu ineens.'

Ik ben meteen weer terug bij de les en werp hem een achterdochtige blik toe. 'Denkt u soms dat ík iets met de verdwijning van Cem te maken heb?' vraag ik.

'Hebt u dat dan?'

'Natuurlijk niet,' zeg ik.

'Wat deed u dan bij Thomas Withuizer?' vraagt Brenning.

'Niets!' roep ik. Ik voel me behoorlijk klemgezet en woede kruipt in me omhoog. 'Ik wilde weten of Leila hem van Cem verteld had, nou goed?'

'Ze hadden contact met elkaar, hè?'

Ik knik. 'Sinds een paar weken.'

'En dat hebt u van Rachel Polak gehoord.'

'U kent haar?' vraag ik verbaasd.

Wolf Brenning glimlacht kort. 'Wij zitten ook niet stil, mevrouw Van de Werff.'

Blijkbaar niet, nee.

'U hoorde dus van een collega van uw vriendin dat ze contact had met iemand van vroeger en naar aanleiding daarvan bent u hem gaan opzoeken?' vraagt Vught.

Ik kijk naar hem en besef dat ik zijn aanwezigheid alweer vergeten was. 'Ja,' zeg ik. 'Ik wilde weten hoe ze contact hadden gemaakt. Of Tarik ons misschien via Thomas op het spoor was gekomen.'

'En is dat zo, denkt u?' vraagt Brenning, zonder in te gaan op mijn insinuatie dat het Tarik is geweest.

Ik haal mijn schouders op. 'Het is mogelijk. Leila en Thomas hadden alleen contact via de telefoon in het ziekenhuis waar ze werkt, maar voor iemand met een beetje verstand is het natuurlijk gemakkelijk om haar daar op te wachten en naar huis te volgen.'

'Maar dat verklaart niet de indringer bij u thuis. De dag vóórdat uw vriendin werd aangevallen.'

'Precies,' zeg ik. 'Daarom heb ik het vermoeden dat onze verblijfplaats niet via Thomas is ontdekt.'

Hij zegt niets, alsof hij op meer informatie wacht, maar die heb ik niet, dus ook ik zwijg. Opnieuw wrijft hij met zijn duim over het litteken en zegt dan: 'U begrijpt dat wij ook met Thomas Withuizer moeten praten.'

'Ik kan u moeilijk tegenhouden,' reageer ik. Ik kijk hem recht aan en zeg dan: 'Thomas is een gevoelige jongen. Ik hoop wel dat u daar rekening mee houdt.'

'U bedoelt?'

'Dat hij nog steeds sterke gevoelens heeft voor Leila. Het kan geen kwaad hem met een beetje tact te behandelen.'

'U denkt dus dat hij niets met de verdwijning van Cem te maken heeft?'

'Absoluut.'

'Maar hij is wel zijn vader.' Het is een retorische vraag en ik zie aan zijn blik dat hij slechts op mijn bevestiging wacht. 'Toch?' dringt hij aan, als die uitblijft.

'Als u dat uit het dossier gehaald hebt, waarom vraagt u het dan nog aan mij?'

'Omdat het daar niet in staat.' Hij schuift iets naar voren op de bank en vervolgt: 'U zei laatst dat de vader van Cem fysiek niet in staat is om voor een kind te zorgen.'

'Dat zei Ben,' verbeter ik.
'Maar is het zo?'
'Ja,' zeg ik. 'Dat is zo.' Ik sluit mijn ogen en adem even diep in en weer uit. 'Hij heeft een complete dwarslaesie vanaf de zevende thoracale wervel.'
'Dat is vrij hoog,' stelt Vught.
Ik staar hem aan en vraag me af wat dat er nu weer mee te maken heeft. 'Feit blijft dat hij vanaf zijn middel verlamd is en in een rolstoel zit,' zeg ik.
Brenning knikt begrijpend. 'En ik begrijp dat dat een gevolg is van de gebeurtenissen die plaatsvonden op 14 februari 2009?'
Mijn gedachten dwalen af naar toen, naar die dag waarop de zon scheen, maar waarop het ook zo vreselijk koud was. Ik voel de ijzige wind weer, terwijl ik daar stond en op de hulpdiensten wachtte, en me tegen beter weten in afvroeg of het ooit allemaal weer goed zou komen.
'Mevrouw Van de Werff?'
Wolf Brennings stem komt van ver en ik schrik op. 'Heeft zijn toestand te maken met wat er toen gebeurd is?'
Ik knik. 'Alles,' zeg ik zacht. 'Maar dat zult u ongetwijfeld in het dossier gelezen hebben.'
'Er stond niets over Thomas Withuizer in het dossier,' reageert hij.
Ik staar hem aan. 'Niet?'
'Nee. Ik heb Ben van Vliet daar al over gesproken en hij legde uit dat zijn naam ter bescherming uit het dossier verwijderd is.'
Ik kan er niets aan doen dat ik moet glimlachen. Lieve Ben. Alles heeft hij gedaan om alle betrokkenen in veiligheid te brengen. En plotseling begrijp ik zijn bezorgdheid, zijn schuldgevoel, en voel ik spijt dat ik hem gisteravond zo lomp behandeld heb.
'En zo zijn ons meer dingen onduidelijk,' gaat Wolf Brenning verder.
'Zoals?' vraag ik.
'Volgens het dossier waren er drie dodelijke slachtoffers bij dat

ongeluk. Wij weten slechts van twee wie het zijn. Wie was het derde slachtoffer?'

Mijn hartslag neemt toe, terwijl ik angstvallig zwijg. 'Dat... dat weet ik niet... meer,' zeg ik uiteindelijk aarzelend. 'Ik was toen, eh... nogal in shock. Er zijn dingen die ik me, eh... niet meer goed kan herinneren.'

Ik durf hem niet aan te kijken, maar voel zijn ogen strak op me gericht. Ik weet dat hij me niet gelooft en om hem tevreden te stellen, kijk ik op en zeg: 'Misschien dat u dat beter aan Ben kunt vragen.'

Hij geeft geen antwoord. Zijn blik vertelt me echter dat hij dat ook zeker van plan is en dat maakt me nerveus. Hoeveel zal Ben hem vertellen? Wát zal hij vertellen? Ben is een van de weinigen die ons geheim ook kent. Dat zal hij toch niet verraden?

'Gaat het wel, mevrouw Van de Werff?' klinkt Vughts stem, waarin ik een zweem van bezorgdheid opmerk.

'Ik... ja... nee.' Lichtelijk verward wrijf ik over mijn voorhoofd. 'Ik heb niet veel geslapen de afgelopen dagen. Ik ben gewoon moe.'

Wolf Brenning kijkt me peinzend aan, alsof hij zich afvraagt of ik toneelspeel of niet. Blijkbaar zie ik er toch niet al te lekker uit, want hij komt overeind en zegt: 'Dan zullen wij u voor nu even met rust laten.'

Zijn collega staat ook op en knikt me toe, voordat hij als eerste naar het gangetje richting de voordeur loopt. Wolf Brenning blijft nog even staan, zoekt mijn blik en zegt dan: 'Probeer wat te slapen, anders gaat u er straks aan onderdoor.' Hij knikt me toe. 'U hebt mijn kaartje. Als er iets is, wat dan ook, aarzel dan niet om me te bellen. Ongeacht het tijdstip.'

En nog voordat ik antwoord kan geven, is hij al achter zijn collega aan gelopen.

VRIJDAGAVOND 27 JUNI 2008

Mijn hoofd barstte bijna uit elkaar toen ik eindelijk de oprit van mijn huis opreed. Nadat Tarik mijn kamer had verlaten, was Hans ook nog eens tegen me uitgevaren, niet alleen over mijn eerdere respectloze reactie (zijn woorden), maar ook over Tarik en hoe ik het in mijn hoofd haalde zulke types (ook zijn woorden) op mijn kamer te ontvangen. Ik was er maar niet meer tegen ingegaan, had hem laten uitrazen en ja en amen gezegd, terwijl ik ondertussen mijn spullen pakte. Ik wilde naar huis. Tariks agressieve benadering had me lichtelijk geschokt. Niet dat hij me echt angst had aangejaagd, maar hij had me wel doen beseffen dat het hem menens was en dat ik op mijn tellen moest passen.

Opgelucht zette ik in de garage mijn helm af en legde hem op de plank boven mijn motor. Het was tijd voor een paar pijnstillers, anders had ik straks niets meer aan mijn avond, want als het even kon, wilde ik naar kendo. Ik was de hele week nog niet geweest en Yoshi zou zich vast afvragen wat er met me aan de hand was, gezien het feit dat ik doorgaans een paar keer per week kwam trainen. Ik kamde met mijn vingers de losgelaten plukken haar achter mijn oor, schoof de riem van mijn leren tas over mijn hoofd naar mijn andere schouder en draaide me om. En schrok me bijna een ongeluk.

'Leila!' zei ik, toen ik zag dat zij het was die plotseling voor me stond.

'U moet me helpen, mevrouw Van de Werff,' fluisterde ze. Ze deed een stap naar voren en legde haar hand op die van mij. 'Ik... ik ben...'

Ze kon niet meer uit haar woorden komen en keek me alleen maar vol angst aan.

'Je bent van huis weggelopen,' vulde ik voor haar aan.

Ze knikte. 'Khadija. Ze hebben haar vermoord!'

Verbouwereerd staarde ik haar aan. 'Wát zeg je?'

‘Khadija…’ Tranen stroomden over haar wangen. ‘Ze hebben haar… hebben haar…’ Haar stem brak en het enige wat ik kon doen was mijn arm om haar heen slaan en haar tegen me aan trekken. Ze huilde zachtjes, zonder uithalen. Haar schouders schokten en ik liet haar zwijgend begaan, totdat ze haar hoofd weer optilde en me met een betraand gezicht aankeek.

‘Ze hebben haar gevonden,’ zei ze tussen twee snikken door. ‘Haar en Mark. Afgelopen weekend. Ze hebben hen…’

Weer kon ze niet uit haar woorden komen en resoluut nam ik haar bij de arm en voerde haar via de tuin mee naar de achterdeur. Het leek me beter om haar niet via de voorkant mijn huis in te loodsen. Stel dat Tarik in de buurt was.

Binnen liet ik mijn tas op de vloer zakken en duwde Leila kalmpjes maar gedecideerd naar de woonkamer, waar ze zich nog steeds zachtjes snikkend op een stoel aan de eettafel liet neerzakken. Zelf liep ik eerst naar de keuken, pakte een glas water en zette dat voor haar neer.

‘Hier,’ zei ik. ‘Drink eerst maar even wat.’

Met bevende handen pakte ze het glas aan en bracht het naar haar mond. Terwijl ze een paar kleine slokjes nam, hoorde ik haar tanden tegen het glas klapperen en ik besefte dat ze niet alleen intens verdriet had, maar ook nog eens doodsbang was.

‘Rustig maar,’ zei ik, toen ze trillend het nog halfvolle glas weer op de tafel zette en naar adem hapte. ‘We hebben geen haast.’

Ik gooide mijn motorjack over de bank en trapte mijn laarzen uit, die ik met mijn voet onder de salontafel schoof. Daarna ging ik tegenover Leila aan de eettafel zitten en zocht haar blik.

‘Tarik was vanmiddag bij mij op school,’ begon ik, toen ze me schuchter aankeek.

Acuut begon ze te beven. ‘Hij zoekt me, hè?’ zei ze met trillende stem.

Ik knikte. ‘Had je dat niet verwacht dan?’

‘Jawel,’ beaamde ze. En toen, fluisterend: ‘Als hij me vindt, vermoordt hij mij ook.’

'Waarom denk je dat?' vroeg ik.

'Ze hebben Khadija vermoord,' zei ze weer en ze begon opnieuw zachtjes te huilen.

Over de tafel heen legde ik mijn hand op die van haar. Ik snapte niet precies wat ze nu bedoelde. Ze was duidelijk helemaal van slag en het zou tijd kosten om uit haar te krijgen wat er precies gebeurd was.

Na een paar minuten keek ze naar me op, met haar prachtige ogen, die nu dik en gezwollen waren. 'Hij heeft haar doodgeschoten,' fluisterde ze, terwijl de tranen bleven stromen.

'Wat?' zei ik. 'Wie?'

'Mijn oom. Hij heeft haar meegenomen het Bergherbos in en daar heeft hij, heeft hij haar...' Ze boog haar hoofd, haar schouders schokten.

Ik voelde me koud worden. *Het zou toch niet waar zijn?*

Ik dacht aan de bedrijvigheid van de politie afgelopen weekend net buiten 's-Heerenberg, de afsluiting van de Drieheuvelenweg. Dat had daar toch niets mee te maken gehad?

'Wat is er gebeurd, Leila?' vroeg ik zacht.

Ze snufte, wreef wat vocht onder haar neus weg en keek opnieuw naar me op. 'Vorige week vrijdag hebben ze Khadija en Mark gevonden. Ze hadden zich in Elten verborgen, bij de ouders van een vriend van Mark. Ik weet niet hoe ze daarachter zijn gekomen, maar mijn oom en drie broers van Khadija zijn ernaartoe gegaan en hebben hen daar weggehaald.'

Ze begon weer zachtjes te snikken en geduldig wachtte ik tot ze weer wat bedaard was, voordat ik vroeg: 'En toen?'

'Ze hebben hen uit elkaar gehaald en Khadija mee naar huis genomen. Ze is geschopt en geslagen en daarna in haar kamer opgesloten. 's Avonds zijn mijn oom en tante met haar naar het Bergherbos gereden en hebben haar daar nogmaals geslagen.' Tranen liepen weer over haar wangen. 'Ze moet gesmeekt hebben, mevrouw Van de Werff. Om vergiffenis.' Ze duwde haar vuisten tegen haar hoofd en sloot haar ogen. 'Ik hoor haar gillen, in mijn hoofd. Ik krijg het er niet uit.'

Geschokt staarde ik haar aan. 'Was je erbij?'

Ze liet haar handen terugvallen op de tafel en schudde haar hoofd. 'Nee,' zei ze zacht. 'Maar ik weet precies hoe het gegaan moet zijn. Zoals het altijd gaat. Zoals iedereen die ooit probeert te vluchten reageert. Zo moet Khadija ook gereageerd hebben. Zeggen dat het je spijt, smeken om vergiffenis en dan maar hopen dat je er met een stevige aframmeling vanaf komt.'

'Maar Khadija kwam er zo niet vanaf.' Ik stelde het niet als een vraag, maar zei het eerder als een uiting van mijn voorgevoelens.

Ze schudde haar hoofd. 'Haar drie broers, Tarik en mijn vader zijn met Mark ook naar het bos gereden, naar de plek waar Khadija en haar vader waren. Hij moest...' Ze slikte. 'Hij moest toekijken wat ze met haar deden.'

Haar ademhaling ging ineens sneller en ik zag hoe ze onafgebroken begon te rillen. Haastig liep ik naar haar toe en sloeg mijn armen om haar heen, terwijl ze opnieuw begon te snikken en toen rolden de woorden als een waterval uit haar mond. Hoe haar oom een pistool tegen Khadija's hoofd zette en de trekker overhaalde. Hoe ze Mark daarna hadden meegenomen en hem zo ernstig hadden afgeranseld dat zijn beide armen en drie ribben gebroken waren en dat ze gedreigd hadden hem te vermoorden als hij ooit zou vertellen wie hem zo had toegetakeld.

Ze keek naar me op toen ze was uitverteld. 'Ze is dood, mevrouw Van de Werff. Khadija is dood. Ze hebben haar vermoord.'

Ik wist niets te zeggen, kon alleen maar haar hoofd tegen mijn schouder trekken en haar als een kind heen en weer wiegen. Ik wilde haar troostende woordjes toefluisteren, zeggen dat alles weer goed komt, maar ik kreeg het niet over mijn lippen, omdat ik wist dat het niet waar was.

'Hoe weet je dit allemaal?' vroeg ik, toen ze na een minuut of tien tot rust leek te zijn gekomen.

'Van Tarik,' fluisterde ze. 'Hij was erbij.'

Uiteraard.

'Hij waarschuwde me nog, dat met mij hetzelfde zou gebeuren als ik domme dingen deed.'

De smerige klootzak.

'Ze hebben gisteren mijn neef opgepakt,' zei ze.

'Je neef? Een van de drie die er ook bij was?'

'Nee, mijn neef Xabur. De jongere broer van Khadija.'

'Wat heeft hij ermee te maken dan?'

'Hij heeft de schuld op zich genomen.' Ze keek me aan, met betraande ogen. 'Hij is zeventien!'

Jezus.

'Waarom in godsnaam?' vroeg ik.

'Omdat hij minderjarig is. Hij krijgt een veel lagere straf dan iemand die volwassen is. Bovendien is hij geen kostwinner van de familie. Hij is niet belangrijk.'

Niet belangrijk? Godsamme, het is nog een kind!

'Ze hebben Khadija gevonden. De dag nadat... nadat...' Ze slikte en vervolgde toen: 'Ze hebben haar gewoon achtergelaten, mevrouw Van de Werff. Met een stuk plastic over haar heen.'

Ik probeerde niet te laten merken hoe geschokt ik was, maar eigenlijk wist ik niet waar ik het zoeken moest. 'En hoe zijn ze dan bij de familie van Khadija terechtgekomen?' vroeg ik na een poosje.

'De ouders van die vriend van Mark. Zij hebben de politie gebeld nadat Khadija en Mark waren meegenomen.' Ze ademde even diep in. 'Mijn oom wist allang dat de politie vroeg of laat bij hem aan de deur zou komen. Daarom hebben ze meteen een familieberaad gehouden en daar werd besloten dat Xabur de schuld op zich zou nemen.'

Ik zweeg, zuiver omdat ik niet wist hoe ik nog moest reageren. Dat eerwraak in allerlei gradaties voorkomt, wist ik net als ieder ander, maar dat het er zo heftig aan toe kon gaan, was me volkomen onbekend.

'Ben je daarom weggelopen?' vroeg ik na een korte stilte. 'Omdat je bang bent dat ze achter jouw relatie met Thomas komen en ze jullie hetzelfde zullen aandoen als Khadija en Mark?'

Ze knikte. 'Maar niet alleen daarom,' fluisterde ze, terwijl ze met de rug van haar hand onder haar neus wreef en zachtjes snufte.

Opnieuw zweeg ik, dit keer afwachtend. Uiteindelijk, toen bleek dat ze duidelijk moeite had om het te vertellen, vroeg ik: 'Wat is er nog meer dan?'

Ze keek op, tranen liepen weer over haar wangen, toen ze zei: 'Ik denk dat ik zwanger ben.'

WOENSDAGOCHTEND 22 AUGUSTUS 2012

'Probeer wat te slapen.' Wolf Brenning heeft makkelijk kletsen. Hoe kan ik slapen als hij en zijn collega op het punt staan mijn hele toekomst, en daarmee ook die van Leila en Cem, om zeep te helpen? Had ik het hun moeten vertellen? Wie dat derde slachtoffer was en wat daaruit voortvloeide? Had dat hun misschien duidelijk gemaakt dat het allemaal echt om Tarik draait? En dan? Wat voor gevolgen had dat gehad? Dat ze hem zouden oppakken voor een verhoor, dat weet ik zeker. Maar dat kon weleens nóg gevaarlijker voor Cem zijn, als hij inderdaad bij Tarik of diens familie verblijft.

Ik trek mijn benen hoog op en sla mijn badjas over mijn knieen. Ik heb het ijskoud, ondanks de inmiddels al oplopende zomerse temperaturen.

Wat gebeurt er als Ben alles vertelt? Of zou hij dat niet doen? Maar wat als ze hem onder druk zetten? Tenslotte heeft hij dingen uit het dossier gelaten. Cruciale informatie, waardoor ze nu nog dieper gaan graven. Waarom heeft hij dat trouwens gedaan? Dat hij onze verblijfplaats heeft verzwegen, kan ik me voorstellen, en daar ben ik hem ook dankbaar voor. Maar Thomas? Omdat hij méér wist? Omdat die kennis voor ons gevaarlijk was? Misschien. Feit blijft dat ondanks het missen van bepaalde informatie, Wolf Brenning zich vastbijt in de hele zaak en het zal me niets verbazen als hij doorgaat totdat hij de onderste steen boven heeft. Met alle gevolgen van dien.

Ik huiver, terwijl ik mijn voorhoofd op mijn knieën leg. Wat moet ik doen? Hoeveel weet de politie eigenlijk? Ze zitten niet stil, zei Wolf Brenning. Maar waar zijn ze dan mee bezig? Waarom vertellen ze mij daar niets over?

Denk na, Judi! Je bent helemaal geen familie van Leila. Ze hóéven jou niets te vertellen. En als ze dat wel doen, dan is dat uit medelijden. Vanwege je gedeelde verleden met Leila. Om wat je hebt meegemaakt. Maar verder is alles wat zij doen jouw zaak niet en zullen ze je overal buiten houden.

Yeah, right.

Wat mij betreft is er maar één oplossing. Ik moet Cem terughalen, voordat ze ontdekken wat er drieënhalf jaar geleden werkelijk is gebeurd. Pas dan zijn we weer veilig. Leila en ik. En Cem.

Ik kom overeind en strek mijn benen. Alles draait om Tarik. Hij is de spil van alles en dus is het logisch als ik bij hem begin. Of althans, bij zijn huis. Het huis van zijn ouders dus. Daar moet ik terug naartoe. Ze zeiden dan wel dat Cem daar niet is, maar dat kan ook een leugen zijn geweest. Zo moeilijk is het niet om een klein kind in een appartement te verbergen. Wanneer de politie geen gronden heeft voor een huiszoeking, zullen zij er niet gaan zoeken. Maar ík hoef geen bevelschrift te hebben. Ik hoef niks te hebben, behalve toegang tot dat appartement. Ik werp een blik op de klok. Bijna halftien. Dan kan ik met een beetje geluk rond elf uur in 's-Heerenberg zijn.

Voor de derde keer in korte tijd rijd ik vanaf de snelweg de grens met Duitsland over, in de richting van 's-Heerenberg. Het is halfbewolkt, de zon laat zich amper zien, maar desondanks heb ik het warm.

Omdat het nu bijna midden op de dag is, lijkt het me niet verstandig om weer naast café De Peer te parkeren. Dus rijd ik door, tot voorbij het appartement van Leila's ouders en parkeer mijn motor achter de kerk, naast de Hondenhut. Het is een vrij afgelegen stukje 's-Heerenberg, waar niet veel mensen komen en slechts een paar woonhuizen staan. Vervolgens loop ik via de 's Gravenwal terug naar de Marktstraat. Vanaf daar is het nog maar een klein stukje naar het appartement en niet veel later blijf ik staan op de hoek schuin ertegenover. Ik kijk naar de dikke grauwwitte vitrages voor de ramen en vraag me plotseling af wat ik hier eigenlijk doe. Wat ben ik van plan? Gewoon aanbellen en zeggen dat ik al hun kamers wil bekijken, om mezelf ervan te overtuigen dat Cem niet bij hen is?

Ja hoor! Alsof ze me zullen binnenlaten na de vorige keer. Dat kan ik vergeten. Ik staar naar de blauwe voordeur en denk na over wat ik nu het beste kan doen. Eigenlijk was het nogal impulsief om hiernaartoe te rijden. Het klinkt allemaal leuk, *ik hoef alleen toegang tot het appartement te hebben*, maar in de praktijk is het natuurlijk onzin. Ik kom daar nooit binnen.

Dan gaat de deur plotseling open en in een reflex doe ik een stapje achteruit, zodat ik niet direct opval. Voorzichtig gluur ik om de hoek en zie mevrouw Rashukan met een boodschappentrolley achter zich aan in de richting van de Lidl lopen, een eindje verderop in de straat. Ik verplaats mijn blik weer naar de deur en vraag me af of het appartement nu verlaten is. Kinderen naar school, vader aan het werk, Tarik in Emmerich.

Ik slik. Zou ik het durven om te proberen naar binnen te komen? Maar stel nou dat er wél iemand is?

Aanbellen.

Wordt er opengedaan, dan kan ik altijd weglopen. Doet er niemand open, dan is er waarschijnlijk niemand thuis. Strak plan. Ik werp een blik naar rechts, waar mevrouw Rashukan op het punt staat de Lidl in te verdwijnen, kijk daarna naar links de straat in, waar niemand te zien is, en steek dan snel de weg over. Zodra ik voor de deur sta en nogmaals even jachtig om me heen heb gekeken, druk ik op de bel en wacht.

Er gebeurt niets. De deur blijft gesloten. Zou het echt...?

Ik duw nogmaals op de bel, maar ook dit keer is er geen reactie. Niemand thuis dus. Behalve Cem misschien, maar hij zal vast de deur niet opendoen. Ik speur voor de derde keer om me heen; de straat is nog steeds verlaten.

Ik wurm mijn Zwitserse zakmes uit het kleine zakje van mijn leren broek en bekijk snel welk onderdeel ik het beste kan gebruiken. Uiteindelijk klap ik alles weer in, op de tandenstoker en het haakje na. Misschien dat ik met een van die twee het slot kan openmaken.

Als eerste probeer ik het haakje in het slot te wurmen, maar dat lukt niet. Het is te groot en te dik. Ik klap het in en richt me op de tandenstoker. Die is dun en klein en het kost me weinig moeite om hem in het slot te steken. Maar daar is ook alles mee gezegd. Hoe ik ook duw, schuif, morrel en vloek, ik kom er geen zak verder mee. Dan klapt plotseling de tandenstoker dubbel en krijg ik hem met geen mogelijkheid meer uit het slot.

Gloeiende, gloeiende...

Ik werp een blik naar links en naar rechts en als ik zie dat er nog steeds niemand in de buurt is, zet ik me schrap en wiebel de tandenstoker zo heftig heen en weer om hem los te krijgen, dat hij afbreekt. Op hetzelfde moment geeft het slot een zacht klikje en schiet de deur open.

Verbouwereerd kijk ik van het kapotte zakmes in mijn hand naar de donkere kier van de deur en besluit dan dat langer blijven staan niet de beste optie is, en dus duw ik voorzichtig de deur open. Na een laatste blik naar links en rechts, stap ik het halletje in en kijk langs de trap naar boven, half en half verwachtend dat Tarik daar opduikt. Maar alles blijft stil, en terwijl ik het overgebleven deel van de afgebroken tandenstoker inklap en mijn zakmes in mijn zak terugduw, loop ik voorzichtig de trap op.

Boven aan de tweede trap kom ik in de donkere hal waar ik pasgeleden nog de aanvaring had met Leila's ouders en staar met gefronste wenkbrauwen naar de deur. Met slot. Shit. Die hebben we ook nog. En nu heb ik geen tandenstoker meer die me kan helpen.

Hoewel.

Ik kijk naar het slot, dat vlak onder de deurkruk zit. Met een beetje geluk heeft ze de sleutel niet omgedraaid. Tenslotte zit er beneden nog een extra deur waardoor niet zomaar iemand binnen kan lopen. Ik graai naar mijn zakmes, maar bedenk dan dat ik op tv weleens gezien heb hoe ze zulke sloten met een creditcard openen. Nou heb ik geen creditcard, wel een pinpas, en weet ik helemaal niet hoe ik zoiets moet aanpakken, maar proberen kan altijd. Ik trek mijn portefeuille uit de binnenzak van mijn jack en wurm mijn betaalpas achter mijn rijbewijs vandaan. Eens kijken of het werkelijk zo gemakkelijk gaat als ze altijd laten zien.

Ter hoogte van het slot schuif ik mijn pas tussen de deur en de deurpost en wrik hem wat op en neer. Er gebeurt niets. Verdomme. Waarom is het op tv altijd zo simpel?

Ik duw het plastic nog wat steviger naar voren, wrik wat harder, en net als ik het wil opgeven, schiet mijn pas naar beneden en opent de deur zich langzaam. Enigszins geschrokken staar ik naar mijn kromme en volledig vernielde betaalpas, om daarna een blik te werpen in de gang van het appartement. Het is doodstil binnen, en betrekkelijk donker. Voorzichtig duw ik de deur wat verder open. Het is lang geleden dat ik hier binnen was, maar alles ziet er nog precies zo uit als ik me herinner. Helemaal aan het eind van de gang is de deur naar de kleine woonkamer, waar ik naast Leila op de bank heb gezeten. Maar tussen hier en de woonkamer zijn nog drie deuren, van slaapkamers, denk ik, omdat de keuken aan de andere kant van het appartement ligt. Ik herinner me ook dat er een deur in de woonkamer zit. Waarschijnlijk leidt die naar de ouderslaapkamer. En die slaapkamer wil ik zéker inspecteren.

Niet te hard van stapel lopen, Judi!

Bij het begin beginnen. De eerste deur. En een beetje snel. De

Lidl is niet ver weg, het kan nooit lang duren voor mevrouw Rashukan weer terug is.

Voorzichtig duw ik de kruk omlaag van de deur aan mijn rechterhand en steek omzichtig mijn hoofd om de hoek. Het is inderdaad een slaapkamer, waarin drie bedden en een kast staan. De muren zijn kaal, de overgordijnen, waarvan er eentje half dicht is, zijn verschoten en her en der liggen kleren verspreid. Er is geen levende ziel te bespeuren in de kamer, en zachtjes sluit ik de deur weer.

Behoedzaam begeef ik me naar de volgende deur en duw hem open. In deze kamer staan twee bedden, een groot bureau met een computer erop en een driedeurs kast. De bedden zijn onopgemaakt en ook hier hangt niets aan de muur. En ook is er geen Cem.

Lichtelijk teleurgesteld vraag ik me af of ik me dan toch vergist heb. Of Tarik Cem misschien wél mee naar Emmerich heeft genomen, of – nog erger – helemaal niets met zijn verdwijning te maken heeft, zoals de politie denkt.

Bullshit!

Ik trek de deur dicht en sluip naar de derde – en laatste – deur in de gang en steek ook daar mijn hoofd om de hoek. En krijg dan zowat acuut een hartstilstand. Op het bed recht tegenover de deur zit een meisje van een jaar of veertien. Ze heeft het dekbed, waaronder ze blijkbaar lag, tot aan haar kin opgetrokken en kijkt me met grote ogen van angst aan. Ogen die me doen denken aan Leila.

Haar zusje!

Of eigenlijk een van haar zusjes. Waarom is zij niet op school? Ik slik en als bevroren staar ik naar het meisje, dat nog steeds angstig terugstaart. Dan laat ze het dekbed zakken en begint om haar moeder te roepen. Hard en schel. En hoewel ik weet dat haar moeder niet thuis is, en dus niet zomaar kan opduiken, wil ik hier als de sodemieter weg. Ik draai me om en zet het op een lopen.

VRIJDAG 27 JUNI 2008

Een halfuur en drie pijnstillers na het nieuws over Leila's mogelijke zwangerschap, zakte eindelijk mijn hoofdpijn een beetje. Leila vertelde dat ze nog geen zwangerschapstest had gedaan, maar dat ze zo'n drie weken overtijd was en daardoor bijna zeker van haar zaak was.

Zelf was ik wat minder overtuigd. Hoe vaak kwam het niet voor dat die meiden zich vergisten? Of dat er andere omstandigheden waren waarom ze overtijd waren. Regelmatig zat ik in mijn kamer op school met een meisje naast me dat ook zo zeker van haar zaak was, naar het verkleuren van een zwangerschapstest te staren. En in veel gevallen was er dan niets aan de hand. Tot grote opluchting van zowel het meisje als van mij. De gevolgen als ze wel zwanger zouden zijn, waren op zijn zachtst gezegd niet plezierig. Dan zouden er andere maatregelen genomen moeten worden, zoals afbreking van de zwangerschap, of onderhandelingen met de ouders, die vaak niet goed uitpakten. Ik had op school doorgaans dan ook een paar testen in mijn la liggen. Maar hier thuis natuurlijk niet, en omdat het koopavond was, besloot ik er meteen eentje bij de drogisterij verderop te gaan halen. Ik sommeerde Leila te blijven waar ze was – al wist ik zeker dat ze uit angst voor haar broer geen vin zou verroeren – en vertrok.

Nog geen tien minuten later stond ik weer buiten de drogist. Ik propte het doosje met de test in de binnenzak van mijn leren jack en begaf me meteen terug naar huis. Halverwege de Molenpoortstraat stak ik alvast over en dacht aan de problemen die er zouden ontstaan als Leila inderdaad zwanger bleek. Tarik zou hels zijn. Hij zou haar volledig de vernieling in slaan als hij haar in zijn handen kreeg. Dat hij zo'n type was, had ik al eerder vermoed, maar nu Leila verteld had waartoe hij en de rest van die familie nog meer in staat waren, twijfelde ik er geen moment meer aan. Tarik was gevaarlijk, mijn gevoelens tijdens onze eerste ontmoeting waren juist geweest.

Bij de ABN AMRO-bank sloeg ik de hoek om en versnelde mijn pas. Ik vond het niet prettig dat ik Leila alleen had moeten laten. Niet omdat ik haar niet vertrouwde, maar omdat ze in een dermate emotionele staat was, dat ik geen idee had wat er allemaal in haar hoofd omging. Voor hetzelfde geld nam ze toch de benen.

Ik was net het parkeerterrein voorbij, toen ik een auto hoorde stoppen. Ik keek opzij en zag hoe het portier werd opengegooid en Tarik in een oogwenk voor me stond.

'Wij waren vanmiddag nog niet uitgepraat,' zei hij.

Hoewel ik schrok van de toon in zijn stem, liet ik dat niet merken. 'O nee?' vroeg ik. 'Volgens mij wel.' Ik liep om hem heen, maar dat liet hij niet over zijn kant gaan. Hij greep me ruw bij mijn arm en plaatste zichzelf weer breeduit voor me, zodat we opnieuw oog in oog met elkaar stonden.

'Jij weet waar Leila is,' siste hij me toe, met zijn hand nog steeds als een bankschroef om mijn arm geklemd. 'En je gaat het me vertellen ook!'

'Je schat me te hoog in,' reageerde ik. 'Waarom denk je dat ik dat weet?'

'Jij hebt nergens respect voor, niet voor mannen, niet voor je afkomst. Jij bent de enige die mijn zus zou aanmoedigen om schande over haar familie te brengen door weg te lopen.'

Ik wierp een blik op zijn hand om mijn arm, maar hij liet niet los. In plaats daarvan kneep hij nog iets harder, maar ook dit keer liet ik niet merken hoe zeer het deed. 'Hoor eens,' zei ik, nog net niet tandenknarsend. 'Ik weet niets van je zus. Ik heb haar sinds de examens niet meer gezien of gesproken.'

'Je liegt,' fluisterde hij. 'En weet je wat we in onze familie met leugenaars doen?'

'Laat me raden,' zei ik. En toen, sarcastisch: 'Je drinkt er een borrel op en roept luidkeels "goed gedaan"!'

Het volgende moment sloeg hij me hard met zijn vuist in mijn gezicht. Pijn vlamde door mijn hoofd en ik slaakte een kreet, voordat ik mijn hand omhoogbracht en aan mijn neus voelde.

Verbaasd staarde ik naar het bloed op mijn vingertoppen. Hij had me geslagen! Die gore klootzak!

Ik zag dat hij voor de tweede keer zijn vuist hief, maar ik was sneller. Ik bracht mijn knie omhoog en plantte hem loeihard tussen zijn benen, waardoor hij acuut mijn arm losliet en met twee handen naar zijn zaakje greep. Met opengesperde ogen staarde hij me aan en snakte naar adem. 'Jij... jij bitch!' lukte het hem uit te brengen.

'Durf me nog één keer aan te raken en je zult wat beleven,' siste ik hem toe. 'Ik ben je zuster niet, die je maar kan aftuigen wanneer het jou uitkomt!'

Ik liep zo dicht langs Tarik, dat ik met mijn bovenarm zijn schouder raakte en hij bijna achteroverviel. Het kon me niet schelen. Die klootzak was te ver gegaan en ik moest er nog eens goed over nadenken of ik aangifte ging doen van mishandeling.

Hoewel ik verwachtte dat hij achter me aan zou komen, gebeurde dat niet. Maar ik was te kwaad – en misschien ook wel te trots – om achterom te kijken om te zien wat hij wel deed. Een kort moment later hoorde ik een auto met gierende banden wegrijden. Dat kon niet anders dan Tarik zijn, en nu keek ik wel om. Bij de T-kruising zag ik hem naar rechts afslaan, met zo'n snelheid, dat een groepje jongeren haastig de stoep op moest springen.

Toch een beetje opgelucht ademde ik even diep in en weer uit. Zo, die was weg. Voor nu althans. Want dat hij zou terugkomen stond vast. Vandaag, morgen, of op welk moment dan ook, maar het zou beslist onverwacht zijn en ik besefte dat ik elke minuut van de dag op mijn hoede moest zijn. Tarik was furieus en het feit dat hij nu fysiek geweld had gebruikt, wees erop dat hij niet gauw ergens voor terugdeinsde. En al helemaal niet voor mij, verwachtte ik zo. Een vrouw met een grote mond, die niet bang voor hem was.

Haastig liep ik langs de voortuinen van mijn buren en dook

even later de oprit van mijn huis op. Bij de deur stak ik de sleutel in het slot en wierp toen eerst nog even een blik achterom, de straat in. Maar Tarik was nergens te bekennen en pas toen ik dat zeker wist, durfde ik de sleutel om te draaien en naar binnen te gaan.

WOENSDAGMIDDAG 22 AUGUSTUS 2012

Met drie treden tegelijk ren ik de trappen af en race door de voordeur naar buiten. Daar blijf ik even staan en kijk links en rechts de straat in. Ik voel paniek oplaaien als ik even verderop mevrouw Rashukan aan zie komen lopen. Zodra ze mij ziet, blijft ze staan, starend, alsof ze niet kan geloven dat ik zojuist uit haar voordeur ben komen tuimelen.

Vanzelfsprekend ben ik niet van plan om haar uit te leggen dat dat inderdaad zo is. Ik draai me snel om en ren de straat door, in de richting van het centrum. Bij slagerij Klarenaar loop ik bijna twee mensen ondersteboven die net de winkel uitkomen, maar ik neem niet de moeite om me te excuseren. Ik schiet de straat over, ren de Hofstraat in, om net voorbij het beeld van Mechteld ten Ham – de heks van 's-Heerenberg – een steeg in te duiken. Daar druk ik me met een bonkend hart tegen een schutting.

Hijgend wacht ik op wat komen gaat. Niets, blijkt algauw. Ik hoor geen enkel geluid en langzaam kom ik een beetje bij. Leunend tegen de schutting overdenk ik wat er gebeurd is en vraag me af waarom ik in vredesnaam dat appartement ben binnengegaan. Deze actie had me gigantisch in de problemen kunnen brengen.

Met mijn handen op mijn knieën zucht ik een paar keer diep en ik recht mijn rug. In de verte hoor ik voetstappen en met ingehouden adem kijk ik naar het gietijzeren hek dat voor de steeg staat en dat ik in mijn haast open heb laten staan. Maar de voetstappen komen niet dichterbij. Ik hoor gelach, vrouwenstemmen en bedenk dan dat het vast bezoekers zijn van Huis Bergh. Langzaam laat ik mijn adem weer ontsnappen. Blijkbaar is er niemand achter me aangekomen, godzijdank. Maar toch ben ik voorzichtig als ik na een paar minuten zo zacht mogelijk de steeg weer uitloop. Geen mens te zien.

Opgelucht draai ik me om en loop de Muntwal af, terug naar mijn Suzuki. Boven op de wal zelf lopen wat mensen met honden, maar ze lijken niet op mij te letten. Mooi. Hoe minder mensen zich herinneren dat ze mij hier hebben gezien, hoe beter het is.

Een kwartiertje later rijd ik de A12 richting Arnhem weer op, nadat ik 's-Heerenberg via een omweg verlaten heb. Gedachten stuiteren door mijn hoofd. Gedachten die smeken om het juiste perspectief. Maar het enige wat ik zie is Tarik met Cem, en Cem met Tarik. Verder niets. Tunnelvisie, dat besef ik heel goed. Ik weet dat ik andere opties moet openhouden, zoals de politie ook doet. Maar welke opties zijn er? Dat een wildvreemde Leila heeft aangevallen? Dat een volstrekt onbekende Cem heeft meegenomen? Dat is toch onzin? Leila was sowieso altijd al veel op zichzelf. Haar vertrouwen in mensen was nog lang niet optimaal na wat er allemaal gebeurd is, waardoor ze vreemden, of mensen die ze nog niet zo goed kende, liever op een afstand hield. Ze vertelde zelden persoonlijke dingen aan anderen, en sprak helemaal amper over Cem. Alsof ze wilde voorkomen dat iemand over hem te weten zou komen. En dat is iets wat ik voor honderd procent begreep. Maar als ze zo weinig over zichzelf losliet, hoe zou er dan iemand moeten zijn die haar kwaad wilde doen? Die Cem wilde stelen? Tarik. Dat is de enige plausibele dader die ik kan bedenken. Hij had een reden. Een reden om Leila te willen doden.

Ik voel tranen achter mijn ogen prikken. Wat moet ik nu doen? Ik weet het niet meer. Het is zo frustrerend om te weten wie dit allemaal op zijn geweten heeft, maar er niets tegen te kunnen doen. De politie gelooft me niet en bewijzen heb ik ook niet. Ben is de enige die ook zijn twijfels heeft. Maar ook hij kan in dit geval niets doen. Ik snuf als mijn neus begint te lopen, en erger me ineens aan mezelf. Opstandig geef ik nog wat meer gas en stuif langs een rij vrachtwagens die achter elkaar op de rechterrijbaan sukkelen. Ik wil naar huis. Nadenken. Bekijken wat er nog meer mogelijk is. Want opgeven en het aan de politie overlaten is geen optie. Ik moet in elk geval naar Emmerich. Naar Tarik. Als Cem niet bij Tariks ouders is, en nu ik daar binnen ben geweest geloof ik stellig dat dat zo is, dan is de enige plek die overblijft bij Tarik zelf. Bij de familie daar. Maar Emmerich is groot. Hoe kom ik te weten waar de familie van Tarik woont? Het telefoonboek? Dat zou kunnen, maar dan weet ik nooit zeker of het de juiste familie is. Bovendien is het ook mogelijk dat ze er helemaal niet in staan.

Als ik na bijna anderhalf uur mijn motor op zijn plek voor mijn boot parkeer, heb ik nog steeds geen idee hoe ik het moet oplossen. Pas als ik de voordeur achter me heb dichtgedaan en Bruce op de leuning van de stoel voor het raam zie zitten dat gisteren met een klap dichtwaaide, krijg ik een ingeving.

Ben.

Hij moet me helpen. Hij kan bij die informatie. Sterker nog: hij hééft die informatie. En hij hoeft het alleen maar aan mij te vertellen.

ZATERDAG 28 JUNI 2008

In mijn joggingbroek en T-shirt zat ik op de bank en staarde naar mijn vissen in het anderhalve meter brede aquarium. Het werkte rustgevend na een nacht alleen maar te hebben liggen piekeren. Want piekeren had ik gedaan, vooral toen de test had uitgewezen dat Leila inderdaad zwanger was. Ze was nog meer overstuur geraakt dan ze al was, helemaal nadat ze mij met een bloedneus had zien binnenkomen en toen pas goed besefte dat Tarik naar haar op zoek was. Er was geen zinnig woord meer met haar te wisselen geweest en uiteindelijk had ik besloten haar in mijn logeerbed te stoppen en haar eerst maar eens een nacht te laten bijkomen. Ze had niet geprotesteerd. Zelf had ik amper geslapen en me – draaiend van de ene zij op de andere – alleen maar afgevraagd hoe het nu verder moest. Vanzelfsprekend konden we niet bij haar ouders aankloppen. Al helemaal niet na wat er met Khadija gebeurd was.

Natuurlijk wist ik dat ik Leila – als minderjarige – niet zomaar kon weghouden van haar ouderlijk huis, maar wat moest ik anders? Het meisje was doodsbang en eerlijk gezegd vond ik die angst absoluut gegrond. Ik zou het mezelf nooit vergeven als ik haar zou terugsturen naar huis en er iets met haar zou gebeuren. Maar wat moest ik dan doen? Ik kon haar moeilijk hier houden. Buiten het feit dat dat niet veilig was – tenslotte wist Tarik waar ik woonde – leek het me voor Leila ook niet verstandig om zo dicht bij haar eigen huis in de buurt onder te duiken. Want dat zou het zijn: onderduiken. Ik dacht aan Jasmine, om Leila naar haar te brengen, maar veegde dat idee heel snel van tafel. Jasmine woonde in Doetinchem, Tarik kende haar, en wie kon mij garanderen dat hij niet op de een of andere manier achter haar adres zou komen. Bovendien was Jasmine bij deze zaak betrekken wel het laatste wat ik wilde.

Langzaam dronk ik van mijn koffie en probeerde te bedenken wat ik moest doen, niet alleen met onderdak voor Leila, maar ook met de rest. Wat moest er verder gebeuren? Leila had gisteravond al aangegeven geen abortus te willen, wat eigenlijk de makkelijkste optie zou zijn geweest. Abortus, en daarna verder kijken wat Leila wilde. Tegen die tijd zou ze ook achttien zijn en zonder problemen haar eigen keuzes mogen maken, zoals van huis weggaan. Maar nu was ze nog zeventien. Voor de wet was ik strafbaar als ik haar onderdak verschafte zonder haar ouders in te lichten. Ik wist alleen geen andere optie. Ik moest haar tot haar verjaardag over twee weken uit de handen van Tarik zien te houden. En eigenlijk ook daarna nog, want voor hem en zijn ouders zou het weinig verschil maken of ze nou wel of niet meerderjarig was. Wat dat betrof maakte het dan ook geen donder uit dat Leila geen abortus wilde.

'Mevrouw Van de Werff?'

Haar stem klonk zacht en afwezig keek ik om. Ze stond in de deuropening van de kamer, in een van mijn oude nachthemden. Haar ogen waren nog een beetje dik van de slaap, en haar lange zwarte haren hingen warrig over haar schouders.

'Leila,' zei ik, terwijl ik mijn voeten van de bank haalde en mijn nog halfvolle beker koffie op de tafel zette. 'Heb je een beetje geslapen?' Ik klopte naast me op de bank om haar aan te moedigen naast me te komen zitten.

Ze kwam aarzelend de kamer binnen. 'Niet zo heel veel,' reageerde ze. Voorzichtig liet ze zich op de bank zakken en bleef daar kaarsrecht zitten.

'Je bent in ieder geval rustiger dan gisteren,' zei ik. 'Wil je koffie, of thee?'

Ze glimlachte. 'Thee graag. Als dat niet te veel moeite is.'

'Natuurlijk niet.' Ik liep naar de keuken en zette de waterkoker aan. Ondertussen haalde ik een theezakje uit de kast en keek naar Leila, die diep in gedachten voor zich uit staarde.

Toen ik even later een glas thee voor haar neerzette, keek ze op en vroeg zacht: 'Wat moet ik nu doen, mevrouw Van de Werff?'

Ik ging weer naast haar zitten. 'Heb je er al met Thomas over gesproken?'

Haar eerst nog trieste, maar rustige blik kreeg iets angstigs.

'Hij is toch de vader?' vroeg ik voorzichtig.

Ze knikte. 'Jawel, maar... maar ik wil hem niet in gevaar brengen. Als niemand weet wie de vader is, dan kan mijn vader daar ook niet achter komen.' Ze slikte en vervolgde met trillende stem: 'Kijk naar wat ze met Mark gedaan hebben. En dan was Khadija nog niet eens zwanger.'

Daar had ze een punt. 'Zouden ze jou kwaad doen, als ze weten dat je zwanger bent?' vroeg ik.

'O ja,' antwoordde ze stellig. 'Ik heb de eer van de familie geschonden. Dat kan ik nooit meer goedmaken.' Ze staarde naar haar glas thee op tafel. 'Het feit alleen al dat ik... dat ik seks heb gehad met iemand die niet tot onze geloofsgroep behoort is al voldoende om me dood te verklaren.'

En dood te maken.

Ik dacht het, maar zei het niet. 'En de baby?' wilde ik weten.

Ze haalde haar schouders op. 'Die is pas veilig als hij geboren is.'

'Sorry?' vroeg ik.

'Als de baby geboren is. Dan zullen ze hem bij familie onderbrengen.' Ze keek angstig op. 'Mij zullen ze vermoorden, maar de baby... die is onschuldig. Ook voor hen.'

Ik trok mijn wenkbrauwen op. 'Maar als de baby nog niet geboren is, dan kan het hun niet schelen?'

'Dat weet ik niet,' zei Leila. 'Niet zeker. Ik weet van vroeger dat een zuster van een aangetrouwde oom van mij is doodgestoken terwijl ze hoogzwanger was. En dat was van een jezidi, van haar eigen man. Ze was weggelopen omdat ze niet van hém hield, maar van een andere man.'

'Een niet-jezidi.'

Ze knikte. 'De baby overleefde het ook niet.'

'Als ik het dus goed begrijp kan het ook zo zijn dat ze je niets doen?'

'Misschien. Of dat ze wachten tot de baby geboren is. Of ze sturen me naar Turkije en laten me daar trouwen.'

Ik keek naar mijn beker koffie op tafel en vroeg me af hoe zulke dingen in deze tijd, in ons land, konden gebeuren. 'En hoe zit het met de man waar je eigenlijk al aan gekoppeld was?' wilde ik weten.

'Grote kans dat zijn familie mij niet meer wil. Als ik niet zwanger was geweest misschien nog wel, dan hadden mijn vader en die van hem me gewoon afgeranseld als straf en verder alles in de doofpot gestopt.'

Gewoon afgeranseld als straf, zegt ze. Jezus!

'Maar ik wil niet terug,' fluisterde ze. 'Ik wil mijn eigen leven leiden, met mijn baby, straks.'

Ik knikte. 'Dat begrijp ik best, Leila. Maar ik vind dat je Thomas hier niet buiten mag laten.'

Ze keek me een kort ogenblik aan en sloeg toen haar blik weer neer.

'Leila,' zei ik zacht. 'Vind je ook niet dat Thomas het recht heeft om te weten dat hij vader wordt?'

Het bleef een poosje stil, maar uiteindelijk knikte ze, en zei zonder op te kijken: 'Maar ik durf het hem niet te vertellen. Ik ben zo bang dat ze hem kwaad doen.' Tranen druppelden op haar blote benen. 'We hadden voorzichtiger moeten zijn.'

Ik schoof opzij op de bank en sloeg een arm om haar heen, waarna ze zich naar me toe draaide en zacht snikkend haar hoofd in mijn hals legde.

'Waarom hebben jullie geen voorbehoedsmiddelen gebruikt?' vroeg ik na een poosje zacht.

Ze haalde haar schouders op. 'We hadden ze wel. Bij ons, bedoel ik. Maar ik… het was mijn eerste keer. Ik durfde niet. En Thomas was zo lief. Zo geduldig. We zijn het gewoon vergeten.'

Vergeten. Eén van die dingen waar de natuur geen rekening mee hield.

'Wat moet ik nu doen, mevrouw Van de Werff?' klonk Leila's stem wanhopig en hoewel ze dat al eerder had gevraagd, had ik er nog steeds geen concreet antwoord op.

'Eerst maar eens tot rust komen,' zei ik tegen haar. Ik pakte het glas thee van de tafel en duwde het in haar handen. 'Daarna zien we wel verder.'

WOENSDAGAVOND 22 AUGUSTUS 2012

Leila's situatie is die avond nog steeds hetzelfde en na een gesprek met haar behandelende arts, weet ik geen steek meer dan gisteren, behalve dat ze geen prognose durven te stellen, omdat ze niets hebben waarop ze die kunnen baseren. Leila blijkt inmiddels wel op pijnprikkels te reageren. Maar ondanks dat durven ze geen voorspellingen te doen over het verloop. Misschien dit, misschien dat, allemaal dingen waar ik zo weinig aan heb. Ik wil weten of het goed komt. Of Leila weer in staat zal zijn haar normale leven op te pakken. Voor Cem kan zorgen. Vragen die ik ook aan die arts stelde, maar waarop hij geen antwoorden had. Geduld hebben, had hij gezegd. Dat is het enige wat we kunnen doen.

Ja ja, makkelijk gezegd.

Met mijn helm onder mijn arm loop ik het ziekenhuis uit. Ruim een uur heb ik naast Leila's bed gezeten, waardoor ik nu zo gefrustreerd ben als een deurkruk. Dat ik niet weet of ze me hoort als ik tegen haar praat, of ze wel of niet begrijpt wat er gebeurd is, dat Cem weg is, maakt me bloednerveus en het piepen van al die apparatuur doet daar ook geen goed aan. En omdat ik verder toch geen invloed op haar toestand kan uitoefenen, kan ik beter naar huis gaan. Stappen ondernemen. Want hoe langer Cem zoek blijft, hoe somberder ik het inzie.

Als ik bij mijn motor aankom, pak ik mijn mobiel en zet hem aan. Vervolgens kies ik Bens nummer en breng de telefoon naar mijn oor. Nog geen drie tellen later neemt hij op.

'Judi,' klinkt zijn stem bezorgd. 'Alles goed?'

'Ja,' zeg ik. 'Met mij wel.'

'En met Leila? Weet je al meer?'

'Ze durven geen voorspellingen te doen,' praat ik de arts na. 'Maar ze reageert wel op pijnprikkels, dus er is hoop.'

'Hoop is altijd goed,' zegt Ben. 'We gaan er gewoon van uit dat ze er helemaal bovenop komt.'

Ik zwijg, omdat ik daar zelf helemaal nog niet zo zeker van ben.

'Judi…' klinkt zijn stem weer. En als ik weer niet reageer: 'Hoe gaat het écht met je?'

Met mijn hand tegen mijn voorhoofd draai ik me even om en kijk de blauw-witte tram na die net voorbij komt rijden.

'Waar ben je?' vraagt Ben, die het ratelende geluid schijnbaar ook opmerkt.

'Bij het ziekenhuis,' zeg ik. En dan: 'Ben, ik moet je spreken.'

Even blijft het stil. 'Nu?' vraagt hij.

'Ja.'

'Gaat het om Leila?' wil hij weten. 'Cem?'

'Bij mij thuis,' geef ik als antwoord. 'Over een halfuur?'

'Ja… ja, dat is goed.' Hij zwijgt weer even, voordat hij zegt: 'Judi…'

Ik zeg niets, wacht alleen op het vervolg.

'Doe voorzichtig, oké?'

Ondanks alles moet ik glimlachen. 'Ik woon hier maar tien minuten vandaan, Ben.'

'Tien minuten kan lang genoeg zijn.'

Dat is waar. Dat weet ik als geen ander.

'Ik zie je zo,' zeg ik en verbreek dan de verbinding.

Thuis wacht Bruce me op met luid gemiauw. Hij is overdreven aanhankelijk en dat kan ik hem niet kwalijk nemen. De laatste dagen heb ik hem bepaald verwaarloosd, of althans niet echt veel aandacht gegeven. Ik geef hem dus als eerste zijn eten en kruip, nadat ik me van mijn leren motorkleding heb ontdaan, in mijn joggingbroek en T-shirt op de bank. Het duurt niet lang of Bruce komt bij me liggen. Niet tegen me aan, zoals vaak, maar boven op me, waar hij al na enkele ogenblikken in slaap valt.

Ik denk aan straks. Hoe kan ik Ben het beste vragen om me dat adres van Tariks familie in Emmerich te geven? Buiten het feit dat daar veel van afhangt, de manier van vragen, ben ik bang dat hij het me niet gaat geven, hoe vriendelijk ik ook zal zijn en wat ik hem ook zal beloven. Hij heeft dan wel dat dossier van drieënhalf jaar geleden ‘bijgestuurd’, maar dat wil nog niet zeggen dat hij de regels die hij moet volgen nu weer volledig aan zijn laars zal lappen. En wat moet ik hem allemaal vertellen? Dat ik heb ingebroken in het huis van de Rashukans? Dat Cem daar volgens mij niet is en dat ik dus naar Emmerich wil om daar ook een paar sloten open te breken en huisvredebreuk te plegen? Hij gaat me vierkant uitlachen. Of hij verklaart me voor gek. Of allebei. En daarna zal hij me fijntjes vertellen dat hij echt geen vertrouwelijke informatie aan mij gaat doorgeven.

Ik schrik op als de bel gaat. Daar heb je hem al. Snel pak ik Bruce van mijn schoot en zet hem op de bank, waar hij met een verwijtende blik naar me opkijkt. ‘Sorry jongen,’ mompel ik tegen hem. ‘Maar soms zijn er belangrijkere dingen te doen dan slapen.’

Ik schuif met beide handen mijn haar achter mijn oren en na een blik door het zijraampje trek ik de deur open. Ik kan er niets aan doen als mijn adem even stokt als ik Ben daar zo zie staan, al weet ik niet precies waarom. Hij is zijn eigen gewone zelf, in zijn spijkerbroek en overhemd, met daarover zijn lange coat. Of is het misschien zijn stoppeltjesbaard – ik heb hem nog nooit ongeschoren gezien! – die me doet afvragen waarom hij er ineens zo woest aantrekkelijk uitziet. Ik voel een tinteling over mijn rug gaan en om te voorkomen dat ik hem als een stom schaap ga staan aanstaren, doe ik een stap naar achteren om hem binnen te laten.

In de woonkamer trekt hij zijn jas uit en hangt hem over een stoel. Dan draait hij zich naar me om en vraagt: ‘Is het Cem? Weet je waar hij is?’

Verwonderd staar ik hem aan. Dan zeg ik: ‘Natuurlijk weet ik waar hij is. Bij Tarik. Waar anders?’

‘Ik bedoel of je weet waar ze hem vasthouden?’

‘Als ik dat wist, was Cem nu niet meer bij hen geweest, maar bij mij,’ merk ik op.

Ik zie aan zijn blik dat hij mijn opmerking niet helemaal begrijpt. 'Dan had ik hem daar allang weggehaald,' vervolg ik daarom.

Hij knijpt zijn ogen lichtelijk samen. 'Je gaat toch geen domme dingen doen, hè?' vraagt hij na een poosje.

'Dat ligt eraan wat je onder dom verstaat,' reageer ik. Ik kijk hem even aan en zeg dan: 'Je hebt het vast al gehoord?'

'Gehoord?' Hij staart me aan. 'Wat gehoord?'

'Dat ik...' Ik stop midden in mijn haastig begonnen verontschuldiging als ik besef dat hij helemaal niets weet. Zwijgend kijk ik hem alleen maar aan terwijl ik probeer te bedenken wat ik nu moet doen. De inbraak bij de Rashukans aan hem opbiechten of niet.

'Je hebt iets doms gedaan,' stelt Ben uiteindelijk vast. Hij laat zich op de bank naast Bruce zakken en kijkt naar me op. 'Vertel op. Misschien kunnen we de schade nog beperken.'

'Schade?' zeg ik. 'Wie beweert dat er schade is?'

Hij glimlacht. 'Daarom heb je me toch laten komen?'

'Helemaal niet,' werp ik tegen. Ik aarzel, maar ga dan toch tegenover hem in de stoel zitten. 'Ik heb je hulp nodig. En nee...' zeg ik, als ik zie dat hij wat wil zeggen, '... niet omdat ik iets stoms gedaan zou hebben.'

Hij zwijgt, wacht op het vervolg. Ik zie de uitdrukking in zijn ogen veranderen, maar ik kan niet goed onder woorden brengen op wat voor manier. Nieuwsgierigheid? Misschien.

'Jij en ik weten allebei dat Tarik Cem heeft.' Ik verwacht een bevestiging, maar die komt niet. 'Toch?' vraag ik dan.

Hij maakt een schuine hoofdbeweging, die ik opvat als bevestiging.

'Zijn we het daar dus over eens,' ga ik verder. 'Aangezien Cem niet in 's-Heerenberg bij Tariks ouders is, moet hij in Emmerich worden vastgehouden. Als jij nu...'

'Ho even,' onderbreekt Ben me. 'Hoe weet jij zo zeker dat Cem niet bij die ouders is?'

Shit!

'Dat... eh, zeiden jullie toch?' stamel ik na een korte stilte. 'Martha zei dat de politie bij hen geweest was.'

'Ze zijn bij hen aan de deur geweest, ja,' bevestigt Ben. 'Maar er is geen huiszoeking gedaan.'

Ik staar hem aan. 'Niet?' vraag ik.

Hij schudt zijn hoofd.

Verontwaardiging borrelt bij me op. 'Waarom niet?'

'Omdat we geen gerechte gronden hebben om een huiszoekingsbevel aan te vragen.'

'Technisch gezever,' zeg ik nors. 'Hoeveel gronden hebben jullie nodig? Kijk naar wat Tarik en zijn ouders allemaal op hun geweten hebben!'

'Wat er vroeger is gebeurd, staat hier nu buiten, Judi,' zegt Ben.

Hij klinkt irritant geduldig en dat maakt me zo nodig nog bozer. 'Staat hier buiten? Hoe kun je dat zeggen!'

'Judi.' Hij wrijft met zijn hand door zijn haar, alsof hij moet nadenken over wat hij moet zeggen. Dan zegt hij: 'Als wij er ook maar enig vermoeden van hadden dat Cem in 's-Heerenberg bij de ouders van Tarik was, dan waren we er allang met een man of wat binnengevallen. Maar niets wijst erop dat we Cem daar zullen aantreffen. Er is geen officier van justitie die erin trapt om een verzoek tot huiszoeking af te geven op basis van wat er vier jaar geleden is gebeurd.'

'Gelukkig dan maar dat er ook andere manieren zijn,' mompel ik.

Hij fronst zijn wenkbrauwen. 'Wat bedoel je precies?' vraagt hij. En als ik niet reageer: 'Wat heb je uitgevreten, Judi?'

'Niets,' zeg ik, terwijl ik mijn blik op Bruce richt, die opgerold, met zijn staart over zijn neus geslagen, naast Ben ligt te slapen.

'Jawel,' dringt Ben aan. 'Vertel op.'

Ik sla mijn armen over elkaar en zucht diep. Dan kijk ik hem aan en zeg: 'Ik ben dat huis binnengegaan, oké?'

'Dat huis? Van Tariks ouders?'

'Ja, welk huis anders?'

Verbouwereerd kijkt hij me aan. 'Jezus Judi!' zegt hij uiteindelijk. 'Dat is strafbaar! Wat heeft je in godsnaam bezield?'

'Wat dacht je van wanhoop?' bijt ik hem toe. 'Het lijkt wel of niemand zich erom bekommert dat er een kind ontvoerd is!'

'Maar dat is niet zo, Judi!' reageert Ben. 'Er is een heel team mee bezig!'

'Daar merk ik anders niks van,' zeg ik en ik kan er niets aan doen dat het bitter klinkt.

'Judi,' begint hij nogmaals, terwijl hij opstaat en naast me op de leuning van de stoel komt zitten. 'Omdat jij er niets van merkt, betekent het niet dat niemand iets doet.'

Ik geef geen antwoord. Aan de ene kant, diep vanbinnen, weet ik best wel dat hij gelijk heeft, maar aan de andere kant wil ik dat niet toegeven. Want als ik dat doe, dan is er voor mij geen reden meer om het heft in eigen hand te houden.

'En?' vraagt Ben.

Nu kijk ik wel op. 'En wat?' wil ik weten.

'Wat heb je daarbinnen ontdekt?'

Ik haal mijn schouders op. 'Niks. Op een dochter na, die het op een gillen zette.'

Hij grinnikt. 'Dat was te verwachten. Hoeveel kinderen hebben ze ook alweer?'

'Zes,' zeg ik, terwijl ik nu ook moet lachen. 'Drie jongens en drie meisjes.'

'De ouders waren er niet?'

Ik schud mijn hoofd.

'Dan heb je geluk gehad.'

'Ze heeft me wel gezien,' zeg ik. 'De moeder. Toen ik naar buiten vluchtte. Daarom dacht ik eigenlijk dat je er al van wist.'

'Blijkbaar heeft ze geen aangifte gedaan,' stelt Ben.

'Dat zal dan wel niet,' zeg ik. 'Terwijl ik wel hun slot gemold heb.'

Opnieuw lacht Ben. 'Hoe ben je binnengekomen?'

'Met mijn zakmes.'

'Jij bent ook onvoorspelbaar,' zegt Ben.

We zwijgen even. Dan kijkt hij opzij en zegt ernstig: 'Judi, hoe zeer ik het ook begrijp, je snapt toch wel dat je zulke dingen niet kunt doen?'

'Er zijn zoveel dingen die zíj niet hadden mogen doen,' reageer ik zacht. 'Daar is het vernielen van een slot en het rondkijken in een paar kamers helemaal niets bij.'

'Dat weet ik ook wel,' geeft Ben toe, terwijl hij zijn hand tegen mijn rug legt en zich iets naar voren buigt. 'Maar ik ben bovenal politieagent. Ik moet je toch waarschuwen dat je dit niet meer moet doen.'

Ik kijk naar hem op, uitdagend. 'Ga je me aangeven?'

'Als zij geen aangifte doen zie ik niet in waarom.' Hij zoekt mijn blik. 'Maar dan nog moet je dit beschouwen als een officiele waarschuwing.'

Ik zie zijn ogen, met die glinstering die me vroeger ook altijd al opviel, en wil ineens niets liever meer dan erin verdrinken. Stiekem hoop ik dat hij zich nog wat verder naar me toe buigt, zodat ik mijn lippen op die van hem kan drukken, nog voordat hij zelf beseft wat er gebeurt. Maar dan richt hij zich op en zegt: 'In ieder geval weten we nu dus wel dat Cem daar waarschijnlijk niet is.'

Lichtelijk verward kijk ik toe hoe hij opstaat en weer naast Bruce op de bank gaat zitten.

'Ja...' zeg ik. Het klinkt schor en gegeneerd schraap ik mijn keel. 'Ja, dat denk ik ook.'

'Het heeft ons dus niets verder geholpen, die actie van jou.'

Ik heb mezelf inmiddels weer een beetje hersteld en terwijl ik wat naar voren schuif op mijn stoel, zeg ik: 'Behalve dan dat we ervan uit kunnen gaan dat Cem in Emmerich is.'

'Hoezo in Emmerich?' vraagt Ben.

'Waar moet hij anders zijn? Tarik is daar ook. Wat is een mooiere plek om een klein kind te verbergen dan daar, tussen al hun familieleden. Hij valt daar toch voor geen meter op?'

'Je vergeet dat we hen ook in de gaten houden.'

Ik snuif. 'Zeker net als hier? Vanaf buiten? We moeten hem binnen zoeken! Ze moeten hem érgens vasthouden.'

'Dat weet ik ook wel, lieve Judi. Maar net als in 's-Heerenberg, krijgen we daar ook geen bevel tot huiszoeking. We hebben nog minder reden om daar te zoeken dan bij Tariks ouders.'

'Precies,' zeg ik en ik kan een glimlach bijna niet onderdrukken. 'En daarom moeten wij dat maar eens doen.'

Hij werpt me een achterdochtige blik toe. 'Wat moeten wij doen?' vraagt hij. 'Een bevelschrift aanvragen?'

'Nee, bij die familie in Emmerich binnenkijken.'

De uitdrukking op Bens gezicht is lachwekkend. 'Echt niet,' zegt hij uiteindelijk.

'Jij hoeft niet mee,' zeg ik. 'Jij hoeft me alleen maar het adres te geven waar ze wonen.'

Weer die uitdrukking. Heel kort. Dan zegt hij: 'Nee Judi. Daar begin ik niet aan.'

'Waarom niet?' dring ik aan. 'Niemand hoeft te weten dat jij me dat adres hebt gegeven.'

'Nee Judi,' herhaalt Ben. 'Dat gaat me te ver.'

'Kom op, Ben! Jij weet net zo goed als ik dat dat de enige plek is waar ze Cem kunnen verbergen. En als ze daar met meerdere mensen wonen, dan verklaart dat ook meteen die achtergrondgeluiden die ik hoorde tijdens dat telefoontje van Tarik.'

'Dat kan wel zo zijn, maar daarom ga ik nog niet de wet overtreden door vertrouwelijke informatie door te spelen aan burgers.'

'O, en een dossier vervalsen mag wel.'

De stilte die tussen ons valt lijkt van beton.

'Dat is niet eerlijk, Judi,' klinkt Bens stem uiteindelijk zacht.

Ik heb meteen spijt van mijn woorden. Ben heeft gelijk. Het is ook niet eerlijk. Natuurlijk heeft hij nooit iets vervalst, hij heeft alleen bepaalde informatie achtergehouden. Om ons te beschermen. Leila, Cem, Thomas en mij. En het is gemeen om hem daar nu op zo'n manier mee te confronteren.

'Het spijt me,' zeg ik. 'Zo bedoelde ik het niet.'

Hij kijkt naar me, peinzend. Dan glimlacht hij en zegt: 'Je bent gewoon van slag. Door Leila. En door Cem.'

Ik knik meegaand. 'Dat zal dan wel.'

'Wilde je me daarom spreken?' vraagt hij. 'Om dat adres?'

'Het was te proberen,' zeg ik bij wijze van antwoord. En omdat ik besef dat aandringen toch geen zin heeft: 'Wil je koffie?'

'Nee, nu even niet. Ik heb nog een boel te doen op het bureau.' Hij staat op, aait Bruce even over zijn kop en loopt naar de voordeur.

Ik volg hem op de voet en voordat hij even later naar buiten stapt, draait hij zich nog even naar me om en zegt met een lachje: 'En geen strafbare feiten meer plegen, hè? Want er komt een moment dat ik niet meer voor je kan instaan.'

'Daar heb ik toch ook nooit om gevraagd?' reageer ik, stugger dan ik zou willen.

Hij zegt niets, legt alleen even kort zijn hand tegen mijn wang, om zich daarna weer om te draaien en met vaste tred van me weg te lopen.

ZATERDAG 28 JUNI 2008

Terwijl Leila onder de douche stond, ruimde ik de ontbijtboel op. Niet dat we veel gegeten hadden, Leila niet vanwege de zenuwen en ik door de pijn in mijn gezicht, maar er stond genoeg spul op tafel om een heel regiment van een goed belegde boterham te voorzien.

Diep in gedachten pakte ik de jam en de pindakaas van tafel en propte ook nog de doos met chocoladevlokken onder mijn arm, toen de telefoon ging. Van schrik liet ik bijna alles uit mijn handen vallen en ik vloekte binnensmonds toen de doos met vlokken uiteindelijk toch losschoot en ondersteboven op de grond belandde. Een aanzienlijke hoeveelheid chocolade verspreidde zich over de hele vloer.

Gloeiende, gloeiende…

De telefoon bleef overgaan en nadat ik de potten jam en pindakaas haastig op de tafel had gezet, nam ik op. Het was Yoshi's stem aan de andere kant van de lijn die me acuut deed bedaren.

'Ben je ziek, on'nanoko?' vroeg hij op zijn bekende, kalme toon. 'Ik heb je al een week niet meer in de dojo gezien.'

Stik. Helemaal vergeten dat ik gisteren wilde gaan trainen. Ik had op zijn minst Yoshi even moeten inlichten dat ik volgende week gewoon weer zou komen. Schuldbewust keek ik naar de chocoladevlokken op de vloer tussen de keuken en de woonkamer, en wreef even over mijn voorhoofd. 'Nee,' zei ik. 'Maak je geen zorgen, ik ben niet ziek. Er kwamen gewoon wat dingen tussen. Volgende week ben ik er weer.'

Het bleef even stil aan de andere kant van de lijn. Na een poosje klonk zijn stem, rustig als altijd. 'En de rest?'

'De rest?' vroeg ik. 'Welke rest?'

Ik hoorde hem bijna glimlachen. 'Je bent nerveus, on'nanoko. Er is dus meer aan de hand dan een paar dingen die jouw bezoeken aan de dojo hebben verhinderd.'

'Welnee,' zei ik meteen en ik probeerde het luchtig te laten klinken. 'Er is niets aan de hand.'

Opnieuw die stilte, waarin Yoshi geduldig op de waarheid wachtte. Ik zag hem in gedachten bij het plankje aan de muur staan, waarop zijn telefoon stond – zo'n ouderwets ding met draad – en wist dat er nooit een dag zou komen waarop ik hem om de tuin kon leiden wat mijn gevoelens betrof.

'Ik heb gewoon een probleempje,' legde ik uit. 'Via mijn werk. En op het moment weet ik niet wat ik ermee aanmoet. Ik moet…'

Een ingeving deed me half in mijn zin stoppen.

'Heb je trek in sushi?' vroeg Yoshi toen.

‘Wat?’ zei ik.

‘Vanavond. Bij mij. Dan praten we erover.’

Ik gaf niet meteen antwoord, dacht razendsnel na over een plan dat vanuit het niets bij me was opgekomen. ‘Oké,’ zei ik uiteindelijk. ‘Oké, dat is goed. Zes uur?’

‘Zes uur is prima,’ zei hij.

‘Dek wel voor één persoon extra,’ meldde ik.

Stilte.

‘Dat zal ik doen,’ zei hij toen. Vrijwel meteen daarna verbrak hij de verbinding.

Net toen ik het stoffer en blik uit het aanrechtkastje had gehaald en door mijn knieën zakte om de rommel op te vegen, kwam Leila de kamer binnen. Eén blik op de chocoladevlokken was voldoende om haar van het ene op het andere moment in de lach te laten schieten. Het moest ook wel een idioot gezicht zijn: al die vlokken en ik er middenin, zwaaiend met mijn stoffer.

‘Ongelukje,’ zei ik, terwijl ik schaapachtig grinnikte.

Nog steeds lachend liet ze zich op haar knieën zakken en begon de vlokken met haar handen bij elkaar te vegen.

Nadat we alles hadden opgeruimd, maakte ik een pot koffie met mijn cezve. Leila zat aan de eettafel en keek belangstellend naar de bontgekleurde vissen in het aquarium.

‘Wat zijn dat voor vissen?’ vroeg ze, toen ik twee bekers koffie op tafel zette.

‘Betta’s,’ zei ik.

Ze keek me even aan en richtte haar aandacht toen weer op de vissen. ‘Ze zijn prachtig,’ verzuchtte ze. ‘Met die sierlijke vinnen. En ze zijn zo rustig, zo sereen.’

‘Schijn kan bedriegen,’ zei ik.

Vragend keek ze op.

‘In dat hele aquarium zit maar één mannetje. Verder zijn het allemaal vrouwtjes.’ Ik ging naast haar zitten en keek ook naar de kalmpjes zwemmende betta’s. ‘Ze noemen deze vissen ook wel

Siamese kempvissen,' vervolgde ik. 'Ze danken die naam aan het feit dat de mannetjes nogal agressief zijn tegenover elkaar en zullen vechten tot een van hen dood is.'

Ze richtte haar blik weer op de vissen en zei: 'Echt waar?'

Ik knikte. 'Er moeten ook altijd meerdere vrouwtjes bij één mannetje geplaatst worden, omdat een mannetje een enkel vrouwtje erg kan opjagen en haar daarmee zo kan uitputten dat ze overlijdt.'

Leila zweeg, terwijl ze met haar ogen de vissen volgde die langs zwommen. 'Het lijken wel jezidi's,' zei ze zacht.

Ik glimlachte. Die gedachte was bij mij nog niet opgekomen. 'Wist je dat betta's ook boven water kunnen ademhalen?' vroeg ik.

Ze schudde haar hoofd, zonder om te kijken.

'Ze hebben een soort ademhalingsorgaan dat labyrint wordt genoemd,' legde ik uit.

'Het zijn dus vissen die ook op het land kunnen leven?'

'Dat nou ook weer niet,' zei ik. 'Ze kunnen tijdelijk zuurstof opslaan, zodat ze ook in vervuild water kunnen overleven. Nadeel is dat ze wel lucht moeten happen om het labyrint met zuurstof te vullen. Als ze dus geen mogelijkheid hebben om naar de oppervlakte te gaan, dan zullen ze sterven, hoewel ze onder water zitten.'

'En die vis met die hele lange vinnen is zeker het mannetje?' vroeg Leila.

'Dat is Takashi, ja. Het mannetje.'

Lachend keek ze om. 'Hebben ze allemaal een naam?'

'Uiteraard,' zei ik. 'Die vissen zijn mijn vrienden. Waarom zou ik ze dan geen naam geven?'

'En Tagashi... is dat Japans?'

'Takashi,' verbeterde ik. 'Takashi Katada werd in 2002 wereldkampioen karate.'

'O, vandaar.' Ze draaide zich om naar de tafel en keek naar de bekers koffie. Ik schoof er eentje in haar richting, waar ze stevig haar handen omheen klemde, een gebaar waaruit ik kon afleiden dat ze zich nog steeds niet helemaal op haar gemak voelde.

'Leila,' begon ik. 'We moeten gaan bedenken wat we verder doen. Heb je nagedacht over wat je wilt?'

Ze klemde haar handen nog wat vaster om haar beker en bracht hem naar haar mond. Na een paar slokjes haalde ze haar schouders op. 'Ik weet het niet,' zei ze zacht. 'Maar ik wil niet naar huis. Ik ben bang voor mijn vader. En voor Tarik. Ze vermoorden me. Helemaal nu ik zwanger ben.'

'Dat begrijp ik,' zei ik. 'Maar je bent wel minderjarig. Je ouders hebben alle recht om je weer naar huis te halen. Als ze de politie inschakelen en die naar mij toe sturen, dan kan ik daar niets tegen doen.'

Haar ogen kregen de angstige schittering van gisteren weer terug. 'Wilt u me terugsturen?'

'Absoluut niet,' verzekerde ik haar. 'Maar het lijkt me wel beter dat ik een gesprek met je ouders aanga.'

'Ze zullen niet luisteren. Ze zullen alleen maar nog bozer worden.'

'Dat moeten we riskeren. We weten dan meteen waar we aan toe zijn.'

'Maar zij weten dan ook dat ik hier bij u ben,' zei Leila met trillende stem. 'En dan zullen ze me komen halen!'

Ik schudde mijn hoofd. 'Vanavond gaan we naar een goede vriend van mij. Ik vertrouw hem volkomen. Bij hem ben je veilig. En het is ver uit de buurt, in Arnhem.'

Ze keek me aan, angstig, haar ademhaling ging snel. 'Zullen ze me daar niet vinden?'

'Dat denk ik niet. Bovendien is die vriend van me niet de eerste de beste. Die weet heel goed hoe hij zichzelf en anderen kan beschermen.'

Nu drukten haar ogen vraagtekens uit.

'Je zult het wel zien,' zei ik met een glimlach. 'En als je eenmaal daar bent, dan zal ik eens kijken wat je ouders te zeggen hebben, oké?'

Ze knikte, aarzelend, om vervolgens nog een paar slokjes koffie te nemen, voordat ze vroeg: 'Maar wat wilt u bereiken door met mijn ouders te gaan praten?'

Ja, vertel op, Judi!

'Dat weet ik niet,' zei ik na een korte stilte. 'Misschien hoop ik dat ze het begrijpen?'

Leila schudde haar hoofd. 'Dat zullen ze nooit,' fluisterde ze toen.

DONDERDAGOCHTEND 23 AUGUSTUS 2012

Het is nog vroeg als ik – voor de zoveelste keer – wakker schrik uit een heftige droom. Waar hij precies over ging, weet ik al niet meer als ik overeind ben geschoten en hijgend over mijn bezwete gezicht wrijf. Mijn slaapshirt is drijfnat en mijn dekbed zit als een wokkel om mijn lijf gedraaid.

Terwijl ik mezelf losworstel en het dikke dekbed van me af trap, werp ik een blik op mijn wekker. Kwart over vijf. Jezus, wat vroeg. Ik laat me weer achterover op mijn kussen vallen, adem even diep in en staar naar het plafond. Ik heb het stikheet en mijn hartslag is nog steeds niet gedaald naar een normaal niveau. Klotenachtmerrie.

Ik draai me op mijn zij, trek een knie op en nestel mijn wang in mijn kussen, dat eveneens drijfnat is. Getver. Leunend op mijn elleboog keer ik mijn kussen om en plof weer neer. Dat is beter. Lekker koel. Ik sluit mijn ogen en probeer nergens aan te denken, vooral niet aan wat ik gedroomd kan hebben.

Tien minuten later ben ik nog steeds wakker. En lig ik nog steeds in dezelfde houding. Nu ik niet zo opgefokt meer ben door die nachtmerrie begin ik af te koelen door het opdrogende transpiratievocht en huiverend trek ik dan toch maar weer mijn dekbed over me heen. Flarden van de droom komen levendig boven. Het ging over Cem. Hij was ergens, maar ik kon niet bij hem komen. Waarom weet ik niet meer. Er zat water tussen hem en mij.

Dat was het. Cem zat in een grasveld aan de overkant van water en hij was aan het spelen. Ik kon niet bij hem komen en hoe ik hem ook riep, hij leek me niet te horen, bleef ongestoord verder spelen. Er was een zandbak. En emmertjes... schepjes, zandvormpjes. Maar wat overheerst is het beeld dat hij een pop vasthoudt. Een pop met lange blonde haren. Het zag er zo raar uit, Cem die met een pop speelt. Natuurlijk, er zijn meer jongetjes die weleens met poppen spelen, maar Cem had nooit aandacht gehad voor meisjesspullen. Autootjes, kraanwagens, brandweerwagens. Dat soort jongensdingen. Maar nooit poppen.

Ik draai me op mijn rug, strek mijn benen en probeer de droom uit mijn hoofd te zetten, maar echt goed lukt dat me niet. Ik denk aan eergisteren. Eigenlijk is het gek. Waarom stond er een poppenhoofd – want daar komt die droom natuurlijk vandaan – voor mijn deur? Wat willen ze daarmee zeggen? Is het symbolisch? Zo van: dit gebeurt er straks met Cem? Maar wat heeft dat voor zin? Ze hebben Cem, ze zullen hem vast geen kwaad doen. Als ze dat hadden gewild, hadden ze hem niet meegenomen, maar ter plekke, gelijk met zijn moeder, wat aangedaan. Het moet iets anders betekenen, maar wat?

Peinzend draai ik me om, dit keer met mijn gezicht naar het raam. Buiten is het al licht, zie ik. Nog even en de zon zal over de huizen aan de Prinsengracht piepen en een streep tussen mijn gordijnen door werpen. Met een soepele beweging zie ik Bruce op mijn bed springen. Hij begint zich geconcentreerd te wassen en na een poosje loopt hij naar me toe en nestelt zich met zijn rug tegen mijn buik. Zijn tevreden geknor doet me glimlachen.

Met een schok schrik ik weer wakker. Ik heb het bloedheet en voel Bruce zwaar in mijn hals liggen, waardoor ik het gevoel heb dat ik stik. Voorzichtig por ik Bruce in zijn zij, maar hij geeft geen krimp en dus duw ik hem dan maar van mij en mijn kussen af. Meteen kan ik vrijer ademhalen en dankbaar zuig ik de koele zuurstof mijn longen in.

Beledigd komt Bruce overeind, rekt zich uit en verplaatst zich naar het voeteneind, waar hij zich oprolt en verder slaapt. Een blik op mijn wekker vertelt me dat het halfacht is. Ik moet weer ingedommeld zijn. Gapend duw ik mijn dekbed van me af en kom overeind. Alhoewel ik me nog niet echt uitgerust voel, heeft het geen zin om langer te blijven liggen. Mijn tijd verslapen kan later nog, nu heb ik andere dingen te doen.

Na een korte maar hete douchebeurt, slof ik in mijn badjas de keuken in en maak koffie. Geen Nespresso, maar echte sterke Turkse koffie, waarvan ik een kwartiertje later een kopje op de eettafel in de woonkamer zet. Daarna pak ik mijn laptop en start hem op. Eerst maar eens een e-mail naar de rijschool sturen hoe het ervoor staat en dat ze de rest van de week echt niet op me hoeven te rekenen. Dat gaan ze vast niet leuk vinden, maar mijn hoofd staat nu even niet naar verkeersregels en veiligheid.

Terwijl ik een slokje van de hete koffie neem, open ik mijn e-mailprogramma en kijk toe hoe vijf berichtjes mijn mailbox inrollen. Vier ervan zijn reclame, de vijfde is de digitale nieuwsbrief van De Poezenboot op het Singel, waar ik enkele jaren geleden Bruce vandaan heb gehaald. Zo af en toe loop ik er nog weleens langs voor een praatje en natuurlijk is de nieuwsbrief een steeds terugkerende herinnering aan Bruce' verleden.

Met mijn beker tussen mijn handen lees ik over de poezen en hun verzorgers, en net als ik naar de tweede pagina wil gaan, hoor ik het piepje dat aangeeft dat ik een sms'je heb ontvangen. Ik kijk om naar de slaapkamer, waar mijn mobiel ligt. Heel even denk ik dat het van Leila komt, die me – zoals gebruikelijk – doorgeeft of en hoe laat Cem van het kinderdagverblijf gehaald moet worden. Natuurlijk kan dat niet en met een triest gevoel sta ik op en loop naar de slaapkamer, waar Bruce nog steeds opgerold ligt te snurken. Hoelang zal het duren voor ik ooit weer een sms'je van Leila zal krijgen? Misschien wel nooit meer.

Ik slik en duw die sombere gedachten diep weg. Natuurlijk komt Leila er weer bovenop. Het heeft gewoon tijd nodig. Met een geïrriteerde beweging, veroorzaakt door mijn eigen melancholie, grijp ik mijn mobiel van het nachtkastje en kijk op het display. De sms komt van Ben en terwijl ik terug naar de woonkamer loop, open ik het berichtje en lees:

Vanavond, 21 uur
St. Martinuskerk Emmerich
Twee bankjes langs water
Wacht daar op me

Ik moet de tekst twee keer lezen voordat ik echt goed begrijp wat er staat, alhoewel het zo duidelijk is als witte sneeuw. Heeft hij zich bedacht? Wil hij me dat adres wél geven? Maar waarom gisteravond dan niet? Hij had het alleen maar voor me op een briefje hoeven schrijven. Waarom al dat gehannes om daar af te spreken?

Dat is duidelijk, Judi. Omdat hij je niet alleen wil laten gaan.

Ik snuif. Als hij maar niet denkt dat ik me door hem laat bemoederen. Als het hem niet zint wat ik van plan ben – en daar ben ik zeker van – dan draait hij zich maar om als ik het slot forceer.

Ik leg mijn mobiel op de tafel, ga weer zitten en pak mijn beker koffie. Stel nou, bedenk ik, dat het allemaal niet zo gemakkelijk gaat als in 's-Heerenberg? Ik bedoel, ik weet niet eens hoe groot die familie Rashukan in Emmerich is. Wat als er altijd iemand in die woning aanwezig is? Een vrouw, die nooit buitenkomt. Hoe vaak hoor je dat niet? Regelmatig, in dat soort culturen. En in dat geval kan ik het schudden; ik kan dan nooit binnenkomen zonder gezien te worden.

Verdomme.

Wat moet ik dan?

Niet op de dingen vooruit lopen, Judi!

Nee, dat moet ik inderdaad niet doen. Misschien laat Ben me wel voor heel iets anders naar Emmerich komen.

Ik staar in mijn halflege kopje koffie.

Yeah, right.

Geloof je het zelf? Emmerich kan maar één reden hebben: Tarik. En Cem. Ik heb geen flauw idee wat Ben van plan is, maar van één ding ben ik zeker: zonder Cem krijgt hij me daar niet weg. Met nog geen tien paarden.

ZATERDAG 28 JUNI 2008

Dat Tarik naar mijn huis stond te kijken, merkte ik pas op toen ik vroeg in de middag het raam van de badkamer sloot. Schuin aan de overkant van de straat, bij de heg, deed hij niets anders dan staan en staren. Onafgebroken. Het leek wel of het hem niet kon schelen dat ik hem zag.

Ik kon niet zeggen dat ik echt bang was, maar toch voelde ik me onbehaaglijk. Ik liet de jaloezieën zakken en draaide ze dicht. Vervolgens liep ik snel naar beneden om Leila te waarschuwen dat ze niet in de keuken mocht komen. Hij zou haar daar ongetwijfeld zien, omdat er geen vitrages of andere raambekleding hing. Op de overgordijnen na, maar het zou opvallen als ik die nu – midden op de dag – dicht zou doen.

'Hoe komen we nu ongezien weg?' vroeg Leila met bevende stem, terwijl we in de woonkamer, aan de andere kant van het huis, op de bank zaten.

'Hij zal daar vast niet de hele dag blijven staan,' stelde ik haar gerust. 'Hij zal op een bepaald moment toch naar huis moeten.'

Ze schudde haar hoofd. 'Tarik weet dat ik hier ben,' fluisterde ze zacht. 'Hij gaat niet eerder weg dan dat ik naar buiten kom.'

'Dat kan hij helemaal niet weten,' zei ik ferm. 'Hij kan het alleen maar vermoeden.'

'Voor hem is dat voldoende,' reageerde ze. 'Hij zal niet weggaan. Echt niet.'

Ik zweeg, staarde de tuin in, naar de mussen die ruzie maakten in het houten voederhuisje dat mijn vader had gemaakt toen ik nog op de lagere school zat. Als het waar was wat Leila zei, dan hadden we dus geen schijn van kans om haar ongezien naar Arnhem te krijgen.

Ik richtte mijn blik opzij, op Leila. Ze zat in elkaar gedoken op de bank, als een ziek vogeltje en ik voelde een pijnlijke steek van medelijden. Wat een leven had dat meisje. Vroeger, en nu nog steeds. En waar zou het naartoe gaan? Ze zou verder moeten zonder haar familie. Ging ze dat redden? Haar ouders en Tarik, daar zou ze wel overheen komen na alles wat er gebeurd was, maar zonder haar andere broertjes en zusjes? Ik dacht aan Jasmine. Zou ik zonder haar verder kunnen leven? Ik moest er niet aan denken, ik zou dood gaan van ellende, ik zou...

Mijn ogen gingen ineens over het lange zwarte haar van Leila. Precies zoals dat van Jasmine. Als we nou eens...

Haastig kwam ik overeind en pakte de telefoon van het dressoir. 'Ik denk dat ik een oplossing heb,' zei ik tegen Leila, die me verwonderd aankeek. Ik toetste het nummer van Jasmine en nadat de telefoon een keer of drie was overgegaan nam ze op.

'Jas, met mij,' zei ik. 'Moet je horen. Heb jij wat te doen vanavond?'

'Hoezo?' vroeg ze. Het klonk kribbig, wat me het idee gaf dat ze in een slechte bui was.

'Ik heb je hulp nodig,' vervolgde ik.

Diepe zucht. 'Moet dat echt vandaag?' vroeg ze.

'Ja,' zei ik. En toen ze niet reageerde: 'Ik heb Leila hier bij me thuis. Je weet wel, dat meisje van school.'

'Bij jou thuis?' herhaalde Jasmine. 'Judi, hoe kun je dat...'

'Geen veroordelingen, oké?' viel ik haar in de rede. 'Dit is een noodsituatie.'

Er viel een korte stilte. 'En nu moet ik je helpen?' vroeg ze uiteindelijk.

'Alleen als je wilt,' zei ik. 'Zo niet, dan zoek ik wel een andere oplossing.'

'Ja, en dan zit ik de komende maanden met een nijdige zus,' vitte ze. 'Ik kom wel naar je toe.'

Ik glimlachte. Typisch Jasmine. Ze kon er vroeger ook al niet tegen als ik boos op haar was. 'Fijn,' zei ik.

'Met een halfuurtje ben ik er.'

'Oké.' Ik keek naar Leila en vervolgde: 'En draag een sjaaltje om je hoofd.'

'Wat?' vroeg ze.

'Een sjaaltje om je hoofd,' herhaalde ik. En voordat ze kon reageren: 'Ik leg je straks wel uit waarom.'

Ze deed – gelukkig – wat ik had gevraagd. Toen ze ruim twintig minuten later de voordeur met haar eigen sleutel opende en de hal binnenstapte, had ze een pastelkleurig sjaaltje om haar haren geknoopt. Aan de zijkanten piepten er nog wat lange plukken onder vandaan, maar dat was juist goed. Ze zag er prachtig uit, precies zoals ik bedoeld had. Alleen haar gezicht stond op onweer.

'Wat is dit voor flauwekul, Juud,' stak ze meteen van wal, nog voordat ze de voordeur achter zich had dichtgegooid. 'Ik moet op stel en sprong komen en dan ook nog eens een sjaal om mijn hoofd binden. Gaan we een toneelstukje opvoeren, of zo?'

'Zoiets,' zei ik, terwijl ik toekeek hoe ze haar dunne zomerjackje uittrok en over de kapstok gooide.

'Moet ik die omhouden?' vroeg ze met een uitdagende toon in haar stem, en ze wees naar het sjaaltje.

'Nee, dat mag nu wel af,' zei ik. En toen: 'Jezus, Jas, ben je met je verkeerde been uit bed gestapt, of wat?'

Ze snoof. 'Als mijn humeur je niet aanstaat, dan heb je pech.'

'En dat voor de zaterdag,' mompelde ik.

'Ik heb gewoon ruzie gehad,' zei Jasmine vinnig. 'Mag het?'

'Ruzie?' vroeg ik. 'Met wie?'

'Met...' Ze onderbrak zichzelf en keek me met gefronste wenkbrauwen aan. 'Dat gaat je helemaal geen fluit aan.' En toen: 'Nou, vertel op. Wat is die noodsituatie?'

'Maak eerst eens kennis met Leila,' zei ik en ik ging haar voor naar de woonkamer, waar Leila nog steeds op de bank zat. Jasmine kwam achter me aan en zodra ze de angst in Leila's ogen zag, keek ze met een vragende blik naar me op.

'Leila is van huis weggelopen,' begon ik. Ik gebaarde naar Jasmine dat ze moest gaan zitten. Ze liet zich op de bank naast Leila zakken, terwijl ikzelf tegenover hen in de stoel plaatsnam.

Jasmine zocht Leila's blik en vroeg: 'Hoe oud ben je?'

'Bijna achttien,' fluisterde ze en ze sloeg meteen haar ogen weer neer.

Minderjarig. Jasmine zei het niet hardop, maar vormde met haar lippen het woord.

Ik knikte.

'Leila,' begon Jasmine zacht. 'Judi heeft me weleens wat over jou en je familie verteld. Ik snap de problemen, maar het is een hele grote stap die je gezet hebt. Weet je zeker dat dit is wat je wilt?'

Bijna moest ik glimlachen. Dit was nou typisch Jasmine. Nuchter en bijna zakelijk de dingen aftasten en helder krijgen, voordat ze actie ondernam. Ik herkende zo veel van mijn moeder in haar, dat het me pijn deed. En ik besefte eens te meer dat ik mijn ouders zo ontzettend miste.

Leila knikte, kort maar vastberaden.

'Het is niet alleen het feit dat ze meer dan vriendschappelijk met Thomas omgaat,' legde ik uit, toen Leila bleef zwijgen. En na een korte stilte: 'Leila is zwanger.'

Jasmines ogen werden groot. 'Van... van Thomas?' vroeg ze.

'Van Thomas,' bevestigde ik.

'En weet hij dat al?'

'Nog niet,' zei ik. 'Het probleem is echter dat Tarik mij bedreigd heeft.'

'Tarik?' vroeg Jasmine. 'Wanneer?'

'Gistermorgen op school. En 's middags nog een keer, hier in de straat.'

Jasmine zei niets, leek even diep na te denken. Uiteindelijk zei ze: 'En dat heeft hij gedaan omdat hij weet dat Leila hier is?'

'Dat weet hij niet, dat vermoedt hij,' zei ik. 'Hij kwam bij me op school langs en hij eiste dat ik hem vertelde waar Leila was. Maar op dat moment wist ik dat helemaal niet. Leila wachtte me thuis op en ik heb haar binnengelaten. Toen ik later een boodschap ging doen, kwam hij met zijn auto de straat in en heeft hij me opnieuw bedreigd.'

'Hij heeft u geslagen!' Leila's stem klonk schril.

Jasmines ogen drukten verwondering uit. 'Geslagen?' vroeg ze.

Ik knikte en voelde aan mijn neus. 'Ik had alleen een bloedneus, verder niets. Als antwoord heb ik hem een knietje gegeven.'

Met opgetrokken wenkbrauwen staarde ze me aan.

'En dat vond hij niet leuk, kan ik je vertellen,' ging ik verder. 'Daarna heb ik hem niet meer gezien, maar sinds vanmorgen staat hij nu voor het huis te wachten.'

'Hier?'

'Ja, waar anders?' zei ik. 'Heb je hem niet gezien? Hij staat bij Jos en Clara voor de deur, bij de heg.'

'Ik zag 'm wel lopen ja,' begon Jasmine, 'maar ik dacht...'

Ik onderbrak haar met een handgebaar. 'Laat ook maar, het doet er niet toe. Vaststaat dat hij me in de gaten houdt en dat is bepaald lastig, omdat ik Leila vanavond naar Arnhem wil brengen.'

Ze legde de link vrijwel meteen. 'Arnhem?' vroeg ze. 'Naar Yoshi?'

'Goed geraden,' zei ik. 'Waar is ze veiliger dan bij hem?'

Jasmine knikte. 'Nergens, dat is waar.' En na een korte stilte: 'En nu wil je dat ik jullie daar met de auto naartoe breng.'

'Niet precies,' zei ik. 'Tarik mag niet weten dat Leila hier is en dat ik haar wegbreng. Ik wil dus dat Leila voor jou doorgaat.'

Nu staarde ze me met grote ogen aan. 'En ik dan? Moet ik hier blijven?'

'Je had toch niets te doen vanavond?' vroeg ik met een lachje.

'Nou, ik had me wel iets anders voorgesteld van de zaterdagavond.'

'Er is een goede film op de televisie,' zei ik.

'Heb je chips in huis?'

'Chips?' herhaalde ik. 'Vast wel. Ergens.'

'Mooi.' Ze keek naar Leila en vervolgde: 'Mijn zus is niet zo van de chips en de nootjes en zo, dus het is altijd afwachten wat ze in huis heeft. En óf ze wat in huis heeft.'

Leila glimlachte. Haar angst leek iets weg te zakken en ik kreeg het idee dat ze zich wat meer op haar gemak begon te voelen. Dat kon ook niet anders, met Jasmine erbij. Die kon iedereen tot rust brengen, een gave die haar op haar werk ook van pas kwam. Chaos in de klas? Bij Jasmine nooit. En daar hoefde ze niet veel méér voor te doen dan gewoon te kijken, met die open en belangstellende blik van haar. Zoals ze nu ook naar Leila keek. En voor het eerst sloeg Leila niet meteen haar blik weer neer.

'Je voelt je tekortgeschoten, hè?' vroeg Jasmine zacht.

Leila knikte. 'Mijn familie. Ik heb me niet aan de regels gehouden. Ik breng schande over mijn ouders. En mijn zusjes. Isra is veertien, maar ze is eigenlijk nog een kind. Ze is bijna jarig en volgend jaar moet ze al trouwen omdat de bruidegom aandringt. Stel dat hij door mij van de bruiloft afziet? Dan krijgt mijn zusje de schuld. Ze zullen haar slaan.'

Nu boog ze wel haar hoofd en ik zag de tranen weer op haar knieën druppelen.

'Och meisje toch,' zei Jasmine zacht, terwijl ze opzijschoof en haar arm om Leila heen sloeg.

Met haar handen in haar schoot en haar hoofd op Jasmines schouder huilde Leila zachtjes.

'Natuurlijk voel je je schuldig,' fluisterde Jasmine. 'Je houdt van je ouders en zij ook vast van jou. Maar voorlopig moet je eerst maar eens aan jezelf denken. Jij bent nu even het belangrijkste. We moeten ervoor zorgen dat ze jou geen pijn doen.'

Leila wreef de tranen van haar wangen en kwam overeind. 'Tarik,' zei ze. 'Die is het ergste. En mijn moeder. Ze zullen me gaan zoeken.'

'En daarom ga jij naar Arnhem,' zei Jasmine. 'Bij Yoshi ben je veilig.'

'Zullen ze me daar niet vinden?'

Jasmine keek naar mij en toen weer naar Leila. 'Laten we hopen van niet,' zei ze toen.

DONDERDAGOCHTEND 23 AUGUSTUS 2012

Met een paar tassen vol boodschappen loop ik vanuit de door airconditioning gekoelde Albert Heijn naar buiten. Het is best warm en ik voel mijn voorhoofd alweer vochtig worden. Terwijl het maar een kippeneindje is van de supermarkt naar mijn woonboot.

Nog net niet hijgend steek ik de straat over om bij Delicious Food nog wat koffie en kruiden te halen en wilde dat het winter was. Veel meer mijn ding. De kou, de frisheid van de natuur, het 's avonds onder een fleecedekentje op de bank kruipen. Veel prettiger dan half smeltend door Amsterdam te lopen.

Als ik mezelf tussen twee geparkeerde auto's door wring krijg ik ineens een onbestemd gevoel. Echt omschrijven kan ik het niet, maar het idee dat iemand me begluurt, dringt zich wel heel sterk aan me op. Ik blijf stilstaan en zet mijn boodschappentassen op de grond, terwijl ik net doe alsof ik even uitblaas. Ondertussen kijk ik zo onopvallend mogelijk om me heen, maar ik zie niets verdachts. Toch kan ik niet voorkomen dat het kippenvel op mijn armen verschijnt.

Meteen pak ik mijn tassen weer op en stommel even later zo haastig Delicious Food binnen, dat de twee klanten die op hun beurt staan te wachten verbaasd omkijken, evenals de verkoopsters. Ik wrijf een pluk haar uit mijn gezicht en grinnik schaapachtig.

'Is alles goed, Judi?' vraagt Merle, een van de verkoopsters, bezorgd.

Ik knik. 'Ja...' zeg ik. 'Jawel hoor. Ik struikelde gewoon.'

'Je ziet een beetje bleek,' gaat ze verder. 'Maar ja, dat is ook geen wonder, na wat er met Leila gebeurd is. Hoe gaat het nu met haar?' vervolgt ze in één adem.

'Hetzelfde nog,' zeg ik.

Merle schudt haar hoofd. 'Het is niet te geloven,' zegt ze tegen de klant die ze net aan het helpen is. 'Er gebeuren toch wel heel akelige dingen soms.'

'Dat kun je wel zeggen,' mompel ik.

Vera Stanzen, die verderop in de straat bij café De Blauwe Pan werkt, grinnikt. Na een paar minuten, waarin de andere klanten uitgebreid geholpen worden, buigt ze zich naar me toe en zegt zacht: 'Gaat het wel een beetje met je?'

'Ach,' zeg ik. 'Het moet maar.'

'We missen je wel in het café, hoor.'

Ik glimlach. Al vanaf de eerste dag dat ik in de Jordaan woon, kom ik regelmatig bij De Blauwe Pan. Het is er gezellig, gemoedelijk, echt Amsterdams en een prima plek om je terug te trekken.

'Maar dat is logisch. Je hebt wel andere dingen aan je hoofd.'

'Misschien wip ik morgen wel even langs,' zeg ik.

'Ach meid,' zegt ze. 'Kijk maar even. Maar als je komt, krijg je van mij een biertje. Van de zaak.'

'Ik zie wel,' reageer ik, maar ik ben al bijna vastbesloten om morgen na het bezoek aan Leila in het ziekenhuis even langs te lopen. Even wat anders dan thuis tegen Bruce te zitten kletsen, die toch niks terugzegt.

Als ik even later weer buitensta, speur ik bedachtzaam om me heen. Ook dit keer is er niets geks te zien, maar toch blijf ik dat gevoel houden dat iemand me in de gaten houdt. Ik kijk naar de auto's die geparkeerd staan tussen de twee rijstroken van de Westerstraat, probeer te zien of er iemand inzit die naar me kijkt. Niets. Alle auto's lijken leeg. Mijn hart begint wat harder te bonzen als ik me afvraag of het Tarik kan zijn, maar dat idee schuif ik aan de kant. Tarik zit in Emmerich. Hij wordt daar in de gaten gehouden. Als hij terug naar Nederland was gegaan, had Ben me dat vast wel laten weten.

Terwijl mijn hart nog steeds driftig bonst, loop ik haastig de straat uit, steek de Prinsengracht over en vlucht bijna mijn boot op.

Bruce zat me blijkbaar al op te wachten. Spinnend wrijft hij zijn lijfje langs mijn benen, terwijl ik met mijn tassen naar de voordeur schuifel. Tot twee keer aan toe breek ik bijna mijn nek over hem, maar daar lijkt hij zich niets van aan te trekken. Op het moment dat ik de sleutel in het slot steek besef ik het. Bruce was binnen toen ik boodschappen ging doen. Hoe kan hij me dan nu buiten opwachten? Is hij tegelijk met mij de voordeur uit gelopen? Nee, absoluut niet. Bruce lag op de bank te slapen toen ik wegging. Dat weet ik zeker. Maar dan…

Met een ruk draai ik me om en kijk links en rechts de gracht af. Ik zie geen bekenden, alleen een heleboel toeristen. Dat is het nadeel van het wonen in het centrum van Amsterdam: er lopen altijd zoveel mensen, dat iedereen zich daar onopvallend tussen kan verschuilen. Mijn blik valt op het gietijzeren straattoilet een paar meter verderop en ik zie aan de jeans met daaronder sneakers dat er iemand in staat.

Hij is het!

Het schiet door me heen en als een idioot smijt ik mijn voordeur open, gooi mijn tassen met boodschappen naar binnen, duw Bruce hardhandig de hal in en laat mezelf even later met mijn rug tegen de met een knal dichtgegooide deur vallen. Mijn hart gaat nog erger tekeer dan een kwartier geleden en met gesloten ogen adem ik even diep in en weer uit.

Na een paar minuten open ik mijn ogen weer. Wat is dit voor flauwekul? Sinds wanneer vlucht ik weg voor Tarik? Ik ben toch niet bang voor die klootzak? Kom op, zeg!

Hij is gevaarlijk, Judi!

Gevaarlijk of niet, ik laat die rotzak niet mijn leven beheersen!

Hij kan me wat! Ik draai me om, loop met grote stappen over de plank mijn boot af en vervolg mijn weg naar het straattoilet. Daar aangekomen wil ik het ding binnenlopen, maar bots vrijwel meteen op de man met de jeans en de sneakers. En het is niet Tarik. Natuurlijk niet.

'Dit is er eentje voor mannen, wijfie,' zegt de kerel in plat Amsterdams. 'Daar kom jij een stukkie te kort voor.'

Ik staar hem aan en het is dat hij me met onverwacht vriendelijk ogen aankijkt, anders had ik hem – gezien mijn agitatie – beslist op zijn gezicht geslagen.

'Sorry,' mompel ik. 'Ik dacht dat u iemand anders was.' Meteen draai ik me om en maak dat ik wegkom, terwijl ik zijn ogen in mijn rug voel prikken.

Bruce staat verontwaardigd op de drempel van mijn nog openstaande voordeur en kijkt me aan of ik gek ben geworden. En eerlijk gezegd voel ik me ook zo. Alsof ik mijn verstand volledig kwijt ben. Door mijn angst en woede had ik bijna een wildvreemde kerel aangevallen. Net zoals vroeger begint Tarik mijn leven te beheersen. En dat haat ik!

Ik haast me naar binnen en sla nogmaals hard de deur achter me dicht, waardoor Bruce van schrik opspringt. Met mijn voet schuif ik de boodschappen aan de kant en alhoewel ik bijna zeker weet dat er niemand meer binnen is, check ik een voor een alle ruimtes van mijn boot. De badkamer, het toilet, de woonkamer, de slaapkamer en als laatste de keuken. Er is niets wat erop wijst dat er iemand binnen is geweest. Mijn blik valt op het luik, maar ook dat zit nog stevig dicht. Hoe kwam Bruce dan in vredesnaam buiten?

Langzaam loop ik terug de woonkamer in en kijk naar het raam, waarvan de haken stevig dichtzitten. Niemand kan via dat raam zijn binnengekomen. En ook niet via het badkamerraam, dat is maar vijftien centimeter hoog, daar kan zelfs geen kind doorheen. En het kleine kamertje?

Ik denk aan het hokje, niet veel groter dan twee bij één meter, dat ik meer als schuur gebruik dan als kamer. Alles wat ik niet gebruik, sla ik er op. Het heeft één raam, op de kopse kant van mijn boot, maar dat doe ik zelden open.

Om zeker te zijn loop ik er toch maar even naartoe om de boel te checken. De deur staat op een kier, waardoor ik al iets begin te vermoeden, en nadat ik hem verder heb opengeduwd, zie ik het meteen. Het raam staat wagenwijd open. Ik zie het glas op de grond en besef dat iemand de ruit kapot heeft geslagen en via het gat de haken van het raam omhoog heeft gedaan.

Great. En er is natuurlijk niemand die iets gehoord heeft.

Ik wring me tussen de opgestapelde rotzooi door naar het raam en kijk naar buiten. Er is maar weinig ruimte tussen mijn boot en de boot van de buren, maar tussen ons in ligt een klein roeibootje. Van de buren, niet van mij. Het moet een peulenschil zijn geweest. Hup, het bootje in, even wachten en dan met een dikke doek om je hand een tikje tegen het raam. Er is hier altijd al veel rumoer vanwege de toeristen, waarschijnlijk heeft niemand iets gemerkt.

Diep in gedachten loop ik het kamertje weer uit en vraag me af of dit nou een gewone inbraak is of niet. Bij een inbraak verwacht je op zijn minst dat er dingen gestolen zijn en zo op het eerste gezicht mis ik niets. Het ziet er ook niet naar uit dat de inbreker op zoek is geweest naar waardevolle spullen. Alles staat nog precies op zijn plek, alsof de indringer met grote zorg te werk is gegaan.

Maar wie is er dán hier binnen geweest? Toch Tarik? Terwijl ik nog geen tien minuten geleden tot de conclusie ben gekomen dat ik niet zo paranoïde moet zijn omdat Tarik ver weg in Emmerich zit? Dat klopt niet. En plotseling vraag ik me af of Tarik werkelijk degene is die alle ellende van de afgelopen dagen op zijn geweten heeft. Het is niet logisch. Het is echt gewoon niet logisch.

ZATERDAGAVOND 28 JUNI 2008

Het lukte op z'n janboerenfluitjes. Tarik zag ons vertrekken, maar maakte geen aanstalten om ons te volgen. Jasmine was zo slim om alle lampen uit te laten en boven in mijn slaapkamer – aan de tuinkant – naar de televisie te gaan kijken. Uiteindelijk verdween Tarik. Jasmine liet me dat per sms weten, zodat ik gewoon weer naar huis kon, zonder me te hoeven afvragen of Tarik nog zou staan kijken.

Toen ik de voordeur achter me dichtdeed, was het donker en stil in huis. Natuurlijk wist ik dat Jasmine boven in mijn slaapkamer was, maar toch voelde het kil, hoewel ik al jaren in een leeg huis thuiskwam. Ik borg mijn tas weg en dacht aan Leila, die nu vast al in de logeerkamer van Yoshi lag te slapen. Gelukkig was de kennismaking tussen hen goed verlopen, maar ik had ook niet anders verwacht. Iedereen mocht Yoshi, en daar was Leila geen uitzondering op. We hadden gegeten, ik had Yoshi uitgelegd wat er aan de hand was, we hadden gesproken over hoe het verder moest – waar we overigens nog steeds geen idee van hadden – en langzamerhand was Leila wat losser geworden. Ze had verteld over haar jeugd, over haar ouders, over Tarik. Maar ook over de echtgenoot die voor haar was uitgekozen, over Thomas en over Khadija. Vooral over Khadija en eens te meer had ik beseft dat ze enorm veel verdriet had van wat er met haar nichtje – en beste vriendin – gebeurd was.

'Ben jij dat?' klonk Jasmines stem.

'Ja!' riep ik terug. Ik liep de trap op en keek vanuit de deuropening van mijn kamer naar de twee lege zakken chips, een halflege zak minibrosjes en de ontelbare wikkeltjes die verspreid over mijn bed lagen.

'Je neemt het er wel van,' merkte ik op. 'Heb je al mijn kasten doorzocht, of zo?'

Ze snoof, terwijl ze nog een stukje chocola in haar mond stopte. 'Ik moet toch wat, om zo'n hele avond in mijn eentje door te komen?'

'En dat moet je thuis niet, wil je zeggen? Daar ben je toch ook elke avond alleen?'

'Dat zeg jij,' reageerde ze.

Ik staarde haar aan. 'Hoezo?' vroeg ik uiteindelijk. En toen ze niet meteen antwoordde: 'Heb je weer iemand ontmoet?'

'Misschien,' zei ze, op de toon die ik zo haatte.

'Vertel op, Jas,' drong ik aan, terwijl ik op het voeteneinde van mijn brede tweepersoonsbed ging zitten.

Ze haalde haar schouders op. 'Ach,' zei ze. 'Er is weinig te vertellen. Je weet hoe dat gaat. Het is allemaal leuk en aardig, maar ook zó weer voorbij.'

'Aha,' merkte ik op. 'Vandaar je slechte bui van vanmiddag. Liefdesverdriet. Daarom zit je je hier vol te proppen, en niet omdat je de avond alleen moet doorkomen.'

'Nou en?' zei ze. 'Wat maakt het uit?'

'Niks,' wierp ik tegen. 'Behalve dat je een beetje om je lijn moet denken.'

Ze staarde me aan, haar ogen verschrikt. 'Hoezo?' vroeg ze. 'Vind je me dik dan?'

'Nou nee, dat nou ook weer niet,' suste ik. 'Je ziet er in ieder geval een stuk beter uit dan drie maanden geleden. Toen ging je hard richting mager.'

Ze wilde protesteren, maar ik hief mijn hand. 'Je stopt je maar vol met van alles,' zei ik. 'Mijn zegen heb je.' Ik kroop over het bed heen en liet me naast haar neervallen. 'Schuif eens op. Ik heb nog een goeie dvd die we kunnen kijken.'

'Welke?'

'*Hannibal Rising*.' Ik pakte de afstandsbediening en zette de dvd-speler aan. 'Vorige week gekocht voor een paar euro.'

'Is dat het vervolg op *Silence of the Lambs*?' begon Jasmine. 'Want als dat zo is wil ik 'm niet zien. Ik heb nachtmerries gehad van die film.'

'Dit gaat over de jeugd van Hannibal Lecter,' zei ik. 'De film kreeg een nominatie voor de slechtste horrorfilm, dus zó eng zal ie niet zijn. Hooguit lachwekkend.'

'Oké. Maar dan wil ik geen geklaag horen als ik je vannacht wakker schreeuw.'

'Hoor ik toch niet,' zei ik, terwijl ik op start drukte en vervolgens mijn grote grijze tatty teddybeer pakte en tegen me aandrukte.

'Zit de dvd er wel in?' vroeg ze.

'Ja ja. Ik wilde hem gisteravond al gaan kijken, maar door die toestand met Leila is het er niet van gekomen.'

Ze wierp me een enigszins bezorgde blik toe. 'Is het goed gegaan bij Yoshi?'

'Naar omstandigheden,' zei ik. 'Leila heeft gewoon rust nodig, en tijd om tot zichzelf te komen.'

'En wat ga je nu doen?' wilde ze weten.

Ik haalde mijn schouders op. 'Dat weet ik nog niet. In ieder geval moet Thomas weten dat hij vader gaat worden.' Ik keek opzij en vervolgde: 'En Leila's ouders opzoeken.'

'Denk je dat ze het begrijpen?' vroeg Jasmine.

Ik dacht even na en zei uiteindelijk zacht: 'Waarschijnlijk niet, Jas.'

DONDERDAGAVOND 23 AUGUSTUS 2012

Met het lijstje van spullen die ik voor Leila moet meenemen in mijn hand, loop ik het ziekenhuis uit. Een halfuur lang heb ik naast haar bed gezeten, starend naar haar in en in bleke gezicht. In haar toestand is nog niets veranderd, zei de verpleegster die het lijstje voor me had gemaakt. Ze houden haar nog steeds in coma omdat ze niet stabiel is, maar de artsen verwachten dat ze met een paar dagen zover is dat ze dit kunstmatige coma kunnen opheffen. Ik hoop voor Leila dat ze gelijk hebben.

Ik prop het papiertje in de binnenzak van mijn leren jack, stap op mijn Suzuki en start de motor. Het is kwart voor zeven. Ik heb tijd genoeg om in Emmerich te komen, bij de bankjes voor de Sint Martinuskerk. Waar Ben op me wacht.

Het is best druk op de weg, waardoor ik er langer over doe dan ik verwachtte. Even voor halfnegen rij ik uiteindelijk Emmerich binnen, sla rechts af en volg de weg richting de Rijn. Aan mijn rechterhand zie ik de enorme Rheinbrücke opdoemen, waarachter de zon steeds lager zakt. In de verte is de Martinuskerk, waar op dit moment mijn aandacht naar uitgaat, al te zien.

Omdat ik niet weet waar de bankjes staan waar Ben het in zijn sms over had, besluit ik het laatste stuk te lopen en parkeer ik mijn motor aan het begin van de Rheinpromenade, een lange weg die tussen de kerk en de Rijn doorloopt. Ik neem aan dat de plek makkelijk te herkennen moet zijn, anders had hij vast wel meer uitleg gegeven.

Nadat ik mijn motor heb vastgelegd, loop ik de promenade op en snuif de vochtige geur van het water op. De zon zakt steeds verder weg en in het avondrood dat een roze gloed over het water legt, duiken zeemeeuwen tot vlak boven het oppervlak, om daarna weer krijsend op te vliegen.

Het is niet wat je noemt rustig in de omgeving van de kerk, wat waarschijnlijk komt door de veelheid aan terrasjes die een eind verderop te vinden zijn. Maar er loopt niet alleen uitgaanspubliek. Ook oudere mensen en jonge stelletjes wandelen op hun gemak over de promenade. Af en toe rijdt er een fietser voorbij, zonder oog te hebben voor de schitterende omgeving. Even voorbij de kerk staat een lange muur, waarlangs in de grond lampen geplaatst zijn, die nu al aan zijn. Ze werpen een sprookjesachtige gloed over de keien van de promenade en heel even vergeet ik waarom ik hier eigenlijk ben. Pas als ik de muur voorbij ben, en verderop twee bankjes zie staan, besef ik weer dat dit geen gewoon uitstapje is.

Ik laat de omgeving voor wat het is en zet koers naar de plek waar ik van Ben op hem moest wachten. Schemer heeft inmiddels plaatsgemaakt voor het donker, waardoor het begint af te koelen. Zo vlak langs het water trekt de kou al snel op en huiverend trek ik de rits van mijn jack wat omhoog.

Na een minuut of vijf bereik ik de twee houten bankjes. Ik kijk even om me heen, maar zie geen andere plaatsen die Ben zou kunnen bedoelen en dus loop ik naar het tweede bankje, dat – in tegenstelling tot het eerste – leeg is en laat me erop neerzakken. In de verte hoor ik het water van de Rijn tegen de stenen klotsen en ineens verlang ik hevig naar de geborgenheid van mijn boot. Naar Bruce, die ik weer alleen heb moeten achterlaten.

'Judi.' Zijn stem klinkt vlak naast me en geschrokken schiet ik overeind.

'Jezus, Ben,' verzucht ik. 'Ik schrik me rot.'

Hij grinnikt schaapachtig en laat zich naast me op het bankje zakken. 'Je was nogal diep in gedachten,' zegt hij. 'Je keek naar me, maar zag me blijkbaar niet.'

'Ik dacht aan Bruce,' verklaar ik. 'Die arme sukkel is weer helemaal alleen thuis.'

'Volgens mij heeft hij daar echt geen erg in,' zegt Ben. 'Katten slapen toch alleen maar.'

Ik wil er net tegenin gaan, zeggen dat we het hier wel over een levend wezen hebben dat ook wat aandacht verdient, als ik zijn gehavende gezicht zie. 'Wat is er met jou gebeurd?' vraag ik.

Hij haalt nonchalant zijn schouders op. 'Akkefietje met een arrestant.'

'Doen ze dat vaker, een rechercheur een blauw oog slaan?' wilde ik weten. En toen ik tape om zijn hand zag: 'En wat is er met je hand?'

'Dat zeg ik net. Ik kreeg een optater van een bezopen hippie en toen ik hem wilde overmeesteren, brak hij mijn vinger.'

Ik schiet in de lach. 'Ja jongen,' zeg ik. 'Dat is nu Amsterdam. Heel wat anders dan Doetinchem.'

'Vergis je niet in Doetinchem,' mompelt Ben en gek genoeg krijg ik het idee dat hij bloedserieus is.

'Doet het zeer?' vraag ik.

'Alleen als ik lach,' zegt hij ernstig.

Verbouwereerd staar ik hem aan, totdat hij breeduit grijnst en ik besef dat dat laatste een grapje was. Een flauw grapje, en al zo oud als de weg naar Rome, maar het geeft in ieder geval aan dat het allemaal wel meevalt.

Een tijdje zeggen we niets en kijken we allebei over het water, naar de weerkaatsing van het oranje licht van de Rheinbrücke.

'Heb je dat adres voor me?' vraag ik uiteindelijk.

Hij draait zijn hoofd in mijn richting en kijkt me aan. 'Als je denkt dat dat de reden is dat ik je hiernaartoe heb laten komen, heb je het mis,' zegt hij.

'O, waarvoor dan wel?' reageer ik, lichtelijk teleurgesteld. En als hij niet snel genoeg antwoord geeft: 'Je hebt me toch niet die hele rit laten maken voor een of andere berisping, hè?' Verontwaardigd sta ik op en vervolg: 'Want als dat zo is, dan ben ik meteen weer vertrokken en zoek ik het alleen wel uit.'

Hij grijpt me bij mijn arm en trekt me weer terug op het bankje. 'Wees toch niet altijd zo heetgebakerd,' zegt hij.

'Ik heb gewoon geen zin in spelletjes, Ben,' sis ik hem toe, als ik merk dat de mensen op het andere bankje verwonderd onze kant op kijken. 'Cem is nu al drie dagen weg. De politie schiet geen fuck op met het onderzoek en als ik niet gauw zelf ingrijp, dan ben ik bang dat we Cem nooit meer terugzien. Wie weet brengen ze hem wel naar Turkije!'

Ben staart me aan. 'Geloof je het zelf?'

Niet echt. Maar dat hoeft hij niet te weten. Ik adem even diep in om mijn boosheid te laten zakken en zeg dan: 'Cem hoort daar niet, Ben. Cem hoort bij mij te zijn. En straks weer bij Leila. Zij zou nooit willen dat hij opgroeit als een jezidi.'

'En denk je dat ik dat wil?' vraagt hij. Met een zucht wrijft hij over zijn voorhoofd en vervolgt: 'Ik heb genoeg meegemaakt met die familie, Judi. Ik weet inmiddels ook wel hoe het er daar aan toegaat. Maar we moeten wel reëel blijven.'

'Reëel? Als in alibi en bewijzen?'

Hij knikt. 'Ik heb nogmaals al Tariks alibi's nagetrokken. Die keer op het politiebureau, dat hij aangifte deed, staat hij zelfs op de bewakingscamera's.' Hij werpt me een blik toe die het midden houdt tussen spijt en sympathie. 'Het kan Tarik niet geweest zijn, Judi.'

Ik zwijg, weet niet goed wat ik moet zeggen. Dat hij dan vast iemand anders voor zijn karretje gespannen heeft? Dat zijn vrienden alles voor hem doen en hij daardoor de keurige, foutloze jongen blijft? Dat niemand anders dan hij die nacht mijn keel dichtkneep?

'Wie heeft me dan geprobeerd te vermoorden, Ben?' vraag ik. 'Die nacht, dat was hij. En niemand anders.'

'Dat weet ik niet. Er moet een andere verklaring voor zijn.'

'En Leila dan? Wie heeft haar aangevallen? En wie heeft Cem meegenomen?' Ik hoor hoe schril mijn stem klinkt, als ik vraag: 'Waarom heb je me hierheen laten komen, Ben?'

Hij geeft niet meteen antwoord, staart even over het donkere, rimpelloze water van de Rijn. Uiteindelijk zegt hij: 'Om samen met mij naar het huis van de familie Rashukan te gaan.'

Met open mond staar ik hem aan. 'Dus je denkt wél dat Cem daar is!'

'Nee!' werpt hij fel tegen. En dan, rustiger: 'Luister naar me, Judi. We zijn hier niet om te kijken of Cem bij de familie Rashukan is, maar omdat ik je wil laten zien dat hij hier níet is.'

Ik zeg niets, moet zijn woorden even op me laten inwerken, en van die gelegenheid maakt hij gebruik om verder te gaan. 'Martha heeft hen de afgelopen dagen ononderbroken in de gaten gehouden. Er zijn totaal geen aanwijzingen dat Cem bij hen is.'

'Maar jullie zijn niet binnen geweest?'

'Nee, we zijn niet binnen geweest. We hebben hier ook totaal geen jurisdictie, Judi. Als we dat willen, zullen we het OM moeten inschakelen, dat via de Duitse politie om een volmacht vraagt. Dat kan weken duren en uiteindelijk komen we er dan achter dat het allemaal voor niets was.'

'Voor niets?' herhaal ik. 'We zouden dan wél zeker weten dat hij daar niet wordt vastgehouden.'

'Dat kan ook op een andere manier,' zegt Ben.

Achterdochtig staar ik hem aan. 'O ja?' vraag ik. 'Hoe dan?'

'Op de meest simpele manier,' antwoordt hij. 'We gaan de familie Rashukan een bezoekje brengen.'

MAANDAGMIDDAG 30 JUNI 2008

Dit keer stond Tarik niet zomaar ineens in mijn kamer op school. Hij wachtte samen met zijn ouders beneden bij de receptie, waar hij zich had aangemeld bij Tara, de receptioniste. Ik had die ochtend naar zijn ouders gebeld dat ik hen wilde spreken. Op school, in mijn eigen omgeving. Dat leek me verstandiger – en professioneler – dan bij hen thuis.

Niet helemaal zonder zenuwen liep ik de trap af en de gang door richting de centrale hal. Nog voordat ik de klapdeuren door was zag ik hen al staan. De kleine, corpulente man, de rijzige vrouw met de donkere ogen, en Tarik, die net als anders was. Kalmpjes, zeker van zichzelf en met die eeuwige glimlach om zijn lippen. Hij was de eerste die me zag en voor het eerst verdween dat lachje. Zijn ogen boorden zich in die van mij en heel even voelde ik paniek oplaaien.

Hij is gevaarlijk, Judi!

Opnieuw die woorden in mijn hoofd en ik wist dat ik inderdaad voor hem moest oppassen. Niet voor de vader, niet voor de moeder, maar voor hém. Ik haalde even diep adem en liep op hen af.

'Meneer en mevrouw Rashukan,' zei ik vriendelijk. Ik stak mijn hand naar hen uit, die ze beiden schudden, al was het niet van harte. Tarik moest het doen met een kort knikje.

'Mijn dochter,' zei meneer Rashukan. 'Zij is bij u?'

Ik had willen vragen of ze meeliepen naar mijn kamer, maar blijkbaar voelden zij daar weinig voor en wilden ze meteen de koe bij de hoorns vatten.

'Nee,' zei ik. 'Leila is niet bij mij.'

Geen leugen!

'Tarik zei dat ze bij u in huis was.'

Ik keek naar Tarik en zonder mijn blik van hem af te wenden, zei ik: 'Dan heeft Tarik u iets wijsgemaakt.'

Zijn ogen vlamden, en even voelde ik me daar ongemakkelijk bij, al liet ik dat niet merken.

'Waar is zij dan?' vroeg de vader.

Ik beantwoordde die vraag niet. In plaats daarvan zei ik: 'Meneer Rashukan. Volgens uw zoon is Leila van huis weggelopen. Hebt u enig idee waarom?'

Hij staarde me aan, alsof hij daar nog helemaal niet over had nagedacht.

'Haar hoofd is op hol gebracht,' zei hij uiteindelijk. 'Er zijn haar dingen wijsgemaakt. Dingen die zij nooit zal kunnen doen.' Zijn ogen knepen zich samen tot spleetjes. 'Leila is van onze familie. Zij kan niet zijn zoals andere meisjes. Wij houden van haar, maar zij wil niet.'

'Wat wil ze niet?' vroeg ik.

'Zij wil niet dat wij van haar houden. Zij wil zelf beslissen, en dat kan niet. Zij is een jezidi. Wij hebben regels en Leila weet dat. Zij kan niet weglopen.'

Ik glimlachte. 'Maar dat heeft ze toch gedaan, meneer Rashukan.' Ik gebaarde naar een rijtje stoelen langs de muur om aan te geven dat we daar konden gaan zitten en liep er alvast naartoe, terwijl ik vervolgde: 'Leila houdt heel veel van u. En van haar moeder en broertjes en zusjes. Maar ze wil niet in het keurslijf geduwd worden dat jullie haar opdringen.'

'Onzin,' zei Tarik.

Ik draaide me om en vond mezelf recht tegenover de drie mensen, die naast elkaar voor me stonden. Het kwam nogal dreigend op me over en ik wierp een vluchtige blik naar Tara, die ons gelukkig in de gaten hield. Mocht het uit de hand lopen, dan was zij er om hulp van de conciërge en de schoolbewaking in te roepen.

'Leila is gewoon eigenwijs,' zei Tarik. 'Zij wil haar eigen zin doordrijven en dat komt door jou.'

'Door mij?' vroeg ik. 'En waarop baseer je dat?'

Hij deed een stapje naar voren, waardoor ik eerst iets achteruit wilde wijken, maar het toch niet deed. Hij moest niet denken dat hij me kon intimideren met zijn gedrag, al deed hij dat natuurlijk wel.

'Zij heeft met jou gesproken,' zei hij. 'Meerdere keren.' Hij liet zijn ogen over me heen gaan, over mijn lange zwarte haar, mijn kleding, en vervolgde: 'Jij bent niets anders dan de dochter van een hoer die haar afkomst verloochend heeft. Jouw giftige invloed heeft Leila aangezet tot…'

'Ho even,' viel ik hem in de reden. 'Nu ga je te ver. We zijn hier om over Leila te praten, over wat zíj wil en over wat zíj besloten heeft. Daar heb ik, noch mijn familie, invloed op uitgeoefend!'

'Jij hebt Leila…' begon Tarik weer met verheven stem, maar hij hield zijn mond toen zijn moeder hem een klap tegen zijn arm gaf. Ze beet hem iets toe in het Turks, wat ik ongeveer verstond als 'laat je vader het woord doen', en keek toen weer naar mij, haar mond tot een smalle streep getrokken.

'Wij willen alleen maar weten waar Leila is, zodat we haar naar huis kunnen halen en erover kunnen praten,' zei de vader. 'Ik weet zeker dat Leila dan inziet dat ze een verkeerde keuze heeft gemaakt.'

'Leila zal er zelf voor moeten kiezen om naar huis te gaan,' omzeilde ik de vraag.

'Ze is nog minderjarig, bitch,' snauwde Tarik, wat hem een tweede klap van zijn moeder opleverde, dit keer tegen zijn wang.

'Dan moeten wij de politie inschakelen,' zei meneer Rashukan.

Het klonk als een soort dreigement. Alsof hij daarmee wilde zeggen dat hij heel goed wist waar Leila was.

Het liefst wilde ik met hem praten over wat Leila dwarszat, hoe zij tegenover deze hele toestand stond. Tenslotte had ik hen daarvoor hierheen laten komen. Om een oplossing te zoeken, hem te zeggen dat hij Leila misschien beter los kon laten, haar vrij moest laten om te doen wat ze wilde. Dat het de enige manier was om haar niet kwijt te raken, maar ik wist dat het onbegonnen werk was. Deze mensen waren onbuigzaam. Zolang Leila deed wat zij wilden, zich schikte naar hun regels, waren ze trots op haar, en hielden ze van haar. Maar nu had Leila voor zichzelf gekozen en had ze schande over de familie gebracht en dat zouden ze nooit pikken. Ze zouden die schande moeten wreken, net zoals Leila me al verteld had, anders zouden ze niet meer worden gerespecteerd binnen de familie. Ik kon praten als Brugman, maar ik zou hen nooit zover kunnen krijgen dat ze Leila's keuze accepteerden. Leila had gelijk: ze zouden nooit luisteren.

'Misschien moet u dat maar doen,' zei ik uiteindelijk.

'De eerste plek waar we ze naartoe sturen is jouw huis, slet,' siste Tarik me toe.

Dit keer leverde het hem geen klap op. Mevrouw Rashukan staarde me met woest glinsterende ogen aan, waardoor ik God dankte dat Leila inmiddels op een veilige plek zat. Ik moest er niet aan denken dat ze in de handen viel van die vrouw.

'Het lijkt me beter dat jullie nu vertrekken,' zei ik stellig.

'Waar is Leila?' vroeg de vader. Zijn stem klonk minder vriendelijk dan eerst, maar daar trok ik me niets van aan. Ik knikte hun toe en liep bij hen weg, in de richting van de klapdeuren.

'Waar heb je Leila verstopt, vuile hoer!' riep Tarik.

In de weerkaatsing van het glas van de deuren zag ik hoe hij op me af sprong, waardoor ik me nog net op tijd kon omdraaien. Ik hief mijn vinger naar hem op, waardoor hij blijkbaar schrok en vlak voor me bleef staan.

'Dat is het laatste scheldwoord dat je me toewerpt, Tarik,' zei ik ijzig. Ik staarde hem recht aan en vervolgde: 'Anders ga ook ík naar de politie met een klacht, begrijp je?'

Hij staarde me aan, woedend. Zijn ogen, die zoveel op die van Leila leken, maar er ook zo ontzettend veel van verschilden, glansden gevaarlijk en ik wist dat hij het begreep.

Nog even hield zijn blik me vast, maar toen draaide hij zich om en stormde bijna de school uit. Zijn vader volgde meteen, zijn moeder wierp me nog een blik vol haat toe, voordat ook zij zich omdraaide en de school verliet.

DONDERDAGAVOND 23 AUGUSTUS 2012

We praten niet veel, Ben en ik, als we samen van de Sint Martinuskerk over de promenade richting Emmerich lopen. De zon is nu helemaal onder en we moeten het hebben van de straatlantaarns om onze weg te verlichten. Niet alle straten zijn echter verlicht en als we ten oosten van de kerk een wijk met appartementen inlopen, is het op sommige plaatsen zo donker, dat ik geregeld over iets struikel.

'Ben je moe?' vraagt Ben uiteindelijk, als ik voor de vierde keer bijna mijn nek breek over een omhoogstekende straatsteen.

'Hoezo?' wil ik weten.

'Omdat je amper je voeten nog kunt optillen.'

Ik snuif. Hij heeft makkelijk kletsen. Ik durf te wedden dat dit niet de eerste keer is dat hij hier loopt. Ik ben hier nog nooit geweest en heb geen flauw idee waar we helemaal naartoe gaan.

'Natuurlijk ben ik moe,' reageer ik. 'Ik doe al een week geen oog dicht.'

Hij houdt zijn pas een beetje in en kijkt opzij. 'Sorry,' zegt hij zacht. 'Het moet allemaal niet gemakkelijk voor je zijn.'

'Understatement van de eeuw,' mompel ik. En dan: 'Hoe zou jij je voelen als iemand die je heel na staat verdwijnt? Of op zijn minst in gevaar is?'

Hij zwijgt, wendt zijn blik af en kijkt strak voor zich uit.

'Nou?' dring ik aan.

'Hoe moet ik dat weten?' bijt hij me toe en zwijgt dan, moeite doend om zijn looptempo aan dat van mij aan te passen.

Ik kijk naar hem, zie zijn lichtgebogen rug en dan ben ik het die spijt heeft. 'Sorry,' zeg ook ik dus. Ik leg mijn hand op zijn arm en vervolg: 'Die vraag was niet eerlijk.'

'Laat maar,' reageert hij. 'Ik begrijp het wel.'

Zwijgend volg ik hem door de straten van Emmerich en pas na ruim een halfuur stopt hij en wijst hij naar een vrijstaand huis aan de overkant van een niet al te brede straat. Er staan rode lantaarnpalen langs de met een laag hek omgeven tuin, die hoofdzakelijk uit gras bestaat.

'Daar wonen ze,' zegt Ben.

Ik kijk naar het huis, dat niet echt groot is. Het heeft een puntdak met aan de voorkant een dakkapel. Links is een aangebouwde garage, waarvan de deur openstaat en waarin licht brandt. Ik zie een auto, die schuin op een krik staat, en twee mannen van een jaar of vijfentwintig. Een derde man – of althans, ik vermoed dat het een man is – ligt onder de auto en het enige wat van hem te zien is, zijn zijn benen die eronder vandaan steken. In het huis zelf brandt ook licht, zowel beneden als op de bovenverdieping, maar net als bij de familie Rashukan in 's-Heerenberg zijn de ramen bedekt met dikke vitrages.

Gek, ik had me iets heel anders voorgesteld van de woonplek van de Duitse familie Rashukan. Ik had ze voor me gezien in een appartement dat onderdeel uitmaakte van een groot complex, waarin nog meer jezidi's woonden die allemaal contact met elkaar hadden.

'Verbaasd?' vraagt Ben. Zoals me al eerder opviel, lijkt hij heel goed aan te voelen wat ik denk.

'Nogal ja,' zeg ik. 'Met z'n hoevelen wonen ze daar?'

'Met vijf volwassenen en vier kinderen,' zegt Ben. 'En nu zijn Tarik en zijn broer Güney er ook, dus momenteel wonen ze er met elf personen.'

‘*Holy Mozes*,’ mompel ik. ‘Is daar wel ruimte voor?’

Ben haalt zijn schouders op. ‘Blijkbaar.’

‘En jij wilt beweren dat je zeker weet dat ze Cem daar niet hebben?’ wil ik weten. ‘Tussen al die mensen valt zo’n kind toch helemaal niet op?’

Hij zucht. ‘Judi,’ zegt hij. ‘Geloof me nou. Cem is daar niet. En om dat te bewijzen, gaan we…’

‘Eerst zien, dan geloven,’ val ik hem in de rede. ‘En het “zien” dat ik bedoel, is onverwacht. Dus niets met aanbellen en vragen, ik ga zelf eerst eens een kijkje nemen, voordat ze hem ergens in een kast verstoppen.’

En voordat Ben kan reageren, schiet ik naar rechts de straat in.

‘Judi!’ klinkt Bens stem zacht achter me, maar ik reageer niet. Ik loop tot voorbij het huis en steek dan over. Daar loopt een weg tot achter het huis, zie ik. Haastig begeef ik me langs het tuinhek, voorbij een lantaarnpaal die zijn licht fel verspreidt, en dan valt me het enorme grasveld op dat achter het huis ligt. Mooi. Er zijn daar dus geen buren die me kunnen zien. Snel klim ik over het hek, loop door de tuin naar een groot terras, waarop her en der een aantal plastic tuinstoelen staat. Ik trap per ongeluk tegen een voetbal en hou mijn adem in als hij tegen een van de stoelen klapt en stuiterend naar links het terras afrolt.

Verdomme! Kijk uit je doppen, Judi!

Voorzichtig loop ik verder tot de enorme schuifpui die bijna de hele breedte van de achtergevel beslaat. Hij zit potdicht, zie ik. Idioot, met dit warme weer. Of zouden ze wat te verbergen hebben?

Op het moment dat ik bij de hoek van het huis kom en wil proberen tussen de vitrages door naar binnen te gluren, word ik ruw bij mijn arm gepakt en omgedraaid. Even verwacht ik dat het Ben is, die me wil tegenhouden, maar algauw zie ik in het flauwe licht dat door het raam naar buiten schijnt, dat het Tarik is. Zijn ogen glinsteren als altijd en ook dat eeuwige lachje speelt om zijn lippen.

'Kijk nou,' zegt hij langzaam. 'Een inbreker.' En nog voordat ik kan reageren, schiet zijn hand naar mijn keel, klemt zich daar vast, terwijl hij me met kracht met mijn rug tegen de muur slaat. Door de klap wordt alle lucht uit mijn longen geperst en uit ik een zachte, onwillekeurige kreet.

'Wie houdt mij tegen om je niet hier en nu ter plekke af te maken?' sist hij me toe.

Zijn greep wordt krachtiger en ik krijg moeite met ademhalen. 'Dat heb je toch al eerder geprobeerd,' lukt het me om uit te brengen.

Hij staart me aan, zwijgend, zijn ogen lichtelijk samengeknepen.

'Tarik, niet doen,' klinkt dan Bens stem vanaf de andere kant van het terras.

Zonder me los te laten kijkt Tarik om. Hij schrikt niet, of laat dat althans niet merken. 'Ze is op verboden terrein,' zegt hij.

'Laat haar los en ik neem haar mee,' reageert Ben. 'Ik praat wel met haar.'

Tarik draait zich weer naar mij en lacht. Het is geen vrolijke lach, eerder bitter, en dat verbaast me. 'Wist je dat ze al eerder heeft ingebroken?' vraagt hij dan. En terwijl hij zich weer naar Ben draait: 'Bij mijn ouders. We moeten een nieuw slot kopen.' Zijn hand ligt nog steeds zwaar om mijn keel. Mijn longen beginnen pijn te doen, en mijn ogen tranen. Hij moet me loslaten, voordat ik onderuitga. Krampachtig probeer ik na te denken, maar het enige waarop ik me kan focussen is mijn ademhaling. Ik moet al mijn kracht gebruiken om het beetje lucht binnen te krijgen dat ik nodig heb om bij bewustzijn te blijven. Knie omhoog, schiet het door me heen. Net als toen! Maar hij staat te ver bij me vandaan om effect te hebben. Met twee handen probeer ik zijn hand los te wrikken, maar ik krijg mijn vingers er niet tussen. Het lukt me niet! Hij moet me loslaten! Gauw!

'Dat weet ik, ja,' zegt Ben. 'En ze heeft toegegeven dat ze fout was.'

'Waarom doet ze het nu dan weer?'

'Ze is wanhopig, Tarik.'

Opnieuw schiet hij in de lach. 'Dan is ze niet de enige!' sist hij. Hij richt zich weer op mij, en terwijl hij blijft knijpen, doet hij een stapje in mijn richting en zegt: 'Laat mij en mijn familie met rust! Wij hebben niets te maken met… met wat er gebeurd is!'

Hij durft niet eens hun naam te noemen, schiet het door me heen. Ik schud mijn hoofd, voor zover dat gaat, en fluister schor: 'Ik geloof je niet.'

Zijn ogen krijgen die gevaarlijke glinstering weer die ik vroeger ook regelmatig heb gezien, en met zijn gezicht vlak bij dat van mij, zegt hij dreigend: 'Het kan me geen fuck schelen wat jij wel of niet gelooft.'

'Tarik,' klinkt Bens stem weer, bezorgder dan eerst. 'Laat het haar zien!'

Met een ruk kijkt hij naar Ben om. 'Laten zien?' vraagt hij. 'Je bedoelt dat ik haar binnen moeten laten kijken?'

'Het zou helpen…'

'Waarom moet ik bewijzen dat ik niet lieg?' roept hij.

'Zodat ze je met rust laat?' Bens stem klinkt akelig kalm, terwijl ik het steeds benauwder krijg. Hier sta ik nu, de stoere Judi, die nooit over zich laat lopen. Die terugmept als ze geslagen wordt. Ik ben stom geweest, had naar Ben moeten luisteren. Waarom ben ik toch altijd zo eigenwijs?

Het blijft even stil. Dan laat Tarik me los en zak ik naar adem happend door mijn knieën. Mijn keel brandt en ik schiet in een enorme hoestbui, waarbij het speeksel uit mijn mond loopt.

'Klootzak,' fluister ik, als ik na een paar minuten weer wat op adem ben gekomen. Mijn stem klinkt rauw en hees, en praten doet pijn in mijn keel.

Ben schiet naar voren en helpt me overeind, maar dan krijgt woede de overhand. Zonder waarschuwing en nog leunend op Bens arm, trap ik met mijn voet naar voren en raak Tarik vol tegen zijn knie.

Met een kreet zakt hij door zijn been en valt opzij. Hij wil meteen weer opstaan, maar blijkbaar is de pijn in zijn knie nog te heftig. Met zijn handen eromheen geslagen kijkt hij woedend naar me op en sist: 'Jij gore bitch die je bent!'

'Nu staan we quitte,' bijt ik hem schor toe. 'Al is het op geen enkele manier voldoende om goed te maken wat er drieënhalf jaar geleden gebeurde. En wat je Leila hebt aangedaan.'

Hij geeft geen antwoord, grijpt na een korte aarzeling Bens hand die naar hem wordt uitgestoken, en laat zich overeind trekken. En terwijl hij probeert op zijn gehavende been te steunen, wat niet goed lukt, zegt hij: 'Ik heb Leila met geen vinger aangeraakt.'

'Leugenaar,' fluister ik hees.

Ik zie de trek om zijn mond verharden. Hij is furieus. Ik kan het aan alles merken.

'Ik heb Leila met geen vinger aangeraakt,' herhaalt hij langzaam.

Dit keer reageer ik niet, ik kijk hem alleen maar aan. Aan mijn blik ziet hij ongetwijfeld dat ik hem voor geen meter geloof.

'Laat het zien, Tarik,' dringt Ben aan.

'Waarom zou ik?' zegt hij. 'Toen Leila weg was, heeft zij ons ook haar huis niet laten zien.'

'Je had elke hoek mogen bekijken,' zeg ik, nog steeds schor. 'Je had er alleen maar om hoeven vragen!'

Hij lacht cynisch. 'Ja, natuurlijk! Ze zat toen toch al bij die vriend van je.'

Ik reageer er niet op. Zijn gedrag, zijn woorden, ze wijzen er bij mij alleen maar op dat ook hij Cem ergens anders heeft ondergebracht. Net als ik met Leila had gedaan.

'Maar vooruit,' zegt Tarik dan. 'Omdat meneer de politieagent het zo vriendelijk vraagt, mag je wat mij betreft het hele huis ondersteboven keren.'

'Zodat je kunt laten zien dat je Cem ergens anders hebt ondergebracht?' merk ik op. 'Het zegt trouwens niets over Leila.'

'Ik heb Leila niets aangedaan!' schreeuwt hij nu. Hij wil me voor de tweede keer vastgrijpen, maar Ben houdt hem tegen, en nijdig vervolgt hij: 'Ik weet niet eens waar ze woont!'

Leugenaar.

Ik wil het nogmaals zeggen, maar doe het niet. Hij is nu al woest, kwader wil ik hem niet hebben. De rest van zijn familie is binnen, een stel van die jongens zijn aan de andere kant van het huis met die auto bezig. Als die zich ermee gaan bemoeien...

Ik heb dat laatste nog niet gedacht, of fel licht aan de zijmuur van het huis floept aan. Tegelijkertijd gaat een deur in de garage open, waaruit drie jongens ten tonele verschijnen. Degene die voorop loopt, veegt zijn handen af aan een oude doek. De andere twee lopen gelijk met hem op in onze richting en ik vermoed dat ze zijn afgekomen op het geschreeuw van Tarik.

'Brauchst du Hilfe, Tarik?' vraagt de jongen met de doek.

'Nein, es geht schon,' snauwt Tarik hem toe. 'Wir haben Besuch.' Hij knikt naar Ben en mij.

'Polizei,' zegt de jongen en hij glimlacht. 'Wieder mal.' En met een blik op mij: 'Und wer ist diese entzückende Schönheit? Auch eine Polizistin?'

Ik beantwoord zijn vraag niet.

'Ze willen even binnenkijken,' zegt Tarik in het Nederlands. De jongen met de lap in zijn handen kijkt van mij naar Ben en vervolgens naar Tarik. Dan gebaart hij met zijn arm naar de deur.

'Bitte,' zegt hij met opnieuw een brede glimlach.

Eigenlijk wil ik weigeren. Ik vertrouw die gasten voor geen meter. Ik kijk naar Ben, die me geruststellend toeknikt, en verbaas me erover dat hij zo rustig blijft. Ik voel met mijn hand aan mijn keel, die morgen ongetwijfeld pimpelpaars zal zijn, en zet dan aarzelend een eerste stap in de richting van de deur. Ben volgt me, waardoor ik wat meer vertrouwen krijg en niet veel later komen we via de garage en een bijkeuken in de keuken zelf. Bij het aanrecht staat een vrouw. Ik kan niet zeggen hoe oud, misschien dertig, misschien veertig. Ze stapt opzij, met een geschrokken blik in haar ogen, en duwt zich met haar rug tegen de koelkast om ons door te laten.

Via een smalle gang betreden we een ruime woonkamer. Er staat een oude eiken kast en een grote eettafel met acht stoelen aan de ene kant, en aan de andere kant een bruinleren bankstel met een betegelde salontafel. Tegen de verste muur staat een grote flatscreentelevisie die aanstaat en waarnaar vanaf de bank een man en twee vrouwen zitten te kijken. Een van de vrouwen is een jaar of vijftig, de andere zal niet ouder zijn dan twintig. Vooral die laatste kijkt geschrokken op en durft zich amper te bewegen. Mijn blik blijft rusten op de man en mijn adem stokt in mijn keel als ik Güney herken. Een van Leila's jongere broertjes. Tenminste, ik denk dat het Güney is. Het zou net zo goed Nadir kunnen zijn, al zou die naar mijn gevoel jonger moeten zijn. Ik zie dat hij mij ook herkent en als hij stekels had gehad, had hij die stuk voor stuk rechtop gezet. Zijn blik vangt die van mij en is het alsof iemand een ijsblokje in mijn shirt heeft gestopt dat nu langzaam over mijn rug omlaag zakt. Die ogen! De ogen van Leila, maar o zo anders! Er schuilt zo veel haat in, dat ik er niet langer naar kan kijken en snel mijn blik afwend.

De kamer is verder leeg en zonder iets te zeggen gaat Tarik mij en Ben voor naar een halletje, waar een trap naar boven gaat. Daar zijn vier slaapkamers en een badkamer. Die laatste is leeg, evenals drie slaapkamers, waarin niet veel meer staat dan een paar onopgemaakte bedden en enkele matrassen op de vloer, waar wat lakens en dekens overheen liggen. De vierde kamer blijkt een kinderkamer te zijn en nadat Tarik de deur zachtjes heeft opengedaan en een lamp aanknipt, kan ik zien dat Cem niet in een van de twee stapelbedjes ligt.

Even sluit ik mijn ogen en adem teleurgesteld diep in en weer uit.

'Tevreden?' vraagt Tarik, als hij de deur van de kamer weer heeft gesloten.

Absoluut niet.

Ik zou pas tevreden zijn geweest als ik Cem wél in één van die bedjes had aangetroffen. Als ik hem in mijn armen had kunnen sluiten en met me mee naar huis had kunnen nemen. Nu voel ik alleen maar teleurstelling. En verdriet. Want waar kan ik Cem nu verder nog zoeken?

'Opdonderen dan maar,' sist Tarik in mijn oor. Hij duwt me naar de trap, waar ik nog net de leuning kan vastgrijpen en met een giftige blik kijk ik naar hem om. Het liefst zou ik hem naar zijn strot vliegen, maar Ben plaatst zich tussen ons in en met zijn hand op mijn schouder leidt hij me naar beneden.

Net naast de trap staat de andere jongen ons op te wachten. Ik kijk naar hem en hij kijkt terug. Niet naar ons, maar alleen naar mij. Ik zie zijn ogen die me wederom kippenvel bezorgen, en weet dat ik gelijk had. Dit is Güney. Vier jaar geleden had ik weinig met hem te maken – ik geloof dat ik hem één keer gezien heb, die avond dat ik Leila opzocht. En alhoewel ik niet weet waarom, zegt mijn gevoel me dat het hem is. Mijn blik valt op zijn ietwat gezwollen wang, waarop nog vaag een blauwe plek te zien is. Ik kijk naar zijn blote armen die uit de opgestroopte mouwen van zijn overhemd steken, en zie op de linker onderarm een paar bijna genezen, maar toch nog vurige krassen. Hij ziet dat ik het zie en met een brede grijns schuift hij zijn mouwen naar beneden tot aan zijn polsen. Dan draait hij zich om en verdwijnt.

Even staar ik hem na, niet in staat te beseffen wat ik eigenlijk gezien heb, en wat dat betekent. Ben duwt me zachtjes voor zich uit naar de voordeur, die door Tarik wordt opengetrokken, terwijl allerlei gedachten door mijn hoofd razen. Wilde ik eerst nog zeggen dat ik de zolder nog niet gezien had, ineens is dat helemaal niet belangrijk meer.

'Laat ons met rust,' sist Tarik nogmaals, hoofdzakelijk tegen mij. 'En mijn ouders ook!' Het volgende moment sluit hij met een klap de deur achter ons.

Ben draait zich naar mij en kijkt me verbaasd aan als hij mijn blik ziet.

'Heb je dat gezien?' vraag ik en ik kijk nog een keer om naar de deur.

'Wat?'

'Het was niet Tarik die me vorige week wilde vermoorden!' zeg ik. En terwijl ik terug naar Ben kijk: 'Het was Güney!'

DINSDAGAVOND 1 JULI 2008

Het was amper zeven uur toen er aangebeld werd. Ik had net gegeten en stond de vaatwasser in te ruimen. Ik wilde daarna gaan trainen bij Yoshi en dan meteen kijken hoe het met Leila was. Na het gesprek met haar ouders had ik haar gebeld om te zeggen dat het niet vlekkeloos was verlopen. Ze zei nog net niet: 'Dat had ik toch gezegd', maar ik kon aan alles merken dat ze dat wel dacht. Gelukkig kon ze goed overweg met Yoshi, maar dat had ik wel verwacht. Iederéén kon met Yoshi overweg.

Terwijl ik mijn handen droogde aan een handdoek, liep ik de gang door naar de voordeur en trok hem open. Voor me stonden een man en een vrouw, beiden netjes gekleed in wat kenners zouden noemen een *casual look*.

'Mevrouw Van de Werff?' vroeg de man.

Ik wees nog net niet naar het naambordje naast de bel.

'Mijn naam is Ben van Vliet, politie Noord- en Oost-Gelderland.' Hij gebaarde naar de vrouw naast hem en vervolgde: 'Dit is mijn collega Martha Beijst.'

Ik glimlachte breeduit. Ze hadden dus toch de politie erbij gehaald. Dat had ik niet verwacht. Ik besloot ze voor te zijn en zei: 'U komt zeker vanwege Leila Rashukan?'

Zowel de man als de vrouw staarde me aan, wat ik als een bevestiging opvatte.

'Kom binnen,' zei ik en ik deed een stap naar achteren om hen door te laten. En nadat ik de deur weer gesloten had: 'Ik had u al verwacht.'

Liegbeest.

In de woonkamer liet ik hen plaatsnemen op de bank. 'Koffie?' vroeg ik.

Ze sloegen het beiden af, waardoor ik zelf ook maar besloot niets te nemen. Ik moest straks toch weg. Koffie kon ik bij Yoshi ook wel krijgen.

'Wij zijn geïnformeerd door de ouders van Leila Rashukan dat zij van huis is weggelopen en bij u onderdak krijgt,' begon Ben van Vliet.

Ik wilde daar tegenin gaan, maar hij was me voor door te zeggen: 'U kent haar, begrepen wij, en u weet dus ook dat zij minderjarig is?'

Opnieuw glimlachte ik. 'Ik wist niet dat ze voor zulke zaken rechercheurs op pad stuurden,' zei ik.

Ze glimlachten niet terug.

'Volgens haar vader zou u haar tegen haar wil vasthouden,' zei Martha Beijst na een korte stilte, alsof dat een goede verklaring was voor het feit dat het niet door de uniformdienst kon worden opgelost.

Nu schoot ik bijna in de lach. 'Tegen haar wil? Doe me een lol.'

'Is ze hier?' vroeg Ben van Vliet.

'Natuurlijk niet!' reageerde ik meteen. 'Ik ben echt niet zo dom om een minderjarig meisje bij haar ouders weg te houden.'

'Maar u weet dat ze van huis is weggelopen?'

'Daar heeft haar broer wel voor gezorgd,' zei ik.

Ben van Vliets wenkbrauwen schoten omhoog en ook Martha Beijst keek me vragend aan.

'Hij heeft me op straat aangevallen omdat hij dacht dat zijn zus bij mij was.' Ik voelde aan mijn neus en mompelde: 'Ik heb er nu nog steeds last van.'

'U bedoelt dat hij u geslagen heeft?' wilde Martha Beijst weten.

Ik knikte. 'En niet zo zuinig ook,' zei ik.

'Waarom hebt u daar geen aangifte van gedaan?'

'Omdat ik hem al heb terugbetaald,' legde ik uit. 'Zijn edele delen kunnen u wel vertellen op wat voor manier.'

Ik zag Ben van Vliets mondhoeken omhoogkrullen. Hij zag er blijkbaar de humor wel van in. Ikzelf niet zo, eerlijk gezegd, maar dat was nu niet belangrijk, dus ik zweeg verder.

'Waar kent u Leila Rashukan precies van?' vroeg Martha Beijst.

'Van mijn werk op de school waar zij leerlinge was,' zeg ik. 'Ik ben daar de vertrouwenspersoon en ik heb de afgelopen maanden veel met Leila gesproken.'

'Waarover?'

Ik keek de vrouw aan. 'U begrijpt vast wel dat mijn functie niet voor niets "vertrouwenspersoon" heet,' zei ik. 'Ik kan u daarover dus weinig vertellen. Behalve misschien dat het bij Leila thuis niet allemaal van een leien dakje liep.'

'Dat idee hadden wij ook al,' merkte Ben van Vliet op. 'Anders zou het meisje nooit zijn weggelopen. Maar het zou voor ons makkelijker zijn om te weten wat er zich bij haar thuis afspeelde, zodat we de situatie beter kunnen inschatten.'

Nu richtte ik mijn blik op hem. Gek genoeg kreeg ik het gevoel dat ik hem, en misschien ook haar, kon vertrouwen, al aarzelde ik om Leila's problemen zomaar openbaar te maken. Aan de andere kant kon het misschien weleens in ons voordeel werken. Ik ademde even diep in en zei: 'U hebt vast weleens van eerwraak gehoord?'

Nu staarden zowel Ben van Vliet als Martha Beijst me stomverbaasd aan. Na een poosje vroeg Ben van Vliet: 'Leila Rashukan wordt door haar familie bedreigd? Dat bedoelt u toch?'

Ik knikte. 'Enkele maanden geleden kwam Leila voor het eerst bij mij. Ze vertelde dat ze omgang had met een jongen die niet door haar ouders werd geaccepteerd. Leila zou namelijk al aan iemand anders beloofd zijn.'

'Sorry?' vroeg Martha met een stem vol ongeloof. 'Zou ze worden uitgehuwelijkt?'

'Zoiets,' zei ik. 'En Leila wilde dat niet.'

'En u denkt dat ze daarom van huis is weggelopen?' vroeg Martha Beijst uiteindelijk.

Ik keek haar aan. 'U niet dan?'

Ben van Vliet schraapte zijn keel. 'Het werpt in ieder geval een heel ander licht op deze zaak,' zei hij. 'Maar dat verandert nog altijd niets aan het feit dat het meisje minderjarig is.'

'Tot de twaalfde juli wel, ja,' reageerde ik.

Weer viel er een stilte. Ben van Vliet keek naar me met een blik waaraan ik kon zien dat hij allang geraden had hoe de vork in de steel zat. Maar in plaats van me daarop aan te spreken zei hij: 'Daarna kunnen wij inderdaad niet veel meer doen. Vooral omdat Leila Rashukan blijkbaar niet gevonden wil worden.'

Ik glimlachte naar hem. Een glimlach die hij niet beantwoordde.

'Dan zullen wij haar ouders inlichten dat hun dochter niet bij u is aangetroffen,' zei Ben van Vliet. 'Tenzij u haar boven verbergt, natuurlijk.'

Of dat laatste een grapje was, wist ik niet. Zijn gezicht stond nog steeds ernstig en daarom antwoordde ik: 'U mag wat mij betreft al mijn kamers inspecteren.'

'Dat is niet nodig,' zei hij. 'We weten voldoende.' Hij stond op en wierp een blik op zijn collega, die eveneens overeind kwam.

Ik ging hun voor naar de deur en liet hen buiten. Daar draaide Ben van Vliet zich nog even naar me om, gaf me zijn kaartje en zei: 'Mocht u ons nodig hebben, aarzel dan niet om te bellen.' En zonder op mijn reactie te wachten, volgde hij zijn collega naar de auto die langs de stoeprand geparkeerd stond. Ik zag hen nog even druk met elkaar praten nadat ze waren ingestapt, maar uiteindelijk startte Ben van Vliet de wagen en reden ze de straat uit. Met het kaartje in mijn hand keek ik hen na.

Een uur later stapte ik de dojo van Yoshi binnen. Eigenlijk had ik na het bezoek van die twee politiemensen helemaal geen zin meer gehad om de deur nog uit te gaan, maar omdat ik toch even met Leila wilde praten, was ik maar wel gegaan.

In de zaal was Yoshi bezig met een klein groepje beginners, allemaal niet veel ouder dan een jaar of tien. Ik glimlachte, terwijl ik terugdacht aan mijn eerste lessen, zo lang geleden alweer. Ik nam plaats op de bank langs de muur en keek toe hoe Yoshi aanwijzingen gaf en de kleintjes keer op keer dezelfde oefening liet herhalen. Bij sommigen zag je na een aantal keren al een duidelijke verbetering, maar bij anderen hielp het niets. Dat waren de kinderen die over niet al te lange tijd zouden afvallen. Niet omdat Yoshi hen zou wegsturen – dat was iets wat hij nooit of te nimmer zou doen – maar omdat ze het niet leuk meer zouden vinden.

'Judi!' zei Yoshi, nadat de les was afgelopen en alle kinderen vertrokken waren. Hij kwam naar me toe en glimlachte breeduit. 'Kom je trainen vandaag?'

'Dat is wel de bedoeling,' zei ik.

Hij kwam naast me zitten, met zijn handen plat op zijn bovenbenen, zijn rug kaarsrecht. 'Eindelijk,' merkte hij op.

'Alsof ik er de laatste dagen nogal tijd voor heb gehad,' wierp ik tegen. En toen hij me aankeek: 'Ja ja, ik weet het wel. Voor trainen máák je tijd. Maar soms lukt dat niet.'

'Je hoeft je niet te verontschuldigen tegenover mij,' zei Yoshi. 'Soms heb je de gebeurtenissen niet in eigen hand.'

'Ja, dat is zo,' reageerde ik en ik zweeg verder.

'Je vriendin is mijn keukenkasten aan het uitsoppen,' zei hij na een korte stilte.

Lachend keek ik opzij.

'Ja, echt,' vervolgde hij. 'Ik zei haar nog dat dat niet nodig was, maar ze wilde zich nuttig maken. En ach, een keukenkastje kan niet schoon genoeg zijn, toch?'

'Dan mag ze de mijne ook eens komen doen,' zei ik. 'Die zijn al in geen eeuwen gesopt.'

Hij glimlachte.

'Heeft ze nog ergens over gesproken?' vroeg ik.

'Niet over iets specifieks. De kleine dingen. Het meest pijnlijke heeft wat meer tijd nodig.'

Ik knikte. 'Khadija. Daar is ze kapot van.'

'Er zijn wonden die moeilijk helen in het hart van een kind,' zei Yoshi zacht. Hij legde zijn hand op mijn knie en vervolgde: 'Ga naar haar toe. Ze heeft een vrouw nodig. Vooral in haar toestand.'

'Ze heeft je verteld dat ze zwanger is?' vroeg ik. Dat verbaasde me. Ze was al zo terughoudend geweest toen ze het mij vertelde. Het feit dat ze Yoshi al in vertrouwen had genomen, gaf me hoop voor de komende tijd.

'Ze heeft me zelfs al gezegd welke namen ze gekozen heeft.'

Ik staarde hem aan.

'Ilaya voor een meisje en Cem voor een jongetje.' Hij boog zich naar me toe en vervolgde: 'Maar je moet haar natuurlijk niet zeggen dat ik jou dat verteld heb. Ze wil het voorlopig nog even stil houden.'

'Natuurlijk zeg ik niets,' zei ik. 'Dat is jullie kleine geheimpje. Daar heb ik niets mee te maken.'

Hij glimlachte. 'Ga nu maar naar haar toe. Over een halfuur wil ik je hier weer terugzien voor je training.'

Ertegenin gaan had geen zin, en daar zag ik ook geen reden toe. En dus stond ik op en verdween aan de zijkant van de zaal door de deur naar het woongedeelte van het pand. Ik beklom de steile trap naar boven en kwam daar in het klein halletje uit. Via de gang liep ik naar de woonkamer, waaraan de halfopen keuken lag.

Leila hoorde me niet aankomen. Ze stond met haar rug naar me toe een van de bovenkastjes schoon te maken. Het aanrecht was bezaaid met pakken rijst, koffie, suiker en andere levensmiddelen en ik lachte zachtjes om de aanblik. Leila draaide zich om toen ze me hoorde, eerst geschrokken, daarna opgelucht.

'Je vermaakt je nogal,' zei ik, terwijl ik de keuken inliep.

'Stilzitten is niet echt iets voor mij,' reageerde ze.

'Kom even zitten,' zei ik. Ik trok een stoel achter de keukentafel vandaan en gebaarde ernaar. Zelf ging ik tegenover haar zitten.

Zwijgend keek ze naar me, afwachtend. Het was duidelijk dat ze thuis weinig voor het zeggen had gehad.

'We moeten het hebben over een dokter,' begon ik. 'Je zult toch binnenkort een arts moeten bezoeken vanwege je zwangerschap.'

Ze knikte.

'Wie is jullie huisarts?' vroeg ik.

Angst verscheen in haar ogen. 'Ik hoef toch niet naar hém?'

'Niets moet,' zei ik. 'Maar je huisarts is wel degene die jouw medische gegevens heeft.'

'Komt het via hem dan niet allemaal bij mijn ouders terecht?'

'Dat verwacht ik niet,' stelde ik haar gerust. 'Artsen mogen niet zomaar gegevens van patiënten aan derden verstrekken.'

'Ja, maar zij zijn mijn ouders!'

'En jij bent straks achttien,' zei ik. 'Het is helemaal niet nodig dat je nu op stel en sprong een arts bezoekt. Dat kan best wachten tot eind juli. Hoe ver ben je nu?'

Ze staarde me aan.

'Hoelang ben je nu precies zwanger?' vroeg ik. 'Wanneer hebben jij en Thomas, eh...'

'Na de examens,' zei ze. 'Duits.'

Ik liet mijn gedachten over de examendata gaan, maar wist niet precies wanneer Duits was geweest. Ergens eind mei waarschijnlijk. Een week of vijf, zes geleden. Eind juli was dus vroeg genoeg om een arts te bezoeken.

'Dat was de enige keer?'

Leila knikte.

Geen gedoe dus met uitrekenen. Het was overduidelijk wat de precieze datum was. En als ik een beetje globaal doorrekende, zou ze ergens in februari moeten bevallen. Dat was nog best een eind weg. Zou ze tot die tijd hier bij Yoshi kunnen blijven? Vast wel. Yoshi was niet zo moeilijk. Die stelde zijn huis voor iedereen open, vooral voor mensen die hulp nodig hadden. Die gastvrijheid zat in zijn Japanse genen. Maar wat moesten we daarna? Leila kon moeilijk bij hem blijven wonen, helemaal niet als ze een baby had. Ze moest toch op een bepaald moment op eigen benen gaan staan.

'Ik zal voor eind deze maand een afspraak met je huisarts maken,' zei ik, en toen ze wilde reageren hief ik mijn hand en vervolgde: 'Vertrouw me Leila. Dat komt helemaal goed. Heb jij Thomas al gesproken?'

Ze schudde haar hoofd.

'Dan wordt het tijd dat je dat doet.' Ik zocht haar blik. 'Hij moet het weten, Leila. Het kan niet anders. Je mag hem niet buitensluiten.'

'Maar als mijn ouders ontdekken dat ik zwanger ben en dat hij de vader is, dan... dan...'

'Dan zien we wel verder,' zei ik. 'Voorlopig zie ik geen reden om aan te nemen dat ze het gaan ontdekken. Ze weten niet eens waar jij bent. Ze zien je niet, ze hebben geen flauw idee wat er met jou aan de hand is.' Opnieuw zocht ik haar blik. 'Oké?'

Ze zweeg, staarde naar iets onzichtbaars op de tafel voor haar.

'Oké, Leila?' herhaalde ik.

Nu knikte ze.

'Heel goed,' zei ik. Ik trok mijn mobiel uit mijn zak en schoof hem over de tafel naar haar toe. 'Dan is het nu een mooi moment om Thomas te bellen.'

'Nu?' Het klonk angstig.

'Nu,' zei ik. En na een korte stilte: 'Het heeft geen zin om te wachten, Leila. Geef hem de kans om zelf te beslissen wat hij doet.'

Ze aarzelde nog even, maar pakte toen toch mijn mobiel op.

'Ik laat je even alleen,' zei ik, terwijl ik opstond. 'Ik ben beneden in de dojo. Kom je me zo nog even vertellen hoe het gesprek is gegaan?'

Nogmaals een knikje.

Terwijl ik langs haar liep, legde ik nog even mijn hand op haar schouder en kneep er zachtjes in, voordat ik de kamer verliet.

Ik ben bang. Bang voor alles. Bang dat mijn vader me vindt. Dat Tarik me vindt. Bang om Thomas te vertellen dat hij vader wordt. Eigenlijk ben ik mijn halve leven al bang. Vanaf het moment dat ik geen meisje meer was, maar oud genoeg om te trouwen en er een echtgenoot voor me werd gezocht. Vanaf dat moment leefde ik mijn eigen leven niet meer en moest ik oppassen met wat ik deed. Oppassen met wat ik zei. Ik hoefde maar even te laat thuis te komen, of iets verkeerds te zeggen of een klasgenoot gedag te zwaaien of Tarik was er om me te slaan. Om me uit te schelden voor hoer en slet. Angst beheerst dus al langer mijn leven. Maar ik heb nooit geweten dat het zo diep kon zitten dat ik mezelf alleen nog maar dood wenste.

Khadija.

Zij is de enige die me doet beseffen dat ik een keuze heb. Een keuze tussen accepteren of niet. En ik heb dat laatste gekozen. Ik ben gevlucht. Omdat zij dat ook heeft gedaan. Niet alleen voor mezelf, maar ook voor het ongeboren kindje in mijn buik.

Ik staar naar de telefoon, die mevrouw Van de Werff me zojuist in mijn hand heeft geduwd. Ik moet Thomas bellen. Dat weet ik. Maar ik ben zo bang. Als ze mij vinden, dan is dat maar zo. Maar ik wil niet dat ze hem iets aandoen. Mark. Het was zo'n lieve jongen. Net als Thomas. Ik wil niet dat met hem hetzelfde gebeurt als met Mark. En dat doen ze, als ze ontdekken dat wij… samen geweest zijn. Ze breken elk bot in zijn lichaam. Of ze gieten kokend water over hem heen. Of ze vermoorden hem. Net zoals ze met mij zullen doen als ze me vinden.

Wat moet ik doen? Voorzichtig leg ik de telefoon op de tafel en knijp mijn handen samen in mijn schoot. Wat moet ik doen? Hij heeft het recht om het te weten. Het is ook zijn baby. Ik denk aan zijn woorden van laatst: 'Soms heb ik het idee dat ik maar tien procent van jou ken.' Misschien is dat ook zo. En misschien zal het daar wel altijd bij blijven. Maar is het eerlijk om de baby te verzwijgen? Er komt een dag dat hij het te weten komt en dan? Dan kan ik hem kwijtraken. Wil ik dat?

Ik kijk weer naar de telefoon op de tafel. Lange tijd. Dan pak ik hem op en toets het nummer van Thomas in.

'Güney? Wat bedoel je?'

Bens stem klinkt vreemd en ik vraag me af of ik het soms mis heb. Of ik het verkeerd heb gezien. Het nog ietwat opgezette gezicht van Güney (van mijn kopstoot), de krassen op zijn arm (van Bruce), zijn grijns waaraan ik kon zien dat hij wist dat ik het wist. Nee, ik heb het niet mis. Het was Güney die me op mijn boot heeft overvallen. Die geprobeerd heeft mijn keel dicht te knijpen. Het zou me niets verbazen als zijn benen onder de blauwe plekken zitten van mijn shinai, wat niet te zien was, omdat hij een driekwart sportbroek droeg.

'Heb je het niet gezien dan?' vraag ik dringend. 'Die plek op zijn gezicht, zijn arm. Güney heeft geprobeerd me te vermoorden!'

Ben staart me aan, met een blik die ik niet kan thuisbrengen. 'Ga je nu niet een beetje ver?' stelt hij na een poosje.

Ik schud mijn hoofd. 'Ik weet het zeker. En hij weet dat ik het weet.'

Zwijgend haalt Ben zijn hand door zijn haar en lijkt niet te weten wat hij zeggen moet.

'Waar is Martha?' vraag ik, terwijl ik links en rechts de straat in kijk.

'Naar huis,' zegt hij. 'Ik zag het nut er niet meer van in om haar hier te laten posten.'

'Hoezo dat!' roep ik. 'Was je er zo zeker van dat Cem hier niet was?'

'Eigenlijk wel, ja,' zegt Ben. 'En ik had gelijk. Cem is hier niet, Judi. Je hebt het nu zelf gezien.'

'Dan houdt hij hem ergens anders vast.' Verontwaardigd kijk ik hem aan. 'Waarom geloof je me toch niet? Ik dacht dat je achter me stond!'

'Dat doe ik ook. Maar we moeten reëel blijven. Cem is...'

'Reëel, reëel, dat zei je al eerder, maar ik vraag me af op welke manier? Zie je dan niet dat ze een spelletje spelen?'

'Wát voor spelletje dan, Judi!' Het klinkt boos. 'Je draaft door!

Laten we in godsnaam die familie Rashukan loslaten en ons concentreren op de vraag waar Cem wél kan zijn!'

Heel even staar ik hem aan, voel woede opborrelen, evenals de neiging om hem de huid vol te schelden, en om te voorkomen dat ik dat doe, draai ik me om en loop van hem weg.

'Judi!' klinkt het achter me, maar ik kijk niet om. Hij bekijkt het maar.

Voetstappen volgen me. 'Judi, luister nou even,' klinkt Bens stem, terwijl hij naast me komt lopen.

Ik versnel mijn pas, maar hij houdt me met gemak bij.

'Wees nou redelijk, Judi,' zegt hij. 'Cem is niet in 's-Heerenberg, hij is niet hier, waar zouden ze hem dan verstopt moeten hebben?'

'In Turkije,' sis ik hem toe. 'Da's de enige plek die ik nog kan bedenken.'

Even zegt hij niets, terwijl hij nog steeds vlak naast me loopt. Dan klinkt het: 'Je wil me toch niet vertellen dat je naar Turkije wilt gaan om daar te zoeken, hè?'

Met een ruk blijf ik staan. 'Dat schoot wel even door me heen, ja!' zeg ik.

Ben, die nog een paar stappen is doorgelopen, draait zich naar me om. 'Judi, dat kun je niet maken!'

'En waarom niet?' Ik doe een stap naar voren en stomp hem tegen zijn borst. 'Ik wil Cem terug, Ben. En het kan me niet schelen op wat voor manier!'

'Hoe weet je nou waar je daar zoeken moet?' zegt hij. 'We weten niet eens of daar nog wel familie woont.'

'Een tante in ieder geval,' zeg ik, terwijl ik weer verder loop.

Ben volgt me weer. 'Een tante? Hoe weet je dat?'

'Dat heeft Leila me vier jaar geleden verteld.'

'En heeft ze je ook verteld waar die tante woont? Turkije is een enorm groot land, weet je.'

Ik snuif. 'Daarom is het ook een kloteplan.'

Even zegt Ben niets. Dan grinnikt hij. 'Ik dacht even dat je serieus was.'

‘Dat ben ik ook, Ben,’ zeg ik. Omdat ik de weg niet meer weet, ga ik wat langzamer lopen en kijk opzij. ‘Ik ben bloedserieus. Als ik wist waar die tante woonde, zou ik vannacht nog in het vliegtuig zitten.’

Met een rustige beweging pakt Ben me bij mijn arm en houdt me staande. ‘Judi...’ begint hij. ‘Je focust je te veel op de familie Rashukan. Zo mis je misschien de aanwijzingen die ons écht naar Cem leiden.’

‘Die aanwijzing is Güney,’ zeg ik zacht. ‘Je moet hem oppakken, Ben. Arresteren, of wat je ook doet als je zulke lui van de straat haalt.’

‘Dat kan ik niet,’ reageert Ben. ‘Buiten het feit dat er absoluut geen bewijzen zijn dat Güney iets met die aanval op jou te maken heeft, kan ik hem niet zomaar zonder toestemming hier in Duitsland oppakken.’

Ik wil hem opnieuw vertellen dat die blauwe wang en die krassen op zijn arm toch overduidelijk wijzen op zijn interactie met mij en Bruce, maar ik besef dat dat verloren moeite is.

‘Je gelooft me niet,’ zeg ik, terwijl ik hem recht aankijk.

Hij zwijgt, slaat zijn blik niet neer. ‘Je zult met overtuigender bewijzen moeten komen, als je wilt dat de politie die jongen aanhoudt,’ zegt hij dan. Zijn stem klinkt vast, maar heeft een verontschuldigende klank, waardoor ik weet dat het geen kwestie van niet geloven is, al kan ik me niet aan de indruk onttrekken dat hij met alle geweld wil dat ik Güney, of wie dan ook van de familie Rashukan, loslaat als verdachte. Alsof hij bijna zeker weet dat Cem niet bij hen is. En dat is natuurlijk ook logisch. Hij en Martha hebben die hele familie de laatste dagen nauw in de gaten gehouden. Ze hadden iets moeten merken als ze Cem vasthielden. Maar hij kan nooit weten of de jongen in Turkije zit. Dat is onmogelijk. Stel dat Güney Cem met een stel vrienden mee heeft gegeven naar Turkije?

‘Judi...’ klinkt Bens stem zacht. ‘Luister nou eens naar me.’

Ik kijk naar hem op. ‘Ik heb geen idee wat er precies aan de hand is, Ben, maar ik weet zeker dat Güney op mijn boot was. Ik weet alleen niet of hij Leila heeft aangevallen en ook niet of hij Cem heeft. Verdomme, ik weet niet eens of het wel allemaal met elkaar te maken heeft, maar het geeft wel te denken, of niet dan?'

'Je wist ook zo zeker dat het Tarik was.'

'Da's toch niet zo raar?' zeg ik geïrriteerd. 'Die twee hebben dezelfde ogen. Ik was lichtelijk in paniek toen hij boven op me zat. Een logische vergissing, dus.'

'Maar wel eentje die voor problemen had kunnen zorgen,' zegt Ben. 'Stel dat Tarik geen alibi had en we hadden hem opgepakt en jij zegt na een week: "Sorry jongens, foutje, het was niet Tarik, maar zijn broer Güney". Wie is het straks, Judi? Een van de zusjes? Hun moeder? Ze hebben allemáál dezelfde ogen.' Hij pakt me nu bij mijn schouders en vervolgt: 'Luister naar me, Judi. Wij gaan nu terug naar Amsterdam, naar het bureau, en we gaan alles aan Wolf Brenning vertellen.'

Ik staar hem aan. 'Alles?' echo ik.

'Alles.'

'En dan?'

'Dan kan hij bepalen wat er verder ondernomen moeten worden.'

Is dat een oplossing? Alles vertellen? Ik denk aan Leila, aan Cem. En aan Thomas. Is het eerlijk tegenover hen, tegenover mij, om dat allemaal weer op te rakelen? Heeft het zin? Ik schud mijn hoofd, eerst langzaam, maar dan wat sneller. 'Nee,' zeg ik. 'Geen optie. Ik zie er totaal geen meerwaarde in.'

'Het kan hen op het juiste spoor zetten,' dringt Ben aan.

'Spoor?' herhaal ik. 'Welk spoor, Ben? Het enige spoor zal naar Tarik leiden en jij zegt zelf dat hij het niet is.'

Hij zwijgt, wrijft weer met zijn hand door zijn haar. Ik weet wat hij denkt. Dat ik geobsedeerd ben. Door Tarik. Door de familie Rashukan. En hij is niet de enige. Ik weet het zelf ook. Maar ik mag me dan vergist hebben in het feit dat ik Tarik verdacht van die aanval op mijn boot, ik ben er nu voor honderd, nee duizend procent zeker van dat het Güney was. Vier jaar geleden was hij, wat... veertien? Dan zal hij nu iets van zeventien zijn, misschien zelfs wel achttien. Als Tarik de familie-eer dan niet verdedigt, dan doet híj dat wel. Ik heb alleen geen flauw idee of Tarik ervan afweet. Misschien hebben ze het samen bekokstoofd. Tarik wist donders goed dat de politie bij hem zou aankloppen als Leila of ik zou worden aangevallen. En dus zorgde hij voor een alibi en stuurde zijn broer eropaf. Wie zou daar aan denken? Niemand zou vermoeden dat dat kleine jochie van toen nu zoiets zou doen.

'Judi, ga met me mee naar Wolf Brenning,' dringt Ben aan. 'We kunnen niet anders. Ze komen er vroeg of laat toch wel achter.'

'Als wij hen niets vertellen, zou ik niet weten hoe,' zeg ik. Ik kijk hem strak aan en vervolg dan: 'Waag het niet om het buiten mij om toch te doen, Ben. Want dan zal ik... dan zal ik...' Ik kan niet meer uit mijn woorden komen en knijp mijn vuisten samen uit pure machteloosheid.

'Hé, rustig maar,' fluistert hij, terwijl hij zijn hand tegen mijn gezicht legt en zacht met zijn duim over mijn wang wrijft, op dezelfde manier als hij laatst voor mijn boot deed. 'Natuurlijk doe ik dat niet. Je weet wat ik je ooit beloofd heb. Als jij het niet wilt, en als Leila het niet wil, dan blijft het ons geheim.'

Ik sluit even mijn ogen, voel zijn duim over mijn huid wrijven en wenste dat hij er voor eeuwig mee zou doorgaan. Het moment duurt echter maar kort. Hij trekt zijn hand terug en zegt: 'Maar toch blijf ik het onverstandig vinden.'

'Dat kan me niet schelen,' reageer ik. 'Je weet wat de waarheid kan betekenen, Ben.'

Hij zwijgt, waarschijnlijk omdat hij dat heel goed beseft.

'En wat wil je nu gaan doen?' vraagt hij uiteindelijk.

'Dat weet ik niet,' zeg ik. 'Ik weet bij God niet meer waar ik zoeken moet.' Ik druk mijn hand tegen mijn voorhoofd. Ik voel me draaierig worden en besef dat ik de hele dag amper gegeten heb.

Ben ziet het en pakt mijn elleboog. 'Kom,' zegt hij. 'Ik breng je naar huis.'

Zijn woorden doen me plotseling hevig naar mijn boot verlangen. Thuis. Mezelf lekker op mijn bank nestelen, plaid om mijn schouders, Bruce dicht tegen me aan, stilte om me heen, tijd om na te denken. Ik zou dus niets liever willen dan bij Ben in de auto stappen, zodat ik niets hoef te doen behalve me naar huis te laten rijden, maar toch schud ik mijn hoofd. 'Mijn motor staat hier,' protesteer ik. 'Die laat ik niet zomaar achter.'

'Dan rijd ik achter je aan,' zegt hij. 'Ik wil zeker weten dat je veilig thuiskomt.'

DONDERDAG 10 JULI 2008

De regen kwam met bakken uit de hemel vallen toen ik 's-Heerenberg binnenreed. Het was een lange en vermoeiende dag op het werk geweest en ik was blij dat het schooljaar bijna voorbij was. Volgende week begon de zomervakantie en de laatste dagen waren altijd hectisch met vergaderingen, dossiers bijwerken, gesprekken met leerlingen, het afronden van projecten en noem maar op. Ik was er lichtelijk gaar door geworden en wilde niets liever dan de hele avond voor de televisie hangen. Ik moest alleen nog langs de supermarkt, wilde ik wat behoorlijks te eten hebben en ik besloot meteen maar door te rijden zodat ik de deur niet meer uit hoefde.

De parkeerplaats bij de Super de Boer was praktisch leeg toen ik mijn motor parkeerde. Slechts drie auto's stonden vlak bij de ingang, wat mijn humeur een klein beetje opkrikte.

Binnen greep ik een winkelmandje en liep meteen door naar de groenteafdeling. Misschien kon ik iets makkelijks maken. Wat aardappels erbij en klaar was ik. Ik bekeek de zakken met wokgroenten en koos er uiteindelijk op goed geluk eentje uit.

'Je kunt beter de Chinese nemen,' klonk het achter me. 'Die zijn veel lekkerder.'

Met een ruk draaide ik me om. 'Jezus, Wout,' verzuchtte ik. 'Besluip me toch niet altijd zo.'

Hij grijnsde breeduit. 'Ik besluip je niet,' wierp hij tegen. 'Ik zag je staan twijfelen boven de groenten en dacht, laat ik even advies geven.'

Alsof ik dat nodig heb.

'Nou, dank je wel,' zei ik alleen maar, terwijl ik het zakje dat ik al in mijn hand had – Hollandse wokgroenten – in mijn mandje gooide en verder liep naar de broodafdeling.

Wout volgde me en kwam naast me staan toen ik bij de manden met broden stopte. 'Kom jij morgenavond nog naar de Naughty Nineties?'

Nee hè. Was het alweer zover? De jaarlijkse avond voor de wat jongere inwoners van 's-Heerenberg, met muziek uit de negentiger jaren, die zoals altijd gehouden werd in grenscafé De Peer.

'Is dat morgen dan?' vroeg ik ontwijkend.

Hij knikte. 'Misschien is het leuk om Jasmine mee te nemen?'

'Waarom denk je dat ik kom?' vroeg ik.

'Nou ja, je bent er elk jaar,' zei Wout. 'Dus ik ging ervan uit dat je nu ook kwam.'

'Dat weet ik helemaal nog niet,' mompelde ik. Ik trok een grof volkoren naar me toe en gooide het bij de wokgroenten in mijn mandje. 'Ik heb nog heel veel andere dingen te doen.'

'Ach, het is maar één avondje,' drong Wout aan, terwijl hij me nog steeds door de supermarkt volgde. 'Zaterdag kun je dan weer doen wat je doen moet.'

'En dat beslis jij voor mij?' zei ik.

Wouts gezicht betrok een beetje. 'Ik zou het gewoon erg gezellig vinden als je kwam,' probeerde hij weer. 'Er komen een heleboel bekenden uit het dorp, ook wat oude vrienden van school.'

Nou, dáár zat ik op te wachten, zeg.

'Ik kijk wel,' mompelde ik. En met een blik op het winkelmandje in zijn hand: 'Moet jij je boodschappen niet doen?'

'Ja... ja, ik heb nog wat kaas nodig. Jij ook?'

'Nee,' loog ik. 'Ik heb alles, dus ik ga gauw naar huis. Ik heb barstende koppijn.'

'O dat is niet fijn,' zei Wout bezorgd. 'Weet je wat goed helpt? Brufen Bruis. En heel veel water drinken. Bij mij zakt de hoofdpijn dan binnen het uur.'

Het enige wat mij van mijn hoofdpijn zou afhelpen was het sluiten van zijn klep. 'Het gaat wel weer over, Wout,' zei ik. En omdat ik niet anders kon: 'Fijne avond.'

'Zie ik je morgen?' riep hij me na, maar ik deed net of ik hem niet hoorde en liep haastig naar de kassa. Het was onvoorstelbaar. Drie klanten in die hele winkel en hij was er eentje van.

Ik propte de boodschappen – veel minder dan ik eigenlijk moest hebben – in mijn rugzak en reed naar huis. De regen was wat minder geworden, maar toch kwam er nog voldoende naar beneden om me mopperend de oprit op te laten rijden. Rotregen. Wanneer hield het eindelijk eens op?

Ik besloot via de achterkant naar binnen te gaan en dus sloot ik de garagedeur van binnen af en liep via de tuin naar de achterdeur. Maar toen ik de sleutel in het slot wilde steken lukte het niet. Met mijn rugtas op mijn arm morrelde ik nog wat harder, maar de sleutel wilde met geen mogelijkheid het slot in.

Geïrriteerd zette ik de tas op het smalle stukje droog terras onder de dakgoot, en probeerde het nogmaals. Niets. Ik boog me voorover om naar het slot te kijken en toen zag ik het. Er zat iets in. Ik keek wat beter. Het leek wel lijm. Ik morrelde nog wat met de sleutel, schraapte met mijn nagel over het slot, maar niets hielp.

Verdomme!

De regen kwam nog steeds gestaag naar beneden en terwijl ik een pluk doorweekt haar uit mijn gezicht wreef, besloot ik dan maar door de voordeur naar binnen te gaan. En dan straks, als het weer droog was, naar het slot van de achterdeur te kijken.

Ik greep mijn rugtas van de grond en liep via de tuinpoort en de steeg langs mijn huis naar de voorkant, waar het tuinhekje uitnodigend openstond. Dat gebeurde regelmatig, maar dit keer kreeg ik er een vreemd gevoel bij, vooral in combinatie met het onbruikbare slot in mijn achterdeur. Voorzichtig liep ik over het tuinpad en zag het halverwege al. Ook hier was met het slot geknoeid.

Onder de overkapping stond ik in ieder geval droog en humeurig gooide ik mijn tas weer neer. Wat was dit voor flauwekul? Had iemand geprobeerd in te breken of zo?

Ik bracht mijn gezicht tot vlak bij het slot en bekeek het aandachtig. Er waren geen sporen van braak. Geen krassen, ook niet op de deur zelf of op de sponningen. Alleen het slot was vernield. Of althans, er zat iets in en net als bij de achterdeur leek het op lijm.

Wat nu? Hoe kwam ik in godsnaam binnen? Ik deed een paar stappen achteruit en keek omhoog langs de gevel. Een overbodige actie, want ik wist allang dat alle ramen dicht zaten. Dat deed ik altijd als ik naar mijn werk ging; je kon niet voorzichtig genoeg zijn. Maar dat betekende wel dat ik dus ook niet via een ladder naar binnen kon klimmen.

Ik ging weer onder de overkapping staan en dacht na. Een slotenmaker. Dat leek me de enige oplossing. Met een diepe zucht viste ik mijn mobiel uit mijn rugtas.

Slechts anderhalf uur later was de slotenmaker alweer vertrokken. Er bleek inderdaad iets van secondelijm in de sloten te zijn gespoten. Het was niet te verwijderen en dus had de beste man de sloten er met licht geweld uit moeten breken. Gevolg: twee beschadigde deuren en nog nader in te plannen herstelwerkzaamheden. Gelukkig had hij er meteen nieuwe sloten ingezet, zodat ik de boel tenminste degelijk kon afsluiten, maar het hele gedoe had mijn humeur tot ver beneden nul doen dalen. Wat moest ik doen? Aangifte doen? Waarvan? Het was waarschijnlijk gewoon vandalisme geweest en niets anders. Wat moest de politie daartegen doen? Wat kónden ze doen? Helemaal niks.

Nog steeds ontdaan gooide ik de groenten in de pan en kwam toen pas tot de ontdekking dat ik vergeten was een kipschnitzel mee te nemen. Die stomme Wout ook, met zijn gezeur. Door hem had ik de helft van mijn boodschappen niet gedaan. Waarom bleef hij niet gewoon uit mijn buurt? En dan zou ik morgenavond naar die Naughty Nineties moeten gaan, zodat hij weer op mijn lip kon zitten? *No way*. Echt niet. Ik bleef mooi thuis. Chagrijnig prikte ik in de aardappels die stonden te koken en wierp een boze blik naar buiten. Meteen stokte mijn adem.

Tarik!

Hij stond aan de overkant van de straat en keek naar me, grijnzend, en onwillekeurig deed ik een stapje achteruit. Wat deed híj nou hier? Dacht hij nog steeds dat Leila bij mij was? De achterlijke idioot!

Het volgende moment begon Tarik schijnbaar achteloos met zijn sleutelbos te spelen. Na een kort poosje stak hij zijn vinger door het ringetje en liet de sleutels nonchalant een beetje bengelen. Ik voelde me verstijven. Ik had heel even aan hem gedacht toen ik mijn huis niet meer in kon, maar dat idee had ik verworpen, omdat ik geen reden kon bedenken waarom hij zoiets kinderachtigs zou doen. Maar nu ik hem daar zo zag staan, helemaal ontspannen, alsof het de normaalste zaak van de wereld was dat hij me begluurde, nu kreeg ik het onbehaaglijke gevoel dat hij het wel degelijk geweest was. Meer nog, ik raakte er voor honderd procent van overtuigd dat hij ook binnen was geweest.

Ik draaide het gas uit en zonder nog een blik op Tarik te werpen, liep ik terug naar de woonkamer. Ik keek overal, in kasten, laden, achter de overgordijnen, zelfs achter de bank, maar ik vond niets geks. Alles zag eruit zoals altijd en nergens was iets wat er niet hoorde. Vervolgens keek ik in het toilet (niets), de voorraadkast onder de trap (alleen wat er hoorde te staan), de latjes van de sidetable in de hal (een rommeltje, maar niets geks), en de zakken van de jassen aan mijn kapstok (alleen wat kleingeld). Alles normaal dus. Boven dan.

Ik ging de trap op en liep eerst naar mijn slaapkamer, waar ik meteen doorliep naar mijn ladekast en een voor een de laden opentrok. Die smeerlap had vast met zijn vieze vingers in mijn ondergoed gerommeld of zo. Ik huiverde bij dat idee en besloot alles straks in de wasmachine te stoppen.

Met een ruk draaide ik me om en keek nauwlettend mijn kamer door. En toen zag ik het pas: iemand had op mijn bed gelegen! Het kussen was geplet, het dekbed was kreukelig en er was duidelijk te zien dat iemand het zich gemakkelijk had gemaakt. Mijn blik verschoof naar mijn grijze tatty teddy op de hoek van het bed en toen voelde ik het bloed uit mijn hoofd wegtrekken. Want om zijn nek zat een dik zwart touw. Het was er twee keer omheen geslagen en strak aangetrokken. Zo strak dat zijn hoofd achterover was gekanteld.

VRIJDAGOCHTEND 24 AUGUSTUS 2012

Langzaam word ik wakker uit een zalig niets. Ik voel me zoals ik me in tijden niet gevoeld heb. Warm, behaaglijk en redelijk uitgeslapen. Met mijn ogen nog steeds gesloten, probeer ik me om te draaien, maar dat lukt niet. Op de een of andere manier lig ik ergens tegenaan, waardoor ik me amper kan bewegen.

'Eindelijk wakker?' klinkt het zacht in mijn oor.

Geschrokken open ik mijn ogen en merk dan pas dat ik tegen Ben aan zit, op de bank, met mijn hoofd tegen zijn borst. Over ons heen ligt mijn fleecedeken en in de kromming van mijn opgetrokken benen ligt Bruce, nog diep in slaap.

'Ik... wat...' stamel ik, terwijl ik overeind kom. 'Ben ik in slaap gevallen?'

Ben knikt. 'We hebben gisteravond nog wat gedronken toen

we thuiskwamen. Blijkbaar was je erg moe, want na een paar glazen was je zo vertrokken.'

'Tegen jou aan?'

'Tegen mij aan. Ik kon met moeite die deken over je heen trekken, anders had ik je naar je slaapkamer getild. Maar nu lag je zo lekker dat ik je hier maar heb laten slapen.'

Ik voel me ineens bepaald belachelijk. En mijn nek voelt aan alsof ik in een bankschroef heb gezeten. Ik schuif mijn benen onder de deken vandaan zodat Bruce kan blijven liggen en zet mijn voeten op de grond. Ze tintelen door de slechte doorbloeding en pas na een paar minuten flink met mijn tenen wiebelen krijg ik er weer gevoel in. Ik kijk naar Ben, die me bijna geamuseerd opneemt, en vraag dan: 'Heb jij daar de hele tijd gezeten?'

Een kort knikje is slechts zijn antwoord.

'Met mij tegen je aan?'

'Ja, dat zei ik net ook al.'

Ik zwijg en wrijf wat haren uit mijn gezicht. 'Hebben wij... heb ik... eh... nog rare dingen gezegd?'

Zijn wenkbrauwen schieten omhoog. 'Rare dingen?' echoot hij.

'Ik, eh... wil nog weleens gekke dingen zeggen als ik te veel gedronken heb,' leg ik zwakjes uit.

'Nou, zo veel had je nou ook weer niet op. Ik geloof drie glazen.'

'Dus ik heb niets, eh... gezegd over mij... over jou... dat ik, eh...'

Gek op je ben. Zeg het dan, Judi!

Maar ik zwijg en schraap mijn keel een paar keer.

'Je hebt alleen maar geslapen,' stelt Ben me gerust.

Even overvalt me een gevoel van spijt, maar dan raap ik mezelf weer bij elkaar en sta op. 'Hoe laat is het?' vraag ik.

'Halfacht,' zegt Ben met een lachje.

Waarom lacht hij? Heb ik tóch iets gezegd over mezelf, ons, mijn gevoelens, wat dan ook, maar wil hij dat niet zeggen omdat hij dat te gênant vindt? Ik schraap voor de tweede keer mijn keel en zeg: 'Ik ga even koffie maken.'

Meteen daarna loop ik snel naar de keuken, zodat ik hem niet langer hoef aan te kijken. Ik duw een cupje in het apparaat en druk hem aan. Het wachten tot het apparaat warm genoeg is lijkt een eeuwigheid te duren en als uiteindelijk het lampje aanfloept, druk ik snel op de startknop.

'Heb je wel goed geslapen?' klinkt Bens stem vanuit de deuropening van de keuken.

Bijna laat ik de lepeltjes die ik net uit de kast heb gepakt vallen en draai me naar hem om. 'Ja... ja hoor. Eigenlijk heel goed wel.'

'Tja, ik ben nou eenmaal een lekker zacht kussen om tegenaan te liggen,' zegt hij vrolijk.

Ik kijk naar zijn glinsterende ogen en schiet in de lach. 'Dat klinkt alsof je jezelf als een teddybeer ziet.'

'Ben ik toch ook?'

'Meer dan dat,' zeg ik in een opwelling.

'O, wat dan?'

Mijn teddybeer.

Ik denk het, maar spreek het niet uit. In plaats daarvan richt ik me weer op de koffie en zeg: 'Een stoere teddybeer.'

Hij geeft geen antwoord en als ik de tweede kop koffie onder het apparaat vandaan heb getrokken en naar hem opkijk, zie ik dat hij me peinzend opneemt.

'Hier,' zeg ik en ik duw een kop in zijn handen.

'Geen koffiemelk in huis zeker?' vraagt hij.

'Nee, wel suiker. Is dat ook goed?' Ik schuif de suikerpot over het aanrecht in zijn richting.

Hij reageert er niet op, maar loopt in plaats daarvan voor me uit de woonkamer in, waar hij weer op de bank gaat zitten. Bruce is inmiddels ook wakker geworden en na een flinke rekpartij wandelt hij pedant naar Ben toe en rolt zich vlak naast hem op. Tot zover dus mijn eenkennige, eigenzinnige kat.

Zwijgend ga ik in de stoel tegenover hen zitten en neem een

paar kleine slokjes van de gloeiend hete koffie. Na een poosje vliegt de stilte me aan. Ik ga overeind zitten en vraag: 'En wat doen we nu?'

Ben kijkt me aan. 'Dit heet toch koffiedrinken?' reageert hij.

Het is als grapje bedoeld, maar ik kan er op de een of andere manier niet om lachen. Misschien komt het door de spanning, of de stress, of gewoon door de tegenstrijdige gevoelens die door mijn lichaam razen.

'Je begrijpt me best wel,' zeg ik, vinniger dan ik eigenlijk bedoel.

Hij laat zijn beker zakken en zet hem op zijn knie. 'Ik weet het niet, Judi,' zegt hij. 'Wat zou je wíllen doen?'

Ik lach even kort maar cynisch. 'Bruce oppakken en naar het andere eind van de wereld vertrekken.'

'Zou dat een oplossing zijn?'

'Het zou me in ieder geval verlossen van mijn gepieker en een heleboel paranoïde gedachten.'

'Heb je daar last van dan?'

Zijn stem klinkt oprecht bezorgd en heel even kijk ik hem aan, voordat ik mijn blik weer neersla en mijn schouders ophaal. 'Alles wat er gebeurt schrijf ik toe aan Tarik. Net als vroeger. Alleen toen was het werkelijk zo. Maar nu weet ik het niet meer. Ik ben ervan overtuigd dat Güney meer van deze zaak weet. Maar is Tarik er dan ook bij betrokken? Ik bedoel, behalve die insluiper ben ik gebeld, krijg ik dat poppenhoofd toegestuurd, word ik in de gaten gehouden, iemand slaat een ruit in. De geschiedenis herhaalt zich, alleen op een andere manier. En de enige die ik ervoor verantwoordelijk acht, is Tarik.'

'Een ruit ingeslagen?' vraagt Ben. 'Wanneer is dat dan gebeurd? En sinds wanneer word jij in de gaten gehouden?'

'Sinds een paar dagen. Vooral gisteren had ik overduidelijk het gevoel dat iemand me observeerde. En toen ik thuiskwam was het raam aan de zijkant van mijn boot ingeslagen.'

'Een inbreker?'

‘Er is niets gestolen,’ zeg ik. ‘Maar hij is wel binnen geweest. De deur van het kamertje stond open en Bruce liep buiten, terwijl ik zeker weet dat hij op de bank lag te slapen toen ik wegging.’

Ben zwijgt, lijkt diep na te denken. ‘Misschien is het beter als je een poosje bij mij in het hotel komt logeren,’ zegt hij uiteindelijk. ‘Voor je veiligheid. Tot alles achter de rug is.’

‘Achter de rug is?’ herhaal ik. ‘En wanneer is dat dan? Leila ligt nog steeds in kritieke toestand in het ziekenhuis, Cem is nog weg en er is niemand die weet waar we hem moeten zoeken.’ Ik staar in mijn beker koffie en vervolg zacht: ‘Als we nou maar wisten wat hun bedoeling is met Cem. Nu ze hem hebben, zou het toch logisch zijn dat ze mij met rust laten? Of willen ze mij, net als Leila, ook kapotmaken?’

‘Misschien heeft het allemaal wel een andere reden,’ zegt Ben voorzichtig.

Ik kijk op. ‘Zoals?’

‘Misschien hebben zij hem niet. Misschien is het wel… nou ja, ik weet niet. Leila hield blijkbaar toch wat dingen voor ons achter, Judi. Wie weet waar ze bij betrokken was.’

Met een klap zet ik mijn nog halfvolle beker koffie op tafel, waardoor Bruce verstoord zijn kop optilt, en zeg: ‘Je doet alsof ze zich met criminele zaken bezighield!’

‘Dat bedoel ik helemaal niet.’ Ben zucht. ‘Het feit dat ze ons niet heeft verteld dat ze contact had gezocht met Thomas, wijst erop dat ze…’

‘Dat ze wat?’ onderbreek ik hem uitdagend. ‘Dat ze zelf verantwoordelijk is voor de toestand waarin ze nu verkeert? Dat het haar schuld is dat Cem verdwenen is?’

‘Nee Judi,’ zegt hij, op die geduldige toon waaraan ik me nu alweer erger. ‘Ik bedoel alleen maar te zeggen dat ze geheimen voor ons had. En wie weet waar die geheimen toe geleid hebben.’

Ik zwijg. Natuurlijk heeft hij gelijk, en dat maakt me razend. Waarom heeft ze me toch niet verteld waar ze mee bezig was? Waarom heeft ze nooit gezegd dat ze Thomas had benaderd? Ze wist toch dat ze me kon vertrouwen? Waarom hield ze mij erbuiten? Ik voel tranen opkomen. Tranen van onmacht en driftig veeg ik er eentje weg die het waagt over mijn wang te lopen.

'Judi.' Ben staat op en laat zich naast me op de leuning zakken. 'Het komt vast allemaal wel goed. Als we eerst Cem maar vinden.' Hij slaat zijn arm om mijn schouders en pakt met zijn andere hand mijn beker koffie van de tafel. 'Hier,' zegt hij. 'Drink op, voordat het koud wordt.'

Zwijgend drink ik een paar slokjes en vermijd daarbij hem aan te kijken. Het is nergens voor nodig dat hij mijn tranen ziet. Uiteindelijk staat hij op en zegt: 'Ik moet nu echt naar het bureau.' En na een korte stilte: 'Weet je zeker dat je Wolf Brenning niet wilt vertellen over...'

'Nee,' zeg ik meteen. En dan: 'Nu nog niet.' Ik kijk naar hem op. 'Vertel hem maar wat ik over Güney heb gezegd. Laten ze zíjn alibi's maar eens natrekken.'

'Zou dat uitmaken?' vraagt hij. 'Zulke jongens hebben toch wel vrienden die zeggen dat ze bij hen waren.'

'Ik wil dat die Brenning het weet,' zeg ik. 'Dat hij mij later niet kan verwijten dat ik cruciale informatie heb achtergehouden.'

'Oké,' zegt Ben. 'Oké, dan zal ik het tegen hem zeggen.'

'En zeg 'm ook dat hij de armen en benen van Güney moet checken. Beschadigde armen, blauwe benen, wat voor bewijs wil hij nog meer?'

'Verder nog iets wat ik moet doorgeven?' vraagt Ben met een lachje.

'Ja, vraag hem wanneer hij eindelijk eens met resultaten gaat komen.'

Hij zwijgt even, maar zegt dan: 'Dat is niet eerlijk, Judi. Er is een heel team hard aan het werk. Dat er nog geen doorbraak is, wil niet zeggen dat ze al die tijd achterover geleund hebben.'

Een beetje beschaamd wend ik mijn blik af. Natuurlijk is dat ook zo. Het komt gewoon omdat ik kwaad op mezelf ben. Ik begrijp niet wat er allemaal aan de hand is. Ik kan er geen grip op krijgen en voor een controlefreak zoals ik, is dat ondenkbaar en hoogst frustrerend.

'Probeer anders nog wat te slapen,' stelt Ben voor. Hij legt zijn vingers tegen mijn keel en streelt zacht over de pijnlijke plekken die Tarik afgelopen nacht veroorzaakt heeft. 'En smeer daar wat arnica op tegen de zwelling.'

Ik knik, omdat ik niets anders weet te doen. Dan buigt Ben zich iets naar voren en drukt voorzichtig een kus op mijn voorhoofd. 'Ik kom morgen weer even langs om te kijken hoe het gaat,' zegt hij zacht. Hij staat op en voordat ik het besef is hij verdwenen.

DONDERDAGAVOND 10 JULI 2008

'De sloten van zowel uw achter- als uw voordeur waren dus geblokkeerd door lijm?' De stem van Ben van Vliet klonk alsof hij het amper kon geloven.

Ik knikte. 'Ik moest er een slotenmaker bij halen om binnen te komen,' zei ik.

'Waarom hebt u ons niet meteen gebeld?'

'Ach, ik dacht eigenlijk aan kwajongenswerk,' verdedigde ik mezelf.

'Een sneeuwbal tegen je ruit is kwajongenswerk,' merkte Van Vliet op. 'Maar sloten onklaar maken is een strafbaar feit, mevrouw Van de Werff.'

'Dat zal best,' zei ik. En iets vinniger: 'Maar de dader zat niet op een krukje op me te wachten, rechercheur. Wat zouden jullie eraan hebben kunnen doen als ik gebeld had, behalve een proces-verbaal opmaken?'

Ben van Vliet zei niets, maar ik kon zien dat hij het er niet mee eens was. Hij bromde wat, keek naar de twee vernielde sloten die ik op een krant op mijn eettafel had gelegd, en zei uiteindelijk: 'En later bleek dus dat er iemand in uw huis was geweest?'

'Ja,' zei ik.

'Hoe ontdekte u dat?'

'Doordat Tarik Rashukan grinnikend en wel voor mijn deur met zijn sleutelbos stond te zwaaien.'

Zowel Van Vliet als Martha Beijst staarde me vragend aan.

'Ik heb het idee dat Tarik Rashukan me stalkt,' verduidelijkte ik. 'Sinds zijn zuster, eh… is weggelopen, hangt hij om de haverklap bij mijn huis rond.'

'En dat deed hij vandaag ook?'

Opnieuw knik ik. 'Eigenlijk doet hij dat al langer. Sinds hij erachter kwam dat zijn zuster op school met mij heeft gesproken.'

'U bent daar vertrouwenspersoon, toch?' vroeg Martha Beijst.

'Ja. Leila had wat problemen en daar wilde ze met mij over praten. Haar broer was het daar niet mee eens, vond dat ik een "slechte invloed" op haar had, met als gevolg dat hij mij nu de schuld geeft van haar, eh… verdwijning.'

Ben van Vliet glimlachte. Een lieve, zachte glimlach, viel me op.

'Mevrouw Van de Werff,' begon hij, 'we weten allebei dat Leila Rashukan niet zomaar kan verdwijnen.' Hij hief zijn hand toen ik wilde protesteren en vervolgde: 'Ik ga u niet vragen waar ze is, want daar zijn we hier niet voor. U beweert dus dat Tarik Rashukan in uw huis is geweest. Waarom denkt u dat?'

'Dat zal ik u laten zien,' zei ik. Ik ging hun voor naar boven, naar mijn slaapkamer en wees hun de grijze tatty teddy. 'Daarom dus.'

Beide rechercheurs staarden naar de beer met de zwarte strop om zijn nek. Het was op zich niets ernstigs, maar het zag er op zijn minst behoorlijk dreigend uit, vooral door de achterovergeknikte kop.

'Iemand heeft uw, eh… beer gewurgd?' kwam Ben van Vliet uiteindelijk.

Het klonk zo idioot, dat ik bijna in de lach schoot. 'U snapt het toch wel?' vroeg ik. 'Hij heeft een strop om de nek van die beer gelegd om mij duidelijk te maken dat het de volgende keer weleens míjn nek zou kunnen zijn.'

'En er is niemand anders die dat gedaan kan hebben?' vroeg Van Vliet.

Ik staarde hem aan. 'Zoals wie? Een van de vissen uit mijn aquarium?'

'U woont hier alleen?' wilde Martha Beijst weten.

'Ja, helemaal in mijn uppie,' zei ik. 'Er is dus geen lollige partner die me de stuipen op het lijf wil jagen.'

Er viel een stilte, waarin we alle drie naar de beer staarden.

'Maar hoe weet u zo zeker dat Tarik Rashukan dit op zijn geweten heeft?' vroeg Van Vliet uiteindelijk.

'Ik weet niets zeker,' zei ik. 'Maar het is wel toevallig dat hij hier voor mijn deur demonstratief met zijn sleutelbos gaat staan zwaaien, terwijl een uur daarvoor de slotenmaker mijn deuren moest openbreken. En nee, er waren verder geen sporen van braak.'

'Grote kans dat het slot gewoon geforceerd is en daarna pas onklaar is gemaakt met lijm,' stelde Martha Beijst.

Ben van Vliet liep om mijn bed heen en bekeek de strop om de berennek van dichtbij. 'Geen knoop of iets dergelijks,' zei hij. 'Het touw is er gewoon twee keer omheen geslagen en aangetrokken.' Hij keek om naar mij en vervolgde: 'We zouden even iemand van de TR kunnen laten komen voor dactyloscopie.'

'Dactyloscopie?' herhaalde ik. 'Vingerafdrukken bedoelt u?'

Hij knikte, ondanks de vragende blik die Martha Beijst hem toewierp en waaruit ik opmaakte dat ze dergelijk onderzoek een beetje te veel van het goede vond. En ergens kon ik haar daar geen ongelijk in geven. Behalve de vernielde sloten waren er geen sporen van braak. Er was niets uit mijn huis gestolen en behalve dat touw om de nek van Teddy was er niets vreemds te bespeuren. Toch reageerde ze er verder niet op.

'Volgens mij is dat tijdverspilling,' zei ik. 'Tarik Rashukan is veel te gehaaid om sporen achter te laten.'

'We hoeven er maar eentje te vinden,' zei Van Vliet.

Ik haalde mijn schouders op. 'Als jullie denken dat het wat kan opleveren, dan vind ik het prima.'

Ben van Vliet knikte en wierp vervolgens een blik naar Martha Beijst, die meteen haar mobiel tevoorschijn haalde.

Natuurlijk werden er geen vingerafdrukken gevonden. Ik wist het wel. Allemaal verloren tijd, zowel van hen als van mij.

'Het enige wat we kunnen doen is van tijd tot tijd een politiewagen door de straat laten rijden,' stelde Ben van Vliet voor, toen de man van de TR weer weg was en hij en zijn collega op het punt stonden terug te keren naar het bureau.

Niet dat dat veel zou helpen, bedacht ik, maar toch knikte ik. 'Gaat u nog met Tarik over dit voorval praten?' vroeg ik.

'We zullen hem in ieder geval wat vragen stellen, maar als u verwacht dat we hem ervoor aanhouden, dan moet ik u teleurstellen. Daar hebben we totaal geen gronden voor.' En bij het zien van mijn blik: 'Het spijt me. Meer kunnen we op dit moment niet doen.'

Ik gaf geen antwoord meer en keek met mijn armen over elkaar hoe Martha Beijst haar jas dichtknoopte.

'U weet dat we vorige week iemand van de familie hebben aangehouden vanwege de dood van een zekere Khadija?' vroeg Van Vliet plotseling.

'Ja,' zeg ik, lichtelijk verbaasd om die mededeling. 'Een neef van Tarik, toch?'

'Een zeventienjarige jongen,' zei hij. 'Vertelde dat hij de eer van zijn familie had gered door zijn zus te vermoorden. Nu konden ze tenminste met opgeheven hoofd verder.' Zijn ogen boorden zich in die van mij, toen hij vervolgde: 'Het is jammer dat Khadija niemand had bij wie ze terecht kon. Dat had haar het leven kunnen redden.'

Ik zag zijn blik, niet vragend, niet veroordelend, maar o zo gewiekst. Hij wist donders goed dat ik Leila ergens verborg.

'Ja,' herhaalde ik. 'Dat is zeker jammer.' En toen, provocerend: 'Het is maar goed dat Tariks zus dat blijkbaar wel heeft.'

Er verscheen een vage glimlach om zijn lippen. 'Daar mag ze dankbaar om zijn. Al zou ik graag tegen degene die haar helpt willen zeggen om heel goed op haar tellen te passen wat de familie Rashukan betreft.'

'Dat zal diegene best wel weten,' zei ik.

'Dat hoop ik.' Hij liet zijn collega voorgaan naar buiten, voordat hij zelf over de drempel stapte en zich nog even naar me omdraaide. 'U heeft mijn kaartje,' zei hij.

Ik knikte.

'Mooi,' zei hij.

Ik bleef in de deuropening staan, lang nadat hun auto uit de straat was verdwenen.

VRIJDAGNACHT 24 AUGUSTUS 2012

Met geen mogelijkheid kan ik de slaap vatten. Telkens opnieuw voel ik Bens hand tegen mijn wang en zijn lippen op mijn voorhoofd. Het verwart me. Wat is zijn bedoeling met zijn toenaderingen? Hij heeft een vriendin. Een vriendin met een kind. Wat moet hij dan met mij? Hetzelfde als ik met hem zou willen, een diepere relatie? Of zie ik de dingen verkeerd? Zie ik alleen maar wat ik wíl zien en beeld ik me in dat hij toenadering zoekt? Tenslotte maken we om de kleinste dingen ruzie.

Starend naar het plafond besluit ik ten slotte dat er van slapen niets gaat komen zolang ik de hele tijd aan Ben lig te denken. En dus sta ik maar op om wat anders te gaan doen. Bruce tilt heel even zijn kop op, maar slaapt dan weer rustig verder. Het luie varken.

In de keuken zet ik een beker melk in de magnetron met de bedoeling chocolademelk te maken en rommelend in de kast op zoek naar de cacao, herinner ik me dat ik Vera min of meer beloofd had vanavond naar het café te komen. Helemaal vergeten. De enige bij wie ik nog geweest ben is Leila, om daarna weer rechtstreeks naar huis te gaan. Ik had gedacht dat Wolf Brenning nog contact met me zou opnemen, nadat ik Ben had gezegd hem te vertellen over Güney, maar ik heb hem niet gezien. En ook niet gehoord.

De magnetron piept en even later kruip ik met de hete chocolademelk op de bank. Ik heb het niet koud, maar toch huiver ik, en terwijl ik langzaam kleine slokjes neem, overdenk ik wat er de laatste week allemaal gebeurd is. Vanaf het moment dat Güney – want ik twijfel er nu geen moment meer aan dat het Güney geweest is – boven op me sprong, tot het moment dat ik hem daar naast de trap zag staan. Van dat deel klopt ineens alles, ook het feit dat Tarik steeds ergens anders was. Niemand hoefde hem te dekken, omdat hij was waar hij zei dat hij was. Of hij weet wat zijn broer heeft uitgespookt, en nog steeds uitspookt, blijft de vraag, maar het zou me niets verbazen. Wat overblijft is Cem. En die doos met dat poppenhoofd. Wat heeft dat met elkaar te maken? Heeft Güney Cem en zo ja, waarom? Bovendien, Güney is nog jong, als hij Cem heeft meegenomen heeft hij hulp nodig. Iemand moet toch op die jongen passen en dat zie ik Güney niet doen. Hij moet hem bij iemand hebben ondergebracht en ik vraag me af of hem dat gelukt kan zijn zonder dat Tarik of zijn ouders daar iets van gemerkt zouden hebben. Ik zie Cem voor me. Kleine Cem, met zijn prachtige ogen, zijn knappe snoetje, en plotseling voel ik me eenzaam. Het gemis van Leila overspoelt me als een enorme, alles verstikkende golf en ik wenste dat ze bij me was, zodat we met elkaar konden praten over hoe het nu verder moet. Maar diep vanbinnen knaagt de angst dat we dat misschien wel nooit meer zullen doen.

VRIJDAGAVOND 11 JULI 2008

De muziek tijdens de Naughty Nineties was luid. Te luid, vond ik eigenlijk. Het *Love me for a reason* van Boyzone dreunde in mijn oren toen ik mijn glas Palm van de bar pakte en me naar de drukke menigte in de zaal omdraaide.

'Leuk hè!' schreeuwde Jasmine met haar gezicht vlak naast me. Zij was het die me – met moeite – had overgehaald toch naar dat feest te gaan.

Ik knikte, alhoewel het geluid wat mij betrof echt wel een stuk zachter mocht om het gezellig te houden. Op deze manier kon je amper met elkaar praten en ik kon me niet voorstellen dat al die andere mensen hier voor iets anders kwamen. Als dertiger ging je toch ook niet meer zo uit je dak op de dansvloer als je deed in je schooltijd.

Hoewel...

Ik keek naar Wout die zich soepel bewoog op de dansvloer. Het verbaasde me. Ik wist niet dat hij kon dansen. En dan ook nog eens zo... zo goed. Een stijve hark, dat had ik altijd van hem gedacht en ik vroeg me af hoe ik eigenlijk ooit tot die conclusie gekomen was. Tenslotte had hij bij me in de klas gezeten en moet hij aanwezig zijn geweest op de klasseavonden. Waarom had ik toen niet gezien dat hij een enorm gevoel voor ritme had en een stuk beter danste dan al die opgeschoten jongens die normaliter om mij en mijn vriendinnen heen hingen?

'Dansen?'

Ik schrok op en moest bijna lachen toen ik Wout vlak voor me zag, wiegend met zijn heupen, zijn hand naar me uitgestoken. Zijn ogen glinsterden en ik kon me niet aan het idee onttrekken dat hij zich uitzonderlijk vermaakte.

'Nee dank je!' riep ik.

'Kom op nou!' zei Wout luid. 'Daarvoor zijn we toch hier?'

Ik schudde mijn hoofd en keek hem dreigend aan toen hij me bij mijn arm pakte en mee wilde trekken.

'Juud, laat je nou eens gaan!' riep Jasmine in mijn oor.

'Ik heb gewoon geen zin om te dansen!' zei ik en ik trok mijn arm los.

En al helemaal niet met Wout.

'Je bent een vervelende spelbreker!' riep Jasmine me toe. Ze lachte er niet bij, waardoor ik wist dat ze serieus was. Ze zette met een klap haar glas cola neer en pakte Wouts hand, om zich mee te laten voeren de dansvloer op.

Ik keek hen na en vroeg me af of ze gelijk had. Was ik een spelbreekster? Wat voor kwaad stak er nou in om één nummer met Wout te dansen? Ik hoefde toch niet meteen met hem te trouwen? Een beetje boos op mezelf dronk ik in drie slokken mijn glas leeg en bestelde een nieuw.

Met mijn ogen volgde ik Wout en Jasmine, die, dansend tussen de andere paartjes, aardig wat lol leken te hebben. Wout hield zijn hand op Jasmines rug, waardoor de afstand tussen haar en hem te klein was in mijn ogen. Waarom hield hij haar zo vlak tegen zich aan? Dat was toch helemaal niet nodig?

Er klonk een kort gemompel achter me en ik draaide me een klein stukje om mijn glas Palm te pakken. Toen ik mijn blik weer op de zaal richtte, zag ik Wout iets in Jasmines oor fluisteren waar ze hard om moest lachen. Ik ergerde me eraan, al wist ik niet precies waarom. Jasmine was nou eenmaal behendiger in de omgang met jongens dan ik. Zij wist altijd precies wat ze zeggen moest om hen aan haar te binden, al was het maar voor tijdelijk, en ik vermoedde dat ze vaker een onenightstand had gehad dan ik door Wout was lastiggevallen.

Ik dronk van mijn bier en liet mijn ogen door de zaal gaan. Boyzone stopte met zingen en maakte plaats voor *What's Up* van 4 Non Blondes. De melodie, en vooral de tekst, bracht me terug naar mijn schooltijd en onwillekeurig moest ik glimlachen. Ik zag hoe Jasmine van de dansvloer wilde lopen, maar teruggetrokken werd door Wout. Ze lachte weer, dus blijkbaar vond ze het niet erg. Met haar hoofd in haar nek sloeg ze haar armen over Wouts schouders en klemde haar handen samen. Wout greep haar bij haar middel en samen wiegden ze ritmisch op de maat van de muziek.

Mijn glas was nog niet leeg, toen ik wat mensen op de dansvloer uit elkaar zag wijken en nog voordat ik me kon afvragen wat er aan de hand was, zag ik Tarik naast Wout opduiken. Hij fluisterde hem wat in zijn oor en Wout knikte. Hij liet Jasmine los en stapte achteruit, om plaats te maken voor Tarik, die Jasmine stevig rond haar middel greep en naar zich toe trok. Hij bracht zijn gezicht tot vlak naast dat van haar en ik vermoedde dat hij wat tegen haar zei, terwijl hij haar al dansend door de zaal leidde. Het volgende moment duwde ze hem van zich af en beet hem iets toe. Ik zag hem grijnzen en opnieuw iets zeggen. Jasmine hief haar hand en sloeg Tarik hard tegen zijn wang, voordat ze zich omdraaide en de dansvloer wilde verlaten.

Maar Tarik liet haar niet gaan. Hij greep haar bij de arm en draaide haar weer om. Hij bleef haar vasthouden, terwijl hij opnieuw iets tegen haar zei. Jasmine probeerde zich los te rukken, maar dat lukte haar niet.

Dat ging me te ver. Ik zette mijn glas neer en wrong me haastig tussen de dansende paartjes door, om vlak naast Jasmine te eindigen. Ik zei niets, keek Tarik alleen maar aan.

Hij leek er niet van onder de indruk en wierp me een grijns toe, die ik het liefst van zijn gezicht geslagen zou hebben.

'Problemen?' vroeg ik aan Jasmine. Ik moest nog steeds met stemverheffing praten om boven de muziek uit te komen.

Ze schudde haar hoofd en rukte weer met haar arm. Dit keer liet Tarik los, en nijdig trok Jasmine de mouw van haar jasje recht.

'Tijd om te vertrekken,' zei ik luid tegen Tarik.

'Dat maak jij niet uit,' reageerde hij kalmpjes.

'Jij reed nog op een driewielertje in de jaren negentig,' zei ik. 'Dus wat heb je te zoeken op een muziekfeest van die tijd?'

'Gezelligheid.' Hij lachte, met een lach die je bijna charmant kon noemen. 'En knappe chickies.'

Ik staarde hem aan. Hij daagt me uit, besefte ik. Hij wil me via Jasmine kwaad maken, de klootzak.

'Nou, die zijn er hier genoeg,' zei ik na een korte stilte, en gebaarde om me heen. 'Kies maar uit.' En terwijl ik hem weer strak aankeek: 'Maar Jasmine laat je me rust, begrepen?'

'Juud,' klonk Jasmines stem dringend naast me. 'Laat nou maar.'

Ik schonk er geen aandacht aan, bleef Tarik aanstaren, misschien wel net zo uitdagend als hij mij aankeek.

'Dat moet jij zeggen,' zei Tarik. 'Waarom laat jij míjn zus niet met rust?' Hij deed een stap naar voren, tot vlak voor me, waardoor ik me moest beheersen om niet achteruit te wijken. 'Waar heb je haar verstopt, bitch?'

Zijn ogen glinsterden gevaarlijk. Gek genoeg voelde ik geen angst, ondanks zijn dreigende houding, maar dat kwam misschien wel doordat een aantal mensen rondom ons gestopt was met dansen en nu stond toe te kijken. Mocht het uit de hand lopen, dan was er hulp in de buurt. Hoopte ik.

'Ik weet niet waar jouw zus is,' beet ik hem toe. 'Hou er toch eens mee op om mij de schuld te geven dat ze is weggelopen!'

Hij reageerde niet, leek zich alleen op een subtiele manier wat groter te maken door zijn borst een heel klein stukje naar voren te steken.

'Juud...' begon Jasmine nogmaals. 'Kom mee. We gaan naar huis.' Ze pakte mijn arm vast, maar ik schonk er geen aandacht aan.

Tarik boog zich wat naar voren tot zijn gezicht vlak bij dat van mij was. 'We weten allebei dat dat niet waar is,' siste hij. 'Je bent niet alleen een slet, maar ook nog eens een gore leugenaar en ik zou maar goed op die zus van je passen. Je weet nog niet half wat ik haar...'

Dat was de druppel. Zijn beledigingen, gevolgd door zijn bedreiging schoten me in het verkeerde keelgat. Ik liet hem niet uitpraten, duwde hem woedend van me af om meteen daarna met mijn vuist uit te halen. Ik dacht hem recht in zijn gezicht te raken, maar in plaats daarvan was het Jasmine, die mijn gebalde hand nog net op tijd vastpakte.

'Niet doen,' zei ze. 'Hij is het niet waard.' Ze wierp Tarik een blik toe die ik niet kon thuisbrengen, en trok me mee de dansvloer af. We werden nagekeken door iedereen die de 'ruzie' had gevolgd, maar dat duurde niet lang. De muziek ging door met een schuifelnummer en algauw leek de interactie tussen Tarik en mij vergeten.

'Wat was dat nou allemaal?' vroeg ik aan Jasmine, toen we onze jassen uit de garderobe haalden.

'Niets,' zei ze stug.

'Niets?' echode ik. 'Daar leek het anders niet op.'

'Nee, alsof jouw bemoeizucht ergens op leek!'

Ik staarde haar aan. 'Je sloeg hem, Jasmine. Dat doe je niet zomaar, lijkt mij.'

'Hij ging gewoon te ver.'

'Te ver waarmee?'

Ze haalde haar schouders op. 'Niets belangrijks.'

'Niets belangrijks?' herhaalde ik. 'Jasmine, die jongen is gevaarlijk! Hij had je kunnen terugslaan!'

'Maar dat deed hij niet,' beet ze me toe. 'En als jij je er niet mee had bemoeid, was er niets aan de hand geweest.' Ze ritste haar jackje dicht en liep naar de uitgang van het café.

'O nee?' zei ik, terwijl ik haar volgde. 'Hij liet je anders mooi niet los.'

Met een ruk bleef ze buiten stilstaan en draaide zich naar me om. 'Wanneer besef jij nou eens dat ik heus wel voor mezelf kan zorgen? Ik ben geen kleuter meer, Judi, die je tegen opdringerige jongetjes op het speelplein kunt beschermen! Ik heb mijn eigen leven en daar heb ik jou niet bij nodig!'

Ze liet me staan en liep de straat uit in de richting van het oude klooster, waar ze waarschijnlijk haar auto geparkeerd had.

'Jasmine,' zei ik, terwijl ik even aarzelde of ik achter haar aan zou gaan. Ik deed het toch en met een paar grote stappen liep ik naast haar.

'Hij heeft mij ook geslagen, Jas,' ging ik verder. 'Ik wilde niet dat hij hetzelfde bij jou deed.'

'En dus sla je hém maar?' reageerde ze vinnig.

'Hij bedreigde me!'

'Met wat? Je vissen iets aan te doen?'

'Nee, hij dreigde jou iets aan te doen als ik hem niet vertelde waar zijn zus was.'

Ze wilde net de weg oversteken, maar bleef toen abrupt staan. 'Mij iets aandoen?'

Ik knikte. 'Ik laat me niet bedreigen, Jas. En als jij me niet had tegengehouden, had ik hem inderdaad op zijn smoel geslagen, de lul.'

Ze reageerde niet meteen, maar wierp me een meewarige blik toe. 'Juud,' zei ze uiteindelijk. 'Tarik zal mij heus niets doen. Daar heeft hij toch helemaal geen reden voor?'

'Waarom denk je dat jij een uitzondering bent?' wierp ik tegen. 'Zijn eigen zus kan je vertellen waartoe hij in staat is. En wie weet hoeveel anderen met haar. Zelfs ik weet het uit ervaring!'

'Ja, maar jij bent ook geen lieverdje,' zei ze. 'Ook jij kan provoceren als de beste.'

Ik staarde haar aan. Was dat zo? Had ik Tariks gedrag uitgelokt? Door mijn gedrag, door zijn zus te helpen? Of misschien door me uitdagend op te stellen? En zo ja, was dat dan een reden om me te slaan? Om me te bedreigen?

Natuurlijk niet!

Maar leg dat maar eens uit aan je naïeve zus. 'Tarik is een gevaarlijke gast, Jasmine,' zei ik daarom maar. 'Blijf gewoon bij hem uit de buurt, oké?'

'Ja, wat denk je nou?' riep Jasmine giftig uit. 'Dat ik zijn gezelschap opzoek, of zo? Nou, echt niet, Judi. Ik wil niks met die kloothommel te maken hebben.'

Met nijdige pasjes die de hakken van haar pumps driftig op het asfalt lieten klikken stak ze de weg over. Opnieuw overwoog ik achter haar aan te gaan, maar bedacht dat het misschien beter was om haar even te laten afkoelen. Jasmine kennende stond ze morgen weer voor de deur met een doos slagroomtruffels. Om het goed te maken. En daarna de hele doos zowat in haar eentje leeg te eten.

ZATERDAG 25 AUGUSTUS 2012

Ik voel me alsof ik drie dagen in de goot heb gelegen als ik na een gebroken nacht naar de keuken slof. De beker warme chocolademelk die ik genomen had, was verkeerd gevallen en had me tot twee keer toe naar het toilet doen rennen waar mijn maag zich boven de wc-pot had omgekeerd. Uiteindelijk was ik vroeg in de ochtend toch in slaap gevallen, maar de tijd was te kort om me fris en fruitig te doen opstaan.

Ik lik langs mijn lippen en constateer dat mijn tong aanvoelt als een oud stuk leer en dat mijn smaakpapillen wel een oppepper kunnen gebruiken. En dus vul ik eerst een glas met water en drink het in een paar slokken leeg. De vieze smaak in mijn mond is nog niet helemaal weg, maar ik voel me tenminste niet meer misselijk. Ik voel Bruce' lijfje langs mijn been strijken en glimlachend kijk ik omlaag.

'Dat heb jij nou nooit, hè?' zeg ik tegen hem. 'Een maag die van streek is.'

Hij miauwt zachtjes en draait nogmaals om mijn benen heen, zijn staart recht in de lucht.

Ik pak een blikje kattenvoer uit de kast en trek het open. De lucht die daarbij vrijkomt maakt me toch nog een beetje misselijk, maar ik weiger eraan toe te geven. Ik schep de brokjes in gelei in Bruce' etensbakje en zet het voor hem op de grond. 'Eet smakelijk,' zeg ik en ik aai hem over zijn rug.

Voor mezelf smeer ik een beschuitje en maak een kop thee. Ik ga ermee op de bank zitten en net als ik een hap wil nemen, gaat mijn mobiel. Verbaasd werp ik een blik op de klok en zie dat het net na halfnegen is. Heel even bekruipt me het akelige gevoel dat het het ziekenhuis is dat me belt, vooral omdat er geen nummer in het display wordt weergegeven, en met een licht trillende stem neem ik het gesprek aan.

'Mevrouw Van de Werff,' klinkt een bekende stem. 'Wolf Brenning hier.'

Ik adem even diep in en weer uit. Geen ziekenhuis. Er is niets met Leila. 'Rechercheur Brenning,' zeg ik en ik hoor zelf hoe opgelucht mijn stem klinkt.

Blijkbaar merkt Wolf Brenning het ook. 'Ik heb u toch niet wakker gebeld?' vraagt hij.

'Nee nee,' zeg ik meteen. 'Ik was alleen bang dat het een telefoontje van het ziekenhuis was. Over... over Leila.'

Even blijft het stil. Dan zegt hij: 'Ik vroeg me af of u vanmiddag even langs het bureau kunt komen. Ik wil graag nog wat dingen met u doornemen. Over uw vriendin en haar zoontje. En over wat er precies gebeurd is in 2008.'

Ik voel me koud worden bij die woorden en denk aan Ben. Zou hij alles verraden hebben? Maar hij had beloofd zijn mond te houden!

'W-waarover precies?' vraag ik aarzelend.

'Het zijn wat kleine dingetjes die u waarschijnlijk voor ons kunt ophelderen. Maakt u zich geen zorgen.'

Geen zorgen maken? Hoe kon hij het zeggen!

'Hebt u er al met Ben van Vliet over gesproken?' wil ik weten.

'Die is er niet,' zegt Wolf Brenning. En zonder er verder op door te gaan: 'Kunt u hier rond twee uur zijn? Dan praten we verder.'

'Ja...' zeg ik automatisch. 'Ja, dat is goed.'

'Fijn. Dan zie ik u vanmiddag.'

Het volgende moment is de verbinding verbroken en met een naar gevoel in mijn buik leg ik mijn mobiel op de tafel. Ik zie de beschuit staan, met de dikke laag hagelslag erop, en voel de misselijkheid weer opkomen. Tien seconden later hang ik voor de zoveelste keer boven de wc-pot en geef ik over, net zolang tot er alleen nog maar gal uitkomt.

DONDERDAG 24 JULI 2008

Voor het eerst sinds de anderhalve week die ik nu vakantie had was het weer zomers te noemen. De afgelopen dagen was het vrij koel geweest, met af en toe een zonnetje. Maar vandaag was het beter en rond het middaguur liep de temperatuur al richting de dertig graden. Ik had geen plannen gemaakt voor die dag, waardoor ik lekker alleen maar hoefde te doen waar ik zin in had. Wat zo ongeveer neerkwam op hangen in de tuin met een biertje en wat leesvoer. De enige met wie ik rekening moest houden was Jasmine, die vanavond zou langskomen om samen met mij de film *Titanic* te kijken die ze op dvd had gekocht. Ik zag er een beetje tegenop. Jankfilms hadden niet echt mijn interesse en ik vond het al voldoende dat ze me er krap tien jaar geleden ook al voor had meegetrokken naar de bioscoop. Maar om haar te plezieren had ik wat flessen wijn gekocht en een paar zakken chips. Gelukkig had ik nog een paar uur voor mezelf en met een flesje Palm en een boek vertrok ik naar de tuin en nestelde me met een kussen in de rug in mijn hardhouten strandstoel.

Ik had mijn flesje bier nog maar voor de helft op toen ik binnen de telefoon hoorde overgaan en ergernis bekroop me. Waarom kon ik nooit eens rustig een boek lezen zónder gestoord te worden? Ik had verdomme vakantie, konden ze me niet gewoon met rust laten?

Even overwoog ik niet op te nemen, maar de telefoon bleef gaan en uiteindelijk hees ik mezelf uit mijn strandstoel omhoog en ging naar binnen. Snel natuurlijk, want het zou me nu niet gebeuren dat het ding ermee stopte net als ik er naast stond.

Haastig nam ik het gesprek aan met een hijgend: 'Judi van de Werff.'

'Judi?' klonk een stem aan de andere kant van de lijn, die ik herkende als die van Clara, de buurvrouw die samen met haar man Jos een paar huizen verderop woonde. 'Goed dat je opneemt, anders was ik langsgekomen.'

Verbaasd hoorde ik haar aan. 'Langskomen?' vroeg ik. 'Waarom?'

'Meid, je kunt toch niet alleen blijven nu?' En na een korte stilte: 'Er is toch wel iemand bij je? Je ouders zullen hier wel niet zo snel kunnen zijn en je hebt echt iemand nodig die je bijstaat, hoor. Zal ik anders...'

'Clara,' onderbrak ik haar. 'Rustig nou even. Waar héb je het in godsnaam over? Waarom zou iemand mij moeten bijstaan?'

'Och lieverd, je hoeft toch niet alles alleen te doen? Dat kan helemaal niet. Jij en Jasmine lagen elkaar zo nauw aan het hart. Je moet kapot zijn van verdriet!'

Een rilling trok vanuit mijn kuiten omhoog en verspreidde zich als een ijzige tinteling over mijn rug en mijn armen. 'Wat bedoel je nou, Clara?' vroeg ik en ik hoorde hoe mijn stem trilde. 'Is er iets met Jasmine?'

Het bleef even stil aan de andere kant. 'Maar... Judi. Dat weet je zelf toch wel? Het staat in de krant!'

Ik keek om naar de eettafel, waar de krant van vanmorgen nog ongelezen op lag. 'Wát staat er in de krant?' drong ik aan, terwijl ik naar de tafel liep en de krant naar me toe trok.

Ze aarzelde even, maar zei toen toch: 'De overlijdensadvertentie. Van... van Jasmine.'

Ik was net bezig de krant open te slaan en bleef midden in die handeling steken. 'De wát?' riep ik.

'Advertentie,' herhaalde Clara. 'Dat Jasmine... dat ze is overleden. Door een ongeval.'

Jezus Christus!

Bijna in paniek sloeg ik de bladen van de krant om tot ik uiteindelijk op de pagina kwam waar ik inderdaad een grote overlijdensadvertentie zag met midden in de volledige naam van

Jasmine – Jasmine Ayşe van de Werff – met daaronder haar geboorte- en overlijdensdatum, gisteren. *Zij was nog maar zevenentwintig jaar. Overleden na een noodlottig ongeval. Geen bloemen.*

Ik voelde mijn hele lichaam verstarren. Dit kon niet. Dit... dit was een grap! Dat moest wel. Een zieke, misselijke grap!

'Judi?' klonk Clara's stem bezorgd. 'Is alles wel goed?'

'I-ik moet bellen,' mompelde ik en ik verbrak de verbinding. Meteen daarna toetste ik Jasmines nummer in en luisterde ongeduldig naar hoe de telefoon vijf, zes keer overging. Ik wilde net ophangen om op mijn motor naar Doetinchem te rijden, toen er werd opgenomen.

'Judi...' Het klonk als een lange zucht. 'Wat is er zo belangrijk dat het niet tot vanavond kan wachten?' En voordat ik kon reageren: 'Of ben je weer iets vergeten en moet ik weer...'

'Jas,' fluisterde ik.

'... langs de supermarkt om boodschappen voor je te doen?'

'Jas,' zei ik nogmaals. 'Goddank!'

Het bleef even stil. 'Wat is er met jou?' vroeg Jasmine uiteindelijk. 'Je klinkt alsof er iemand dood is.'

Het was onvoorstelbaar dat ze juist dat zei en ik kon er niets aan doen dat de tranen ineens over mijn wangen liepen.

'Jas, ik... ik...' Ik kwam niet meer uit mijn woorden. Het horen van haar stem, het besef dat ze gewoon nog leefde en door de telefoon met me stond te praten, maakte alle emoties in me los.

'Judi?' vroeg Jasmine. 'Wat is er aan de hand? Is er wat met papa? Of mama?'

Ik schudde mijn hoofd, zonder te beseffen dat ze dat niet kon zien.

'Juud, zeg op,' klonk Jasmines stem bezorgd. 'Wat is er gebeurd?'

'Ik... ik ben gewoon ontzettend geschrokken,' zei ik, nadat ik even diep in en uit had geademd. 'Iemand heeft een hele zieke grap uitgehaald.'

'Een grap?' echode Jasmine. 'Wat voor grap?'

Ik duwde de krant over de tafel van me weg en zei: 'Ik denk dat je beter even hierheen kunt komen.'

Ondanks Jasmines nuchtere aard trok ze wit weg toen ze de advertentie zag. 'Maar... maar wie doet nou zoiets?' vroeg ze, terwijl ze haar ogen niet van de krant kon halen.

Ik zei niets. Over wie die advertentie had geplaatst, had ik eerst niet zo nagedacht, maar nu de eerste schrik voorbij was, kon ik maar tot één conclusie komen: Tarik. Hij had al gedreigd Jasmine iets aan te doen, dit kon daar weleens het vervolg op zijn. Ik kreeg het benauwd als ik dacht aan de volgende stap die hij zou nemen. Zou hij werkelijk Jasmine kwaad doen omdat ik zijn zus had geholpen? Waarom richtte hij zich niet op mij? Ik was toch degene die hem dwarszat? Niet Jasmine. Diep vanbinnen wist ik dat dat juist zijn opzet was. Hij probeerde mij te raken via het liefste wat ik bezat: mijn zus.

'We moeten aangifte doen,' zei Jasmine. Ze zag nog steeds bleek. 'Dit kan iemand toch niet zomaar doen? En waaróm zou iemand dit doen?'

'Om mij angst aan te jagen,' zei ik zacht.

Ze keek naar me op. 'Je denkt toch niet dat... dat dit het werk van Tarik is?' vroeg ze na een korte stilte.

'Dat denk ik wel degelijk,' reageerde ik. 'Hij heeft twee weken geleden ook al gedreigd dat hij jou iets zou aandoen, weet je nog wel?'

'Ja, natuurlijk weet ik dat nog,' zei ze geërgerd. 'Maar daarna heb ik hem niet meer gezien.'

'Ik denk dat hij woest is,' merkte ik op. 'Hij kan de politie niet meer op me afsturen nu Leila achttien is. En nu denkt hij me op deze manier zo ver te krijgen dat ik hem vertel waar zijn zus is.'

Het bleef even stil, maar toen klonk Jasmines stem, zacht: 'Ik kan me niet voorstellen dat Tarik zoiets misselijks zou doen.'

'Ik zei al eerder dat hij gevaarlijk is, Jas,' zei ik. 'Hij is gewoon ziek, in zijn hoofd. Dat blijkt wel uit hoe hij zijn zus behandelt, en hoe hij geholpen heeft bij de moord op Khadija.'

Ze knikte, terwijl ze de krant dichtsloeg en drie keer dubbelvouwde. 'Hij leek zo aardig.'

'Hij kan heel charmant zijn, als hij wil,' zei ik. 'Maar dat is slechts uiterlijke schijn. Zijn knappe kop verbergt een heel zieke geest.'

Jasmine staarde naar de opgevouwen krant. 'Dat blijkt wel,' zei ze zacht.

Ik liet me op de stoel naast haar neerzakken en legde mijn hand op haar arm. 'Ik weet dat jij altijd het goede in iemand wilt zien, Jas, en ik begrijp dat dit voor jou een hele schok moet zijn. Je leest nou eenmaal niet elke dag je eigen overlijdensadvertentie in de krant.'

Ze keek opzij, haar ogen donker. 'Beloof me één ding, Juud,' fluisterde ze.

'Wat?'

'Als ik doodga wil ik wél bloemen. Een heleboel. Een hele zee van witte rozen.'

Ik staarde haar aan, vroeg me af of ze serieus was.

'*Geen bloemen*. Kun je nagaan hoe slecht hij me kent.' Ze glimlachte naar me. 'Beloof me dat je me niet zonder bloemen laat gaan, Juud.'

'Jas, dat hoef ik toch helemaal niet te beloven,' zei ik. 'Als er iemand is die jou kent, ben ik het wel.'

Ze zei niets, maar voor een aantal seconden liet haar blik me niet los. Uiteindelijk ademde ze even diep in en stond op. 'Ik ga even wat te drinken pakken. Jij ook ijsthee?'

'Thee? Ik denk dat we wel iets sterkers kunnen gebruiken,' zei ik. 'Koffie met een scheut whisky erin. Dan bel ik ondertussen die rechercheur Van Vliet even.'

Jasmine zei niets, maar liep naar de keuken, haar wijde blouse wapperend om haar heupen. Over de eetbar heen zag ik haar bezig en ik schudde mijn hoofd. Witte rozen. Waar hadden we het over?

Tien minuten later legde ik de telefoon weer neer, nadat ik uitgebreid met rechercheur Ben van Vliet had gesproken. Hij had beloofd erachteraan te gaan door in ieder geval de redactie van de krant te bellen om uit te vinden wie de advertentie had ingeleverd. Maar hij zei ook al dat ik me daar niet te veel op moest vastpinnen, omdat dat in de meeste gevallen niet te achterhalen was. Op mijn vraag wat we dán konden doen, was zijn antwoord om alles te bewaren en alles te noteren. Alles wat we vreemd vonden, tijden waarop Tarik voor het huis stond en wat hij dan deed. Hoewel ik niet echt begreep wat dat voor nut had, zei ik dat we dat zouden doen.

'En?' vroeg Jasmine, toen ze een beker koffie voor me op de tafel zette en zelf met een glas ijsthee tegenover me ging zitten.

'Ze kunnen weinig doen als de adverteerder niet bekend is,' zei ik en ik vertelde wat Ben van Vliet had gezegd over het alles noteren wat we vreemd vonden.

'Daar schieten we wat mee op,' zei Jasmine.

'Vertel mij wat. Tarik weet blijkbaar heel goed wat hij doet. Bewijzen hebben we niet, en ondertussen kan hij gewoon zijn gang gaan met zijn zieke spelletjes.'

'We moeten hem negeren,' stelde Jasmine. 'Doen alsof het ons niets kan schelen. Dan houdt hij misschien vanzelf op.'

Ik keek haar sceptisch aan. 'En dat geloof je zelf? Zolang Leila voor hem onvindbaar is, zal hij door blijven gaan.'

'Denk je?' vroeg ze.

Ik knikte. 'Daar ben ik vrijwel zeker van.'

'Dus als jij hem zegt waar zijn zus is, dan houdt hij op?' Ze keek me aan met haar grote ogen en mijn zwijgen zei haar genoeg. 'Die keus is toch helemaal niet reëel?' zei ze toen.

'Nee, voor ons niet, Jas. Vooral omdat we weten wat de gevolgen dan zijn.'

'Voor Leila.'

'En voor ons,' zei ik.

Ze fronste haar wenkbrauwen.

'Ik verwacht echt niet dat hij ons daarna met rust laat,' legde ik uit. 'Of in ieder geval mij niet. Ik heb zijn zus geholpen. Ze zullen me laten zien dat ik dat niet zomaar ongestraft kan doen.'

'Keus gemaakt dus,' stelde Jasmine. 'We zeggen hem niet waar Leila is.'

Ik schudde mijn hoofd. 'Nooit,' zei ik.

We zwegen en dronken langzaam van onze koffie en ijsthee. Ze had geen whisky in mijn koffie gedaan en misschien was dat maar beter ook.

'Wat denk je dat hij nu gaat doen?' vroeg Jasmine. 'Zijn dreigement uitvoeren?'

Ik keek haar over de rand van mijn beker aan, voordat ik hem neerzette. Het was een vraag waar ik ook al een poosje mee worstelde. Wat ging er allemaal in Tarik om? Hoe ver zou hij gaan? Ver, vermoedde ik, gezien zijn aandeel in Khadija's dood. Hij was gewoon levensgevaarlijk. Zelfs Jasmine was niet veilig meer.

'Misschien moet je een tijdje onderduiken,' zei ik. 'Totdat...'

'Onderduiken?' Het klonk verontwaardigd. 'Hoe zie je dat voor je? Ik heb nu dan wel zomervakantie, maar over een paar weken beginnen de scholen weer. Ik kan niet zomaar van mijn werk wegblijven!'

Nee, dat snapte ik ook wel. Vooral niet nadat ze deze baan met zoveel moeite veroverd had. Maar toch zou het veiliger voor haar zijn als Tarik haar niet kon vinden. Misschien gaf hij het na een paar weken wel op en kon ze gewoon weer naar haar werk.

Dat is naïef, Judi!

Zodra Jasmine weer zou opduiken zou het van voren af aan beginnen. Als hij ondertussen mij niet te grazen zou hebben genomen. Al leek dat laatste me niet logisch. Tenslotte was ik degene die hem kon vertellen waar zijn zus was. Of zou hem dat geen barst kunnen schelen en was hij gewoon op wraak uit?

'Ik wil dat je veilig bent, Jas,' zei ik zacht.

'Ja, dat begrijp ik wel, maar ik ben niet van plan om weg te lopen voor zo'n imbeciel, al zet hij elke dag mijn overlijdensadvertentie in de krant. Ik ben niet dood, dus wat kan mij het schelen?'

'Maar stel nou dat hij inderdaad van plan is om jou...'

'Ach welnee. Hij weet donders goed dat de politie van hem af weet, nadat hij bij jou binnen is geweest en ze met hem hebben gepraat over die vernielde sloten. Het zou oerstom zijn als hij wat zou uithalen en we weten allebei dat Tarik van alles is, behalve dom.'

Daar had ze natuurlijk gelijk in. De eerste bij wie de politie zou aankloppen als er iets met Jasmine zou zijn gebeurd was Tarik. Al zou het dan waarschijnlijk wel op mijn aanwijzingen zijn. Maar zoals ze zelf al zei: Tarik was niet dom. Sterker nog, hij was behoorlijk slim en hij zou er zéker voor zorgen dat hij nergens op gepakt kon worden, net zoals met die sloten en die strop om teddy. Hij wist dat ik wist dat hij verantwoordelijk was, maar het kon hem geen donder schelen omdat hij óók wist dat ik absoluut geen bewijzen had.

'Wees dan in ieder geval voorzichtig, oké?' zei ik. 'Let goed op en als er iets vreemds gebeurt bel je me meteen.'

Ze richtte haar ogen een kort moment ten hemel. 'Ja mam,' reageerde ze toen overdreven braaf.

'En zorg dat je mobiel altijd is opgeladen als je de deur uitgaat,' raadde ik aan.

'Ja Juud, ik heb het begrepen!' zei ze ongeduldig.

Ik ergerde me een beetje aan haar onverschilligheid. Alsof ze nog steeds niet begreep waartoe Tarik in staat was. Ze was zich rot geschrokken van die advertentie, maar toch leek ze zich geen zorgen te maken over het mogelijke vervolg. Oké, ik wist dat ze vrij nuchter kon zijn, maar in dit geval wenste ik dat ze maar een klein beetje meer bezorgd was over haar eigen welzijn.

'Wil je nog ijsthee?' vroeg ik, om het gesprek een andere kant op te duwen.

'Doe maar,' zei ze. 'Dan gaan we lekker in de tuin zitten. Ik heb geen zin om voor die paar uurtjes weer naar huis te rijden.'

Ik stond op, pakte haar glas en mijn beker en liep naar de keuken. Daar ging dus mijn rustige dagje. Niet dat ik het vervelend vond dat Jasmine er was, maar ik had me er echt op verheugd een middagje alleen te zijn. Ik pakte het pak ijsthee uit de koelkast en schonk Jasmines glas vol. Op het moment dat ik het dopje er weer op draaide, keek ik naar buiten en zag hem staan. Tarik. Recht tegenover mijn keukenraam. Vrijwel onbeweeglijk, met in zijn hand een sigaret. Hij zag dat ik hem zag en grijnsde, voordat hij de sigaret naar zijn lippen bracht en er een flinke trek van nam.

Ik staarde naar hem, vol ongeloof. Eén minuut, twee minuten. Toen voelde ik een ongekende woede in me omhoog kruipen. De schoft! De ongelooflijke rotzak! Ik zette het pak ijsthee met een klap neer, rende de keuken uit, de hal door en trok de voordeur open.

'Juud!' hoorde ik Jasmines stem achter me. 'Wat ga je doen?'

Ik reageerde er niet op, stoof de oprit af en rende de weg over, tot vlak voor Tarik, die me uitdagend aankeek. Ik zag dat hij iets wilde zeggen, maar daar wachtte ik niet op. Met beide handen gaf ik hem een harde duw tegen zijn borst, zodat hij haastig een stap naar achteren moest zetten om te voorkomen dat hij viel.

'Jij klootzak!' siste ik hem toe. 'Je geniet hiervan hè?'

Heel even leek hij verbaasd door mijn directe aanval, maar hij herstelde zich al snel. 'Wat nou?' zei hij. 'Ik sta hier alleen maar een sigaret te roken.'

'Doe niet of je achterlijk bent!' schreeuwde ik. 'Jij hebt die advertentie in de krant gezet, zieke idioot!'

'Advertentie?' vroeg hij met opgetrokken wenkbrauwen. 'Ik weet niet wat je bedoelt.'

'Judi,' klonk Jasmines stem achter me. 'Laat hem toch! Hij is het niet waard!'

Tarik wierp haar een blik toe die het midden hield tussen vermakelijk en uitdagend, toen hij zei: 'Moet jij niet dood zijn?'

In mijn hoofd knapte iets. Er trok een waas voor mijn ogen en blind van woede haalde ik met mijn vuist naar hem uit. Hij week naar achteren om mijn klap te ontwijken, maar had daarbij niet op het lage hekje langs het perk gerekend, waar hij met zijn kuiten tegenaan kwam. Hij verloor zijn evenwicht en viel op zijn rug in het lage groen. Ik wachtte niet tot hij weer overeind was gekomen en dook in zijn richting, vast van plan om hem voor eens en voor altijd te laten voelen dat het over was met zijn spelletjes.

Maar Jasmine was sneller. Ze sprong over het hekje, greep me bij mijn arm en trok me bij Tarik vandaan. Door haar kracht moest ik Tariks shirt loslaten en samen met Jasmine schoot ik naar achteren.

'Jij vuile hoer!' riep Tarik, terwijl hij overeind krabbelde. Zijn ogen vlamden en zijn mond was vertrokken tot een woedende grimas. 'Slet die je bent!' Hij kwam op me af, met zijn vuisten al in de aanslag, maar Jasmine ging tussen hem en mij in staan. Ze wierp Tarik een blik toe die ik niet kon zien, maar die blijkbaar voldoende uitstraalde om hem op een meter afstand van ons te doen stoppen.

'Opzouten jij!' snauwde ze tegen hem.

'Jij vertelt mij niet wat ik doen moet!' schreeuwde hij. Hij stak zijn vinger naar haar uit. 'Jij bent al net zo'n hoer als zij!'

'Ja ja, dat weten we allemaal wel,' zei ze. 'Kijk eerst maar eens in de spiegel.'

Ik zag hem zijn vuist heffen en dit keer was ik het die Jasmine achteruittrok en mezelf tussen haar en hem plaatste. 'Waag het niet,' fluisterde ik met een van nijd trillende stem.

Hij liet zijn vuist even dreigend in de lucht zweven, maar liet hem toen toch zakken. Hij zei niets, keek van mij naar Jasmine, en weer terug. Zijn ogen stonden donker en schitterden gevaarlijk.

Van de overkant van de straat klonk plotseling Clara's stem en vrijwel meteen grijnsde Tarik breeduit. 'Tot later,' zei hij, voordat hij over het hekje stapte en wegliep.

Buiten adem kwam Clara bij ons aan, roepend dat ze alles gezien had en dat het een schande was dat zo'n knul zomaar twee vrouwen kon lastigvallen. Ik vertelde haar maar niet dat ík eigenlijk degene was die deze confrontatie had opgezocht. Ik had ook niet het idee dat Tarik een klacht over me zou indienen. Hij keek wel drie keer uit. Maar toch moest ik oppassen. Opnieuw was Jasmine tussen hem en mij gekomen. Wat zou er gebeuren als zij ooit eens niet in de buurt zou zijn?

Ik hoorde Clara met Jasmine over de advertentie praten en huiverde.

'Kom even mee naar binnen,' zei Clara, terwijl ze haar arm om zowel Jasmine als mij heensloeg. 'Dan maak ik even koffie, tegen de schrik.'

En alhoewel ik helemaal geen trek had in koffie, liet ik me gewillig door haar meevoeren.

ZATERDAGMIDDAG 25 AUGUSTUS 2012

Omdat ik niets beters te doen heb, steek ik vroeg in de middag de straat over naar de Noordermarkt en dwaal een poosje over de biologische markt die daar tot vier uur staat. Er gaat van alles door mijn hoofd en mijn gedachten zijn constant bij alle gebeurtenissen van de afgelopen dagen. Ik probeer alles op een rijtje te krijgen, maar het lukt me niet. Dat maakt me somber en uiteindelijk besluit ik om maar weer naar huis te gaan.

Thuis is het al niet veel beter. Ik probeer iets te eten, maar krijg niets naar binnen en met Bruce op schoot kan ik nog steeds alleen maar aan Leila denken. En aan Cem. Mijn maag knijpt samen als ik aan hem denk. Waar is hij toch? Hoe voelt hij zich? Is hij bang? Ik zie hem voor me, roepend om zijn moeder, en voel tranen achter mijn ogen prikken.

Dit is niet de juiste manier, Judi!

Nee, dat is het ook niet. Dat weet ik ook wel. Ik bén geen sentimentele muts die jankend gaat zitten wachten tot er wat gebeurt. Maar op dit moment weet ik niet wat ik anders moet doen. Ik heb gezocht waar ik dacht dat Cem zou kunnen zijn. In 's-Heerenberg, bij Leila's ouders. Bij de familie in Emmerich. Waar kan ik nog meer zoeken? Het spoor loopt dood. Bij Güney. Of heb ik het toch mis, was het wel Güney die me probeerde te vermoorden, maar was hij niet degene die Leila heeft aangevallen? Want als hij haar niet heeft neergestoken, dan heeft hij ook Cem niet.

Ik schud mijn hoofd. Het móét Güney wel zijn. Ik heb zijn blik gezien. Zijn grijns. Híj was het, op mijn boot. Híj was het die mijn keel dichtkneep en me toesiste dat zíj de volgende zou zijn. Híj, en niemand anders. En ik moet Wolf Brenning ervan zien te overtuigen dat ik gelijk heb. Zodat hij Güney kan oppakken en hem eens even flink aan de tand kan voelen.

Een blik op de klok vertelt me dat het kwart over één is. Om twee uur zou ik pas op het politiebureau zijn, maar eigenlijk heb ik geen zin om hier langer te zitten piekeren. Zou het uitmaken als ik er een kwartier eerder ben? Vast niet. En dus pak ik mijn jack en sleutels, geef Bruce nog een knuffel en trek ik even later de deur van mijn boot achter me in het slot.

Het is nog steeds druk op de Noordermarkt, maar gelukkig moet ik de andere kant op en ik loop naar links de Prinsengracht op. Natuurlijk is het ook daar een opeenhoping van toeristen. Het is hoogzomer en niet al te heet; uitstekend weer voor al die mensen die de Jordaan willen bezichtigen, en alles wat daar te vinden is. Ik trek me er niet al te veel van aan, ben het na drieënhalf jaar wel gewend, en behendig zigzag ik tussen de nergens op lettende buitenlanders door. Aan de andere kant van het water zie ik de lange rij wachtenden voor een bezoek aan het Anne Frankhuis alweer staan en verbaas me erover dat zo veel mensen zo lang willen wachten. De rij loopt zo ongeveer om de Westerkerk heen en ik schat dat de wachttijd niet veel korter dan anderhalf uur zal zijn. Zou niets voor mij zijn. Met mijn hoeveelheid geduld zou ik na tien minuten al gillend weglopen.

Ik ontwijk een groep Japanners die vanaf deze kant van de gracht foto's neemt van de Westertoren en dan ineens voel ik het. Hetzelfde gevoel als ik al eerder had: dat er iemand naar me kijkt. Ik blijf staan en speur om me heen, maar door al die toeristen is het moeilijk te zien of iemand specifiek op mij let. Ik besluit door te lopen en steek even later de Rozengracht over. Even verderop wordt het gevoel dat iemand me volgt wel heel sterk. Ik kijk achterom, maar zie net als eerst alleen maar toeristen. Vreemde mensen die niets met mij te maken hebben en die mij niet eens opmerken. Aan de ene kant wel goed dat het hier zo druk is. Een onverwachte aanval hoef ik hier niet te verwachten. Maar aan de andere kant kan ik zo ook niet ontdekken wie het is die me volgt. En me beloert.

Güney misschien?

Dat zou me niets verbazen, ware het niet dat ik het me niet kan voorstellen dat hij vanuit Duitsland helemaal hierheen is gekomen om... Ja, om wat? Om mij te begluren? Dat slaat toch nergens op? Alhoewel... die jongen is net zo gestoord als zijn broer. Wie weet wat hij zich allemaal in zijn hoofd heeft gehaald, en wat hij nog allemaal van plan is. Misschien wil hij wel afmaken wat hem vorige week niet gelukt is.

Tien minuten later steek ik de Elandsgracht over en loop een eindje verder de Eerste Looiersdwarsstraat in, een smal straatje dat uitkomt op de Looiersgracht, en waar op dit moment echt helemaal niemand loopt. Ik kijk om en zie dat er achter me ook geen mens te zien is. Verdomme. Dit is niet echt de meest ideale situatie. Als iemand me werkelijk in de gaten houdt, en slechte bedoelingen heeft, dan heb ik het hem wel érg gemakkelijk gemaakt.

Een stukje verderop gaat een voordeur open en een vrouw van middelbare leeftijd met een gebloemd jasschort aan stapt naar buiten met een gieter in haar hand. Ze begint de planten naast haar voordeur te bewateren en zegt me luidruchtig gedag als ik voorbijloop. Het lucht me op dat ik hier nu niet meer helemaal alleen ben en snel loop ik door, richting de Looiersgracht. Daar blijf ik staan en kijk om, terug de straat door. De vrouw is nog steeds met haar plantjes bezig, terwijl ze ondertussen met een man praat, die ik eerder niet zag. Hij staat met zijn rug naar me toe en verbaasd vraag ik me af waar die vent zo plotseling vandaan komt. Ik tuur met samengeknepen ogen naar de man, maar besef heel goed dat dat Güney echt niet is. Deze man heeft blond haar, tot in zijn nek, en hij is een stuk groter dan Güney.

Je begint paranoïde te worden, Judi!

Dat moet haast wel. Dat is gewoon een bewoner die net als de vrouw naar buiten is gekomen. Maar dat verandert niets aan het feit dat nog geen vijf minuten geleden iemand me in de gaten hield. Dat gevoel is nu weg, maar ik weet zeker dat ik het me niet verbeeld heb.

Ik draai me weer om en kijk naar rechts. Daar is de Lijnbaansgracht. Nog maar een klein stukje tot het bureau. Het zou sterk zijn als iemand me nu nog zou aanvallen.

Toch wel een beetje opgelucht stap ik even later de hal van het politiebureau binnen. Bij de receptie vraag ik naar Wolf Brenning en krijg te horen dat ik even plaats mag nemen. Het duurt echter niet lang voordat de deuren aan het eind opengaan en Wolf Brenning de hal binnenstapt.

'Mevrouw Van de Werff,' zegt hij vriendelijk, terwijl hij zijn hand naar me uitsteekt.

Ik sta op en grijp zijn hand. 'Rechercheur Brenning,' geef ik als antwoord en ik knik hem toe.

'Loopt u even mee?' Hij gebaart naar de deuren en laat me voorgaan. We lopen een brede trap op en enkele minuten later komen we in een klein kamertje waarin niet veel meer staat dan een tafel (met daarop een lichtbruine dossiermap) en een paar stoelen. Ik zie geen spiegelwand, waaruit ik opmaak dat dit geen verhoorkamer is. Of wel? Zijn spiegelwanden tegenwoordig niet meer in de mode en gebruiken ze nu andere, geavanceerdere technieken?

'Wilt u iets drinken?' vraagt Wolf Brenning, nadat ik op een van de stoelen heb plaatsgenomen. 'Koffie, thee, water?'

Ik schud mijn hoofd. 'Nee dank u,' zeg ik.

Wolf Benning gaat tegenover me zitten en trekt de dossiermap naar zich toe. Vervolgens kijkt hij me aan en vraagt: 'Trekt u het allemaal een beetje?' Zijn blik is oprecht belangstellend.

'Het moet maar,' zeg ik ontwijkend.

Hij zwijgt even, neemt me peinzend op, en zegt dan: 'U en Leila Rashukan. Jullie waren erg close, hè?'

'Heel erg close,' zeg ik zacht. 'Dat zijn we geworden nadat we in Amsterdam zijn komen wonen.'

'Voor die tijd niet?'

Ik haal mijn schouders op. 'Niet zo heel erg. Ik wist van Leila's omstandigheden. Ik wist wat ze voelde, wat ze dacht, wat ze wilde. Ze vertrouwde mij en ik zag het als mijn plicht om haar te helpen.'

'En toen jullie in Amsterdam kwamen wonen, veranderde dat?' vraagt Wolf Brenning.

'We waren op elkaar aangewezen,' zeg ik. 'Dan is het logisch dat je een bepaalde band opbouwt.'

'En die band is zuiver gebaseerd op jullie gezamenlijke verleden?'

Ik staar hem aan.

'Ik bedoel,' legt hij uit, 'er zijn geen andere factoren die jullie binden?'

'Zoals?' vraag ik en ik kan er niets aan doen dat het achterdochtig klinkt.

Zijn stem klinkt rustig, als hij zegt: 'Cem?'

'Cem?' herhaal ik. 'Hoezo?'

'Waar is Cem geboren, mevrouw Van de Werff?'

'In 's-Heerenberg,' antwoord ik. 'Of eigenlijk in Doetinchem. In het Slingeland Ziekenhuis.'

'Wanneer?'

Ik voel me koud worden.

Ben. Hij moet het verteld hebben.

Ik slik en probeer me te concentreren, maar het lukt me niet goed. Allerlei gedachten vliegen door mijn hoofd.

'Mevrouw Van de Werff,' dringt Brenning aan. 'Wanneer is Cem geboren?'

'Op... op 14 februari 2009,' zeg ik zacht.

'Op 14 februari 2009,' herhaalt Brenning. Hij zwijgt en staart naar de papieren die in de opengeslagen dossiermap liggen. Dan kijkt hij weer op en vervolgt: 'Dat was dus op dezelfde dag als het ongeluk?'

Ik knik. 'Door de, eh... klap besloten de artsen dat het beter was om de baby te halen. Er... er waren inwendige bloedingen en het leven van moeder en kind was in gevaar.'

Opnieuw zwijgt Brenning, terwijl hij me doordringend aankijkt. 'Mevrouw Van de Werff,' begint hij uiteindelijk weer. 'We hebben eens navraag gedaan in het Slingeland Ziekenhuis naar aanleiding van dat ongeluk en volgens hun gegevens is er op die dag geen jongen met de naam Cem Rashukan geboren.'

Ik staar hem aan. 'D-dat kan niet,' stamel ik. 'Dan hebben ze niet goed gekeken. Cem is op 14 februari geboren, dat weet ik zeker. Ik was er namelijk zelf bij.'

'Er is die dag wel een meisje geboren,' gaat Brenning verder, zonder op mijn woorden te letten. 'Een meisje met de naam Ilayda Rashukan. Zij heeft echter nog geen uur geleefd en overleed aan complicaties van de verwondingen die zij en haar moeder opliepen bij een ernstig auto-ongeluk.'

Mijn keel voelt ineens droog en even overweeg ik niets meer te zeggen, maar dan besluit ik dat de aanval de beste verdediging is. Wat hij ook weet, hoeveel hij ook weet, ik laat hem niet ons leven, waar we zo hard voor gevochten hebben, overhoop gooien. Daarvoor is de prijs die we betaald hebben veel te hoog.

Ik adem even diep in en kijk hem uitdagend aan. 'Dan hebben ze een fout gemaakt,' zeg ik stellig. 'Leila wist al maanden van tevoren welke naam ze haar kind wilde geven. Als het een jongen was, moest het Cem heten, als het een meisje was Ilayda. Maar

Leila was zwaar gewond na het ongeluk. Er moet iets zijn misgegaan met het opgeven van de naam. Dat kan niet anders. Cem is op 14 februari geboren, in het Slingeland Ziekenhuis.'

Wolf Brenning gaat er niet tegenin, wat ik eigenlijk wel verwacht had. In plaats daarvan richt hij zijn blik weer even op de papieren voor zich en zegt dan: 'Mevrouw Van de Werff, wij zijn er niet op uit om diep weggestopte geheimen boven water te halen. Die interesseren ons niet. Tenzij ze kunnen leiden naar degene die Cem Rashukan heeft meegenomen, want dat is onze prioriteit. Het is inmiddels bijna een week geleden dat de jongen verdween. U weet vast wel dat de eerste vierentwintig uur bij een kindervermissing cruciaal zijn, een tijdsbestek dat inmiddels al ruim overschreden is. We beginnen een beetje wanhopig te worden, vooral ook omdat we totaal geen aanknopingspunten hebben waar we moeten zoeken en daarnaast zijn moeder niet kunnen vragen wat er gebeurd is.'

Ik zie de blik in zijn ogen, die het midden houdt tussen een vorm van begrip en zuiver ongeduld, en ik besef dat het hem daar inderdaad om te doen is: Cem vinden en daarmee meteen degene die Leila heeft aangevallen. Maar dat is voor mij nog geen reden om hem meteen alles te vertellen. Daarvoor is het veel te belangrijk. Te precair. Wat zich die avond van de veertiende februari in het Slingeland Ziekenhuis heeft afgespeeld heeft niets te maken met Cems verdwijning. Dat is onmogelijk.

'Hebt u Güney al aan de tand gevoeld?' vraag ik.

'Wie?' vraagt hij.

'Güney Rashukan. De broer van Tarik Rashukan.'

'Wat heeft hij met deze zaak te maken?'

Verbaasd kijk ik hem aan. 'Heeft Ben u dat niet verteld?'

'Ben van Vliet?' Ook Brennings ogen drukken nu verbazing uit. 'Die heb ik sinds afgelopen woensdagochtend niet meer gezien.'

'Maar... hij werkt toch met jullie samen aan deze zaak?' vraag ik.

Brenning schudt zijn hoofd. 'Hij liep af en toe binnen om te informeren hoe het ervoor stond, maar ik kan niet zeggen dat er van enige samenwerking sprake was.'

Daar begrijp ik dus even niets van. Ik denk terug aan die avond dat Ben bij me was. Hij had toch gezegd dat hij van zijn chef in Doetinchem toestemming had om hier in Amsterdam samen met het team van Brenning aan de zaak van Leila en Cem te werken? Of heb ik dat verkeerd begrepen? Dat moet haast wel. Want waarom zou Ben dat zeggen als het niet zo was?

'Mevrouw Van de Werff,' klinkt Brennings stem, waardoor ik opschrik.

'Wat?' zeg ik.

'U vroeg of we Güney Rashukan al gehoord hebben.'

'Ja,' zeg ik, mijn verwarring van me afschuddend. 'Ik denk dat hij degene is die mij op mijn boot heeft overvallen.'

'En waarom denkt u dat?'

'Omdat hij verwondingen heeft die hij die avond op mijn boot moet hebben opgelopen.' En als ik zie dat hij zijn wenkbrauwen optrekt: 'Een blauwe plek in zijn gezicht, vlak naast zijn neus, en krassen op zijn arm waar mijn kat hem te grazen heeft genomen. Die zal hij ook wel op zijn schouders hebben. En ik vermoed dat als u zijn benen checkt dat u daar ook flink wat blauwe plekken zult aantreffen.'

'U hebt hem dus gezien?' vraagt Brenning.

Ik knik.

'Waar?'

'In... in Emmerich,' zeg ik voorzichtig. 'Duitsland.'

'En mag ik vragen wat u daar deed?'

Jullie werk!

Ik zeg het niet, maar denk razendsnel na en zeg dan: 'Winkelen.'

'Winkelen?'

Voor de tweede keer knik ik.

'En toen kwam u deze... Güney tegen?'

Ik zucht diep. 'Maakt dat wat uit?' zeg ik. 'Ik zag die beurse plek in zijn gezicht, zijn gehavende armen en in combinatie met zijn gegrijns ben ik ervan overtuigd dat hij op mijn boot was. Bovendien lijkt hij als twee druppels water op zijn broer Tarik.'

Brenning kijkt me even peinzend aan, terwijl hij met zijn vinger over het litteken op zijn wang wrijft. 'Naar aanleiding van wat u vertelt lijkt het me verstandig als wij inderdaad eens met dat heerschap gaan praten,' zegt hij uiteindelijk. 'Als hij werkelijk degene is die u op uw boot heeft overvallen, zou hij ook degene kunnen zijn die uw vriendin heeft neergestoken.' Hij rommelt wat in de papieren in de dossiermap en vervolgt dan zonder naar me te kijken: 'Het punt is natuurlijk wel dat hij momenteel over de grens verblijft. We hebben daar geen jurisdictie.'

Het zou ook eens makkelijk zijn!

'Maar daar vinden we vast wel een oplossing voor,' gaat hij verder, terwijl hij opkijkt. Hij knijpt zijn ogen samen en ik weet dat hij wil terugkeren naar Cem. Naar hoe het in elkaar steekt, en razendsnel probeer ik te bedenken hoe ik me hieruit kan redden.

'Om nog even terug te komen op Cem en het ziekenhuis,' vervolgt hij dan, precies zoals ik verwacht had. 'U beweert dus dat...'

'Er is gewoon een fout gemaakt,' zeg ik nogmaals, zo snel dat hij zijn zin niet kan afmaken. 'U kunt het zelfs navragen bij Ben van Vliet. Hij was die avond ook in het ziekenhuis.'

Hij kijkt me aan, strak en peinzend en even denk ik dat hij er geen genoegen mee neemt, dat hij gaat doorvragen tot hij de onderste steen boven heeft. Maar dat doet hij niet. In plaats daarvan staat hij op en zegt: 'Voorlopig weten we even voldoende, mevrouw Van de Werff. Als we contact hebben gehad met Güney Rashukan, laat ik het u weten.'

Ik zie zijn blik en weet dat dit slechts uitstel is. Hij gaat alles boven tafel halen, alles wat er die avond gebeurd is. En dat zal opnieuw alles kapotmaken.

'Ik zal u even naar buiten begeleiden,' zegt Brenning.

Ik knik en sta eveneens op, zwijgend.

Als we in de hal zijn aangekomen, steekt hij zijn hand naar me uit, die ik nog steeds zwijgend beetpak. Zijn greep is kort, maar stevig, en als hij me weer loslaat, zegt hij: 'Tot ziens dan maar.'

Hij wacht niet op een reactie, maar draait zich meteen daarna om en loopt van me weg.

MAANDAG 11 AUGUSTUS 2008

Nog dagenlang had ik telefoontjes gekregen over het 'overlijden' van Jasmine. Zelfs kaarten en bloemen, ondanks de melding dat dat niet op prijs werd gesteld. En elke keer moest ik uitleggen dat het een flauwe grap was en dat Jasmine niets mankeerde.

Direct na het gebeurde had Jasmine onze ouders gebeld om te vertellen wat er gebeurd was. We wilden niet dat ze het via anderen zouden horen, maar hoewel het Jasmine zelf was die hun belde, waren ze er erg door geschrokken. Omdat de schoolvakantie nog niet voorbij was, besloot Jasmine voor twee weken naar Frankrijk te gaan om hen gerust te stellen.

Ik bleef alleen achter, iets wat ik absoluut niet fijn vond. Oké, ik was opgelucht dat Jasmine ergens naartoe was waar Tarik haar – hopelijk – niet kon vinden, maar toch miste ik haar en ik was blij toen de dag aanbrak dat ze thuis zou komen.

Ik stond vrolijker op dan de dagen ervoor, waarop mijn eerste gedachten constant bij Tarik lagen. De politie had niets kunnen doen tegen die valse overlijdensadvertentie, omdat er zoals verwacht alleen schriftelijk contact was geweest. Niet eens via e-mail, maar per post. Blijkbaar wist Tarik heel goed hoe hij moest voorkomen om gepakt te worden.

Gezien het feit dat ik geen politie aan de deur had gekregen nadat ik hem min of meer had aangevallen, nam ik aan dat hij geen klacht had ingediend. Dat had ik ook niet verwacht, maar blijkbaar had ik hem flink kwaad gemaakt, want sindsdien werd ik regelmatig gebeld. Meestal bleef het stil aan de andere kant van de lijn, andere keren hoorde ik zacht gelach. Ik had de politie erover kunnen inlichten, maar omdat ik bijna zeker wist dat Tarik zich wederom heel goed zou hebben ingedekt, zag ik daar het nut niet van in en uiteindelijk nam ik het gesprek gewoon niet meer aan als het een afgeschermd nummer was.

Maar deze ochtend waren mijn gedachten als eerste bij Jasmine. Ze zou rond acht uur uit Frankrijk vertrekken en rechtstreeks naar mij toe komen. Ik had haar beloofd dat ik voor haar zou koken, zodat ze bij thuiskomst niet meteen de keuken in hoefde.

Ik trok de gordijnen van mijn slaapkamer open en keek naar buiten. Het was bewolkt, maar het zag er niet naar uit dat het ging regenen. Mooi, dan kon ik vandaag misschien de achtertuin even onder handen nemen. Het onkruid groeide niet alleen in de perken, maar het begon inmiddels tussen de stenen door te komen. Tijd dus om in te grijpen.

In een oude spijkerbroek en verschoten T-shirt liep ik de trap af en drukte in de keuken de Senseo aan. Een blik naar buiten vertelde me dat de straat leeg was. Geen Tarik die aan de overkant bij het perkje een sigaret stond te roken. Ook daarmee wist hij waarschijnlijk donders goed wat hij deed. Hij stond er niet elke dag, en zelden om dezelfde tijd. Soms stond hij er al als ik opstond, soms 's avonds laat vlak voordat ik naar bed ging. En nooit lang, hooguit tien minuten, of in ieder geval tot hij zeker wist dat ik hem gezien had. Het was dus zo wisselend, dat ik ook de politie niet kon inschakelen en gek genoeg had ik het idee dat dat ook niets zou uithalen. Op de een of andere manier leek hij precies te weten wanneer hij wel en wanneer hij niet moest opduiken.

Met koffie en een beschuit ging ik aan de eettafel zitten en hoorde de brievenbus dichtklappen. De krant waarschijnlijk. Ik stond op en slofte naar buiten, waar aan het begin van het tuinpad mijn groene brievenbus stond. Ik haalde de krant eruit en nam hem mee naar binnen. Sinds de overlijdensadvertentie ploos ik alle pagina's uit, om te kijken of er geen gekke dingen stonden.

Ik zat nog niet of er werd aangebeld. Mijn hart schoot omhoog mijn keel in. Ik was geen angsthaas, nooit geweest, maar Tariks onophoudelijke aanwezigheid maakte me wel nerveus. Mijn hand trilde dus ook een beetje toen ik de voordeur opentrok.

Voor me stond een man die ik niet kende. Hij was niet opvallend, gewoon doorsnee, met kortgeknipt donker haar, bruine ogen en een ongeschoren gezicht.

'Dag,' zei hij. 'Ik kom voor de motor.'

Ik staarde hem aan. 'Sorry?' vroeg ik.

'De advertentie in de krant,' legde hij uit. 'U hebt toch een motor te koop?'

'Ik heb helemaal geen motor te koop,' zei ik. 'U bent waarschijnlijk op het verkeerde adres.' Ik stapte achteruit om de deur alweer dicht te doen.

'Het gaat om de Suzuki C800,' zei de man. 'Voor duizend euro.' Hij hield een krant omhoog en wees op een omcirkelde advertentie.

Ik deed geen moeite om te lezen wat hij aanwees. 'Ik zei net dat ik geen motor te koop heb. Het spijt me.'

'Maar dit is toch het juiste adres?' ging de man verder en hij las het adres op dat blijkbaar in de advertentie stond. Míjn adres.

Ik stapte naar voren, pakte de krant van hem aan en las:

tka Suzuki Intruder C800 motor
4-takt tweecilinder 5 versn.
bj 2006 zgan € 1000

Met daaronder inderdaad mijn adres. Geen telefoonnummer.

Ik keek op naar de man. 'Dat is inderdaad hier en ja, ik heb zo'n motor, maar die is niet te koop.'

'Niet te koop?' echode de man. 'Waarom zet u dan een advertentie in de krant?'

'Dat heb ik niet gedaan,' zei ik. 'Bovendien, die motor is anderhalf jaar oud, u denkt toch niet dat ik die voor duizend euro verkoop? De nieuwprijs was ruim vijftienduizend!'

'Nou, lekker dan,' bromde de man. 'Ik kom helemaal uit Arnhem voor dat ding!'

Langs de stoeprand stopte een auto met een man en een vrouw. De vrouw wees naar mijn huis en ik kreeg een donkerbruin vermoeden dat zij ook voor mijn motor kwamen. En gek genoeg had ik het idee dat zij zeker niet de laatsten zouden zijn. Voor de prijs die in de advertentie vermeld stond, zou ik zelf ook al vroeg in de auto zijn gestapt.

Ik ademde even diep in om mijn opborrelende woede over de zoveelste irritante actie van Tarik – want het was ongetwijfeld weer zijn werk – te onderdrukken en zei tegen de man voor mijn deur: 'Het spijt me dat u hier voor niets bent gekomen, maar ik vrees dat iemand een grap heeft uitgehaald.'

'Ja hoor,' mompelde de man. 'Bedankt!' Hij draaide zich om en liep de tuin uit, op het moment dat het stel uit de auto het pad op kwamen lopen.

'Als u voor de motor komt, moet ik u teleurstellen,' zei ik meteen maar.

'Is hij al verkocht?' vroeg de vrouw en ik zag de teleurgestelde blik op haar gezicht. Ik wilde zeggen dat de advertentie vals was, maar besloot dat het misschien inderdaad makkelijker was om te zeggen dat hij al verkocht was. Zo bespaarde ik mezelf een heleboel boze reacties.

Ik wimpelde het stel dus af en sloot snel de voordeur, waar ik nog enkele seconden met mijn handen tegenaan bleef leunen. Hij had het weer mooi voor elkaar. Tarik. De klootzak.

Weer werd er aangebeld en ik besefte dat Tarik bewust alleen mijn adres en niet mijn telefoonnummer in die advertentie had gezet. Gebeld worden zou makkelijker af te kappen zijn geweest. Gewoon niet opnemen, of mijn mobiel uitzetten. Maar een deurbel die de hele dag ging, was stukken irritanter. Voor de tweede keer werd er op de bel gedrukt en nadat ik van ellende mijn ogen even dichtkneep, rechtte ik mijn rug en opende de deur.

'Waar slaat dat briefje op je deur op?' wilde Jasmine weten, toen ze rond zes uur mijn keuken binnen kwam lopen. Ze omhelsde me even kort als begroeting en trok toen de koelkast open om het pak ijsthee eruit te halen.

Ik roerde in de pan met spaghettisaus en zei: 'Tarik heeft weer een geintje uitgehaald.'

'Nee hè.' Jasmine schonk een glas vol en dronk het meteen voor de helft weer leeg. 'Wat nu weer?'

'Hij heeft een advertentie in de krant gezet dat mijn motor te koop is. Voor duizend euro.'

Jasmine staarde me aan. Toen schoot ze hikkend in de lach.

'Wat lach je nou?' vroeg ik gepikeerd.

'Duizend euro?' zei ze tussen het lachen door. 'Ik dacht dat hij in een garage werkte?'

'Wat heeft dat er nou mee te maken?'

'Nou, je zou toch zeggen dat hij heel goed weet dat die Suzuki van jou stukken meer waard is.'

Ik snoof. 'Dat heeft hij expres gedaan, Jas. Zodat er zo veel mogelijk mensen op af zouden komen. Daarom hangt dat briefje daar. Zodat ze weten dat de motor al verkocht is en ze dus niet meer hoeven aan te bellen. Ik heb vanmorgen verdomme meer dan dertig mensen aan mijn deur gehad!'

'Heb je 'm verkocht?' vroeg Jasmine quasiverschrikt.

'Nee, natuurlijk niet, muts,' zei ik, terwijl ik nu ook wel een beetje moest lachen, hoewel ik het eigenlijk helemaal niet leuk vond. 'Maar dit is beter dan zeggen dat die advertentie nep is, want daar worden ze alleen maar kwaad om.'

'Heb je die rechercheurs al gebeld?'

'Vanmorgen al, maar zoals verwacht kunnen ze niets doen.' Ik zette het gas wat lager en veegde mijn handen af aan de keukendoek. 'Alle bewijzen bewaren, blijven ze zeggen. Dus ik heb de krant maar bij de andere spullen gelegd.' Ik draaide me naar haar om en leunend tegen het aanrecht sloeg ik mijn armen over elkaar. Ze zag er uitgerust uit, viel me op. Die twee weken

Frankrijk hadden haar duidelijk goed gedaan.

'Nieuwe jurk?' vroeg ik, met een blik op de wijde, aquakleurige zomerjurk die ze aanhad.

Ze knikte. 'In Le Blanc gekocht.'

'Leuk,' zei ik. 'Jouw kast zal wel uitpuilen inmiddels.'

'Ik ben niet zoals jij, hoor,' merkte ze op, terwijl ze haar ogen over mijn jeans met geruite blouse liet gaan. 'Jij lijkt soms wel een houthakker.'

'Dank je wel,' zei ik.

'Ik zie er graag goed uit, dat weet je.'

En of ik dat wist. Tussen haar en mij kon er als zussen geen groter verschil zijn.

'Natuurlijk weet ik dat,' zei ik. In een opwelling sloeg ik mijn armen om haar heen en trok haar tegen me aan. 'Ik ben blij dat je er weer bent,' fluisterde ik met een onverwachte brok ik mijn keel.

'Ach,' zei ze pedant. 'Ik ook wel een beetje.'

ZATERDAGAVOND 25 AUGUSTUS 2012

Eigenlijk heb ik geen zin om naar café De Blauwe Pan te gaan. Helemaal niet nadat ik bij Leila in het ziekenhuis ben geweest en de verpleegkundige min of meer heeft laten doorschemeren dat het helemaal niet zo goed gaat als ze eerst gedacht hadden. Ze hadden me die ochtend aan de telefoon al gezegd dat ze gingen proberen het kunstmatige coma op te heffen, maar blijkbaar reageert Leila er niet op. Volgens de verpleegkundige hadden haar reflexen inmiddels al veel beter moeten zijn. Ze zei het niet, maar ik kon merken dat de artsen het steeds somberder begonnen in te zien. En zij niet alleen.

Als ik het ziekenhuis verlaat, besluit ik toch maar naar het café te gaan. Belofte maakt schuld en ik was gisteren ook al niet gegaan. Bovendien kan ik een beetje aanspraak nu wel gebruiken.

Ik hoef het niet laat te maken, alleen even mijn neus aan Vera laten zien. Wie weet voel ik me daarna weer wat beter. Met Vera in de buurt blijf je nooit lang in de put zitten, is mijn ervaring, al vrees ik dat mijn put nu wel érg diep is.

Ondanks mijn neerslachtige bui omarmt de gezellige sfeer van het café me direct als ik vanuit de motregen de warme ruimte binnenkom. Het is zoals altijd druk en ik moet me tussen een aantal mensen doorwringen om de bar te bereiken. Vera staat erachter, haar geblondeerde haren opgestoken, een doekje in haar hand om de toog droog te wrijven.

'Hé, Judi!' zegt ze meteen. Ze buigt zich naar voren en vraagt: 'Hoe is het met Leila, moppie?'

Ik haal mijn schouders op.

'Niet goed?' wil ze weten.

'Ze wil niet wakker worden,' zeg ik. Ik schud mijn hoofd en vervolg: 'Ik weet het niet, Vera, maar volgens mij komt het niet meer goed.'

'Natuurlijk wel!' roept Vera. Over de toog heen legt ze haar hand op mijn arm. 'Wel vertrouwen hebben, Judi. Leila is jong en sterk. Ze komt hier wel doorheen.'

Haar lieve woorden, uitgesproken met haar onmiskenbare Amsterdamse accent, doen mijn keel dichtknijpen en ik voel de tranen achter mijn ogen prikken.

'Hé moppie,' zegt Vera zacht. 'Het is ook moeilijk, maar je moet positief blijven denken. Voor jezelf en voor Leila. En voor de kleine Cem.'

Cem. Ja, Cem. Voor hem doe ik alles. Wat als Leila doodgaat? Dan is hij alles wat ik nog heb. Waarom kan ik hem toch niet vinden?

'Die kleine zal het ook wel moeilijk hebben,' hoor ik Vera zeggen. 'Hoe is hij eronder?'

Ik staar haar aan. Heeft ze dat AMBER Alert niet gezien, of wat? 'Dat weet ik niet,' zeg ik, ietwat geërgerd. 'Cem is weg. We weten niet waar hij is.'

Haar mond valt open. 'Weg?' herhaalt ze uiteindelijk.

'Ja, na de aanval op Leila is hij niet meer gezien. Er is zelfs zo'n AMBER Alert uitgestuurd.'

'Wat verschrikkelijk!' zegt ze. 'Ik dacht dat hij uit logeren was.'

'Uit logeren?' vraag ik. 'Hoe kom je daar nou bij? Cem ging nooit uit logeren. Daar vond Leila hem nog veel te klein voor.'

En bovendien wilde ze hem geen moment uit het oog verliezen.

'Nou ja,' zegt Vera. 'Hij werd opgehaald met een auto. Ik dacht, hij gaat zeker een paar dagen naar zijn vader.'

Nu is het mijn mond die bijna openvalt. 'Zijn vader weet helemaal niet van zijn bestaan,' zeg ik. En dan: 'Wat voor auto?'

'Ja, geen idee. Een zilvergrijze, maar vraag me niet naar het merk. Daar heb ik geen verstand van. Het was volgens mij wel een hele dure auto want ik dacht nog: nou, Cem z'n papa heeft blijkbaar veel poen.'

'En wanneer werd Cem dan opgehaald?' vraag ik. 'Hoe laat?'

Vera denkt even na en zegt dan: 'Het was een uur of halfdrie. Ja, zoiets ja. Het kan niet veel later zijn geweest. Ik ging net naar Appie om broodjes te halen voor onderweg naar Texel. Daar ben ik met Herman een paar dagen naartoe geweest. Ja, het was zéker niet later dan halfdrie.'

Halfdrie? Dat was dan ruim vóórdat Leila werd neergestoken. Ik kijk naar Vera. Zij zag dat Cem werd opgehaald. Blijkbaar is hij niet met geweld in die auto gezet, anders had ze dat wel gezegd. Toch?

'Vera, heb je gezien wie Cem in die auto zette?' vraag ik.

'Ja hoor,' zegt ze. 'Dat was Leila zelf.' Ze kijkt me aan. 'Toch wel raar eigenlijk dat hij dan nu onvindbaar is, niet?'

Ik geef geen antwoord, probeer logica te vinden in de informatie die als een wervelwind door mijn hoofd suist.

'Wil je een Palmpje?' hoor ik Vera vragen. 'Zo te zien ken je die wel gebruiken!'

'Nee...' zeg ik. En na een poosje nogmaals: 'Nee. Ik... ik moet weg.' En zonder op een reactie te wachten draai ik me weg van de bar en baan ik me een weg tussen de cafébezoekers door. Ik moet naar buiten. De frisse lucht in. Nadenken. Ik begrijp er niks meer van. Cem… opgehaald met een auto? Maar wie… en waarom?

Ik kijk om me heen en krijg voor de zoveelste keer dat onmiskenbare gevoel dat iemand me bespiedt. Juist nu, een moment waarop ik me kwetsbaar voel en toch al niet goed kan nadenken, en ineens maakt deze hele toestand me zo ongelooflijk kwaad. Ik schop tegen een paar stoelen die langs het raam van het café staan en kan me amper beheersen om niet te gaan gillen. Ik draai me woest weer om en kijk links en rechts de Westerstraat in, maar ik zie niemand.

'Wat moet je toch van me, klootzak!' schreeuw ik plotseling in een opwelling. 'Laat jezelf zien, zodat ik me kan verdedigen!'

Een paar mensen die langslopen kijken verschrikt in mijn richting en wijken meteen uit naar rechts, om zo ver mogelijk bij me uit de buurt te blijven.

'Nou?' gil ik met overslaande stem. 'Wees een kerel en kom tevoorschijn!'

Natuurlijk reageert er niemand op mijn geschreeuw en als laatste roep ik keihard: 'Lafbek!'

'Judi,' klinkt het zacht achter me. Het is Vera, die voorzichtig haar hand op mijn schouder legt. 'Moppie, kom even mee naar binnen. Dan praten we erover.'

'Nee!' roep ik. Het klinkt bijna wanhopig en nadat ik even diep heb ingeademd, zeg ik zacht: 'Nee, ik moet iets doen.' Ik schud haar hand van mijn schouder en loop van haar weg, naar rechts, om meteen daarna de Tichelstraat in te slaan, naar Leila's appartement.

Even later open ik de deur en loop de trap op. Ik aarzel niet, weet precies waarvoor ik kom. Eenmaal boven duw ik de deur van Cems kamertje open en kijk rond. Alles is netjes. Hier en daar staan dingen scheef, waaruit ik kan opmaken dat de politie hier wel heeft rondgekeken. Mijn blik blijft rusten op het opgemaakte bedje, met het dekbed van *Cars*. Auto's. Daar is Cem stapelgek op. Takelwagens, politiewagens, brandweerwagens, het maakt niet uit. Als het maar wielen heeft. Het bewijs staat in de hoek van de kamer: het gekleurde kratje met speelgoedautootjes, al zijn het er minder dan ik me kan herinneren. Ik kijk rond, en zoek zijn lievelingsknuffel, het blauw met witte konijn met de lange oren. Hij heeft het van mij gekregen bij zijn geboorte en tot nu toe kan hij nog steeds niet slapen zonder het ding. Maar ik zie het niet.

Ik loop naar het bed, sla het dekbed terug, voel onder het kussen, kijk onder het bed, maar nergens is het konijn te bespeuren. Mijn rug begint te prikken als ik begin te vermoeden waar ik nooit aan zou hebben gedacht als Vera me niet van die auto verteld had. Ik kijk om naar de kast met de schuifdeuren. Een ervan staat op een klein kiertje en hoewel ik bijna zeker weet wat ik erin ga vinden, loop ik ernaartoe. Langzaam schuif ik de kastdeur open en al had ik het verwacht, toch stokt de adem in mijn keel als ik zie dat bijna de helft van Cems kleren is verdwenen.

DINSDAGAVOND 14 OKTOBER 2008

Het was voor het eerst dat ik Leila weer breeduit zag lachen. Ze zat op de bank naast Yoshi en hield een piepklein gebreid vestje omhoog, dat ze zojuist van Jasmine had gekregen.

'Helemaal zelf gebreid,' zei Jasmine, niet zonder trots. Breien was nooit haar ding geweest. Ze kocht het allemaal liever kant en klaar in de winkel.

'Het is schattig,' zei Leila, terwijl ze voorzichtig over het pastelgele ding aaide. 'Nu moet ik er zelf maar sokjes bij breien!' vervolgde ze lachend. Ze legde haar hand op haar buik, die de laatste paar weken aardig gegroeid was. Niet overdreven, maar Leila was zelf ook niet zo groot. Het was in ieder geval duidelijk te zien dat ze zwanger was. Ze genoot er zichtbaar van en daar was ik blij om. Ze straalde en ze kon amper wachten tot haar baby geboren zou worden.

'Wanneer komt jouw gebreide bijdrage, Juud?' vroeg Jasmine.

Ik keek op en merkte dat ze allemaal naar me keken, Yoshi met een vermakelijke blik in zijn ogen. Logisch, want hij wist dat ik nog geen steek kon breien. En ook Jasmine wist dat, getuige de grijns waarmee ze het vroeg.

'Ik koop wel wat,' mompelde ik. En toen: 'En jij dan? Je had een bloedhekel aan dat gepriegel, zei je vroeger altijd.'

Ze haalde haar schouders op. 'Ach, er is nu een leuke reden om het te doen, dus waarom niet?'

Tuurlijk.

Ik keek naar de klok boven het dressoir en zei: 'Ik moet gaan. Voordat ik thuis ben is het na elven. En morgen moet ik weer vroeg op school zijn.'

Ik zwaaide gedag naar Jasmine en Leila en met Yoshi vlak achter me aan liep ik de trap af naar beneden. Bij de deur draaide ik me naar hem om en zei: 'Ik weet de uitgang inmiddels wel te vinden, hoor.'

'Dat weet ik ook wel,' zei Yoshi. 'Maar ik wilde even met je praten zonder dat Leila erbij is.'

Bezorgd keek ik hem aan. 'Is er iets met haar dan?'

'Nee nee,' zei hij snel. 'Ik vind alleen... af en toe is ze een beetje... in zichzelf gekeerd. Ik vraag me af of ze niet beter bij iemand anders kan worden ondergebracht. Een vrouw, of zo.'

Ik glimlachte, dacht aan Leila, zoals ze nog geen tien minuten geleden stralend op de bank zat. 'Ik denk dat er geen betere plek voor haar is dan hier,' zeg ik zacht.

'Ze heeft over Khadija gepraat,' zei hij.

Ik zei niets, wachtte op het vervolg dat ongetwijfeld zou komen.

'Ze mist haar heel erg,' ging Yoshi verder. 'Ik denk dat ze behoefte heeft aan een vriendin.'

Dat klonk logisch, vooral nu haar zwangerschap vorderde. En hoewel ik – en soms ook Jasmine – bij haar langsging voor een praatje, was het niet voldoende om de plaats van een echte vriendin in te nemen. Oké, ik ging met haar mee op artsenbezoek en over een week of vier zou ik haar vergezellen naar zwangerschapsgym, maar ik was geen Khadija. En dat zou ik ook nooit worden.

'Dat weet ik, Yoshi,' zei ik. 'Maar het ligt moeilijk. Ik denk namelijk dat ze niet zomaar een vriendin nodig heeft. Ze heeft Khadija nodig en die is er niet meer.'

Hij knikte. 'Ze treurt om haar en ik weet dat voor Leila niemand Khadija zal kunnen vervangen. Ik denk alleen dat het fijn zou zijn als ze eens op stap gaat. Met jou. Of Jasmine.'

Op stap? Met die gevaarlijke gek van een broer van haar die op haar loert?

'Ze moet er eens uit, Judi,' vervolgde Yoshi, toen ik niet reageerde. 'Het is niet goed als ze constant binnen zit.'

Nee, allicht niet.

Ik dacht even diep na. 'Misschien kunnen we een keer voor babyspulletjes gaan kijken. In Beuningen zit Kidsroom. Daar zal ze toch wel veilig kunnen rondlopen?'

'Vast wel,' zei Yoshi. 'Niemand van haar familie heeft daar iets te zoeken, toch?' Hij legde zijn hand op mijn arm. 'Ik denk dat het haar goed zal doen.'

Ik gaf geen antwoord, keek in zijn ogen, en besefte eens te meer hoe dierbaar hij me was. Ik gaf hem een vluchtige zoen op zijn wang en terwijl ik naar buiten liep, zei ik: 'Ik regel wel wat, goed?'

Hij glimlachte zijn eigen wijze glimlach en sloot vervolgens de deur achter me.

Toen ik bijna thuis was sloeg de twijfel toe. Ik had dat nou wel zo fijn aan Yoshi beloofd, dat ik met Leila op stap zou gaan, maar was het verstandig? De laatste maanden had ik ondervonden hoe vasthoudend Tarik was. En hoewel mijn bezoeken aan de dojo van Yoshi – en dus aan Leila – geen argwaan bij hem zouden wekken, keek ik bij elk bezoek wel twintig keer achter me of ik niet gevolgd werd. Hoe kon ik er zeker van zijn dat hij me niet steeds in de gaten hield als ik ging trainen? Hoe kon ik weten of hij niet ergens in een auto naar me zat te loeren? Als hij me naar buiten zag komen met Leila was het over en uit. Dat zou niet alleen het leven van Leila en haar baby in gevaar brengen, maar ook dat van Yoshi en mij. Was dat het waard? Konden we niet beter wachten tot de baby er was en dan, ergens ver weg, een plek zoeken waar Leila in alle rust kon wonen? Hoewel er zelfs dan van rust geen sprake zou zijn. Leila zou de rest van haar leven in angst leven. Bij elke straathoek zou ze zich afvragen of haar broer, of een ander familielid haar misschien opwachtte. Maar dat hadden we van tevoren geweten. Dat was de keuze die ze gemaakt had. Moesten we dan nu moedwillig het gevaar opzoeken? Ik wist het niet en besloot dat het misschien beter was om er eerst met Leila over te praten. Het kon zomaar zijn dat ze niet eens wilde. Babyspullen kun je ook heel goed via internet bestellen.

Ik reed met mijn motor de oprit van mijn huis op en omdat ik er morgen toch weer mee weg moest, liet ik hem daar staan en legde hem aan het motorslot. Gapend liep ik naar de brievenbus, haalde er wat reclamefolders uit, die ik onder mijn arm stak, en liep naar de voordeur. Er was elke keer weer een kort moment van onrust als ik de sleutel in het slot stak. Half en half verwachtte ik steeds dat er wederom met de sloten geknoeid zou zijn, maar tot nu toe was dat nog niet gebeurd en ook nu kon ik de sleutel gewoon omdraaien. Eenmaal binnen deed ik de voordeur op het nachtslot en liep meteen naar boven. Ik was moe en verlangde naar mijn bed. Ik dacht aan de vaatwasser die ik nog moest leegruimen maar had er geen zin meer in. Morgen was er een nieuwe dag. Ik nam een hete douche en kroop mijn bed in.

Midden in de nacht werd ik wakker. Het was stikdonker in mijn slaapkamer en ik voelde meteen dat er iets niet klopte. Ik luisterde, maar hoorde niets, behalve het gekrijs van een kat, ergens buiten.

Ik keek naar het raam. De gordijnen die ervoor hingen bolden licht op door de wind die door de kier van het raam waaide. Er was iets mis. Ik wist het zeker.

Voorzichtig sloeg ik mijn dekbed open en stapte met mijn voeten op het koude laminaat. Nog steeds hoorde ik niets. Geruisloos liep ik naar het raam en keek tussen de gordijnen door. Buiten brandde de lamp aan mijn garagemuur en in een flits zag ik een schaduw wegschieten. Het gebeurde zo snel, dat het net zo goed verbeelding had kunnen zijn. Of het was die kat, die zojuist zo akelig gekrijst had.

Of niet…

Nog steeds op blote voeten liep ik de gang in en de trap af. Beneden knipte ik het licht in de hal aan en wierp een blik op de voordeur. Gewoon dicht. Natuurlijk. Wat had ik dan verwacht? Ik wreef met mijn vuisten in mijn ogen die nog dik aanvoelden van de slaap, en opnieuw kon ik me niet aan het idee onttrekken dat er iets mis was. Dat geluid. Nu hoorde ik het wel. Een vreemd geborrel. Niet het geluid van de pomp in mijn aquarium. Dat klonk heel anders. Lichter. Dit was alsof er iemand in een bubbelbad zat.

Ik reikte om de hoek van de woonkamerdeur en deed ook daar het licht aan. Alles zag er normaal uit. Precies zoals altijd. Ik keek naar mijn aquarium, waarboven de nachtverlichting brandde en ineens ging het ongemakkelijke gevoel dat er iets mis was over in ware paniek.

Mijn vissen!

In een oogwenk stond ik bij mijn aquarium en knipte de dagverlichting aan. Verlichting die bijna volledig werd gedempt door de enorme schuimlaag die op het water lag en die in stand werd gehouden door de lucht die uit de zuurstofpomp werd geblazen en die het hele aquarium veranderde in wat veel weg had van een enorme afwasteil.

O God! Mijn vissen!

In een reflex zette ik de pomp uit en begon met mijn handen

het schuim weg te scheppen. Ik lette nergens op, smeet het naast me neer op de grond. Mijn vissen. Ik moest mijn vissen uit dat zeepwater halen!

Het leek een eeuwigheid te duren voordat het meeste schuim weg was, maar wat eronder zat was nog verschrikkelijker. Al mijn vissen. Ze dreven aan de oppervlakte, bewegingloos. Allemaal. Mijn blik viel op Takashi. Zijn lange vinnen deinden zachtjes op het water en heel even dacht ik dat hij nog naar lucht hapte. Maar toen ik hem met mijn handen uit het water had geschept, besefte ik dat ik het me verbeeld moest hebben en dat ook hij niet meer leefde.

Ik voelde de tranen achter mijn ogen prikken. Zeep. In mijn aquarium. Ze hadden geen schijn van kans gehad. Geen van allen. Ze waren allemaal dood. Al mijn vissen. En met Takashi nog in mijn handen zakte ik op mijn knieën en huilde.

Niet veel later, toen er geen tranen meer wilden komen, keek ik op en besefte dat dit geen ongeluk was. Buiten het feit dat ik nooit met zeep in de buurt van mijn vissen kwam – het kleinste stukje of drupje zeep is al fataal – had ik het aquarium ruim twee weken geleden schoongemaakt. Zeep verlamde vissen binnen enkele minuten; het kon dus geen fout van mij zijn. Iemand anders moest het in het water hebben gedaan. Ik dacht meteen aan de schaduw die ik in de tuin had gezien. Zou er iemand...

Voorzichtig legde ik Takashi weer in het water – hij was toch al dood dus veel maakte dat ook niet meer uit – en liep naar de bijkeuken. Onderweg ernaartoe voelde ik het al: de kou die langs de grond trok, en binnenstroomde door de openstaande achterdeur, waarvan het slot vakkundig was geforceerd. Ik kon er niets aan doen dat de eerste aan wie ik moest denken Tarik was.

Ik liep de tuin in en zag het toen liggen: de nog halfvolle fles afwasmiddel. Mijn afwasmiddel. Hij had het uit mijn keukenkastje gepakt en mijn vissen ermee vermoord. Ik hapte naar adem. De klootzak. De smerige ellendeling! En natuurlijk zou er zoals steeds geen enkel bewijs tegen hem te vinden zijn. Alles bewaren, zei de politie. Moest ik soms ook mijn dode vissen bewaren? In een plastic tasje van de Hema? Wat dachten ze daarmee te bereiken? Tarik in staat van beschuldiging stellen? Ha, laat me niet lachen. Dat zou nooit lukken. Nooit, nooit, nooit.

Verslagen draaide ik me om en liep terug de keuken in. Ik voelde me misselijk en verdrietig tegelijk. Mijn vissen. Mijn vrienden. Allemaal dood. Opnieuw liepen de tranen over mijn wangen. De rotzak. De smeerlap. Als ik ooit de kans zou krijgen, zou ik hem vermoorden. En dat was geen dreigement. Dat was een belofte.

Terug in de kamer pakte ik de telefoon en belde het nummer van Ben van Vliet, om hem de nieuwe streek van Tarik te melden, waarna ik met pijn in mijn hart de ravage in mijn aquarium opruimde.

ZATERDAGAVOND 25 AUGUSTUS 2012

Waarom is er nooit iemand te bereiken als je ze het meest nodig hebt, vraag ik me af, als ik op de mobiel van zowel Brenning als Ben en Martha geen gehoor krijg. *Als er iets is, kun je altijd bellen, hoor, ongeacht het tijdstip*. Ik hoor het Wolf Brenning nog zeggen. Ja ja, behalve als je hem werkelijk nodig hebt blijkbaar.

Terug naar mijn boot dan maar. En dan daar het bureau bellen. Misschien kunnen ze me met Wolf Brenning doorverbinden. Hij moet het zo snel mogelijk weten van Cem. Dat zijn kleren weg zijn, en zijn speelgoed.

Ik prop wat spullen voor Leila in een tas, inclusief een knuffel van Cem zodat ze toch wat van hem bij zich heeft, en verlaat even later haastig het appartement. De motregen is inmiddels overgegaan in een gestage bui en het duurt niet lang of ik ben doorweekt. Ach ja, dat kan er ook nog wel bij. Ik versnel mijn pas, haast me door de Westerstraat en steek vijf minuten later de Prinsengracht over naar mijn boot. Het gevoel dat ik bekeken word, heb ik dit keer niet. Misschien is het weer te slecht voor wie me dan ook stalkt.

Met de tas met spullen tegen me aan geklemd open ik de voordeur en ga naar binnen. Ik sluit de deur achter me en schuif gelijk de ketting erop, om meteen daarna ook de sleutel om te draaien. Het lijkt wel of ik steeds meer paranoïde word. Elke dag een beetje meer. En waar zal het eindigen?

Zacht miauwend komt Bruce de hal in en wrijft zijn lijfje tegen mijn benen. Zijn staart steekt recht in de lucht en om me heen draaiend eist hij de aandacht op die ik hem de laatste tijd zo weinig gegeven heb.

'Heb je honger?' vraag ik, waarop hij antwoordt met nog meer gemiauw. Ik gooi de tas onder de kapstok en loop de woonkamer binnen, waar ik meteen het kaartje van Wolf Brenning tevoorschijn haal. Daarop staat ook het nummer van het politiebureau en terwijl ik het op mijn telefoon intoets, zeg ik tegen Bruce: 'Je krijgt zo eten. Eerst even bellen.'

Spinnend wrijft hij zijn lijfje nog een paar keer langs mijn benen en gaat dan op de drempel naar de keuken op me zitten wachten. Zijn vaste stek als het hem te lang duurt.

Wolf Brenning blijkt niet aanwezig te zijn, en ook geen van zijn collega's is bereikbaar. Natuurlijk niet. Het is zaterdag, het verbaasde me vanmorgen al dat hij me naar het bureau liet komen, maar volgens de piketagent werkt hij wel vaker in het weekend, en nadat hij me beloofd heeft aan Brenning door te geven dat hij me moet terugbellen, verbreek ik de verbinding. Daarna probeer ik nogmaals Ben te pakken te krijgen, maar weer word ik verbonden met zijn voicemail en dit keer spreek ik een bericht in dat hij zo snel mogelijk naar me toe moet komen omdat ik nieuws heb over Cem. Zo'n zelfde soort bericht spreek ik ook in op Martha's voicemail, waarna ik me in een droge broek en shirt hijs. Daarna laat ik me languit op de bank vallen en leg mijn hoofd achterover op de leuning. Ik ben nog steeds helemaal overdonderd door het feit dat Cem blijkbaar door Leila ergens anders is ondergebracht.

Maar waar dan in godsnaam? Bij wie? En waarom heeft ze mij dat niet gezegd? Vertrouwde ze me niet? Na alles wat we samen hebben meegemaakt? Dat kan ik niet geloven.

Ik schrik als Bruce vanuit het niets boven op me springt en spinnend zijn kopje tegen mijn kin wrijft. Ik moet hem echt nu zijn eten geven. Het arme dier begrijpt er helemaal niets van. En dus begeef ik me naar de keuken, trek een blikje kattenvoer open en schep de helft ervan in Bruce' bakje. Ik zet het voor hem op de grond en wens hem smakelijk eten. Ik voel me nog steeds hondsmoe en nadat ik het halflege blikje kattenvoer terug in de koelkast heb gezet, besluit ik een kop koffie te maken. Turkse. Ik pak de cezve uit de kast, doe er water, koffie en suiker in en zet het pannetje op een laag pitje.

Bruce heeft inmiddels zijn bakje leeg en trekt zich terug in de slaapkamer, op mijn bed. Het liefst was ik naast hem gekropen, maar ik wacht nog steeds op een telefoontje van Ben, Martha of Wolf Brenning, zodat we actie kunnen ondernemen. Iemand moet toch weten waar Cem zit? Ik kijk naar mijn telefoon op tafel. Zal ik anders nogmaals het politiebureau bellen en het aan de dienstdoende rechercheur melden? Die zal toch wel een mogelijkheid hebben om bij spoedgevallen contact met Brenning op te nemen?

Ik besluit dat dat misschien niet eens zo'n slecht idee is. Meteen loop ik naar de tafel, gooi de keukendoek die ik nog vast heb over de leuning van een stoel en pak mijn telefoon, op hetzelfde moment dat er wordt aangebeld.

Ben!

Opgelucht leg ik de telefoon weer neer en ren de hal in. Haastig schuif ik de veiligheidsketting los, draai het slot weer open en trek meteen daarna, zonder aarzelen, de deur open. Ik zie gelijk dat het Ben niet is en verrast staar ik de man aan die voor me staat.

'Wout?' vraag ik aarzelend.

Drieënhalf jaar geleden is het dat ik hem voor het laatst zag en hij vervolgens achterbleef in 's-Heerenberg. Iets waar ik eigenlijk nooit rouwig om geweest ben. Dat hij nu vanuit het niets voor me staat is iets wat ik echt niet verwacht had.

'Judi,' zegt hij hijgend. Hij buigt wat voorover en met zijn handen op zijn knieën ademt hij een paar keer diep in en uit, waardoor ik me niet aan de indruk kan onttrekken dat hij een flink eind gerend moet hebben. Maar ik ben te verbaasd om daarnaar te informeren. In plaats daarvan staar ik hem nog steeds aan, terwijl er jaren aan herinneringen door me heen schieten.

'Wout,' herhaal ik uiteindelijk. 'Wat doe jij hier? Hoe weet jij waar ik woon?'

'Geen... geen tijd,' zegt hij nog steeds hijgend. Hij komt overeind, pakt me bij mijn arm en duwt me naar binnen.

Maar dat gaat me te ver. Ik ben inmiddels over de eerste schrik heen, trek me los en vraag: 'Wat is dit, Wout?' En dan opnieuw: 'Wat doe je hier?'

Hij heft zijn handen, waarschijnlijk om me gerust te stellen, maar het enige wat hij bereikt is dat ik een stap achteruit doe, omdat ik met een schok besef wat zijn plotselinge opduiken op mijn boot betekent.

'Heb... heb jij...' begin ik, maar hij schudt zijn hoofd. Hij hijgt nog steeds krampachtig en met zijn hand tegen de muur geleund ademt hij diep in en uit.

'Güney...' weet hij uiteindelijk uit te brengen. 'Hij is onderweg... hiernaartoe... en hij is... hij is...'

'Boos,' klinkt het van buiten.

In de deuropening staat Güney. Zijn gezicht staat woedend en zijn ogen glinsteren gevaarlijk, op dezelfde manier als ik me van Tarik herinner. En alhoewel ik nauwelijks nog twijfelde of het Güney was die me op mijn boot heeft overvallen, nu weet ik het absoluut zeker. Híj was het die geprobeerd heeft me te vermoorden.

Wout heeft zich omgedraaid en drukt zich met zijn rug tegen de muur. Ik zie aan hem dat hij bang is. Maar net als vroeger met Tarik, ben ik níét van plan om me door Güney te laten afschrikken.

'Ga weg,' zeg ik tegen hem en ik hoor hoe ijzig mijn stem klinkt.

Güney lacht, de lach van iemand die weet dat hij in het voordeel is, wat me een huiverig, onaangenaam gevoel geeft.

'Wij hebben nog een kwestie af te handelen,' sist hij me dreigend toe. Hij stapt mijn boot binnen en voordat ik besef wat er gebeurt, pakt hij me met één hand bij mijn schouder vast en beweegt hij razendsnel zijn andere hand naar voren.

Even denk ik nog dat hij me met zijn vuist in mijn maag ramt, maar het volgende moment voel ik een scherpe, snijdende pijn door mijn buik golven. Hij laat me los, grijnzend, en verbaasd staar ik naar het korte, bebloede mes in zijn hand.

ZONDAGAVOND 7 DECEMBER 2008

Nadat ik de deur van de dojo open had gedaan, keek ik eerst links en rechts de straat in. De afgelopen weken had ik gemerkt dat Tarik me niet alleen meer in 's-Heerenberg in de gaten hield. Ik begon me af te vragen of hij nu nog steeds via mij op zoek was naar zijn zus – vast wel – of dat hij het nu rechtstreeks op mij gemunt had. Ik kwam hem regelmatig tegen, waar ik ook was, en dan versperde hij me de weg, in zijn eentje of met vrienden of familie van hem. Eén keertje was hij zelfs – zogenaamd per ongeluk – tegen me aan gelopen met een kracht waardoor ik languit op de straat terecht was gekomen. Zijn vrienden hadden gelachen, maar Tarik had me bijna hoffelijk overeind geholpen, al was dat alleen maar om de omstanders te misleiden. En het enige wat ik had kunnen doen was kwaad verder lopen.

Maar de straat lag er nu verlaten bij, op de langsrijdende auto's na. Haastig stapte ik over de drempel en trok de deur achter me dicht. Ik liep naar mijn motor, trok mijn helm over mijn hoofd en draaide de contactsleutel om. Het gebeurde de laatste tijd steeds vaker dat ik me buiten niet op mijn gemak voelde. Ik was constant gespannen en op mijn hoede en vroeg me als ik opstond al af wat er die dag weer zou gebeuren. Ontmoetingen, bedreigingen per post, telefoontjes waarin niemand iets zei, nepadvertenties in de krant. Sinds mijn vissen waren gedood door het afwasmiddel, had ik een alarmsysteem laten installeren, waardoor ik in ieder geval geen ongewenst bezoek meer kreeg. Maar wel werd mijn tuin stelselmatig vernield en had ik een keer vuurwerk in mijn brievenbus gekregen. Gelukkig stond die buiten, maar het ding was finaal ontploft en het had me toch wel schrik aangejaagd. Sindsdien durfde ik mijn ramen amper nog open te zetten, uit angst dat er iets naar binnen zou worden gegooid. En stel dat ik dat niet bijtijds zou merken; mijn hele huis kon dan afbranden. Dat was ook het moment dat ik besefte dat het hem niet alleen meer om zijn zus ging, maar om ons beiden. En dat hij niet zou stoppen voor hij zijn doel bereikt had, al wist ik nog niet precies wat dat doel was. Ons kapotmaken? Ons uiteindelijk ombrengen? Dat laatste stopte ik steevast diep weg, maar toch bleef het in mijn onderbewuste rondspoken als een reële dreiging.

Ik startte de motor en na nog een keer goed om me heen te hebben gekeken, reed ik de straat uit. Het was een lange weg die eindigde in een T-splitsing, waar ik linksaf moest. Er was amper verkeer en ik versnelde wat om tijd te winnen, maar binnen enkele seconden besefte ik dat er iets niet in orde was. Ik remde af, of althans, dat probeerde ik, en meteen schoot het door me heen.

Mijn remmen! Hij heeft mijn remmen gesaboteerd!

Ik remde nogmaals, maar het hielp niet. In een reflex haalde ik mijn voet van de achterrem en richtte me op de voorrem. Ik legde aan door de voorrem langzaam in te knijpen en kneep daarna door.

Niets.

Ik kneep nogmaals, pompte op de achterrem.

Niets.

Ik naderde inmiddels met een aardige snelheid de T-splitsing en kreeg het Spaans benauwd. Op het trottoir aan de overkant liepen mensen, jongelui die waarschijnlijk gingen stappen in het centrum van Arnhem. Ze lachten en schreeuwden uitgelaten. Stoppen! Ik moest stoppen, voordat er ongelukken zouden gebeuren! Bijna in paniek keek ik om me heen. Rechts van de weg zag ik een perk met struiken. Mijn enige kans. Ik stuurde mijn motor de stoep op, kon nog net een man met een hond ontwijken, en dook met een vaart de struiken in. Takken sloegen tegen me aan, tegen mijn armen, mijn benen, ik hoorde ze krassen langs mijn helm. Enkele meters verder schoot ik een grasveldje op met bomen langs de zijkant, waarvan ik er eentje niet meer kon ontwijken. Met een enorme klap reed ik ertegenaan, voelde hoe ik hard tegen het stuur smakte, van mijn motor werd geslingerd en een eind verderop op de grond terechtkwam. Vanaf dat moment wist ik niets meer.

Het eerste waar ik me van bewust werd was de hoofdpijn. Geen gewone hoofdpijn, maar een zware druk achter in mijn nek en voorzichtig bracht ik mijn hand ernaartoe.

'Zeven hechtingen,' hoorde ik een stem zeggen.

Langzaam opende ik mijn ogen en knipperde tegen het felle licht van de tl-lamp vlak boven me. Ik keek opzij en zag een jonge vrouw in een wit uniform, waardoor ik besefte dat ik in een ziekenhuisbed lag.

'Z-zeven hechtingen?' vroeg ik, terwijl ik me uit alle macht probeerde te herinneren wat er gebeurd was.

'Je hebt geluk gehad,' zei de verpleegster.

'Mijn motor,' mompelde ik. Beelden kwamen naar boven van de struiken waar ik doorheen was gereden, de boom die op me af was gekomen. 'De remmen… ze weigerden.'

De verpleegster glimlachte naar me. 'Het was een flinke klap die je hebt gemaakt,' zei ze. 'Het had veel erger kunnen zijn. Je bent er nog goed vanaf gekomen.' Ze legde haar hand even op mijn arm en vervolgde: 'Ik roep de spoedarts even.'

Spoedarts?

Ik keek voorzichtig om me heen toen de verpleegster weg was en ik zag dat ik tussen lichtgele gordijnen op een bed lag. Om me heen stond behalve de infuusstandaard – waarvan het slangetje naar mijn hand liep – nog meer geavanceerde apparatuur, die gelukkig niet in gebruik was. Ik hoorde mensen praten, voetstappen die langs de gele gordijnen liepen, gehuil van een kind. Wat deed ik hier? Ik dacht terug aan – ja, aan wanneer? Hoelang was ik hier al?

Ik probeerde overeind te komen, maar voelde een doffe pijn. Ik kon niet zeggen waar die pijn precies vandaan kwam, maar het verhinderde me om overeind te komen en met een zachte kreun liet ik me weer achterovervallen. Ik probeerde diep adem te halen, maar het leek wel of het me niet lukte en ik schoot in een pijnlijke hoestbui.

'Rustig ademhalen,' klonk een stem. Er volgden snelle voetstappen en nogmaals zei de stem: 'Rustig ademhalen, in en weer uit. Goed zo.'

Twee sterke armen hesen me overeind, waardoor het hoesten minder werd, en langzaam voelde ik dat ik de controle over mijn ademhaling terugkreeg.

'Dat is beter,' klonk het naast me.

Ik keek op en zag een man van middelbare leeftijd naast mijn bed staan. De spoedarts, vermoedde ik. Op zijn naambordje stond Dr. J.P.C.A. van de Ven en gek genoeg vroeg ik me af waar al die voorletters voor stonden.

'Hoe voelt u zich?' vroeg dokter Van de Ven. Hij stond dicht tegen het bed aan en keek op me neer, waardoor ik me nogal iel voelde.

'Kan niet beter,' zei ik schor en ik kuchte weer even.

Van de Ven glimlachte. 'Naast ontelbare schaaf- en snijwonden en een paar gekneusde ribben, hebt u een flinke wond in uw nek en een klaplong. Het verbaast me dan ook dat u zo alert bent.'

Ik wilde mijn schouders ophalen, maar dat zorgde voor een

akelige pijn, waardoor ik het maar achterwege liet. 'Ik ben niet zo'n pietlut,' mompelde ik. En terwijl ik naar hem opkeek: 'Wanneer mag ik naar huis?'

Nu schoot Van de Ven in de lach. 'Vandaag nog niet,' zei hij. 'Morgen misschien. En u moet zeker nog een paar weken rust houden.'

Ik staarde hem aan. 'Maar hoe moet dat dan met mijn werk?'

'Ze zullen het een poosje zonder u moeten stellen.'

Geweldig! Daar zullen ze op school blij mee zijn!

'Hebt u enig idee hoe het komt dat uw motor van de weg raakte?' vroeg de arts.

'Mijn remmen weigerden,' zei ik, en vrijwel meteen schoot het door me heen: *Hij heeft met mijn motor geknoeid! Tarik! Ik had wel dood kunnen zijn!*

'Ik moet bellen,' zei ik, terwijl ik mezelf nog wat meer overeind hees.

'We hebben uw familie al ingelicht,' meldde Van de Ven. 'Uw zuster is onderweg.'

'Nee,' zei ik. 'Dat is het niet. Ik moet iemand anders bellen. De politie. Waar is mijn mobiel?'

'Het lijkt me beter als u eerst even wat rust neemt.'

'U begrijpt het niet,' zei ik. Ik voelde pijn in mijn borst opvlammen en kon niet anders dan terugzakken in het kussen. 'Die remmen van mijn motor, die zijn bewust gesaboteerd. Ik heb contact met twee rechercheurs. Ik moet dit aan hen doorgeven.'

De arts aarzelde en even dacht ik dat hij zou weigeren, maar tot mijn opluchting knikte hij en zei: 'Ik roep de verpleegkundige er even bij. Zij weet wel waar uw spullen zijn.'

'Weet je dat heel zeker?'

Ben van Vliet zat op het voeteneind van mijn ziekenhuisbed en wisselde een snelle blik met Martha Beijst, die links van me stond. Jasmine zat op een stoel aan de andere kant en bekeek me met een ongeruste blik. Ik had haar de schrik van haar leven bezorgd, had ze gezegd, en om haar woorden kracht bij te zetten had ze mijn hand vastgepakt, die ze nu – anderhalf uur later – nog steeds niet had losgelaten.

'Natuurlijk weet ik het niet zeker,' beet ik hem toe. 'Ik heb er niet naast gestaan.'

'Het kan geen toeval geweest zijn? Achterstallig onderhoud waardoor de remmen weigerden?'

Ik staarde hem aan. 'Mijn motor wordt prima onderhouden, rechercheur. En mijn remmen waren piekfijn in orde. Tenminste, tot het moment dat ik bij de dojo vertrok.'

'Jullie kunnen toch nakijken of er sprake is van opzet?' stelde Jasmine. 'Dan zien jullie het zelf.' Ze keek naar mij en vervolgde: 'Maar als Judi zegt dat er met haar remmen geknoeid is, dan is dat zo.'

'De motor wordt al onderzocht,' zei Martha Beijst. 'We zullen gauw genoeg weten wat de oorzaak is.'

'Oké,' zei Ben van Vliet. 'En stel nou dat het inderdaad sabotage is. Dan nog hebben we geen bewijs dat Tarik de dader is. Er is geen motief, behalve dan dat hij denkt dat jij weet waar zijn zus is.'

'Hij wilde haar gewoon vermoorden,' snauwde Jasmine. 'Dat is toch duidelijk?'

Ben van Vliet reageerde niet, maar keek naar mij en zei: 'We hebben het nooit meer over Leila Rashukan gehad, maar nu lijkt het me het juiste moment om te vertellen hoe het zit. Heb jij Leila Rashukan geholpen nadat ze is weggelopen?'

Zijn blik was niet boos of onvriendelijk, maar met oprechte interesse. En net als die eerste keer dat ik hem – en Martha – zag, kreeg ik het idee dat hij volledig te vertrouwen was. Ik zuchtte een paar keer om de vervelende druk op mijn borst te laten verdwijnen, en zei toen: 'Ja, dat heb ik. Ze stond plotseling bij me voor de deur. Ik kon haar toch niet aan haar lot overlaten? Ik had de blauwe plekken gezien die haar gezicht en armen regelmatig vertoonden en ook haar broer had al duidelijk gemaakt hoe het een en ander in elkaar stak. Wat had u gedaan?'

Hij glimlachte. 'Waarschijnlijk hetzelfde,' gaf hij toe. 'Maar daar gaat het hier niet om. Strikt genomen is Tariks wantrouwen ten opzichte van jou dus gegrond.'

'Gegrond, gegrond,' zei ik. 'Hij vermoordt haar als hij haar te pakken krijgt. Hij is ook al medeplichtig aan de moord op Khadija.'

'Maar daar is al iemand voor veroordeeld,' zei Ben.

'Ja, de verkeerde,' mompelde ik.

'De jongen heeft bekend. Alle details kloppen. We hebben geen reden om aan zijn bekentenis te twijfelen.'

'Natuurlijk niet,' zei ik. 'Daar zorgen ze wel voor. Het is allemaal afgesproken werk. Zo gaat het altijd. En zo zou het ook gaan als Leila weer in hun handen zou vallen. Binnen korte tijd zou ze gevonden worden, morsdood, en als jullie dan bij haar familie terechtkomen, bekent een of ander onbelangrijk familielid de moord. Zaak opgelost en de ouders blij, want ze kunnen zich dan weer met opgeheven hoofd aan de rest van de familie vertonen.'

Ben zweeg en nam me peinzend op. 'En dus heb je Leila op een veilige plek ondergebracht.'

Ik knikte stug. 'Leila is zwanger. In februari is ze uitgerekend en daarna gaan we op zoek naar een vaste woonplaats voor haar en het kindje. En misschien voor de vader.'

'Was dat ook een reden voor haar om te vluchten?' vroeg Martha Beijst. 'Die zwangerschap?'

'Leila wil dat haar kind vrij opgroeit, zonder de angst te kennen waarin zij heeft geleefd,' zei ik zacht. 'Dus ja, dat was een van de redenen.'

Er viel een stilte. Jasmine hield nog steeds mijn hand vast en ik voelde dat ze er even in kneep. Het was uiteindelijk de mobiel van Martha die de stilte doorbrak.

'Sorry,' zei ze, terwijl ze het ding uit haar zak haalde en zich van ons wegdraaide om het gesprek aan te nemen. Een gesprek dat niet langer duurde dan vijftien seconden. Toen draaide ze zich weer naar ons en zei met haar blik op mij gericht: 'Je had gelijk. Je remmen waren gesaboteerd.'

Heel even kneep ik mijn ogen dicht, toen ik besefte dat het dus inderdaad de bedoeling was geweest om mij te laten verongelukken. Mijn verstand had dat al die tijd geweten, maar mijn gevoel had het ontkend. Het was toch niet mogelijk dat Tarik zó ver wilde gaan?

'Op wat voor manier?' klonk de stem van Ben van Vliet.

Martha herhaalde wat ze had doorgekregen. Beide remklauwen aan de voorzijde waren weggenomen en alle remleidingen waren doorgesneden.

Ik slikte en besefte met een schok dat ik dood had kunnen zijn. Ik had verkeerd kunnen vallen, mijn nek kunnen breken. Ik had iemand kunnen doodrijden...

'We zullen vandaag nog een praatje gaan maken met Tarik Rashukan,' zei Ben van Vliet, voordat hij en Martha vertrokken. Maar ik wist nu al dat het niets zou uithalen. Hij zou zoals altijd een alibi hebben om daarna gewoon weer door te gaan met het verzieken van mijn leven en toen ik die avond in mijn ziekenhuisbed naar het plafond lag te staren, kwam voor het eerst het woord vluchten in me op.

ZATERDAGAVOND 25 AUGUSTUS 2012

Zonder geluid te geven zak ik op mijn knieën op de grond, mijn handen tegen mijn buik geduwd. Wout schiet naar voren en kan nog net voorkomen dat ik opzij val. Hij ondersteunt me, terwijl hij opkijkt naar Güney.

'Dit was de afspraak niet!' hoor ik hem zeggen.

'Er was zoveel de afspraak niet,' sist Güney. Hij komt verder de hal in en trapt met zijn voet de voordeur achter zich dicht. Vervolgens komt hij op me af en buigt zich voorover, met zijn mond vlak naast mijn oor. 'En dit is nog maar het begin, bitch.'

Hij grijpt me bij mijn arm en sjort me overeind, waardoor het lijkt of er honderd rotjes in mijn buik ontploffen. Ik kijk naar mijn handen die rood zien van het bloed. Ik moet naar een dokter. Iemand moet het bloed stoppen. Iemand moet...

'Doorlopen,' klinkt Güneys stem, terwijl hij me naar de woonkamer duwt.

Ik struikel naar binnen, ondersteund door Wout die me zo ongeveer naar de bank sleept en me erop neerduwt.

Au!

De pijn is scherp en fel. Ik hap naar adem en druk opnieuw mijn handen tegen de wond. Dit gaat niet goed. Ik word licht in mijn hoofd en om te voorkomen dat ik toegeef aan de enorme drang om mijn ogen te sluiten en alles over me heen te laten komen, duw ik nog wat harder tegen mijn buik. Bijna schreeuw ik het uit, maar ik ben wel meteen weer alert en kijk op naar Güney, die me vanaf de andere kant van de tafel bijna geamuseerd opneemt.

Wout zit nog naast me, zijn hand op mijn arm, zijn ogen bezorgd op me gericht. Zijn blik valt op de keukendoek die over de stoel hangt, trekt hem ervan af en buigt zich naar me toe. Ik sidder als hij mijn handen van mijn buik trekt en de doek tegen de wond drukt.

'Stevig vasthouden,' zegt hij.

Wat een advies. Een dokter moet ik hebben. En snel ook. Opnieuw kijk ik naar Güney. Zijn blik is nog steeds vermakelijk en het liefst was ik opgesprongen om de grijns van zijn gezicht te slaan.

Wout staat op en werpt Güney een boze blik toe. 'Waar ben je nou mee bezig, jongen!' bijt hij hem toe. 'Dit was de afspraak niet.'

'Waar ík mee bezig ben?' vraagt Güney kalmpjes. 'Waar ben jíj mee bezig? Wat doe jij hier? Zou jij niet naar huis gaan?'

'Je zou haar met rust laten,' zegt Wout. 'Dat hadden we afgesproken.'

'Als je denkt dat dat me iets kan schelen, heb je het mis,' snauwt Güney. 'Toen we die afspraak maakten wisten we nog niet van de jongen.' Hij kijk naar mij en vervolgt: 'Zeg op, waar is hij?'

Ik staar terug en begrijp even niet wat hij bedoelt. Alles is ineens zo onwerkelijk. Wout... wat heeft hij gedaan? Werkt hij samen met Güney? Maar waarom? Wat heeft hij hiermee te maken? En Güney... Denkt hij nou dat ík weet waar Cem is? Ik lik mijn lippen en schud mijn hoofd. 'D-dat weet ik niet,' fluister ik.

'Je liegt, bitch!' schreeuwt hij. 'Je was in het huis! Je hebt zelfs spullen meegenomen voor hem!' Hij wijst naar de tas in de hal die van hier te zien is en waar de knuffel van Cem half uithangt.

'Die... die is voor Leila,' zeg ik moeizaam.

Hij snuift luid.

'Zodat ze... iets van hem heeft.' Ik adem even diep in en vervolg: 'Denk na. Waarom zou ik bij jullie thuis en in Duitsland naar hem zoeken als ik wist waar hij was?'

Zijn ogen schitteren van woede als hij om de tafel heen loopt en zich over me heen buigt. 'Je kunt die agent misschien belazeren,' sist hij me toe, 'maar ik trap er niet in.' En voor ik weet wat er gebeurt, heft hij zijn arm en steekt hij het mes met kracht in mijn linkerschouder.

Ik schreeuw het uit, evenals Wout, die Güney nu bij zijn arm pakt en hem bij me vandaan trekt.

'Jezus, Güney!' roept hij. 'Waar ben je mee bezig!'

'Ik wil die jongen!' schreeuwt Güney nu. 'Dat bastaardjong moet dood!'

'Deed je dit ook bij Leila?' zeg ik tandenknarsend. Ik kijk hem strak aan en vervolg: 'Om erachter te komen waar ze Cem had verstopt?'

'Die slet heb ik eerst verrot geschopt,' zegt hij ijzig. 'En daarna heb ik gedaan waar mijn broer Tarik te laf voor was.'

Ik hap naar adem als ik besef dat ik gelijk had. Het was Tarik niet. Dit keer niet. Ik verbijt de pijn die door mijn lichaam golft en vraag uiteindelijk: 'Hoe ben je achter ons adres gekomen?'

Güney lacht, niet vrolijk, eerder triomfantelijk. 'Dat was niet zo moeilijk,' zegt hij. Hij knikt naar Wout. 'Je vriend daar haalde een paar maanden terug zijn diploma. Voor makelaar.'

Makelaar?

Ik graaf in mijn geheugen en concludeer dan dat hij dat inderdaad ooit eens gezegd heeft. Dat hij een avondstudie ging doen. Een hbo-opleiding. Maar wat heeft dat hiermee te maken?

'Je ziet het verband blijkbaar niet,' zegt Güney, als hij mijn blik ziet. 'Onze vriend hier,' – hij legt bijna kameraadschappelijk zijn hand op Wouts arm – 'kreeg meteen een baan bij Haaring-Hengevelt Makelaardij. Logisch, want hij heeft de juiste makelaarsmentaliteit. Veel praatjes en een hele lange adem.' Hij kijkt terug naar mij en vervolgt: 'Gaat er al een lampje branden?'

Ik probeer na te denken, maar door de pijn zie ik alles niet zo helder meer.

'Wie verhuurt jouw huis?' is de volgende hint die Güney geeft.

'Mijn huis?' vraag ik. En dan besef ik het. Mijn huis in 's-Heerenberg. Ik heb het nooit willen verkopen en daarom verhuurde ik het. Via een makelaar. Haaring-Hengevelt. Jezus!

'Je snapt hem,' zegt Güney tevreden. 'Ik had ooit het bord aan het raam zien hangen en het was voor onze vriend hier een makkie om de informatie op te zoeken over de contracten die gesloten waren en waar de maandelijkse huur naartoe ging.' Hij schudt zijn hoofd. 'Erg dom hoor, om alle sporen te wissen, behalve die.'

Dom? Ik heb gewoon nooit gedacht dat iemand via de makelaar naar mijn huidige adres zou gaan zoeken. Waarom zou ik ook? Ik kijk naar Wout. 'En jij?' zeg ik bitter. 'Jij hebt hem geholpen? Zomaar? Waarom in vredesnaam?'

Hij schudt zijn hoofd en laat zich naast me op de bank zakken. 'Nee, Judi,' fluistert hij zwakjes. 'Nee.' Zijn ogen schieten een kort moment naar Güney en dan weer naar mij. 'Hij zei dat hij zijn zus miste. Dat hij haar zo graag weer eens wilde zien.

Daarom heb ik hem jouw adres gegeven.' En dan, fluisterend: 'Als het Tarik was geweest had ik het nooit gedaan, dat weet je toch? Maar Güney, ik wist niet wat hij écht van plan was. Hij leek zo oprecht.'

Stomverbaasd staar ik hem aan, terwijl ik alles wat hij zojuist gezegd heeft in de juiste context probeer te plaatsen. Maar het lukt me niet. Zijn woorden stuiteren door mijn hoofd als een op hol geslagen pingpongbal.

Wout slikt en vervolgt dan: 'Toen ik erachter kwam wat hij... wat hij...' Hij breekt zijn zin af en ademt even diep in. 'Ik kon niet meer terug. En eerlijk gezegd wilde ik dat misschien ook niet. Ik deed het toch ook een beetje voor mezelf. Je was zomaar weggegaan, Judi, zonder afscheid te nemen. En dat snap ik wel, je deed alleen maar wat de politie zei dat je doen moest. Ik dacht dat je het geweldig zou vinden om me weer te zien! Zodat we samen verder konden gaan!'

'Samen verdergaan?' bijt ik hem toe. 'We zijn nooit ergens mee begonnen, Wout!'

'Jawel,' zegt hij. En dan nogmaals: 'Jawel! Ik heb je getroost, weet je nog wel? Ik heb je in mijn armen gehouden! Na het ongeluk, op de begrafenis van... van...' Hij zwijgt alsof hij haar naam niet durft uit te spreken.

'Ik had verdriet, Wout!' zeg ik en ik sidder als er een pijnscheut door mijn schouder schiet. 'Ik had op dat moment iemand nodig die me vasthield en jij was de enige die in de buurt was!'

'Maar...' begint hij.

'Maar dat wil niet zeggen dat wij wat hadden!' onderbreek ik hem.

Hij staart me aan en ik zie de verslagenheid in zijn ogen. 'Judi...' zegt hij uiteindelijk zacht. 'Hoe kun je dat zeggen?'

'Omdat het zo is!'

Er valt een stilte, waarin Wout me alleen maar gekwetst aankijkt.

'Het was zo gemakkelijk om hem in mijn plan te betrekken,'

klinkt Güneys stem weer. 'Zodra hij me op het voetbalveld vertelde dat hij een baan had bij dat makelaarskantoor, wist ik al dat we jullie zouden vinden. Hij wilde me eerst niet helpen, maar toen ik hem vertelde dat ik mijn zusje zo miste en haar zo graag weer eens wilde zien, ging hij overstag. Hij gaf me jouw adres en ik zocht je op. Tenslotte zou jij me vast wel kunnen vertellen waar die slet van een zus van mij was. Ik had alleen niet verwacht dat je je zo zou verzetten.' Hij kijkt naar me. 'Heel wat anders dan nu, hè? Nu begin je niks meer, met die gaten in je lijf.'

Ik voel me misselijk worden. Hij heeft gelijk. De pijn die ik voel is moordend. Maar het feit dat ik nog steeds bij bewustzijn ben, doet me vermoeden dat hij geen vitale organen heeft geraakt. Of althans, dat hoop ik. Ik moet tijd zien te rekken. En erop vertrouwen dat er gauw hulp komt. Van Ben. Of Wolf Brenning. Een van hen moet ondertussen toch wel z'n voicemail afgeluisterd hebben.

'En die telefoontjes?' vraag ik. 'Dat poppenhoofd?'

Weer lacht hij. 'Ja, dat vond ik wel leuk om te doen. Die telefoontjes. Nadat ik door jou te volgen ontdekt had waar die slet van een zus van mij woonde, kwam ik erachter dat die baby van haar helemaal niet was omgekomen bij dat ongeluk. Dat jong leefde nog.' De lach verdwijnt van zijn gezicht en met het bebloede mes dat hij nog steeds vasthoudt, wijst hij in mijn richting. 'Dat duivelsjong moest uitgeroeid worden, net als zijn moeder. Alleen was hij er niet toen ik Leila's appartement binnenviel. Ze weigerde te zeggen waar hij was en ik besefte dat jij de enige was waar ze hem kon hebben verborgen, ergens in de tijd tussen de avond dat ik bij jou was en het moment dat ik bij Leila de eer van mijn familie herstelde. En dus liet ik je subtiel weten dat ik het wist, van de jongen.'

Bijna schiet ik in de lach en alleen de pijn houdt me tegen. 'Mij laten weten dat jij het wist van Cem?' zeg ik. 'Man, wat ben je toch dom! Het enige wat je mij liet denken was dat iemand het op Cem had gemunt, en ja, ik geef toe dat ik dacht dat het Tarik was. De eer van je familie herstellen, zei je toch? Leila leeft nog, klootzak! Je hebt gefaald met je eerwraak!'

Ik zie de blik in zijn ogen veranderen en besef dat deze jongen gevaarlijk is. Gevaarlijker zelfs dan zijn broer Tarik. Dat blijkt wel uit het feit dat hij zonder aarzelen dat mes gebruikt.

'Al overleeft ze het,' sist hij woedend, 'ik zal haar blijven opzoeken, net zolang tot ze in de grond ligt te rotten. Zij en dat bastaardjong.'

'Ha,' zeg ik hijgend. 'Vergeet het maar. Jij ontkomt niet, Güney. De politie kan hier elk moment voor de deur staan.'

'De politie?' echoot hij. Hij staart me aan, om daarna in luid gelach uit te barsten. 'Bedoel je die rechercheur? Die Ben van Vliet? Daar zou ik maar niet op rekenen, bitch.'

Nu staar ík hem aan, terwijl een ongerust gevoel het besef van pijn lijkt te verdrukken. Wat bedoelt hij? Heeft hij Ben soms... Ik kijk naar Wout, maar die is mijlenver weg met zijn gedachten, nu hij blijkbaar beseft dat er nooit iets is geweest tussen hem en mij, dat er ook nooit iets zal komen, en hij dus voor niets een pact met de duivel heeft gesloten.

Güney ziet mijn blik en grijnst. 'Zelfs dat had je dus niet door!' zegt hij. Opnieuw schudt hij meewarig zijn hoofd. 'Die rechercheur van jou is echt niet zo perfect als jij denkt, hoor. Hij was het die Leila overhaalde de deur open te doen. Want hé, als ik had aangebeld had ze dat nooit gedaan, natuurlijk, en in zo'n straatje vol toeristen een deur intrappen is ook niet slim, zélfs niet 's nachts.'

Geschokt hap ik naar adem. Ben? Heeft Ben dat gedaan? Ben, die ons met zoveel zorg had geholpen te ontsnappen aan de haat van Tarik? Dat kan niet. Dat is godsonmogelijk!

'Je gelooft me niet,' zegt Güney.

'Nee,' hijg ik. 'Ik geloof je niet. Ben is... hij heeft me geholpen!' *Hij heeft me getroost. Voor me gezorgd.*

'Toch is het zo. Maar ik moet bekennen dat ik hem een klein beetje gedwongen heb.' En als ik niet reageer: 'Hij heeft een liefje.

Met een kind. Een heel knap meisje. Ze is vijf, geloof ik. Of zes. Ik heb haar een middagje geleend.'

Die woorden halen zelfs Wout uit zijn lethargie. 'Geleend?' zegt hij. 'Hoe kun je een kind nou lenen?'

'Heel eenvoudig,' legt Güney bereidwillig uit. 'Ik heb haar gewoon van de straat opgepikt, toen ze aan het buitenspelen was. We zijn samen naar het park geweest, de eendjes voeren, wandelen, zulk soort dingen. Daarna heb ik hem op het politiebureau gebeld, want hij was natuurlijk helemaal over de rooie toen zijn liefje hem liet weten dat de kleine weg was, en vertelde hem waar hij het kind kon vinden. Maar dat ik er wel wat voor terug wilde, anders kon het meisje weleens een langer uitstapje met me gaan maken. Of misschien wilde ik de volgende keer wel met zijn liefje op stap.'

En ik dacht nog wel dat Tarik gestoord was. Güney is net zo krankzinnig, maar dan in het kwadraat.

'Toen ik ontdekte dat Leila's kind niet bij haar was en dat jij de enige was die hem verborgen kon houden, leek het me een goed idee dat hij – die rechercheur bedoel ik – jou in de gaten ging houden. Want vroeg of laat moest je toch weer naar de jongen toe en hij was de enige die constant bij je in de buurt kon blijven zonder op te vallen.'

'M-maar ik weet helemaal niet waar Cem is,' zeg ik. 'En Ben wist dat.'

Güney knijpt zijn ogen tot spleetjes. 'Ik geloof je nog steeds niet,' zegt hij. 'O ja, hij zei het wel steeds, dat hij zeker wist dat je geen idee had waar dat jong was, maar ik weet wel beter. Je dekt jezelf en dat kind gewoon in. Hoe minder mensen van zijn verblijfplaats weten, hoe veiliger jij denkt dat hij is, en dus verzwijg je zelfs tegenover de politie dat je weet waar hij is. Maar hé, ik ben niet achterlijk! Door stug vol te houden dacht je misschien die agent te misleiden, maar mij bedonder je niet, hoor. Je hebt tenslotte hetzelfde gedaan toen je mijn zus vier jaar geleden verborg. Toen wist ook niemand waar ze was, zelfs die Ben van Vliet niet. Het vervelende was dat híj jou geloofde en dus leek het me geen slecht idee om hem een beetje aan te sporen om jou wat meer onder druk te zetten. Vandaar die poppenkop, snap je?'

'Had je die dan niet beter naar het politiebureau kunnen sturen?' vraag ik, terwijl een nieuwe pijnscheut door me heen jaagt, als ik moeizaam probeer wat meer rechtop te gaan zitten.

'Te link,' zegt hij. 'Die Amsterdamse rechercheur, met dat litteken, is geen domme jongen. Nu leek het of het voor jou bedoeld was, terwijl meneer de rechercheur Ben heel goed wist dat het voor hem bedoeld was. Tenslotte was het wel het hoofd van de pop van zijn kleine meid.'

Ik denk terug aan Bens afgrijzen toen hij de inhoud van die doos zag. Afgrijzen dat ik eerst niet goed kon plaatsen, maar nu heel goed begrijp. Ik kijk weer op naar Güney. 'Je bent ziek,' sis ik hem toe. 'Wist je dat?'

De grijns, die bijna constant op zijn gezicht lag, verdwijnt. 'Ziek?' herhaalt hij ijzig. 'Jij bent ziek, bitch, als je denkt dat je dat joch voor me verborgen kunt houden. Hij is niet op je boot, daar heb ik al gezocht. Dus vertel op. Het wordt tijd dat ik dat hoerenjong afmaak!'

Zijn laatste woorden maken me woedend. Ondanks de pijn kom ik overeind en ga vlak voor hem staan. Ik besef dat dat levensgevaarlijk is, gezien het feit dat hij dat mes nog steeds vast heeft en het zonder maar een stap te hoeven verzetten diep in mij kan steken, maar het interesseert me niet meer. Het loopt hoe het lopen moet. En niet anders.

'Hoerenjong, hè?' bijt ik hem toe, met mijn gezicht vlak bij dat van hem. 'En als ik je nou eens vertel dat dat "hoerenjong" helemaal geen zoon van Leila is?'

ZATERDAGAVOND 14 FEBRUARI 2009

Het was lang geleden dat ik ernaar uit had gezien om de deur uit te gaan. Sinds het ongeluk met mijn motor was ik elke keer bang mijn huis te verlaten. Ik vond het ook doodeng om de weg op te gaan, omdat ik nooit honderd procent zeker kon zijn dat Tarik niet met mijn motor geknoeid had. Want alhoewel ik de remmen kon checken voordat ik wegreed, waren er talloze andere dingen die ik niet kon nakijken, maar die wel voor een ongeluk konden zorgen.

Ik liet mijn motor na de reparatie ook nooit meer buiten voor de deur staan, maar zette hem altijd in de garage, die ik zorgvuldig afsloot. Ik had zelfs een ander slot op de garagedeur gezet, uit angst dat hij op de een of andere manier misschien wel een sleutel te pakken had gekregen en alsnog met mijn motor zou kunnen knoeien. Daarnaast liep ik nooit meer zonder vrees op straat. Ik was al vanaf het moment dat Tarik me voor het eerst had bedreigd op mijn hoede, maar sinds een paar vrienden van hem Martha Beijst in elkaar hadden geslagen nadat zij en Ben Tarik hadden verhoord naar aanleiding van mijn motorongeluk, was ik bang dat ze ook mij op een dag te grazen zouden nemen. Martha kwam in het ziekenhuis terecht met diverse botbreuken en een schedelbasisfractuur die haar bijna het leven kostte. Inmiddels was ze weer redelijk opgeknapt, maar ik bleef de angst houden dat een groepje van Tariks maatjes mij ook nog eens zouden opwachten, om me nog erger toe te takelen dan ze Martha hadden gedaan.

De laatste drie weken echter leek het alsof Tariks aandacht verslapte. Hij stond niet meer voor mijn huis, volgde me niet in de winkels, wachtte me niet meer op als ik uit mijn werk kwam en ook de anonieme telefoontjes bleven uit. Ik vroeg me af of het mogelijk was dat hij het begon op te geven.

Toen ik dus naar buiten stapte en Tarik ook dit keer niet in de straat zag, was ik voorzichtig opgelucht. Ik kon het dan wel amper geloven, maar het leek er toch echt op dat het eindelijk over was met zijn gestalk en bijna had ik een rondedansje op mijn oprit gemaakt, hoe voorbarig dat misschien ook was.

Waarschijnlijk speelde het nieuws dat Leila een woning in Deventer toegewezen had gekregen ook wel mee in mijn lichtelijke juichstemming. Ze zou er na de bevalling gaan wonen en er was zelfs sprake van dat ook Thomas bij haar zou intrekken. Dat Tarik zijn obsessieve jacht blijkbaar had opgegeven, was als de bekende kers op de taart.

Om te vieren dat Leila binnenkort haar leven weer zou kunnen oppakken, zouden we vanavond met z'n vijven – Leila, Thomas, Yoshi, Jasmine en ik – uit eten gaan. Ik vond het nog steeds eng dat Leila buiten kwam, maar de laatste maanden was ze een stuk vrijer geworden. Ze was nog steeds bang, en liep nooit op straat zonder angstvallig om zich heen te kijken, maar het leek erop dat ze haar angst langzaamaan begon te overwinnen. Of ze ooit onbevreesd naar buiten zou durven wist ik niet. Dat wist ik niet eens van mezelf. Tarik had diep in mij een soort overlevingsmechanisme ingeschakeld. Een mechanisme waardoor ik constant op mijn hoede was. En al was dat niet hetzelfde als angst, het had er wel degelijk mee te maken.

Ik haalde mijn motor uit de garage, checkte uit gewoonte alles wat zichtbaar was en gesaboteerd kon zijn, inclusief de remmen, en reed even later de straat uit. Jasmine zou Thomas oppikken en met hem naar Arnhem rijden, naar de dojo van Yoshi. Ze had voorgesteld mij ook op te halen, maar dat had ik afgeslagen. Het idee dat we later met z'n vijven in die auto zouden zitten had me op voorhand al claustrofobisch gemaakt en dus had ik gezegd dat ik wel op de motor kwam en achter hen aan zou rijden naar het restaurant.

Via Duitsland reed ik de A12 op en vervolgde de weg tot Arnhem, waar ik ruim een halfuur later aankwam. Voor de deur bij Yoshi stond de auto van Jasmine al langs de stoep en ik glimlachte. Die was ook altijd bang om te laat te komen.

Ik legde mijn motor aan het slot en opende de deur van de dojo met mijn sleutel. Terwijl ik de trap op liep hoorde ik boven al stemmen, die van Jasmine er bovenuit.

'Hé Juud!' riep Jasmine, toen ik de kamer binnenkwam. 'Waar bleef je nou? We zitten al uren op je te wachten!'

Ik snoof. 'Uren?' echode ik. 'Waarom heb je dan niet gebeld? Ik heb een mobiel, hoor.'

'Grapje,' zei ze grinnikend. Ze knikte naar Thomas, die naast Leila op de bank zat. 'Hij vroeg of we wat vroeger konden gaan en ach, wie ben ik om die twee tortels iets te weigeren?'

Ik glimlachte en gooide mijn rugtas naast de stoel, waarop ik me liet neerzakken.

'Waar gaan we eigenlijk eten?' vroeg ik aan Jasmine.

'In Schaarsbergen,' antwoordde Yoshi in haar plaats. 'Ze heeft een heel luxe restaurant uitgekozen, geloof ik.'

'Ha, we hebben toch zeker iets te vieren?' zei Jasmine, en terwijl ze naar Leila en Thomas knipoogde: 'Laten we het dan meteen maar goed doen.' Ze keek weer naar ons en vervolgde: 'Maar we moeten nu wel gaan. Ik heb voor zeven uur gereserveerd.'

Achter elkaar liepen we even later de trap af, Jasmine als eerste. Ze stommelde snel naar beneden en eenmaal buiten keek ze me ernstig aan. 'Ik moet je nog wat vertellen,' zei ze. 'Maar niet nu. Vanavond, als we weer terug zijn.'

Ik trok mijn wenkbrauwen op, verbaasd over haar ernst. 'Oké. We kunnen dan bij mij thuis nog wel even wat gaan drinken. Eventueel blijf je slapen.'

'Fijn,' zei ze. 'Ik moet het gewoon even kwijt.'

'Toch niets ergs?' vroeg ik bezorgd.

Ze schudde haar hoofd, maar antwoordde niet. 'Wil je echt niet met ons meerijden?' vroeg ze, toen ze het portier voor Leila opendeed.

Ik schudde mijn hoofd. 'Je weet dat ik daar niet zo goed tegen kan, Jas. Ik rij wel achter jullie aan. Ga je over de snelweg?'

'Nee, binnendoor is sneller,' zei ze. Ze keek naar de lucht en huiverde. 'Het vriest,' zei ze. En toen: 'Rij je wel voorzichtig?'

'Tuurlijk,' zei ik, terwijl ik toekeek hoe Leila zich met haar dikke buik in de auto van Jasmine liet zakken.

Jasmine zag me kijken en zei: 'Ze heeft een aardige buik, hè?'

Ik knikte. 'Ze zal wel blij zijn als ze die straks kwijt is.'

'Ze heeft er in ieder geval mee kunnen showen,' stelde Jasmine. 'Dat willen die jonge meiden graag.'

'Vaak wel,' reageerde ik. 'Alhoewel ik denk dat Leila liever een wat minder zichtbare buik had gehad. Dan had ze niet bang hoeven zijn dat iemand van haar familie haar zou zien.'

'Ach.' Jasmine maakte een afwerend gebaar met haar hand. 'Misschien is die hele toestand nu achter de rug. Heb jij Tarik de laatste tijd nog gezien?'

'Geen glimp,' zei ik. 'Ik hoop dat hij het heeft opgegeven en dat Leila en ik verder kunnen met ons leven.'

'Komt vast goed,' zei Jasmine. Ze gaf me een vluchtige zoen op mijn wang en liep toen naar haar auto. 'Zie je bij het restaurant wel weer!' En voor ik antwoord kon geven, had ze zich al achter het stuur laten zakken en het portier dichtgetrokken. Ik zag Yoshi en Thomas op de achterbank zitten, half opgevouwen en opnieuw voelde ik opluchting dat ik daar niet bij zat.

Ik haalde het slot van mijn motor, startte en stuurde hem de weg op tot achter Jasmines auto. Yoshi zwaaide naar me, ik zwaaide vrolijk terug, op hetzelfde moment dat Jasmine optrok. Ik volgde haar door een deel van Arnhem. Het was al donker en toen we uiteindelijk de stad uitreden en de weg richting Schaarsbergen namen, voelde ik me eenzaam. Of was het een ander gevoel? Onrust? Ik keek in mijn spiegels, maar zag niet veel meer dan de koplampen van enkele auto's achter ons op de onverlichte tweebaansweg.

Vanaf de Schelmseweg reed Jasmine de Kemperbergerweg op, die net zomin verlichting had, maar nog donkerder was door de bomen die erlangs stonden. Ik concentreerde me op de achterlichten van Jasmines auto en was blij dat dit het laatste stuk was.

Aan het eind van deze weg waren we in Schaarsbergen en daar was het weer verlicht. Ik keek opnieuw in mijn spiegels en zag een auto met hoge snelheid naderen. Zonder richting aan te geven dook hij de linkerbaan op en scheurde me voorbij. Het was een blauwe auto, zag ik. In de verte naderde een tegenligger en ik verwachtte dat de auto tussen mij en Jasmine in zou gaan rijden. Maar dat deed hij niet. Hij gaf gas, reed Jasmine voorbij en dook vlak voor haar auto terug op de rechterbaan. Hij deed dit zo krap, dat Jasmine moest uitwijken en in een reflex op haar rem trapte.

Ook ik remde af op het moment dat ik Jasmine zag slippen. Haar banden gleden zonder enige grip over het gladde, waarschijnlijk lichtelijk bevroren wegdek. Haar auto schoot de linkerbaan op, waar op dat moment de stadsbus tussen Arnhem en Schaarsbergen naderde.

De botsing was frontaal. Door de klap werd Jasmines auto met een enorme snelheid de berm ingesmeten, waar hij twee keer over de kop ging, om uiteindelijk weer recht op zijn wielen neer te komen, door te rollen en tegen een boom tot stilstand te komen.

Het was alsof de wereld om me heen plotseling geluidloos werd. Ik keerde mijn motor en reed terug, tot naast de gestopte stadsbus. Zonder dat ik besefte wat ik deed, liet ik mijn motor vallen en rende naar Jasmines auto. Van onder de motorkap kringelde rook omhoog, ruiten waren kapot, carrosserie was beschadigd en volledig in elkaar gedrukt.

'Jasmine!' gilde ik, terwijl ik aan het portier begon te rukken. Iemand pakte me bij mijn arm en zei iets tegen me wat ik niet verstond. Ik trok me los en rukte wederom aan het volledig ingedeukte portier, maar ik kreeg het niet open. Jasmine hing met gesloten ogen voorover op het stuur. Bloed stroomde over haar gezicht, haar lichaam zat finaal klem tussen het stuur en haar stoel. Leila hing met haar hoofd door het kapotte zijraampje, eveneens met gesloten ogen. Op de achterbank lagen Yoshi en

Thomas als lappenpoppen over elkaar heen. Thomas kreunde en ik zag dat een lang stuk ijzer uit zijn rug stak. Ik staarde ernaar en voelde me misselijk worden. Gal kwam omhoog door mijn slokdarm en ik had het koud. IJzig koud. Aan de andere kant van de auto probeerden mensen hulp te bieden aan Leila, die amper reageerde, en aan Yoshi en Thomas.

Iemand pakte me opnieuw bij mijn arm – een man – en ik hoorde zijn stem heel ver weg zeggen dat de hulpdiensten onderweg waren, dat ik niets moest doen omdat dat alleen maar gevaarlijk was in hun toestand. Hij wilde me meenemen, maar nogmaals trok ik me los. Ik keerde me weer naar de auto en stak mijn arm door het raampje naar binnen.

'Jasmine,' fluisterde ik. 'Alsjeblieft. Ga niet dood. Alsjeblieft. Ik kan niet zonder je. Ga niet dood.'

Ze kreunde toen mijn hand haar wang raakte en ik zag dat haar ogen een klein stukje opengingen.

'De baby,' fluisterde ze.

Ik keek naar Leila, naar hoe ze daar lag, in die rare knik en wist ineens zeker dat de baby het niet zou halen. De klap, het kon niet anders.

'Ik weet het niet, Jas,' zei ik zacht. En daarna nogmaals: 'Ik weet het niet.'

Ik zag haar slikken, haar tong gleed over haar lippen. 'Mijn baby,' fluisterde ze.

Bloed gonsde in mijn oren. Míjn baby? Wat bedoelde ze? IJlde ze soms? Door de klap? Dat moest wel. 'Jasmine, het komt wel goed,' zei ik tegen haar, terwijl ik haar wang bleef strelen.

'Mijn baby,' mompelde ze weer. 'Laat hem niet… zijn vader. Niet bij zijn vader. Tarik…'

Tarik? Waar had ze het over?

'Jas…' Ik boog me naar haar toe. 'Wat bedoel je nou? Wat heeft Tarik…'

Ze sloot haar ogen en even dacht ik dat ze weer buiten bewustzijn was geraakt, maar na een paar minuten opende ze ze opnieuw en fluisterde: 'Tarik... we hebben... één keer.' Ze hijgde, likte opnieuw langs haar lippen. 'Ik vond hem leuk.'

Ik voelde me nog kouder worden dan ik al was, toen ik besefte wat ze eigenlijk zei. Tarik en zij, hadden ze... Was Jasmine zwanger? Van hém?

'Jasmine...' zei ik. 'Wanneer...'

Meer hoefde ik niet te zeggen, ze begreep me. Ze sloot haar ogen en zei zacht: 'Z-zeven maanden. We... we kregen ruzie daarna... niets meer gebeurd.' Haar ogen schoten weer open en keken wild om zich heen. 'Papa?' zei ze. 'Waar is papa?' Ze snikte.

Paniek welde op. Ze gleed weg!

'Jasmine!' Ik schreeuwde het uit. 'Jasmine, blijf bij me! Ga niet weg, alsjeblieft. Hou vol, ze gaan je helpen!'

In de verte hoorde ik sirenes. Ik boog nog wat verder in de auto en pakte Jasmines hoofd met twee handen vast. 'Niet doodgaan, Jas,' snikte ik. 'Niet doodgaan.'

'Mijn baby,' mompelde Jasmine. 'Juud, niet bij... zijn... vader.' Ze keek me aan en sloot haar ogen weer.

'Jasmine!' riep ik, maar er kwam geen antwoord meer. Iemand pakte me vast en trok me bij de auto weg. Ik probeerde me los te rukken, maar dat lukte niet en toen ik omkeek zag ik dat het een politieman was die me vasthield.

'De airbag is niet ontplooid,' zei hij vriendelijk, maar dringend. 'Het is levensgevaarlijk om nu zo in de auto te hangen.'

'Mijn zus...' riep ik, terwijl ik weer naar haar keek. Naar haar gehavende en bloedende gezicht, de gesloten ogen.

'Er is hulp onderweg,' zei de agent op zo'n kalme toon dat ik me eraan ergerde. En meteen daarna: 'Kijk, daar zijn ze al.' Hij stapte achteruit en trok mij met zich mee en ik zag dat hij gelijk had. Rechts van ons stopte een ambulance in de berm. Daarachter een tweede. Toen was het alsof alle geluid om me heen ineens weer tot me doordrong. Was het zojuist nog geweest alsof ik onder water zat, nu leek het wel een oorlogsgebied. Ik hoorde geschreeuw, sirenes, dichtslaande autoportieren, nog meer sirenes. Ik wilde mijn handen tegen mijn oren drukken en alleen nog maar gillen. Maar ik deed het niet. Het enige wat ik deed was daar staan en toekijken. Hoe de brandweer arriveerde. Hoe ze Jasmines stuur met een hoes afdekten om te voorkomen dat de airbag alsnog zou worden geactiveerd. Hoe ze de auto openknipten om Jasmine, Leila, Yoshi en Thomas te bevrijden. En ondertussen stond ik daar maar, met een dunne deken om mijn schouders, door een ambulanceverpleger om me heen geslagen.

De hulpverleners waren nog lang niet klaar toen iemand met veel geschreeuw door de barricade van politieagenten heen brak.

Tarik!

Ik voelde een enorme woede opwellen. Die blauwe auto, nu wist ik weer waar ik hem van kende. Het was zíjn wagen. Zíjn blauwe Opel. Wat moest hij hier? Kwam hij om te kijken wat hij veroorzaakt had? Om te zien of hij geslaagd was? Ik zette me schrap om hem naar de keel te vliegen, maar hij rende me voorbij, rechtstreeks naar Jasmines auto, waar hij werd tegengehouden door twee agenten. Ik zag hoe hij probeerde los te komen. Hij sloeg om zich heen, schopte en schreeuwde. Het hielp niet, ze trokken hem met geweld achteruit. Ik schrok ervan. Wat mankeerde hem?

Het volgende moment keerde hij zich naar mij. Een van de politieagenten had hem nog steeds vast, anders had hij zich ongetwijfeld boven op me gestort.

'Het is jouw schuld!' schreeuwde hij me toe. 'Als jij je bemoeizuchtige rotkop niet in onze familiezaken had gestoken, dan… dan…' Hij kwam niet meer uit zijn woorden. Zijn ogen stonden woest, maar ook in- en intriest en ik vroeg me af wat hem in godsnaam zo overstuur maakte. Was hij niet al die tijd op de dood van Leila uit geweest? Om de eer van zijn familie te herstellen? Waarom deed hij dan alsof hij er kapot van was? Wilde hij iedereen misleiden? Gaf hij daarom mij de schuld?

'Je hebt je zin, Tarik,' zei ik tegen hem. Ik hoorde zelf hoe onwaarschijnlijk kalm het klonk. Innerlijk was ik woedend, maar ik was te verdoofd en te verslagen om het te uiten. 'Je hebt bereikt wat je wilde. Laat ons nu met rust.'

Hij keek naar me, met ogen die vuur schoten. Hij wilde wat zeggen, maar kwam nog steeds niet uit zijn woorden. Zijn blik hield me vast, één, twee seconden. Toen rukte hij zich los uit de greep van de agent en liep van ons weg. Ik wist niet waar naartoe.

'Judi.' Ben van Vliets stem klonk zacht en toen ik opkeek zag ik hem voor me staan. Zijn gezicht drukte bezorgdheid uit en zijn ogen stonden triest. De wachtruimte waarin ik zat, was stil en leeg, maar ik merkte het niet eens.

'Judi,' zei hij nogmaals, terwijl hij naast me kwam zitten.

'Ze zijn dood, Ben,' fluisterde ik. 'Yoshi en... en Jasmine.' Ik keek weer naar hem en vervolgde: 'Ze zijn er niet meer.'

Tranen liepen plotseling over mijn wangen, tranen die tot nu toe niet hadden willen komen, en zwijgend sloeg Ben zijn armen om me heen. Hij deed niets, zei niets, hield me alleen maar tegen zich aan.

'En Leila?' vroeg hij na een poosje, toen ik mezelf weer een beetje onder controle had.

Ik schudde mijn hoofd. 'Ze hebben de baby gehaald, maar ze denken niet dat ze het redt.'

'Leila niet?'

'De baby. Door de botsing met de bus. De klap was te groot.' Ik adem even diep in en vervolg: 'Leila is nu nog in de operatiekamer. De kans is groot dat het met haar wel goed komt. Maar Thomas...' Ik zweeg en zag opnieuw dat beeld voor me. Dat beeld van Thomas met dat stuk ijzer uit zijn rug.

'Wat is er met Thomas?'

'Ze weten het niet,' fluisterde ik. 'Ze zijn nog met hem bezig, maar Ben...' Ik keek weer naar hem op. 'Je had hem moeten zien, Ben. Daar, in de auto... Hij was... hij was...' Tranen welden weer op en toen ik mijn ogen sloot, voelde ik ze over mijn wangen lopen.

'Sst,' zei Ben zacht. 'Niet meer aan denken. Hij is in goede handen nu.'

Natuurlijk. Dat was hij ook. Maar hoe zou hij hieruit komen? Het had er niet best uitgezien, zoals hij daar lag. Stel dat hij levenslang invalide zou zijn? Was het dan niet beter dat hij ook maar doodging? Net als Yoshi? En Jasmine?

Jasmine.

Mijn kleine zusje. Hoe moest ik dit aan mijn ouders vertellen? Mijn hart verkrampte als ik aan hen dacht. Ze zouden kapot zijn. En mijn vader. Jasmine was altijd al zijn kleine meisje geweest. Haar dood zou hem breken. Zijn hart, zijn ziel, alles.

Maar de baby...

Ik dacht aan wat de arts me amper een uur geleden was komen vertellen. Het nieuws dat Jasmine niet meer leefde. Dat ze de baby, die ze waarschijnlijk ongeveer drieëndertig weken bij zich had gedragen, hadden kunnen redden. Een jongetje. Volgens de arts levensvatbaar en gezond. Hij zou gewoon blijven leven. Ik had de afgelopen maanden als een film aan me voorbij laten trekken. Ik had gezocht naar momenten waaraan ik had kunnen merken in wat voor situatie Jasmine zat. Ja, ik had gezien dat ze wat dikker was geworden, maar had dat toegeschreven aan het feit dat ze weer wat beter in haar vel zat en daardoor ook weer meer ging eten. Bovendien had ze wijde kleding gedragen, waardoor ze alles heel goed had weten te verbergen. Waarom had ze het me niet eerder verteld? Omdat ik Tarik haatte? Was ze bang dat ik hem ermee zou confronteren? Er waren zoveel dingen die ik me afvroeg. Maar het belangrijkste was: had ik kunnen weten van haar avontuurtje met Tarik? Ik was tot de conclusie gekomen van niet. Ze had die laatste maanden meerdere keren ruzie met hem gehad, op straat, en op dat dansfeest. Hoe had ik kunnen verwachten dat Tarik, júist Tarik, het bed zou delen met iemand zoals zij, die zelfs niet eens tot zijn geloofsgroep behoorde. Waarom had hij dat gedaan? Was het misschien een soort wraak geweest? Maar ook dat had ik voor mezelf ontkend. Niet op die manier, dat kon ik niet geloven. Jasmine stond bekend om haar onenightstands. Het was niet anders geweest dan dat, terwijl Tarik het vast gewoon een spannend en vooral lekker avontuurtje had gevonden.

Ik keek opzij naar Ben, zocht zijn blik en slikte. 'Er is nog iets,' zei ik uiteindelijk zacht.

Hij antwoordde niet, wachtte slechts op het vervolg.

'Jasmine... ze... ze was zwanger.'

Bens blik was bijna komisch en als ik me niet zo vreselijk ellendig had gevoeld, had ik vast om hem gelachen.

'Wat bedoel je?' vroeg hij. 'Jasmine...?'

Ik knikte. 'Jasmine was...' Ik ademde even diep in en vervolgde: 'Ze was niet groot, dat weet je. En soms krijgen vrouwen nauwelijks een buik. Jasmine ook niet. Ze werd wat dikker, dat wel, en dat verborg ze door wijde kleren te dragen. Bovendien, wie verwachtte nou dat ze zwanger zou zijn?'

'Maar...' begon Ben, 'hoe kan dat dan? Bedoel je dat haar baby ook dood is?'

'De baby leeft,' zei ik zacht. 'Het is een jongetje en hij is gezond.'

Ben staarde me aan.

'En Tarik is de vader...'

Het was alsof hij gestoken werd. 'Tarik?' herhaalde hij, terwijl hij me vol ongeloof aanstaarde.

'Ik denk dat het een ongelukje was,' zei ik. 'Van... van voordat deze hele toestand escaleerde, want ik weet zeker dat ze de afgelopen maanden geen contact met hem heeft gehad. Een gescheurd condoom. Of misschien dat ze in die periode vergeten is de pil te slikken.'

Want daar was ze heel goed in. In het vergeten van zulke cruciale dingen.

'En over een abortus zou ze niet eens hebben nagedacht,' vervolgde ik zacht. 'Daarvoor hield ze te veel van kinderen. Die baby was voor haar meer dan welkom.'

'Weet Tarik dat ze een kind van hem verwachtte?'

Ik schudde mijn hoofd. 'Jasmine...' Ik slikte toen ik de beelden weer voor me zag hoe ze bekneld had gezeten in de auto en hoe ze me had gesmeekt haar baby niet aan Tarik te geven. Onbewust had ik op dat moment al besloten hem nooit van het kind te vertellen. 'Ze wilde niet dat Tarik het wist. En je moet me beloven het niet aan hem te vertellen. Hij mag niet opgroeien bij die mensen, Ben. Dat is wel het laatste wat Jasmine wilde.'

Hij zei niets, keek me alleen maar peinzend aan. Hij wilde net reageren toen een arts in een witte jas met een trieste blik in zijn ogen de wachtkamer binnenkwam en ik wist meteen wat hij zou zeggen, dat Thomas het niet gehaald had. Maar dat bleek niet zo te zijn. Ze hadden hem gestabiliseerd en hij was nu buiten levensgevaar. Maar hij zou waarschijnlijk nooit meer kunnen lopen.

Hoewel ik blij was te horen dat hij het zou redden, voelde ik een diep en intens verdriet als ik eraan dacht dat Thomas de rest van zijn leven in een rolstoel zou moeten slijten. En toen niet veel later Thomas' ouders in het ziekenhuis aankwamen en het nieuws hoorden, haatte ik Tarik met elke vezel in mijn lichaam en zwoer ik dat hij Jasmines baby, mijn neefje, nooit in handen zou krijgen.

ZATERDAGAVOND 25 AUGUSTUS 2012

Even verwacht ik dat Güney me gaat slaan. Hij trekt zijn schouders op, alsof hij zich groter wil maken dan hij is, en staart me aan, met een blik die zowel ongeloof als woede uitstraalt. Hij zegt niets, maar ik zie aan hem dat mijn woorden doel hebben getroffen.

'Geen zoon van Leila?' herhaalt hij na een poosje. 'Wat bedoel je?'

'Dat Cem geen kind van je zus is,' sis ik hem toe. Ik duw mijn handen tegen mijn buik om de pijn tegen te gaan en vervolg: 'Hij is de zoon van Jasmine.'

Hij lijkt na te denken, misschien om mijn woorden op waarheid te schatten, of omdat hij niet meer weet wie Jasmine is. 'Jasmine?' vraagt hij dan. 'Jouw zus?'

Ik knik langzaam. 'Mijn zus.'

Vol ongeloof schudt hij zijn hoofd. 'Maar... waarom... ik begrijp het niet.'

'Je begrijpt het niet?' echo ik tandenknarsend. 'Laat ik het je uitleggen. Cem is de zoon van mijn zus Jasmine. En jouw broer Tarik.'

In een flits besef ik dat ik dat beter niet had kunnen zeggen. Onze hele dekmantel is nu volledig aan flarden. Razendsnel denk ik na over of ik dit recht kan praten, terug kan draaien, maar ik weet eigenlijk al dat ik dat niet meer kan. Ik zie Güney zijn ogen tot spleetjes knijpen, voordat hij me met een woeste brul achteruit duwt. 'Je liegt, bitch!' schreeuwt hij, terwijl ik weer naast Wout op de bank terechtkom.

Een helse pijn schiet door me heen en ik kan niet voorkomen dat ik het uitgil. Wout wil me helpen, maar ik weer hem af. Met geen vinger laat ik hém me nog aanraken. De laffe klootzak.

'Mijn broer zou nooit iets met zo'n slet beginnen,' zegt hij nijdig. 'Dat hoerenjong is van Leila en van niemand anders!'

Ik hijs mezelf weer overeind. 'Leila kreeg een dochter,' zeg ik dan. 'Ze overleed enkele uren na het auto-ongeluk.' En na een korte stilte: 'Het ongeluk dat jouw broer heeft veroorzaakt.'

Hij kijkt naar me, zijn ogen bloeddoorlopen van woede. Hij zegt niets, staart me alleen maar aan. Uiteindelijk komt hij op me af en buigt zich over me heen. 'En dat hebben jullie dus voor ons verzwegen.'

Het is geen vraag, slechts een constatering en het enige wat ik kan doen is knikken.

'Waarom?' vraagt hij.

'Omdat Jasmine niet wilde dat haar kind in jullie familie opgroeide,' zeg ik.

Even nog kijkt hij me aan, met zijn gezicht vlak bij dat van mij.

Maar dan gaat hij weer rechtop staan en zegt: 'Wat een lul. Wat een enorme lul!' En terwijl hij weer op me neerkijkt: 'Dat ongeluk heeft hem veranderd, weet je. Het kon hem allemaal niet meer schelen. De familie niet. Leila niet. Het interesseerde hem gewoon niet meer. En nu weet ik waarom. Hij hield van die bitch!'

Zijn woorden slaan bij me in als een bom. Ik denk aan Tariks reactie vlak na het ongeluk. Aan de keren dat Jasmine tussen hem en mij ging staan en hij nooit één vinger naar haar uitstak. Hoe overtuigd Jasmine was dat hij haar nooit iets zou aandoen. Güney heeft gelijk. Tarik had van haar gehouden. Maar vanwege zijn achtergrond zou hij daar nooit openlijk voor zijn uitgekomen.

'En al die tijd hebben jullie zijn kind bij hem weggehouden,' gaat hij verder. 'Jullie maakten ons wijs dat Leila's baby was overleden, maar over die van Tarik zwegen jullie. Hoe hebben jullie dat gedaan? Heeft die rechercheur daar soms bij geholpen?'

'Leila's baby was dood, dat heeft niemand jullie wijsgemaakt. Dat was de waarheid. Ze heette Ilayda. Ilayda Rashukan. Jasmines zoon noemden we Cem. Cem van de Werff. Maar bij de aangifte op het stadhuis gaven we hem Rashukan als achternaam, wat wettelijk gezien correct was, maar waardoor niemand ooit zou kunnen vermoeden dat Cem niet Leila's zoon was.'

'En daar wist de politie van af?'

'Alleen Ben van Vliet en Martha Beijst. Zij hebben ons daarbij geholpen, net zoals ze ons hebben geholpen toen we naar Amsterdam zijn gevlucht.'

Er valt een stilte. Güney keert zich van Wout en mij weg en staart voor zich uit. Maar niet voor lang. Slechts enkele seconden later draait hij zich weer naar ons terug en sist: 'Waar is die jongen!' Hij springt op me af en trekt me aan mijn shirt van de bank. 'Het is een jezidi, hij hoort bij zijn vader! Bij ons!'

Door de kracht waarmee hij me omhoogtrekt, val ik naar voren en beland ik met een kreet van pijn op mijn knieën op de grond. Ik zie Güney opnieuw het mes heffen dat hij nog steeds in zijn hand heeft en ik zet me schrap voor de volgende, misschien wel fatale messteek. Maar die komt niet. Met een brul schiet Wout overeind en werpt zich op Güney, die te verbaasd is om te reageren. Ze tuimelen achterover tot vlak voor de keuken en daar is het dat Güney weer bij zijn positieven komt. Razendsnel werkt hij zich onder Wout vandaan, die ook weer overeind krabbelt en zich nogmaals op Güney stort. Güney haalt meteen uit met het mes, waardoor Wout achteruit wankelt, de keuken in, en daar achterover op de grond terechtkomt. Ikzelf zit nog steeds op mijn knieën voor de bank, happend naar adem en niet in staat om te zien waar Wout gestoken is. Ik zie Güney achter Wout aan de keuken induiken, gevolgd door geschreeuw en lawaai, als ze daar blijkbaar heftig in gevecht raken.

Met mijn handen leunend op de bank lukt het me om overeind te komen en langzaam strompel ik naar de keuken. Daar laat ik me tegen de deurpost vallen en zie nog net hoe Güney weer op Wout insteekt. En nog een keer. Wouts overhemd zit onder het bloed en nadat Güney hem nogmaals in de borst steekt, valt hij achterover tegen het keukenraam, grijpt zich vast in de vitrages, die hij in zijn val omlaagtrekt. Hij botst tegen het fornuis, tolt opzij en valt met een klap op de grond. De cezve, die nog op een laag pitje stond, stuitert achter hem aan en dan zie ik tot mijn verbijstering hoe de vitrages die Wout omlaag heeft getrokken op de brandende gaspit vallen en onmiddellijk vlam vatten. De synthetische stof knettert door het vuur als de gordijnen boven op Wout terechtkomen en zijn jasje de vlammen overneemt. Ondanks de messteken die hij al geïncasseerd heeft, rolt Wout over de vloer heen en weer, waardoor het kleed dat voor het aanrecht ligt ook vlam vat. Ik wil naar voren schieten om het vuur dat Wout doet schreeuwen van angst en pijn te doven, maar Güney staat tussen ons in in de smalle keuken. Het lijkt hem niet te interesseren wat er met Wout gebeurt. Hij draait zich naar mij en steekt woedend het bebloede mes naar voren. 'Zeg op, bitch!' schreeuwt hij. 'Waar is die jongen?' Hij komt op me af en ik zie de waanzin in zijn ogen, waardoor ik achteruitdeins, terug de woonkamer in. Güney stopt niet, en ik weet dat hij me gaat vermoorden. Of ik hem nou wel of niet kan vertellen waar Cem is, het zal hem niets kunnen schelen. Hij is volledig doorgedraaid.

Ik voel paniek oplaaien, terwijl ik nog steeds langzaam achteruitschuifel, tot ik uiteindelijk met mijn rug tegen de boekenkast stoot en niet meer verder kan.

Wat moet ik doen?

Mijn ogen flitsen van links naar rechts en weer terug, zoekend naar een uitweg. Ik hoor vuur knetteren. Vanuit de keuken komen de eerste vlammen de woonkamer binnen. Ze likken aan de houten kozijnen, het houten plafond, de houten vloer. Alles in mijn boot is van hout. Het zal hier in no time in lichterlaaie staan. Ik moet hier weg. Snel!

Maar ondertussen komt Güney steeds dichterbij, het mes nog steeds voor zich uit gestoken. Hij wringt zich tussen de kast en de tafel en ik zie de bijna bezeten woede in zijn ogen. Ik ben bij het einde van de boekenkast gekomen en druk me nu met mijn rug tegen de muur, en wenste dat ik erin kon verdwijnen. Ik kan geen kant meer op. Met mijn hand tast ik wanhopig achter me en dan voel ik het grote Afrikaanse beeld dat ik ooit van Jasmine heb gekregen, als souvenir van haar maand vakantie in Kenia, alweer jaren geleden. Het is van massief hout en symboliseert twee zussen, wat ze erg toepasselijk vond en wat ook de reden is dat ik het monsterlijke, zware ding nooit heb kunnen weggooien. Ik sluit mijn vingers om het meter hoge gevaarte en op het moment dat Güney vlak voor me staat, probeer ik het achter me vandaan te trekken, maar het is zo zwaar dat ik het amper kan optillen. Ik zie Güney grijnzen, alsof hij weet dat ik geen schijn van kans maak. Gek genoeg hoor ik dan ineens Yoshi's stem, zoals hij altijd tegen me sprak, op die zachte, rustige manier. 'De wijze is gedisciplineerd naar lichaam, geest en woord. Hij heeft altijd alles onder controle.' Eén van zijn wijze lessen en ik besef dan dat het aan mij is om te kiezen. Ik heb de controle over wat er nu gebeurt. Opgeven betekent dat Cem niemand meer heeft als Leila ook sterft. En dan? Nu ons geheim bij Güney bekend is, is de kans groot dat Tarik zijn zoon zal opeisen, helemaal als ik er ook niet meer ben. Ik voel een kokende woede in me oplaaien.

Dat nooit!

Ik heb Jasmine én mezelf ooit beloofd dat Cem nooit in de handen van de familie Rashukan zou vallen, en die belofte ben ik van plan te houden. Alles zal ik doen om hem weg te houden bij die gestoorde idioten, en het kan me niet schelen als ik daarvoor wederom met hem moet vluchten, al is het naar het andere eind van de wereld.

Ik sluit mijn ogen, concentreer me om alles – pijn, angst, gevoelens, herinneringen – buiten te sluiten, zoals Yoshi me leerde tijdens de eerste kendolessen die ik als kind van hem kreeg. Dan draai ik me half om, grijp met twee handen het houten beeld vast en terwijl ik het uitschreeuw, til ik het van de grond en sla het met alle kracht die ik nog heb tegen Güney. Hij geeft een brul als hij hard tegen de boekenkast knalt, waardoor een hele ris boeken omlaag komt. Hij probeert zich nog vast te grijpen, maar faalt. Hij valt opzij, mijn kant op, en sleurt me met zich mee. Mijn hoofd slaat met een enorme klap tegen de muur en ik voel Güney boven op me vallen. Dan wordt alles donker.

Hoestend kom ik weer bij bewustzijn. Ik kan amper wat zien door de rook die mijn boot vult. Het is bloedheet en ik hoor de vlammen knetteren, zie ze oplichten, overal om me heen.

Ik moet naar buiten!

Mijn keel brandt, mijn ogen tranen en mijn lichaam doet overal pijn. Mijn buik trekt krampachting samen en ik zie hoe mijn shirt volledig doordrenkt is met bloed. Ik kan mijn linkerarm niet goed bewegen en besef dat Güneys steekwonden nu toch hun uitwerking beginnen te hebben.

Ik richt me op, steunend op mijn rechterhand, en krijg het voor elkaar op mijn knieën te gaan zitten. Vervolgens hijs ik me aan de tafel overeind. Ik krijg een nieuwe hoestbui en voel mijn longen branden door de rook die ik nu constant inadem.

Dan zie ik het mes dat aan mijn voeten op de grond ligt en besef dat Güney weg is. Waar is die klootzak? Is hij gevlucht? Zag hij zijn kans om zo van me af te komen? Hoestend kijk ik opzij, naar de keuken en denk aan Wout. Die is daar nog! I-ik moet hem... Maar dan zie ik de vlammen die langs de kozijnen van de keukendeur likken en besef dat het voor hem te laat is. In mijn hoofd hoor ik zijn ijzige gegil weer, toen zijn kleding in lichterlaaie stond, en ondanks de hitte om me heen, loopt er een rilling over mijn rug. Voor hem kan ik niets meer doen. Ik moet nu aan mezelf denken. Naar buiten!

Ik strompel in de richting van de hal en dan zie ik hem staan. Güney. In de deuropening tussen de woonkamer en de hal. Zijn handen houdt hij omhoog. Ik kan niet goed zien waarom hij dat doet. Ik hoor gemompel van stemmen, Güneys stem en nog een andere, gevolgd door een schreeuw en ik zie door de mist van rook hoe Güney de hal in rent en probeert door de voordeur naar buiten te vluchten. Dat is het moment dat ik zie van wie de andere stem is.

Ben!

Ik knijp mijn ogen samen tegen de rook en hoest opnieuw. Ik wil naar de hal lopen, maar zak door mijn knieën en val languit voorover. Ik verbijt de pijn, richt me half op en wil Ben roepen, maar het is niet meer dan een schor gefluister.

Dan zie ik hoe hij zich naar de voordeur draait en zijn arm heft. In zijn hand houdt hij een wapen en voordat ik besef wat er gebeurt, hoor ik een harde knal. Even denk ik dat het plafond van mijn boot naar beneden komt, maar het volgende moment staat Ben naast me. Zonder te aarzelen smijt hij het wapen dat hij vast had opzij en hijst me hardhandig overeind. Hij ondersteunt me de hele weg naar buiten, waar op datzelfde moment de hulpdiensten arriveren. Brandweer en ambulance, blauw licht beheerst de omgeving. Een politiewagen staat schuin over de Prinsengracht, zodat er vanaf links niemand meer door kan.

Leunend op Ben strompel ik de loopplank over. Alles doet me pijn, mijn ogen branden en ik kan amper stoppen met hoesten, wat nog meer pijn veroorzaakt. Op de kade zie ik Güney liggen, op zijn buik. Iemand zit geknield naast hem en probeert een bloedende wond in zijn rug te stelpen.

Ik kijk opzij naar Ben en hij beantwoordt mijn blik zonder een spoortje spijt. 'Ik kon hem niet laten vluchten, Judi,' zegt hij zacht. 'Niet na wat hij allemaal gedaan heeft.'

'Heb... heb je hem...' begin ik, maar de rest van mijn woorden wordt gesmoord in een nieuwe hoestbui.

'Het spijt me,' zegt hij dan. 'Van alles.'

Ik slik om mijn droge en pijnlijke keel te verzachten en fluister: 'Ik... ik begrijp het wel. Ik had hetzelfde gedaan. Maar Güney neerschieten...' Ik adem even diep in en vervolg: 'Je zult veroordeeld worden.'

Hij glimlacht. 'Dat maakt me niet uit. Zolang jij maar veilig bent.'

Veilig. Ben ik dat? Kan ik eindelijk weer verder? Ik kijk naar mijn brandende boot en voel een diep gevoel van spijt. Ik ben het kwijt. Mijn geweldige huis. Waar moeten Bruce en ik nu weer naartoe?

Dan besef ik het.

Bruce!

O God, Bruce! Hij is nog binnen! Op die brandende boot!

'Mijn kat,' zeg ik schor. 'Bruce!

Ik probeer mijn arm los te trekken, maar Ben houdt me vast. 'Het is te laat, Judi,' zegt hij, terwijl hij naar mijn boot kijkt. In zijn ogen weerkaatst het licht van de vlammen en als ik omkijk, zie ik hoe het vuur door het linkerdeel van het dak is gebroken en metershoog oplaait.

Bruce. Mijn lieve, lieve Bruce. Niet hij ook nog. Ik hap naar adem en de pijn die ik voel als ik eraan denk dat hij daar nog binnen is, is vele malen erger dan de lichamelijke pijn die me kwelt.

Dieper. Zo diep, dat het lijkt alsof mijn hart uit mijn lijf wordt gerukt. Dit kan niet. Dit mág niet. Niet Bruce! Mijn blik schiet opzij, naar de andere kant van mijn boot, waar de slaapkamer – en dus Bruce – is. Het lijkt of het vuur daar minder heftig is... minder vlammen... Maar straks zal ook die kant...

'Nee!' schreeuw ik dan. Ik ruk me los en voordat Ben kan ingrijpen, struikel ik terug de loopplank over. Met mijn rechterarm geheven tegen de vlammen en de hitte, het geschreeuw en de pijn negerend, duik ik mijn boot in, onderwijl Bruce' naam roepend. Ik hoor een knal vanuit de keuken en krimp in elkaar als er met luid geraas een stuk hout naar beneden komt.

'Bruce!' schreeuw ik, om meteen daarna in een nieuwe hoestbui te schieten. Ik strompel naar de slaapkamer en roep opnieuw: 'Bruce!'

Niets.

Gejaagd kijk ik rond. Hij is vast al dood. Gestikt in die enorme rookontwikkeling. Mijn Bruce. Mijn lieverd.

Dan zie ik het. Een klein puntje wit met rode staart steekt achter mijn bed vandaan. Ik strompel ernaartoe. Pijn voel ik amper nog, alsof ik die fase ver voorbij ben. Ik hoest rochelend. Mijn ogen zijn gezwollen en mijn longen branden, maar ik weiger om het op te geven. Niet voordat ik Bruce gevonden heb. Levend... of dood.

Ik laat me op mijn knieën vallen en kruip verder, tot de hoek van mijn bed. Daar ligt hij. Bruce. Doodstil en terwijl de tranen over mijn wangen lopen, leg ik mijn hand op zijn lijfje. Mijn schuld. Weer is iemand waar ik zoveel om geef door mijn schuld dood.

Achter me klinkt gekraak als een balk in de woonkamer met een loeiend geraas omlaag komt. Ik moet hier weg. Naar buiten! Ik schuif mijn rechterarm onder Bruce' lijfje en til hem tegen me aan en dan zie ik het. Hij ademt! Hij leeft nog!

Met Bruce stevig in mijn armen krabbel ik zo goed en zo kwaad als het gaat overeind en wankel de slaapkamer uit. De woonkamer staat totaal in lichterlaaie, net zoals de rest van mijn boot. Ik kan nog net uitwijken als er opnieuw met luid gesis stukken hout naar beneden komen. Ik struikel over iets en val op mijn knieën, nog net in staat om Bruce vast te houden, en verbeten kruip ik verder, de hal in. Daar is het dat ik het niet meer volhoud. Mijn longen lijken te ontploffen en het is alsof ik stik. Ik val opzij, met Bruce nog steeds tegen me aan. Het is over. Ik kan niet meer en terwijl ik mijn ogen sluit, word ik overspoeld door een enorme rust. De geluiden om me heen, het gesis, het geknetter van de vlammen, het geraas van stukken hout die omlaag komen, ik hoor het niet meer. En ik besef dat het goed is zo. Rust. Alleen maar rust. Daar verlang ik naar.

Dan voel ik hoe ik overeind word gehesen. Ben, is het eerste wat door me heen schiet. Maar als ik opkijk, zijn het de ogen van Wolf Brenning die terugkijken. Hij zegt niets, schuift zijn armen onder mijn rug en benen en tilt me met een zwaai omhoog. Het volgende moment staan we buiten op de kade, ik in de armen van Wolf, hoestend en snakkend naar adem, en Bruce in die van mij. Hij beweegt niet en opnieuw is er die angst dat hij niet meer leeft.

'Bruce,' fluister ik schor tegen Wolf. 'Iemand moet naar hem kijken!'

Ik zie Wolf iemand wenken en een paar tellen later staat er een grote brandweerman naast me die Bruce voorzichtig van me overneemt. Meteen daarna komen er twee ambulanceverplegers met een brancard op ons af, waar Wolf me voorzichtig op neerlegt. Ik zie nog net zijn bezorgde blik, voordat alles zwart wordt.

ZONDAGOCHTEND 26 AUGUSTUS 2012

Ik weet dat ik droom, omdat ik Jasmine zie. En Yoshi. Ze bevinden zich op een felgroen grasveld en spelen badminton. En dat is gek, want Jasmine had een bloedhekel aan badminton. Maar ja, het is een droom en in een droom kan alles. Ik steek mijn arm op en zwaai naar hen. Ze lijken me niet te zien, gaan helemaal op in hun spelletje. Dan verschijnt er uit het niets een klein meisje. Ze heeft ravenzwarte haren en donkere ogen. De ogen van Leila. Het moet haar baby zijn. Of eigenlijk de baby van toen, want nu is ze een jaar of drie. Ze lacht naar me, de lach van haar moeder. Ik zie Jasmine omkijken en naar het meisje glimlachen. Ilayda. Ik weet zeker dat zij het is. Jasmine loopt naar haar toe, pakt haar hand en zegt iets tegen haar. Ik hoor niet wat. Sterker nog, ik hoor helemaal niets. Het is doodstil om me heen. Ik kijk naar Yoshi, die zijn badmintonracket heeft neergelegd en nu ook naar het meisje toe loopt. Hij laat zich naast haar door zijn knieën zakken en fluistert haar wat toe. Het meisje knikt, blij. Yoshi komt weer overeind en pakt haar andere hand. Dan lopen ze van me weg, over het groene gras, in de richting van een eindeloze verte. Even nog kijkt het meisje naar me om en lacht weer. Dan laat haar blik me los en loopt ze aan de hand van Yoshi en Jasmine verder. Ik kijk hen na totdat ze slechts stipjes in de verte zijn.

Het geluid dringt van ver tot me door. Een scherp gepiep, met een enkele plop er tussendoor. Ik hoor stemmen, luid en duidelijk, maar dan vervagen ze weer. Ik voel een felle pijn in mijn schouder, wil schreeuwen, maar kan geen geluid uitbrengen. Ik voel me wegdrijven in een weldadig warme mist, om meteen daarna andere stemmen te horen. Bekende stemmen. Ik dwing mezelf om mijn ogen open te doen en knipperend tegen het licht kijk ik om me heen en merk dat ik in een ziekenhuisbed in een kleine kamer lig. Bij de deur zie ik Wolf Brenning staan, in gesprek met wat waarschijnlijk een arts is, gezien de witte jas die hij aanheeft.

Ik adem diep in en merk tot mijn verbazing dat dat vrij gemakkelijk gaat, op een lichte pijn in mijn buik na. Ik probeer overeind te komen en mompel: 'Rechercheur Brenning...'

Wolf Brenning draait zich om en na een korte blik op de arts komt hij naar mijn bed toe lopen.

‘Daar bent u weer,’ zegt hij zacht. ‘U hebt ons wel erg laten schrikken.’

De arts komt aan de andere kant van het bed staan en glimlacht naar me. ‘Hij heeft gelijk,’ zegt hij. ‘U hebt ons flink wat werk bezorgd.’ Met een lampje schijnt hij eerst in mijn linker- en dan in mijn rechteroog, en vraagt dan: ‘Hoe voelt u zich?’

‘Alsof ik twee keer met een mes ben gestoken en daarna op een brandende boot heb gebivakkeerd,’ fluister ik schor. Ik kijk op naar Wolf Brenning, die mijn antwoord blijkbaar erg vermakelijk vindt, zoals de grijns op zijn gezicht verraadt, en vervolg: ‘Bruce?’

‘Die is helemaal in orde,’ zegt hij. ‘Hij verblijft momenteel bij een van mijn mensen thuis.’

Opluchting golft door me heen. Als ik terugdenk aan die vlammenzee, aan zijn slappe lijfje daar in de slaapkamer, dan verwachtte ik niets anders dan dat hij het niet overleefd had.

‘U hebt geluk gehad,’ zegt de arts. ‘U had zware inwendige verwondingen. Het verbaast me dat u het zo lang hebt volgehouden.’

‘Ik kan wel wat hebben,’ reageer ik met een lachje.

De arts lacht niet terug. ‘Feit blijft dat het u bijna het leven heeft gekost en ik raad u ten stelligste af zoiets nog een keer te doen.’

‘Dat is een advies waar ik wel mee kan leven,’ zeg ik.

Er valt een korte stilte, waarin de arts nog even een blik werpt op mijn twee bandages en vervolgens de deken wat verder over me heen trekt. ‘Denkt u dat u in staat bent om rechercheur Brenning te woord te staan?’ vraagt hij.

Ik knik.

‘Dat dacht ik wel,’ zegt de arts. ‘U kunt tenslotte wel wat hebben.’ Nu glimlacht hij wel en vervolgt: ‘Dan laat ik jullie maar even alleen.’ Hij wijst op een knopje dat aan het veiligheidshek van mijn bed hangt. ‘Daar kunt u op drukken als er iets is.’

Hij wacht niet op antwoord, maar loopt meteen de kamer uit, waarna er opnieuw een stilte valt.

'U hebt een aantal hele domme dingen gedaan,' zegt Wolf Brenning uiteindelijk.

Ik geef geen antwoord, voel me lichtelijk beschaamd omdat ik weet dat hij gelijk heeft. Het wás misschien ook wel een beetje dom wat ik allemaal heb gedaan, maar ik heb er geen spijt van.

'Waar is Ben?' vraag ik.

'Die zit in voorarrest,' antwoordt Brenning.

'Waarom?'

Wolf Brenning kijkt me even peinzend aan. Dan zegt hij: 'Hij heeft een vluchtende verdachte neergeschoten. Omstanders hebben verklaard dat dat absoluut niet nodig was. Er stonden agenten op de kade die hem hadden kunnen overmeesteren.'

'Hij deed wat hij doen moest, rechercheur,' zeg ik zacht. 'Güney heeft Wout vermoord. Hij heeft geprobeerd Leila en mij te vermoorden. Hij heeft een klein meisje ontvoerd, om te krijgen wat hij hebben wilde: wraak.'

'Dat is nog geen reden om iemand die vlucht in de rug te schieten.' Hij wacht even en vervolgt dan: 'Güney Rashukan is inmiddels aan zijn verwondingen overleden.'

Ik weet niet precies wat ik voel bij dat nieuws. Opluchting? Misschien. Het zorgt er in ieder geval voor dat ik nog meer dingen wil zeggen om Ben te verdedigen, maar ik besef dat het geen enkele zin heeft. Al zou Wolf Brenning het met me eens zijn, al zou hij ook vinden dat Ben geen andere keus had gehad, dan nog zou hij zeggen dat het verkeerd was.

Ik voel Wolf Brennings hand op mijn arm en kijk naar hem op. Zijn ogen staan vriendelijk en drukken een delicate zachtheid uit. Hij weet het, schiet het door me heen. Hij weet hoeveel ik om Ben geef. Hij heeft het al die tijd geweten.

'Er is iemand die jou graag wil zien,' zegt hij na een poosje. Hij knijpt nog even in mijn arm en loopt dan naar de deur, die hij opentrekt. Ik zie Martha binnenkomen, glimlachend.

Ik kan niets zeggen, staar alleen naar de kleine jongen die ze aan de hand houdt. Tranen wellen op als ik besef dat hij het werkelijk is.

Cem!

Martha duwt hem naar voren en aarzelend loopt hij de kamer in. Als hij naast mijn bed staat, tilt Wolf Brenning hem op en zet hem op zijn knietjes naast me neer. Hij slaat zijn armen om mijn nek en dan kan ik me niet meer goed houden. Ondanks de pijn in mijn schouder trek ik hem tegen me aan en snik het uit.

'Twee dagen nadat ik bij Leila thuis was geweest vanwege die aanval op jou, belde ze me op en zei ze me dat ze Cem zo snel mogelijk ergens anders wilde onderbrengen,' vertelt Martha. 'Ik zei dat dat niet nodig was, stelde haar gerust en verzekerde haar dat haar broer Tarik scherp in de gaten werd gehouden. Maar ze was niet te overtuigen. Ze had Ben gezien. Met Wout. En ze was er zeker van dat ze iets van plan waren. Ze kende Wout niet zo heel goed en zag hem daardoor niet echt als een gevaar, maar ze vond het erg vreemd dat hij na ruim drie jaar plotseling in Amsterdam stond – mét Ben. Vlak bij haar appartement. Ik dacht eerst dat ze het verkeerd gezien had, maar ik begon al snel te twijfelen. Ben was de hele dag al niet zichzelf, gedroeg zich die ochtend ook heel vreemd. Was nergens met zijn gedachten bij geweest en toen ik hem naar Wout vroeg, ontkende hij té snel en té stellig dat hij met hem gesproken had. Bovendien vroeg hij me ook niet waarom ik dat wilde weten. De rest van de middag bleef hij overduidelijk bij me uit de buurt en zat hij constant te bellen.'

'Dat was natuurlijk toen Güney de dochter van zijn vriendin had meegenomen,' zeg ik.

Martha knikt. 'Maar dat wist ik natuurlijk niet en ik besloot – zonder Ben in te lichten – dat het misschien veiliger was om de jongen inderdaad bij Leila weg te halen. Ik sprak met Leila af dat ik hem vroeg in de middag zou komen ophalen. Ze zei me dat ik hem naar Thomas moest brengen. Ze had contact met hem gehad en hij wist dat het kon gebeuren dat er iemand op een dag met Cem voor de deur zou staan.'

Ik staar haar aan. 'Thomas? Was hij bij Thomas? Maar... ik ben daar geweest! Ik heb Cem daar niet gezien.'

'Het was al laat toen jij die avond Thomas opzocht,' zegt Martha. 'Cem lag al in bed en je weet hoe hij is. Als hij eenmaal slaapt...'

Ja, dat wist ik. Het duurde altijd even, maar als Cem onder zeil was, kon je een kanon naast zijn bedje afschieten. Maar toch was Thomas blijkbaar voorzichtig geweest. Hij had de voordeur al opengedaan voordat ik kon aanbellen, zodat dat geluid Cem niet per ongeluk zou wekken. Want ik weet zeker dat als Cem mijn stem had gehoord, hij zijn bed uit was geklommen en naar me toe was gekomen.

'En dat was dus de reden dat ze weer contact had gezocht met Thomas?'

'Dat weet ik niet precies. Ik vermoed dat Leila al een hele poos bezig is geweest om een vluchtweg voor Cem te creëren, voor het geval haar verblijfplaats ontdekt zou worden. In het begin was ze daar misschien te angstig voor, maar uiteindelijk moet ze het aangedurfd hebben. Of misschien was het gewoon omdat ze nog om hem gaf.'

Daar kijk ik niet echt van op. Als Thomas nog steeds gek op háár was, en dat was hij, gezien die foto op zijn dressoir, dan zou het omgekeerd misschien ook wel zo kunnen zijn.

'Leila wilde zelf niet mee,' vervolgt Martha. 'Ze weigerde om nog een keer te vluchten, en ging liever de confrontatie aan. Maar wel zonder de jongen in de buurt. En er was niets dat haar op andere gedachten kon brengen. Ik reed dus die middag naar Amsterdam, en pikte Cem op.'

'Maar waarom heeft Leila mij er dan niet bij betrokken?' vraag ik, niet zonder dat akelige gevoel dat ze me blijkbaar niet vertrouwde. 'Dan hadden we die confrontatie samen kunnen aangaan!'

Martha glimlacht. 'Omdat ze Ben bij Wout had gezien, Judi. Ze wist wat jouw gevoelens voor Ben waren en dat je hem door en door vertrouwde. Ze was bang dat je ten opzichte van hem niet objectief kon zijn en haar wantrouwen jegens Ben zou wegwuiven en hem zou inlichten waar Cem was.'

'En dus belde ze jou.' Ik kan niet voorkomen dat het bitter klinkt.

'Judi...' Martha schudt even kort haar hoofd. 'Ze vertrouwde jou wel, maar Ben niet.'

Ik reageer er niet op, maar probeer in plaats daarvan wat overeind te gaan zitten, waarbij Wolf Brenning meteen toeschiet om mijn kussen omhoog te trekken. Ik werp hem een dankbare blik toe en kijk dan weer naar Martha.

'Maar waarom heb jíj het me dan niet verteld?' vraag ik. 'Cem was bij jou, bij Thomas. Je wist hoe wanhopig ik was.'

'Om dezelfde reden als Leila,' zegt ze. 'Wat Ben betrof was je absoluut niet objectief.' Haar blik is verontschuldigend, maar ook spijkerhard, en even kijkt ze me strak aan, voordat de uitdrukking in haar ogen weer verzacht. Ze ademt even diep in en vervolgt: 'In 's-Heerenberg bracht ik Wout een bezoekje, maar ook hij ontkende in alle toonaarden met Ben in Amsterdam te zijn geweest, terwijl Leila daar heel zeker van was. Waarom loog Wout? Hij werd door ons toch helemaal niet als gevaarlijk beschouwd? En waarom gedroeg Ben zich ineens zo afstandelijk, behalve tegenover jou, bij wie hij constant in de buurt bleef? Toen hij ook nog eens belde dat hij in Amsterdam zou blijven, moest ik Leila gelijk geven dat Ben waarschijnlijk ergens bij betrokken was geraakt. We hadden totaal geen bewijzen, het was slechts een gevoel. Wel kreeg ik het idee dat hij met alle geweld achter de verblijfplaats van Cem wilde komen. Naar mijn mening was hij er gewoon obsessief mee bezig. Maar tegelijkertijd bleef hij volhouden dat Tarik en zijn ouders er volgens hem niets mee te maken hadden.' Ze haalt even kort haar schouders op en vervolgt: 'Misschien dat hij op die manier toch wilde laten doorschemeren dat we in de verkeerde richting zochten, of iets dergelijks. We weten het niet. Misschien dat hij ons dat binnenkort zelf wil vertellen.'

'Hij liet me zelfs naar Duitsland komen,' mompel ik. 'Hij liet me het hele huis van de Rashukans doorzoeken. Wat dacht hij daarmee dan te bereiken?'

Martha zucht even diep, niet van ongeduld, maar meer als een soort ontlading. 'Ben heeft verteld dat hij, door jou mee naar dat huis te nemen, erop rekende dat je de familie Rashukan daarna met rust zou laten. Hij wist hoe gevaarlijk Güney was – Güney had hem ook al een blauw oog geslagen en zijn vinger gebroken, wat nog wel het minst erge was wat hij jou ook kon aandoen – en hoopte je op die manier bij hem uit de buurt te houden totdat hij Cem gevonden had.'

'Hij wilde me beschermen?' vraag ik.

Haar blik zegt me voldoende en ik moet stevig slikken om een dikke prop in mijn keel weg te krijgen.

'Ben had er echter niet op gerekend dat je de schrammen en blauwe plekken bij Güney zou opmerken,' gaat Martha na een korte stilte weer verder. 'En ook Güney, die sowieso al niet geloofde dat jij niet wist waar Cem was, besefte dat jij nu doorhad dat hij het was die je op je boot had aangevallen. Eerst vond hij dat wel stoer, om je op die manier te intimideren. Totdat hij de volgende dag inzag dat je je nu vast ook realiseerde dat hij het was die Leila te grazen had genomen. Hij benaderde Ben weer, die hem verzekerde ervoor te zorgen dat het niet bij de politie terecht zou komen.'

'Daarom dat hij ook niets over Güney had doorgeven,' merk ik op. Ik kijk naar Wolf Brenning. 'Want jij wist van niets.'

'Precies,' zegt hij. 'En reken maar dat dat me aan het denken zette.'

Martha glimlacht even. 'Maar toen vroeg Wolf je die middag naar het bureau te komen. Ben kwam daar pas achter toen je er al geweest was, en omdat Güney bang was voor de gevolgen van dat bezoek, besloot hij het op een andere manier aan te pakken door je op te zoeken en je met geweld te dwingen om hem de verblijfplaats van Cem te vertellen.

Wout, die volgens Ben in eerste instantie niet wist wat Güneys intenties waren, probeerde op zijn manier jou te beschermen door je constant in de gaten te houden. Güney had hem dan wel beloofd om jou met rust te laten, maar, zoals Ben ons ook al vertelde, geloofde Wout hem niet meer. Niet nadat hij erachter was gekomen wat Güney met Leila had gedaan. En omdat hij vanwege zijn eigen misstap door Güney jouw adres te geven niet naar de politie durfde te gaan, hield hij Güney stevig in de gaten, bij alles wat hij deed. De avond dat Wout naar jouw boot kwam, had hij gezien dat Güney woest, en dus onvoorspelbaar was en omdat het laatste wat hij wilde was dat Güney jou iets zou aandoen, besloot hij dat hij niet langer meer kon zwijgen en je te gaan waarschuwen. Helaas was hij daar te laat mee en heeft het hem uiteindelijk zijn leven gekost.'

Martha zwijgt en in de stilte die valt denk ik aan Wout. Domme, domme Wout. Hij was altijd al gemakkelijk te beïnvloeden geweest. Het ideale slachtoffer voor Güney, die hem waarschijnlijk gemanipuleerd en gepusht had om mijn adres in de dossiers van de makelaardij op te zoeken en via die weg zijn zus te vinden. En Wouts obsessieve 'liefde' voor mij was daar uitermate geschikt voor geweest. Güney had dat geweten. Of misschien had Wout hem wel zelf verteld wat zijn gevoelens voor mij waren en had Güney daar handig gebruik – nee, misbruik – van gemaakt. En toen Wout uiteindelijk doorhad wat Güneys plan werkelijk inhield, was het te laat om alles weer terug te draaien.

'Ach,' klinkt Wolf Brennings stem, waardoor ik naar hem opkijk. 'Voor wat het waard is: ons had ze ook niets verteld.' Hij knipoogt naar Martha. 'Behalve dan dat ze subtiel aan ons heeft laten doorschemeren dat we eens contact moesten opnemen met het Slingeland Ziekenhuis over het ongeluk dat in 2009 had plaatsgevonden.'

Martha glimlacht naar hem. 'Ik hoopte daarmee eigenlijk te bereiken dat jullie je blik verruimden zodra jullie beseften dat er iets niet klopte rondom Cems geboorte en dat de hele toestand met betrekking tot zijn verdwijning weleens heel anders in elkaar kon steken.'

'Je had ons moeten vertellen dat hij bij jou was,' zegt Wolf Brenning, op een autoritaire toon waarvan ik me afvraag of die echt is. 'Dan hadden we misschien veel eerder bij Güney uitgekomen.'

Martha schudt haar hoofd. 'Ik was veel te bang dat die informatie via Ben bij de verkeerde terecht zou komen. We konden hem tenslotte niet zomaar ineens buiten het onderzoek houden; dat zou ongetwijfeld zijn achterdocht hebben gewekt. Bovendien had ik dan ook moeten vertellen dat Cem niet Leila's zoon is en drieënhalf jaar geleden heb ik gezworen om dat nooit bekend te maken. Het zou ertoe kunnen leiden dat Cem aan zijn vader werd toegewezen.' Ze werpt Wolf Brenning een koele blik toe. 'En dat is wel het laatste wat we willen, nietwaar?'

Wolf Brenning antwoordt niet, maar ik zie aan zijn ogen dat ons geheim bij hem veilig is.

Martha staat op en komt vlak naast mijn bed staan. 'Ik heb geprobeerd je gerust te stellen,' zegt ze zacht. Ze legt haar hand op mijn arm en vervolgt: 'Toen, die nacht in 's-Heerenberg.'

Ik denk terug aan die avond. Haar stem. Haar woorden. *Vertrouw me, het komt wel goed.* En ik had me afgevraagd hoe ze daar zo zeker van kon zijn. Nu begreep ik dat ze het inderdaad zeker had geweten. Want toen was Cem al bij haar. Bij Thomas. Ze wíst dat hij niet in gevaar was. Ik voel woede opborrelen.

'Je bent boos,' klinkt haar stem dan weer. 'En terecht. Maar geloof me, ik had geen andere keus.' Ze kijkt me aan, met de oprechte blik die ik van haar gewend ben, en vervolgt dan zacht: 'Als Güney hem in handen had gekregen, dan was het niet afgelopen zoals nu, Judi. Hij had hem omgebracht, dat weet jij net zo goed als ik. Weegt dat niet op tegen mijn zwijgen?'

Ik zie haar ogen en denk terug aan vier jaar geleden. Aan de dag dat ik haar voor het eerst zag. Hoe ik het gevoel had gehad dat ik haar kon vertrouwen. Blijkbaar had ik gelijk gehad. In tegenstelling tot mijn gevoel ten opzichte van Ben. Ik glimlach naar haar en zeg dan: 'Vooruit dan maar. Het is goed. Je hebt juist gehandeld.'

Ik voel een kneepje in mijn arm en hoor dan haar stem, zacht: 'Dank je.'

'Het wordt tijd dat je wat gaat rusten,' zegt Wolf Brenning, terwijl hij opstaat. Hij tilt Cem, die met zijn duim in zijn mond tegen me aan hangt, van mijn bed en zet hem op de grond. 'Morgen praten we verder.' Hij duwt Cem in de richting van Martha, die hem bij de hand pakt en mee de kamer uit neemt. Hij knikt mij nog even toe en loopt dan naar de deur.

'Wolf...' zeg ik.

Hij kijkt om.

Ik zie zijn ogen die me afwachtend aanstaren en vraag: 'Hoe kom je aan dat... dat litteken?'

'Dit?' Met zijn vingers raakt hij het litteken op zijn wang aan. Hij lacht en terwijl hij zich weer omdraait, zegt hij geheimzinnig: 'Misschien heb ik me wel gesneden bij het scheren.'

VRIJDAG 19 OKTOBER 2012

Met Cem aan de hand loop ik door de schuifdeuren van het Sint Lucas Andreas Ziekenhuis naar buiten. Zoals elke avond hebben we samen Leila bezocht. En zoals elke avond was er geen verandering in haar toestand. Of ze ooit nog bij bewustzijn komt, weten ze niet.

Cem begrijpt het allemaal niet zo goed. Meestal zit hij gewoon op het bed en kijkt naar haar met zijn groene ogen – de ogen van zijn vader – terwijl hij tussendoor met zijn autootje speelt. Zelf praat ik veel tegen haar in de hoop dat ze me hoort. Ik heb haar verteld wat er gebeurd is, over Güney, Wout, Tarik. En Ben. Ben die binnenkort terecht moet staan, voor een moord die hij uit wanhoop heeft gepleegd. Ik weet dat het zijn fout niet was, wat er allemaal is gebeurd. Of misschien was het ook wél zijn fout. Hij had niet hoeven toegeven aan Güney, hoewel ik wel begrijp waarom hij het deed. Liefde. Angst om te verliezen waar je zoveel van houdt. Hij deed wat hij doen moest. Het verkeerde, dat wel, maar hij had er de juiste reden voor.

Ik kijk naar de kleine jongen aan mijn hand en glimlach. Hij mag dan wel de ogen van zijn vader hebben, maar de rest is van Jasmine. Zijn lach, zijn karakter, zijn charme. Ik hoop dat hij die nooit kwijtraakt, want op die manier zal Jasmine voor altijd bij me zijn.

WOENSDAG 15 APRIL 2009

Zelfs op een gewone doordeweekse dag was het druk in Amsterdam. Niet alleen toeristen liepen rond zonder ergens anders op te letten dan op de bezienswaardigheden, maar ook bewoners en uitbaters rondom de grachten leken het voorjaar in hun hoofd te hebben. Ik hoorde gelach, geschreeuw, muziek van alle kanten, en vroeg me af of ik daar ooit aan zou wennen.

Even kreeg ik het benauwd en haastig manoeuvreerde ik tussen alle mensen door. In mijn hand klemde ik een transportbox die ik had meegekregen van de Poezenboot aan het Singel, om mijn nieuwe huisgenoot te vervoeren naar mijn nieuwe woning, waar ik sinds vorige week de sleutel van had. Een woonboot aan de Prinsengracht. Het was altijd al een wens van me geweest om op een boot te wonen en nadat ik twee weken bij Leila en Cem in het door haar gehuurde appartement had doorgebracht, vond ik dat het tijd werd voor mijn eigen plek. Ik ging op zoek en niet veel later kwam ik via iemand in De Blauwe Pan, het café waar ik weleens binnenliep, te weten dat er een boot te koop lag. Ik bezocht de eigenaar, deed een bod, het werd geaccepteerd en al snel was de hypotheek geregeld. De boot werd míjn boot.

Tevreden glimlachend liep ik over de gracht naar de ligplaats van mijn nieuwe woning en dacht aan Jasmine. Ze zou het geweldig gevonden hebben. Net als Yoshi. Ik miste hen nog elke dag en het feit dat ik misschien wel nooit de kans zou krijgen hun graf te bezoeken, deed me pijn.

Na het ongeluk had ik Tarik nog één keer gezien. Ik had van Ben gehoord dat hij was opgepakt voor verhoor over het ongeluk, maar dat ze hem later hadden moeten laten gaan, omdat er geen bewijzen waren dat hij met opzet vlak voor Jasmines auto was gedoken. Onderzoek had uitgewezen dat het wegdek bevroren was geweest en dat Jasmine door gladheid op de andere weghelft was geraakt. Vlak na zijn vrijlating had hij me bij school opgewacht, volledig doorgedraaid, en had hij geprobeerd me met een stiletto te bewerken. Collega's hadden ingegrepen en konden voorkomen dat hij me ernstig verwondde. Hij bleef zeggen dat het zijn bedoeling niet was geweest, dat het mijn schuld was en dat ik verantwoordelijk was voor wat er gebeurd was. Ik had geen aanklacht ingediend, al wist ik dat het beter was om het wel te doen. Maar op dat moment had ik er genoeg van. Van alles, de haat, het geweld, de angst. Ik wilde weg. Ver weg van alles. Ver weg van Tarik en zijn familie.

Via Ben van Vliet en Martha Beijst verhuisden Leila, Cem en ik niet veel later naar Amsterdam. Niemand wist ervan. En niemand werd iets verteld. Thomas kreeg te horen dat de baby van hem en Leila was overleden en dat we voor onze veiligheid ergens anders waren ondergebracht. Het had me pijn gedaan, dat we hem zo in het ongewisse moesten laten en dat hij het allemaal in zijn eentje moest zien te verwerken, maar we zagen geen andere oplossing.

En nu, nu we een paar maanden verder waren, nu begonnen we op te krabbelen. Leila en ik. We redden het wel. Dat wist ik zeker. Zolang Tarik maar niets wist van de zoon die hij bij mijn zus Jasmine verwekt had en die nu door zijn zuster werd opgevoed. Zolang hij maar niet wist waar we waren en ik bad tot elke God die er bestond dat hij ons nooit zou vinden.

Ik stopte voor de boot die ik vanaf vandaag de mijne kon noemen en liet mijn ogen eroverheen gaan. Mijn nieuwe huis. Mijn eigen plekje. Hier kon ik tot rust komen. Ik liep over de loopplank, stak de sleutel in het slot en opende de voordeur. Op de drempel bleef ik staan en keek heel even de hal rond, voordat ik naar binnen stapte en de deur achter me dichtdeed. Ik zette de transportbox op de grond, opende het deurtje en keek glimlachend toe hoe de rode Noorse boskat – Bruce – zijn eerste voorzichtige stapjes in zijn nieuwe woonomgeving zette. Vervolgens wierp ik een blik om me heen en wist het zeker: hier zou ik me thuis voelen. Hier zou ik veilig zijn.

DANKWOORD

Ik wilde schrijven over Khadija. En dat heb ik gedaan, maar niet alleen over haar. Ook over al die vrouwen – én mannen – die te maken hebben met eerwraak.

Doelwit is hoofdzakelijk gebaseerd op het verhaal van twee vrouwen: Najima en Ayşe. Twee vrouwen die in ernstige mate bedreigd werden – en nog steeds worden – met eerwraak. Eén van hen verloor haar zus – Khadija – op de manier waarop het in dit verhaal beschreven is en aan Khadija draag ik daarom dit boek op. Maar niet alleen aan haar, ook aan de zes vrouwen en één man – Ilayda, Isra, Jasmine, Hatice, Najima, Ayşe en Xabur – die mij bewust maakten van wat eerwraak werkelijk inhoudt. Zonder hen was dit verhaal nooit verteld.

Ook dit keer weer ben ik enorme dank verschuldigd aan Puck, die haar tijd en energie gestoken heeft in alweer mijn vijfde thriller. Haar enthousiasme kostte me regelmatig een paar honderd woorden, maar dat is het verhaal alleen maar ten goede gekomen. En zolang ze ook blijft zeggen wat ze wél leuk vindt, vergeef ik haar haar strengheid.

Heel veel dank ook aan Therese, die zich vol vuur op mijn tekst stortte en haar visie gaf over diverse aspecten van het verhaal. Soms was haar uitleg langer dan het probleem zelf, en toverde ze een glimlach op mijn gezicht. Maar altijd was het terecht.

En Willy, mijn derde proeflezer, verdient eveneens mijn dank. Zij is mijn 'echte lezer' en dat is een kunst op zich! Want door haar weet ik of een verhaal goed is, of het de juiste toon heeft en of het boeit.

Dank ook aan Petra, die mij vertelde over haar werk als vertrouwenspersoon op een zwarte school. Een baan waarvoor ze niet gestudeerd en waarnaar ze niet gesolliciteerd heeft, maar die haar gewoon overkwam toen ze als lerares Duits langzaamaan in de rol van vertrouwenspersoon terechtkwam. Tegenwoordig liggen de eisen voor die functie veel hoger en zullen de dingen die zij – en ook Judi in het verhaal – deed, allang door professionals zijn overgenomen, maar haar ervaringen hebben van Judi in mijn ogen een geloofwaardig personage gemaakt.

Verder ben ik natuurlijk mijn vader, mijn grootste fan, ook weer dankbaar, voor zijn geduld en zijn luisterend oor. En voor het aandragen van een oplossing voor een problematisch stukje in het plot van *Doelwit*.

Tot slot heeft Lydia Nijman ook weer haar aandeel geleverd aan de redactie van *Doelwit*. Het is fijn dat zij er is om in de – bijna – laatste etappe van de afronding van het manuscript op terug te vallen. Waarvoor ik haar ook dit keer weer enorm dankbaar ben.

En natuurlijk mijn dank aan alle medewerkers van De Crime Compagnie, Sanneke, Mariëlla, Leni en Manon, maar in het bijzonder aan Ilse Karman, die te allen tijde achter mij en mijn werk staat. Ilse, je bent een moordvrouw! Dank je wel voor alles.

Lees ook van Linda Jansma:
De *Cirkel van het Kwaad*-trilogie:

Deel 1

Schaduwkinderen

Wat is er twintig jaar geleden precies gebeurd? Jules' herinneringen aan die avond zijn vaag, het enige wat ze weet is dat haar vader dood is. Haar broer is veroordeeld voor de moord, maar Jules gelooft in zijn onschuld. Of spelen er dingen waar zij geen weet van heeft?

Terwijl ze verbeten blijft zoeken naar antwoorden, stort ze zich op haar werk als officier van justitie en krijgt ze te maken met een zenuwslopende zaak die ze moet zien op te lossen voordat er meer slachtoffers vallen.

'Boeiend, realistisch & spannend.' - Hebban.nl ****

'*Schaduwkinderen* is een thriller die je gelezen moet hebben, maar weet dat als je eenmaal begint wegleggen not done is!' ***** Thrillzone

Deel 2

Uitverkoren

Twintig jaar geleden werd de vader van Jules Declerck vermoord door haar broer. Jules weet niet waarom en ze kan het haar broer niet vragen omdat hij inmiddels ook om het leven is gebracht. Terwijl Jules blijft zoeken naar antwoorden, krijgt ze tijdens haar werk als officier van justitie te maken met twee sterfgevallen, die leiden naar een sekte. Voor ze het door heeft is Jules in de greep van een charismatische sekteleider die meer over haar verleden weet dan hij loslaat…

'Met *Uitverkoren* weet Linda Jansma wederom een spetterende, spectaculaire thriller te schrijven die van begin tot eind bol staat van de spanning.' – Thrillzone

'Ijzersterke en bloedstollende thriller!' -Chicklit *****

Deel 3

Bloedband

Komt Jules er eindelijk achter wat er met haar familie is gebeurd? Officier van justitie Jules Declerck krijgt op haar werk te maken met de dood van de vijftienjarig Amber, die ogenschijnlijk het slachtoffer werd van digitaal kinderlokken, oftewel grooming. Jules heeft al snel het vermoeden dat er iets heel anders speelt. Als haar ex – misdaadjournalist Harry Simones – anonieme tips over de zaak ontvangt, raken ze beiden verstrikt in de duistere plannen van Elijah Schillinger. Wat weet de charismatische sekteleider eigenlijk over Jules' verleden? En wat weet hij over de verdwijning van Jules' moeder?

Verschijnt in oktober 2019